MANESSE BIBLIOTHEK DER WELTLITERATUR

# WEIHNACHTEN

PROSA AUS DER WELTLITERATUR

Herausgegeben von
Bernhard Heinser

Mit 10 Farbtafeln

MANESSE VERLAG
ZÜRICH

Die zehn Farbtafeln reproduzieren die Szenen des Weihnachtsgeschehens, wie es im Leben-Jesu-Fenster (1150–1155) der Kathedrale von Chartres dargestellt ist.

CIP-Kurztitelaufnahme der Deutschen Bibliothek

*Weihnachten* : Prosa aus d. Weltliteratur
Ausw. von Bernhard Heinser
Zürich: Manesse Verlag, 1987
(Manesse-Bibliothek der Weltliteratur)
ISBN 3-7175-1746-5 Gewebe
ISBN 3-7175-1747-3 Ldr.

NE: Heinser, Bernhard [Hrsg.]

# WEIHNACHTEN

## AUS DER BIBEL

### DER FRIEDEFÜRST

(Jesaja 9,2–7)

*Das Volk, das in der Finsternis wandelt, sieht ein großes Licht; die im Lande des Dunkels wohnen, über ihnen strahlt ein Licht auf. Du machst des Jubels viel, machst groß die Freude; sie freuen sich vor dir, wie man sich freut in der Ernte, wie man jubelt, wenn man die Beute teilt. Denn das Joch, das auf ihm lastet, den Stab auf seiner Schulter und den Stock seines Treibers zerbrichst du wie am Tage Midians. Denn jeder Schuh, der mit Gedröhn einherschreitet, und der Mantel, der im Blut geschleift ist, der wird verbrannt, ein Fraß des Feuers. Denn ein Kind ist uns geboren, ein Sohn ist uns gegeben, und die Herrschaft kommt auf seine Schulter, und er wird genannt: Wunderrat, starker Gott, Ewigvater, Friedefürst. Groß wird die Herrschaft sein und des Friedens kein Ende auf dem Throne Davids und über seinem Königreiche, da er es festigt und stützt durch Recht und Gerechtigkeit von nun an bis in Ewigkeit. Das wird der Eifer des Herrn der Heerscharen tun.*

* * *

## ANKÜNDIGUNG DER GEBURT JESU

(Lukas 1,26–38)

*Im sechsten Monat aber wurde der Engel Gabriel von Gott in eine Stadt Galiläas namens Nazareth gesandt zu einer Jungfrau, die verlobt war mit einem Mann namens Joseph aus dem Hause Davids; und der Name der Jungfrau war Maria. Und er kam zu ihr herein und sprach: «Sei gegrüßt, du Begnadete! Der Herr ist mit dir.» Sie aber erschrak über das Wort und sann darüber nach, was das für ein Gruß sei. Da sprach der Engel zu ihr: «Fürchte dich nicht, Maria! denn du hast Gnade bei Gott gefunden. Und siehe, du wirst schwanger werden und einen Sohn gebären; und du sollst ihm den Namen Jesus geben. Dieser wird groß sein und Sohn des Höchsten genannt werden, und Gott der Herr wird ihm den Thron seines Vaters David geben, und er wird König sein über das Haus Jakob in Ewigkeit, und seines Königtums wird kein Ende sein.» Maria aber sagte zu dem Engel: «Wie soll das zugehen, da ich von keinem Manne weiß?» Und der Engel antwortete und sprach zu ihr: «Der Heilige Geist wird über dich kommen, und die Kraft des Höchsten wird dich überschatten; daher wird auch das Heilige, das gezeugt wird, Sohn Gottes genannt werden. Und siehe, Elisabeth, deine Verwandte, auch sie erwartet einen Sohn in ihrem Alter; und dies ist der sechste Monat für sie, die unfruchtbar hieß. Denn ‹kein Wort, das von Gott kommt, wird kraftlos sein›.» Maria aber sprach: «Siehe, ich bin des Herrn Magd; mir geschehe nach deinem Wort!» Und der Engel schied von ihr.*

## BESUCH DER MARIA BEI ELISABETH; LOBGESANG DER MARIA

(Lukas 1,39–56)

*Maria aber machte sich in diesen Tagen auf und wanderte eilends nach dem Bergland in eine Stadt Judas und trat in das Haus des Zacharias und begrüßte Elisabeth. Und es begab sich, als Elisabeth den Gruß der Maria hörte, da hüpfte das Kind in ihrem Leibe, und Elisabeth wurde mit dem Heiligen Geist erfüllt und brach mit lauter Stimme in die Worte aus: «Gesegnet bist du unter den Frauen, und gesegnet ist die Frucht deines Leibes. Und woher wird mir dies zuteil, daß die Mutter meines Herrn zu mir kommt? Denn siehe, als der Klang deines Grußes in mein Ohr drang, hüpfte das Kind mit Frohlocken in meinem Leibe. Und selig ist die, welche geglaubt hat, daß sich erfüllen wird, was vom Herrn zu ihr geredet worden ist.» Und Maria sprach:*

*«Meine Seele erhebt den Herrn,*
*und mein Geist ‹frohlockt*
*über Gott, meinen Heiland›,*
*daß er ‹hingesehen hat*
*auf die Niedrigkeit seiner Magd›;*
*denn siehe, von jetzt an werden mich*
*seligpreisen alle Geschlechter.*
*Denn Großes hat mir der Mächtige*
*getan,*
*und ‹heilig ist sein Name›,*
*und ‹seine Barmherzigkeit währt*
*von Geschlecht zu Geschlecht*
*über die, welche ihn fürchten›.*
*Er hat Macht geübt mit seinem Arm;*

*‹er hat zerstreut, die hochmütig sind›*
*in ihres Herzens Sinn;*
*er hat Gewaltige*
*von den Thronen gestoßen*
*und Niedrige erhöht.*
*‹Hungrige hat er mit Gütern erfüllt›*
*und Reiche leer hinweggeschickt.*
*Er hat sich Israels, seines Knechtes,*
*angenommen,*
*zu gedenken der Barmherzigkeit,*
*wie er geredet hat zu unsern Vätern,*
*gegenüber Abraham und seiner*
*Nachkommenschaft in Ewigkeit.»*

*Maria aber blieb gegen drei Monate bei ihr und kehrte dann nach Hause zurück.*

## DIE GEBURT JESU

(Lukas 2,1–20)

*Es begab sich aber in jenen Tagen, daß vom Kaiser Augustus ein Befehl erging, daß der ganze Erdkreis sich einschätzen lassen sollte. Diese Schatzung war die erste und geschah, als Quirinius Statthalter in Syrien war. Und es machten sich alle auf, um sich einschätzen zu lassen, ein jeder in seine Stadt. Aber auch Joseph ging von Galiläa aus der Stadt Nazareth hinauf nach Judäa in die Stadt Davids, welche Bethlehem heißt, weil er aus dem Hause und Geschlechte Davids war, um sich mit Maria, seiner Verlobten, die schwanger war, einschätzen zu lassen. Es begab sich aber, während sie dort waren, da vollendeten sich die Tage, daß sie gebären sollte. Und sie gebar ihren ersten Sohn und wickelte ihn in Windeln und legte ihn in eine Krippe, weil sie in der Herberge keinen Platz fanden.*

*Und es waren Hirten in derselben Gegend auf dem Felde, die hielten Nachtwache über ihre Herde. Da trat ein Engel des Herrn zu ihnen, und Lichtglanz des Herrn umleuchtete sie, und sie fürchteten sich sehr. Und der Engel sprach zu ihnen: «Fürchtet euch nicht! Denn siehe, ich verkündige euch große Freude, die allem Volke widerfahren wird; denn euch ist heute der Heiland geboren, welcher der Christus ist, der Herr, in der Stadt Davids. Und das sei euch das Zeichen: Ihr werdet ein Kind finden, in Windeln gewickelt und in einer Krippe liegend.» Und auf einmal war bei dem Engel die Menge des himmlischen Heeres, die lobten Gott und sprachen:*

*«Ehre sei Gott in den Höhen*
*und Friede auf Erden*
*unter den Menschen,*
*an denen Gott Wohlgefallen hat.»*

*Und es begab sich, als die Engel von ihnen gen Himmel gefahren waren, da sprachen die Hirten zueinander: «Lasset uns doch nach Bethlehem hingehen und diese Sache sehen, die geschehen ist und die der Herr uns kundgetan hat.» Und sie gingen eilends und fanden Maria und Joseph, und das Kind in der Krippe liegend. Als sie es aber gesehen hatten, machten sie das Wort kund, das ihnen über dieses Kind gesagt worden war. Und alle, die es hörten, verwunderten sich über das, was ihnen von den Hirten gesagt wurde. Maria aber behielt alle diese Worte und erwog sie in ihrem Herzen. Und die Hirten kehrten zurück und priesen und lobten Gott für alles, was sie gehört und gesehen hatten, wie es ihnen gesagt worden war.*

## DIE WEISEN AUS DEM MORGENLAND

(Matthäus 2,1–12)

*Als aber Jesus in den Tagen des Königs Herodes zu Bethlehem in Judäa geboren war, siehe, da kamen Weise aus dem Morgenland nach Jerusalem, die sagten: «Wo ist der neugeborne König der Juden? Wir haben nämlich seinen Stern im Morgenland gesehen und sind gekommen, ihm zu huldigen.» Als jedoch der König Herodes das hörte, erschrak er und ganz Jerusalem mit ihm. Und er ließ alle Hohenpriester und Schriftgelehrten des Volkes zusammenrufen und erfragte von ihnen, wo der Christus geboren werden sollte. Die aber sagten ihm: «Zu Bethlehem in Judäa; denn so steht es durch den Propheten geschrieben:*

> *‹Und du, Bethlehem› im Lande Judas, bist keineswegs ‹die kleinste unter den Fürstenstädten Judas; denn aus dir wird ein Herrscher hervorgehen, der mein Volk Israel weiden wird.›»*

*Da berief Herodes heimlich die Weisen und erkundigte sich bei ihnen genau nach der Zeit, wann der Stern erschienen sei, und sandte sie nach Bethlehem und sagte: «Ziehet hin und forschet genau nach dem Kindlein! Wenn ihr es aber gefunden habt, so meldet es mir, damit auch ich komme und ihm huldige.» Und nachdem sie den König angehört hatten, zogen sie hin. Und siehe, der Stern, den sie im Morgenland gesehen hatten, ging vor ihnen her, bis er über dem Orte stillstand, wo das Kindlein war. Als sie aber den Stern sahen, wurden sie sehr hoch erfreut und gingen in das Haus hinein und sahen das Kindlein mit Maria, seiner Mutter. Und sie*

*Erlösung Israels warteten. Und nachdem sie alles nach dem Gesetz des Herrn vollbracht hatten, kehrten sie zurück nach Galiläa in ihre Stadt Nazareth.*

## DIE FLUCHT NACH ÄGYPTEN

(Matthäus 2,13–15)

*Als sie aber hinweggezogen waren, siehe, da erscheint ein Engel des Herrn dem Joseph im Traum und sagt: «Steh auf, nimm das Kindlein und seine Mutter mit dir und fliehe nach Ägypten und bleibe dort, bis ich es dir sage; denn Herodes will das Kindlein aufsuchen, um es umzubringen.» Da stand er auf, nahm des Nachts das Kindlein und seine Mutter mit sich und zog hinweg nach Ägypten. Und er blieb dort bis zum Tode des Herodes, damit erfüllt würde, was vom Herrn gesprochen worden ist durch den Propheten, welcher sagt:*

*«Aus Ägypten rief ich meinen Sohn.»*

## ADALBERT STIFTER

## WEIHNACHT

Soweit Aufzeichnungen und Erinnerungen zurückreichen, haben Menschen und Völker ihre heiligen Feste gehabt, an denen sie ihre Seelen in nähere Beziehung zu den Wesen setzten, die sie über sich glaubten, als Herren ihres Schicksals, mit großer, oft unbegrenzter Macht ausgerüstet, mit Gaben versehen, die unbegreiflich sind, und den Willen hegend, auf die Menschen mannigfach einzuwirken, sie mochten nun diese Wesen Götter oder Selige oder Himmlische oder wie immer heißen. Und ein Schein und ein Schimmer war gewiß zu allen Zeiten für sinnige Gemüter durch Herz und Natur bei diesen Festen ausgegossen, wenn auch nicht alle, ja vielleicht die wenigsten Ursprung, Zweck, Bedeutung und Inhalt der Feste erkannten und wenn sie vielmehr ihre eigenen frommen oder dichterischen oder einbildungsvollen Gedanken mit dem Feste verbanden. Und als das Licht des reineren Glaubens in die Welt gekommen war, haben die Feste nicht aufgehört; sie sind heiliger geworden, und ein Schein und ein Schimmer ist durch Herz und Natur bei ihnen ausgegossen, wenn die Menschen sich mit ihren Ahnungen in das Wesen des Festes versenken und wenn sie kleine Verzierungen und kleine Zutaten je nach den Wallungen und Pulsschlägen ihres Lebens beifügen.

Und ganze Abschnitte des Jahres bezeichnen solche Feste, und wie Lichtsäulen stehen sie auf den Zinnen der Zeit.

Das Christentum hat mehrere seelenerhebende Feste.

Und ist Pfingsten das «liebliche» Fest und ist Ostern das erhabene, so ist Weihnacht das herzinnige. Es ist das Fest des Kindes, des ewigen, des heiligsten, des allmächtigen, des liebreichsten Kindes, des Königes der Kinder.

In einer Nacht ist dieses Kind auf einer ärmlichen Stelle geboren worden und hat die Gestalt des Menschen angenommen, und diese Nacht wird jetzt von einer ganzen Welt gefeiert und heißt die Weihnacht, die Nacht der Weihe, die von nun ab über die Völker ausgebreitet worden ist.

Und wie in jener Zeit, ehe das Kind geboren worden ist, die Welt auf den Erlöser harrte, der die finstern Übel, die da brüteten, hinwegnehmen sollte, und wie uns gesagt wird, daß die Menschen gerufen haben: «Himmel, tauet ihn herab», was in der römischen Sprache *rorate* hieß, so bereitet sich die Kirche durch ein monatlanges Fest, das Ankunftsfest, Advent, zu dem Geburtsfeste des Kindes vor, und der Priester der katholischen Kirche hält Meßopfer, die Rorate heißen und die bis zu dem ersehnten Tage dauern.

Und in welche Zeit des Jahres fällt das Fest! Wenn zu Pfingsten alles grünt und duftet, wenn zu Ostern Feld und Garten und Wald sich zu dem holden Lenze rüstet, so ist die Weihnacht zu der Zeit des kürzesten Tages und der längsten Nacht. Und dennoch, wie ahnungsreich und herzerfüllend ist die Zeit. Wenn der tiefe, weiße, makellose Schnee die Gefilde weithin bedecket und an heitern Tagen die Sonne ihn mit Glanz überhüllet, daß er allwärts funkelt, wenn die Bäume des Gartens die weißen Zweige zu dem blauen Himmel strecken und wenn die Bäume des Waldes, die edlen Tannen, ihre Fächer mit Schnee belastet tragen, als hätte das Christkindlein schon lauter Christbäume gesetzt, die in Zucker und Edelsteinen flimmern, so schlägt das Gemüt der Feier entgegen, die da kommen soll. Und selbst wenn düstre, dicke Nebel die Gegend decken oder in schneeloser Zeit die Winde aus warmen Ländern bleigraue Wolken herbeijagen, die Regen und Stürme bringen, und wenn die Sonne tief unten, als wäre sie von uns weg zu glücklicheren Ländern gegangen, nur zuweilen matt durch den Schleier hervorblickt, so würden fromme Kinder den Glanz durch den Nebel oder durch die bleigrauen Wolken ziehen sehen, wie das Christkindlein durch sie hinschwebt, wenn sie nur eben zu der Zeit hinaussähen, da das Christkindlein vorüberschwebt; denn das Christkindlein rüstet sich auch schon lange Zeit zu seinem Geburtsfeste, um den Kindern zu rechter Zeit ihre Gaben zu bescheren. Unsere Großmutter hat uns Kindern oft davon gesagt. Sie hatte viele Sprüche, die unser Gemüt erfüllten und mit einer Art Gewalt überschütteten. «Sehet, Kinder», sagte sie einmal, «so groß ist die Seligkeit im Himmel, daß, wenn von dem himmlischen Garten nur ein Laubblättlein auf die Erde herabfiele, die ganze Welt vor Süßigkeit vergehen müßte.» Und ein anderes Mal sagte sie zu mir: «Knäblein, so lange ist die Ewigkeit, daß, wenn die Weltkugel von lauter Stahl und Eisen wäre und alle tausend Jahre ein Mücklein käme und einmal ein Füßlein auf der Kugel wetzte, die Zeit, in welcher das Mücklein die ganze Kugel zu nichts zerwetzt hätte, ein Augenblick gegen die Ewigkeit wäre.» Sie sagte, der Loritzbauer aus dem vordern Glöckelberge habe einmal den Glanz des Christkindleins gesehen, da er noch ein Knabe war. Gegen die Mitternachtseite des Himmels erhob sich in der Andreasnacht ein Schein, und es war dann ein Bogen wie eine Brücke über dem Himmel, daß das Knäblein darüber ziehe, und die Brücke wurde mit Schimmerbüschlein geziert, und als das Kindlein vorüber war, erloschen die Schimmerbüschlein, und es erblaßte die Brücke, und es war nur noch ein Schein in den Gegenden, durch welche das Kind gezogen war. Und der Richter in dem hinteren Glöckelberge hat als kleiner Knabe einmal das Christkind auf einem kleinen funkelnden Wagen am Abende schnell durch den Himmel fahren gesehen. Und manche Kinder haben schon den Schein und Glanz erblickt, und wir könnten ihn auch vielleicht noch sehen, wenn wir gut und fromm sind und oft auf den Himmel schauen. Ich habe aber den Glanz nie erblickt. Da ich zwanzig Jahre alt war und an den Schimmer des in den Adventnächten durch den Himmel ziehenden Christkindes nicht mehr glaubte und eine Zeit in einem schweren Fieber lag, das mir wälzende Ballen, sich unsäglich weit aufwickelnde Kugeln und klirrende und schmetternde Töne brachte, sah ich auch zum öfteren Male den Schein des Christkindleins, es fuhr in wundervoll buntem glänzenden Gefieder durch den Himmel; ich sah seine Gestalt, ich sah sein Angesicht, und es lächelte mich ungemein liebevoll an, und ich war jedesmal sehr beseligt davon. Und mancher Greis wird, wenn die Welt fahl und öde geworden ist und wenn das Himmelsgewölbe ausgeleert ist und nur die fernen Sterne und die nahen Dünste enthält, noch in der Erinnerung den bunten Glanz sehen und eine matte Freude haben, daß er so selig gewesen ist, da er ein Kind war. Und mancher Greis, der in Kraft und Schönheit seines Alters die Freuden der Natur, der Kunst, der Wissenschaft, der Freundschaft, der Ehe, der Familie, des Vaterlandes um sich hat, wird als Kleinod auch noch den Wunderglauben seiner Kindheit dazu legen.

Und wenn die Zeit des Adventes immer weiter vorrückt, wenn die eine Nacht völlig der andern schon die Hand reicht und der dazwischenliegende Tag nur eine hellere Nacht erscheint und die geliebte Sonne, wenn sie ja gesehen wird, gar so weit unten ist und mit ihrer Kraft nicht heraufzureichen vermag, oder wenn die Schneeflocken die Luft erfüllen oder wenn die Dünste und Nebel in ihr stecken: so kommt doch endlich, wenn dies alles zum weitesten gediehen ist, der Tag, an welchem die Kinder in der Stadt die unzähligen Bäumchen sehen, als wäre ein junger grüner Wald in die Gassen und auf die Plätze gewandert, welche Bäumchen, wie ihnen die Eltern sagen, in die

Häuser getragen und dort in einem verschwiegenen Zimmer aufgestellt werden, damit das Christkindlein heimlich seine Gaben darauf befestige. Und den Kindern auf dem Lande wird gesagt: «Morgen, übermorgen, wenn die Nacht erscheint, stellen wir ein Tannenbäumchen in die Stube, in die Kammer, in das Prunkgemach, und das Christkindlein wird es mit Geschenken behängen», oder es wird gesagt: «Wir breiten ein Tuch auf den Tisch, auf den Kasten, auf den Stuhl, und es wird dann auf dem Tuche liegen, was das Christkindlein zu der Heiligen Nacht gebracht hat.»

Und endlich kömmt diese Heilige Nacht. So kurz die Tage sind, so hat doch an diesem Tage die Nacht gar nicht kommen wollen, und immer und immer dauerte der Tag. Das Christkind aber gibt die Gaben nur in der Nacht seiner Geburt. Und sie ist jetzt gar wirklich gekommen, diese Nacht. Die Lichter brennen schon in dem schönen Zimmer der Stadtleute, auf der Leuchte in der Stube der armen Waldhütte brennt der Kien, oder es brennt ein Span in seiner eisernen Zange auf einem hölzernen Gestelle. In dem Zimmer mit den Lichtern oder in der Stube mit dem brennenden Kien oder dem brennenden Spane harren die Kinder. Da kömmt die Mutter und sagt: «Das Christkindlein ist schon dagewesen.»

Und nun öffnen sich die Flügeltüren, und die Kinder und alle, welche gekommen sind, die Freude zu teilen, gehen in das verschwiegene Zimmer. Dort steht der Baum, der sonst nichts als grün gewesen ist. Jetzt sind unzählige flimmernde Lichter auf ihm, und bunte Bänder und Gold und unbekannte Kostbarkeiten hängen von ihm nieder. Und der Gaben ist eine Fülle auf ihm, daß man sich kaum fassen kann. Die Kinder sehen ihre liebsten Wünsche erfüllt, und selbst die Erwachsenen und selbst der Vater und die Mutter haben von dem Christkinde Geschenke erhalten, weil sie Freunde der Kinder sind und die Kinder lieben. Die Bangigkeit der Erwartung geht jetzt in Jubel auf, und man kann nicht enden, sich zu zeigen, was gespendet worden ist. Man zeigt es sich immer wieder und immer wieder und freut sich, bis der Erregung die Ermattung folgt und der Schlummer die kleinen Augenlider schließt.

Und auch die Tür aus der Stube der Waldhütte öffnet sich in die Kammer hinaus, und die Kinder gehen durch die Tür, und auf einem Baume mit mehreren Lichtlein hängen wunderbare goldene Nüsse und goldene Pflaumen und Äpfel und Birnen und Backwerk und anderes Liebes, vielleicht ein hölzerner, schön bemalter Kuckuck oder ein Trompetchen oder zwei rote unvergleichliche Schuhe. Und wenn kein Baum in der Kammer ist, so liegen diese Dinge auf einem weißen reinen Tuche, und eine Talgkerze brennt dabei. Und die Dinge werden in die Stube hinausgetragen und die Talgkerze auch, und sie bleibt in der Heiligen Nacht brennen, bis die Kinder schlafen gehen. Und vor Freude und vor Entzücken gehen sie recht lange nicht schlafen und kosten auch noch von den gespendeten Dingen. Aber endlich bringt sie der Schlummer doch unter ihre Decke, und manche Gabe geht mit in das Bett.

Selbst den Kindern in Hütten, wo nur eine Stube

und gar keine verschwiegene Kammer ist, bringt das Christkind Gaben. Sie dürfen nur in das Vorhaus, in den Stallgang oder wo immer hin auf einen Stein, darauf man sonst Garn klopft, oder auf einen Stock oder auf einen Stuhl ein Tuch breiten und ein leeres Schüsselchen stellen, und wenn sie nach einer Zeit wieder nachsehen, ist das Schüsselchen gefüllt mit Goldnüssen, Pflaumen, Birnen, Äpfeln, Honigkuchen und erwünschlichen Sachen.

Und zu solchen Kindern, damit sie wissen, daß das Schüsselchen gefüllt ist, sendet öfter das Christkindlein eines seiner goldenen Rößlein, mit denen es durch den Himmel fährt, und läßt die geschehene Begabung verkündigen. Und das Rößlein läutet vor der Tür der Stube mit seiner Glocke und tut ungebärdig, schlägt an die Tür, und wenn die Kinder hinauseilen, ist das Rößlein fort, und das gefüllte Schüsselchen steht da. Wir haben oft in längst vergangenen Christnächten im Walde an der jungen Moldau das goldene Rößlein läuten und toben gehört.

Und wenn die Millionen Kinder, welche in dieser Nacht beteilt worden waren, schon in ihren Bettchen schlummern und ihr Glück sich noch in manchem Traume nachspiegelt und wenn von dem hohen Turme des Domes in der großen Stadt die Schläge der zwölften Stunde der Nacht herabgetönt haben, so erschallt das Geläute der Glocken auf dem hohen Turme des Domes, es erschallt das Geläute der Glocken auf allen Kirchentürmen der Stadt, und das Geläute ruft die Menschen in die Kirchen zu dem mitternächtlichen Gottesdienste. Und von allen Seiten wandeln die Menschen in die heiligen Räume. Und in dem hohen gotischen Dome strahlt alles von einem Lichtermeere, und so groß das Lichtermeer ist, welches weit und breit in den unteren Räumen des Domes ausgegossen wird, so reicht es doch nicht in die Wölbung empor, in welche die schlanken Säulen oben auseinandergehn, und in jenen Höhen wohnt erhabene Finsternis, welche den Dom noch erhabener macht. Der hohe Priester des Domes und die Priesterschaft des Domes feiern den Gottesdienst. Und so heilig ist das Fest, daß an ihm, und nur an ihm allein, jeder katholische Priester dreimal das Meßopfer vollbringen darf. Und wenn schon die Baukunst in den zarten Riesengliedern des Domes dem Gottesdienste als Dienerin beigegeben ist, wenn die tiefe Pracht der kirchlichen Gewänder dem Feste Glanz gibt, so tönet nun auch die Musik in ihren vollen Wellen und in kirchlichem Ernste, von dem Chore tadellos dargestellt, hernieder. Und wenn die heilige Handlung vorüber ist, zerstreuen sich Priester und Laien, die Lichter werden ausgelöscht, und der Dom ragt finster zu dem Monde, wenn er am Himmel scheint, oder zu den Sternen oder gegen die dunkeln, schattenden Wolken.

Und wie in dem Dome, so wird in allen Kirchen der großen Stadt mit den Mitteln der Kirche das heilige Mitternachtfest gefeiert, soweit die Mittel und der Eifer und die Andacht reichen. Und in jeder Kirche ist die gläubige Menge und feiert das Fest und sucht nach demselben seine Wohnung und seinen Nachmitternachtsschlummer.

Aber auch, wie um Mitternacht in der Weihnacht die Glocken der großen Stadt zum Gottesdienste rufen, so rufen in derselben Stunde alle Kirchenglocken der kleineren Stadt, der kleinsten Stadt, des Marktfleckens, des Dorfes, es rufen die Glocken aller Kirchen zu dem heiligen Feste, in welchen Kirchen das Fest gefeiert wird. Und es sind Millionen Tempel, in denen man das Geburtfest des Kindes begeht. Und wie die Mitternacht von Osten gegen den Westen herüberrückt, so rückt das Geläute von Osten gegen den Westen, bis es an das Meer kömmt. Dort macht es eine Pause und beginnt nach einigen Stunden jenseits des Ozeans.

Gehen wir von der Pracht der Hauptstadt in das Walddorf. Die Kirche steht auf einem Hügel, rings liegen Häuser und Hütten herum, und an allen Höhen und an allen weitgestreckten Machtgliedern des Waldes sind in verschiedenen Entfernungen Häuser und Häuschen und Hütten. Lange schon vor Mitternacht der Weihnacht steht die Kirche erleuchtet, und ihre Fenster schimmern weit in die Nacht hinaus. Und von den Waldhöhen und aus den Tälern von allen Seiten her bewegen sich Lichter gegen die Kirche. Menschen wandeln mit Laternen durch die in jenen Gegenden zur Zeit meistens schon schneeige Winternacht. Und wer ein Pferdchen und einen Schlitten hat, kömmt mit den Seinigen wohl auch gefahren, wenn die Bahn nicht verweht ist. Sie sammeln sich in der Kirche. Einige erquicken sich vorher auch ein wenig in der Schenke. Endlich läßt die Uhr des Turmes die zwölf Schläge ertönen. Und darauf erklingen die Turmglocken in den hellen Tönen einer kleinen Kirche, nicht in der langsamen, ruhigen Tiefe der großen Glocken der Hauptstadt. Auf den Glockenruf gehen nun eilig jene Kirchengänger, welche nahe an dem Gotteshause wohnen und bis auf das letzte Zeichen gewartet haben, und es gehen die, welche vorher das Gasthaus besucht haben, in die Kirche. Dort nimmt mancher seinen Sitz ein, der für ihn auf ein und alle Male bestimmt ist, die andern ordnen sich nach Gelegenheit. Der Schullehrer, welcher auch Kirchendiener ist, zündet noch jene Kerzen an, welche bis auf den letzten Augenblick hatten warten müssen. Dann geht er in die Sakristei. Auf dem Chore hallen einzelne Töne der Orgel, der Geige, der Klarinette, wie man sich zusammen zu stimmen sucht; denn die Nacht, die Kälte, die Feuchtigkeit hat auf Saiten und Luftsäulen einen Einfluß. Der Pfarrer verläßt sein warmes Stüblein und geht durch den Schnee in die Sakristei. Dort wird er von dem Schullehrer mit den kirchlichen Gewändern bekleidet, und es wird sonst alles geordnet, was noch zu ordnen ist. Dann eilt der Schullehrer fort. Der Pfarrer wartet noch, bis der Schullehrer auf dem Chore ist, wo er jetzt in seiner andern Würde als *Regens chori* zu wirken hat. Der Pfarrer wartet, daß er bei seinem Hinaustritte in die Kirche von der richtigen und gesetzmäßigen Musik empfangen werden kann. Endlich tönt das Sakristeiglöcklein, die Ministranten schreiten voran, der Pfarrer geht in die Kirche, und die Musik fällt ein. Es wirken zu ihr so manche zusammen. Der Schullehrer zieht sich zu ihr aus Schülern oder halb erwachsenen Kindern Sänger, und für die Geigen und für die Klarinetten und für die Waldhorne und für die Trompeten und für die

Pauken und für den tiefen Gesang finden sich immer Freiwillige in der Gemeinde, die der heiligen Töne walten. Und so eingewurzelt ist die Gewohnheit, daß dieselbe Musikbeschäftigung oft von Vater auf Sohn und Enkel und Urenkel forterbt. So war in einem Orte des böhmischen Waldes seit Menschengedenken die Baßgeige bei einem Hause, so daß es bei diesem Hause noch heutzutage beim Baß-Lorenz heißt. Die Orgel aber bleibt regelmäßig der Thronsitz des Lehrers. Der Pfarrer feiert in seiner Kirche die heilige Handlung, die Andächtigen sitzen in den Stühlen und lesen bei den vielen Lichtlein ihrer Wachsstöcke in ihren Gebetbüchern, und die auf dem Chore haben ihre Freude, wenn sie einen Gesang der Engel ausdrükken können zur Verkündigung der Geburt des Kindes und wenn sie eine Hirtenweise spielen, um die Hirten auf dem Felde anzudeuten. Der Klingelbeutel sammelt zu Bestreitung der Kirchenbedürfnisse, und das ärmste Weiblein greift um einen Pfennig in ihren Sack. Die Kirchenväter und die Pröpste der Gemeinde tun vor dem Altare ihre Schuldigkeit, und so endet alles mit Andacht und Erhebung, oft mit Rührung. Der Pfarrer legt in der Sakristei seinen Schmuck ab, die Kirchengeräte werden geborgen, und er wird in den Pfarrhof geleitet. Die Menschen verlassen die Kirche, und die Musiker sagen im Auseinandergehen: «Heute war es nicht übel, es hätte in einer Stadt nicht besser sein können.» Die Lichter der Kirche erlöschen allgemach, die Lichter der Laternen bewegen sich gegen die Waldhöhen, gegen die Waldtäler in allen Richtungen von der Kirche weg, die Schlitten fahren davon, und die Menschen kommen wieder zu ihren schlafenden Kindern heim und zu denen, die in ihrer Abwesenheit Haus und Hof behüten mußten. Und die Kirche auf dem Hügel steht dann finster in der übrigen Nacht, und Häuser und Hütten sind finster, nur daß selten irgendwo noch ein Lichtlein flimmert.

Am nächsten Tage haben die Menschen ihre festlichsten Gewänder an, es ist der Weihnachtstag. Der Taggottesdienst wird noch gehalten, und in der ärmsten Hütte wird auf den Mittagtisch gestellt, was die Kräfte vermögen. Und wie an diesem Tage das Heil in die Welt gekommen ist, so wird von ihm an auch wie zur Versinnbildlichung der Winter wenngleich kälter, doch klarer, die Tage wachsen, und alles zielt auf ein fröhlicheres Auswärts.

Und wie im Walde ist es in der großen Stadt. Die Menschen sind am Weihnachtstage im schwereesten Putze und feiern den Tag noch in der Kirche und an ihrem Tische und wenden sich zu bessern Wintertagen und zu einem freudigen, dereinst kommenden Lenze.

Derer erwähne ich nicht, die vor dem Mitternachtgottesdienste das Gasthaus besetzen, und oft auch während desselben, und die vor und nach ihm bei dem Lichte des Waldwirtshauses sitzen; denn das ist keine Vor- und Nachfeier. Wo aber in der Waldnacht das Lichtlein eines Kranken flimmert, wird gewiß er und werden die Seinigen zu dem Kindlein beten.

HUGH WALPOLE

## DER ZAUBERKÜNSTLER

Niemand kann wohl an seine Kindheit zurückdenken, ohne daß ihm die merkwürdige Vermischung von Erlebtem und Märchenhaftem auffallen muß, die diese frühen Erinnerungen wachrufen. Hier die Einzelheit, so scharf und klar, daß sich an ihrer Echtheit nicht zweifeln läßt – die Wand mit den Bildern aus den Weihnachtsheften; die grüne Untertasse aus Porzellan, in der man Kresse und Senf säte; die Eiche, die den Rasen beschützte, mit glitzernden Schneegirlanden behangen; das Gurren der Tauben über der rosafarbenen Gartenmauer – und daneben die seltsamsten Gestalten – Feen, Kobolde, Hexenmeister – und Einbildungen, wie der Kuckuck, der aus der Uhr flog, der chinesische Mandarin vom Kaminsims im Salon, der seinen langen Schnurrbart mit einem batistenen Tuch wischte, und das gefleckte Schaukelpferd ohne Schwanz, das vom Schulzimmer bis zur Eingangstür alle Treppen hinunterpolterte. Was ist Wirklichkeit? Wo fängt das Träumen an? Spricht Pilatus zu ihm: «Was ist Wahrheit?»*

Ein solches Rätsel ist mir ein Abenteuer meiner

* nach Joh. 18,38.

Kindheit, von dem ich noch nie berichtet habe, vielleicht aus Angst, man werde mir nicht glauben. Mag sein, daß mir endlich klar wird, daß das ganze Leben eine Abfolge von rätselhaften Abenteuern ist und jede Begebenheit darin ebenso unwahrscheinlich. Vielleicht bin ich aber auch einfach alt genug, um das Hohngelächter meines Gegenübers nicht mehr zu fürchten. Man hat mich zu oft ausgelacht, und jetzt habe ich mich, wie die Schmeißfliege im Märchen, «an das unverschämte Brummen meines Vetters gewöhnt»*. So oder so erzähle ich diese bemerkenswerte Geschichte heute zum ersten Mal, genau so, wie sie in meiner Erinnerung geschrieben steht.

Ich muß damals um die dreizehn gewesen sein. Ich war ein schüchternes, nervöses und gehemmtes Kind – um so mehr als meine älteren Geschwister über gar nichts im Zweifel waren und über meine Kleinmütigkeit spotteten, soweit sie überhaupt an mich dachten.

Sie hatten ja leider recht: ich *war* eine kleinmütige Natur. Ich meinte, es brauche so wenig – ein Wort, einen Blick, das Schließen einer Tür oder das Öffnen eines Fensters vielleicht –, und das Unglück sei geschehen. Der Tag – jeder Tag – war voller Gefahren, in der Schule so gut wie zu Hause. Vater und Mutter liebte ich zwar, aber ich fürchtete sie damals auch. Ich haßte den Ausdruck in den Augen meiner Mutter, wenn sie, obwohl sie mich liebte, zu denken schien: «Kommt denn dieses

---

* Vermutlich Anspielung auf «The Auto-da-Fe» in den *Ingoldsby Legends* des Reverend R. H. Barham (1788–1845).

Kind nie zur Vernunft? Was sollen wir bloß mit ihm anfangen?»

Sarah, meine ältere Schwester, ein fröhlicher, bei allen beliebter Wildfang, hatte die Gewohnheit, mich anzuschauen und lachend zu sagen: «Was bist du bloß für ein kleiner Narr!» – und das war ich wohl auch. Trotzdem hätte sie besser nicht gelacht. Aber sie war in jenen Jahren (wie ich ihr seither vorgehalten habe) so gedankenlos verletzend.

Doch geht es mir hier nicht darum, jemandem Vorwürfe zu machen. Daß ich es nicht anders verdient hatte, bezweifle ich keinen Augenblick. Ich war ein schüchternes, unbeholfenes, wenig einnehmendes Kind – wodurch dieses eine Erlebnis um so mehr heraussticht. Während einiger Jahre meiner Kindheit besaß mein Vater, der Arzt war, eine Praxis im Dorf Gosforth in Cumberland. Von Gosforth waren es drei Meilen zum Meer und gegen sechs Meilen zum See von Wastwater. Das Dorf bestand aus einer einzigen langgezogenen Straße. Man kannte es hauptsächlich wegen seiner Kirche, und die Kirche kannte man wegen des bedeutenden Kreuzes auf dem Friedhof. Dieses Kreuz war eines der ältesten – wenn nicht das älteste – in ganz Großbritannien, und die eingemeißelten heidnischen Figuren machten es noch bedeutender. Altertumsliebhaber besuchten, und besuchen es gewiß noch, in Scharen.

Alles in allem machten das nahe Meer, der See (der dunkelste und geheimnisvollste von allen), den man bequem mit dem Fahrrad erreichte, das seltsame Kreuz und die erhabenen Umrisse des Black Combe am Horizont Gosforth zum idealen

Nährboden für die unlogischen Phantasien eines gefühlvollen Kindes.

Wir wohnten in einem winkligen alten Haus, eine halbe Meile vom Dorf entfernt. Zum Haus gehörte ein verwilderter Garten, dahinter lag dichter, undurchdringlicher Wald, und sangesfreudige, geschwätzige, klatschsüchtige, leutselige Vögel gab es dort wie sonst nirgends! Weder Vater und Mutter noch Sarah und Fred – meine Geschwister – waren in der Welt der Phantasie besonders daheim. Während der Ferien – ich besuchte damals die Sedbergh-Schule – wurde jede Minute genutzt. Mein Vater war der Meinung, daß Nichtstun den Kindern schade, und so wurden wir von morgens bis abends beschäftigt. Wir wurden zum Spielen angehalten, und es gehörte zu meinen Nöten, daß ich in gar jedem Spiel eine Niete war. Ganz anders Sarah und Fred, die nichts lieber taten und aus der näheren und weiteren Umgebung Kinder zum Mitmachen einluden. Kinder fanden sich damals leicht. Es war vor der Zeit des unablässigen allgemeinen Herumchauffierens und also auch der leidenschaftlichen, nie befriedigten Unrast. Wir versäumten keine Abwechslung, besaßen aber auch jene kostbarste aller guten Gaben – die Fähigkeit, sich an kleinen Dingen mit allen Sinnen unbändig freuen zu können. Es gab kaum etwas, das wir zu unserer Unterhaltung verschmähten.

Das Unglück wollte es, daß keines der Kinder, die zu uns kamen, mich mochte, obwohl meine kindlich einsame Seele nach Zuneigung lechzte. Da waren die Bellishaws aus Uffdale, die Croxtons von «Moor Park» und die Adderleys aus dem

Dorf. Die Adderleys sind wichtig für meine Geschichte, und darum ein paar Worte zu ihnen – vorurteilsfrei, hoffentlich, obwohl ich selbst nach dieser langen Zeit nicht behaupten kann, daß sie mir lieb wären!

Der Pfarrer von Gosforth war Junggeselle und bewohnte ein paar Zimmer am Dorfrand, gegen Wastwater. Das Pfarrhaus war groß, weitläufig und alt, teuer im Unterhalt, und darum überließ er es Sir John und Lady Adderley und lebte zufrieden und heiter in einem stickigen Studierzimmer, nebst kleinem, muffigem Schlafzimmer. (Ich sehe ihn noch vor mir, wie er dem Bach nach aus dem Dorf spaziert, den schwarzen Pfarrhut schräg auf dem Kopf, eine gewaltige Pfeife im Mund und ein erwartungsfrohes Leuchten im Auge!)

Die Adderleys mieteten sich also für ein Jahr im Pfarrhaus ein und machten in der ganzen Gegend Furore. Das lag der Familie im Blut; so lärmig, froh, zuversichtlich und überaus selbstsicher, wie sie alle waren. Lady Adderley habe ich als stattliche Frau mit großem, sommersprossigem roten Gesicht in Erinnerung, und ich sehe sie immer in ihrem riesigen Schlapphut vor mir, mit Gartenhandschuhen und einer mächtigen Schere. Aber wichtig waren eigentlich die drei Kinder – Ambrose, Grace und Samuel. Es müssen sehr herrschsüchtige Kinder gewesen sein. Jedenfalls scheint es mir in der Rückschau, daß sie bei allem die Anführer waren, und das augenblicklich. Ich höre noch den Befehlston, in dem Ambrose, kaum war er vor unsrer Tür angekommen, ausrief: «Alle mal herhören! Jetzt spielen wir Krocket, und ich schnapp' mir die rote Kugel!»

Natürlich verabscheuten sie mich gründlich. Sie neckten mich, lachten mich aus und verspotteten mich, selbstverständlich alles ganz harmlos. Sie strotzten einfach von urwüchsiger Gesundheit und mußten ihre überschüssige Energie loswerden. Und da war ich, unbrauchbar bei jedem Spiel und leicht aufzubringen, was für alle ein amüsanter Zeitvertreib war. «Kommt, wir machen Humphrey wild», ertönte ihr anfeuernder Ruf – und ich wurde auch ganz leicht wild!

Das Ende davon war, daß ich mich beim Auftauchen der Adderley-Kinder wann immer möglich davonmachte. Ich versteckte mich im Wald oder schlich die Straße hinauf, und wenn ich dann für den Augenblick keine Verfolgung mehr fürchten mußte, ließ ich meiner Phantasie freien Lauf und erzählte mir selber Geschichten oder, was häufiger war, ersann wundersame Katastrophen, bei denen ich den Helden spielte – Feuersbrünste, vor denen ich meine Schwester und die kleine Adderley rettete; Expeditionen, auf denen wir uns im Gebirge verirrten und ich als einziger den Weg wieder fand; oder ein Unglück auf See, bei dem ich durch gewaltige Wellen schwamm, um Hilfe herbeizuholen.

Auf einem dieser einsamen Spaziergänge sah ich Mr. Claribel zum ersten Mal.

Ich habe schon bemerkt, daß ich in der Rückschau nicht mehr sicher sein kann, was wirklich war und was nicht. Bestimmt war es aber ein kalter Wintertag, an dem ein leise winselnder, einsamer Wind ein paar letzte dürre Blätter in die Luft wirbelte, bevor sie wieder zu Boden sanken. Von dort, wo die Straße einen Bogen machte, sah der bucklige Black Combe – schwarz vor dem weißgrauen kalten Himmel – stirnrunzelnd auf mich herab. Und die Straße herunter kam Mr. Claribel. Ich habe mich nie davon abbringen lassen, daß er herbei*getanzt* kam. Auch das mag Einbildung sein, aber wie klar sehe ich ihn vor meinem geistigen Auge doch tanzen, mit seinem schwarzen runden Hut, dem Schirm in losen Falten, während die kalte, dünne Luft durch die Zweige bebte.

Vor mir hielt er an. Ich hatte ihn nie zuvor gesehen (obwohl er schon seit geraumer Zeit im Dorf lebte) und muß ihn ganz unverschämt angestarrt haben. Er wirkte auf den ersten Blick seltsam, mit seinem kleinen, mageren Körper, den hellen blauen Augen in dem dunklen Gesicht und den langen schwarzen Rockschößen, die hinter ihm herflatterten.

Unser Gespräch (das erste von vielen) verlief ungefähr so:

«Hallo, kleiner Junge, was tust du denn hier?»

«Spazieren, Sir.»

«Was – ganz allein? Hast du denn niemanden, der mit dir geht?»

«Ich bin gerne allein, Sir.» (Manchmal war ich ziemlich hochnäsig.)

«Gerne allein? Na, na! Das sollte nicht sein in deinem Alter! Wie alt bist du?»

«Dreizehn und drei Monate.»

«Dreizehn und drei Monate – und ganz allein. Wo sind Vater und Mutter?»

«In ‹Grange Hall›, Sir. Der Arzt, das ist mein Vater.»

«Der Arzt, sagst du? Und hast du keine Geschwister?»

«Doch, Sir. Einen Bruder und eine Schwester.»

«Und was machen *die*?»

«Spielen.»

«Das solltest du auch tun.» Ungefähr da muß er sich ganz nahe vor mich hingestellt und mir forschend ins Gesicht geblickt haben. «Du hast nicht zufällig einen kleinen Hund gesehen?»

«Nein, Sir.»

«Es ist ein kleiner brauner Hund, und er heißt Napoleon. Er ist verschwunden. Immer verschwindet er. Aber alles andere ja auch.»

Ich erinnere mich ziemlich deutlich, daß er mich darauf fragte: «Kennst du das Geheimnis eines glücklichen Lebens?»

«Nein, Sir.»

«Niemals überrascht sein. Nimm alles, wie es kommt. Es hat keinen Zweck, überrascht zu sein, weil ES sich einen Deut darum schert. ES kümmert sich nicht um deine Gefühle.»

Er sagte ES mit unheimlichem Nachdruck.

«Meine Güte», sagte er dann. «Hier ist es sehr kalt zum Reden. Hast du deinen Tee schon gehabt?»

«Nein, Sir.»

«Dann komm doch und trink ihn mit mir.»

So machten wir uns zusammen auf den Weg. Er schlug einen schnellen Schritt an und murmelte manchmal etwas vor sich hin; dann wieder ließ er seinen Schirm fallen, den ich ihm jeweils aufhob, und ab und zu rief er in einem schrillen Diskant: «Napoleon! Napoleon!»

Als wir schon ganz nahe beim Dorf waren, tauchte ein kleiner brauner Hund aus dem Nichts auf. Buchstäblich aus dem Nichts. Es war richtig unheimlich. Da stand er, mitten auf der Straße, ein sehr hübscher kleiner Hund mit lockigem braunen Haar; er wedelte mit dem Schwanz und sah ausgesprochen freundlich aus.

«Wo bist du gewesen?» fragte Mr. Claribel streng. Aber der kleine Hund hörte nicht hin, jagte bloß einem Blatt nach, mit dem der Wind spielte, und rannte vor uns her, als ob ihn nichts auf der Welt zu kümmern brauchte.

Ich erinnere mich, daß ich Bedenken hatte, von einem völlig Unbekannten eine Einladung zum Tee anzunehmen. Man hatte mich immer davor gewarnt, mit Fremden zu reden oder etwas von ihnen anzunehmen; aber ich sah nicht ein, was ich von diesem Herrn zu befürchten hätte, und wahrscheinlich gefiel mir auch der Gedanke, meiner Familie für einmal nicht zu gehorchen. Sie kümmerte sich ja doch kaum darum, was ich tat, dachte ich!

Wir kamen bei dem kleinen Haus mit einem kargen Vorgärtchen an. An diesem Gärtchen fiel mir eine große Silberkugel auf (wie eine Zauberkugel), die auf einem Steinsockel mitten im Blumenbeet ruhte. Daneben gab es etwas, das eigentlich ein kleiner Springbrunnen gewesen wäre, bloß daß kein Wasser floß, und auf dem Kiesweg lag ein

Spielzeugzug trübsinnig auf der Seite. Alle Einzelheiten dieses Hauses sind mir so gegenwärtig, als ob ich in diesem Augenblick durch die Eingangstür treten würde.

Mr. Claribel und Napoleon gingen voraus. Mr. Claribel half mir aus Mantel und Schal und klopfte mir dabei auf die Schultern. Dann folgte ich ihm in den seltsamsten Raum, den ich je gesehen hatte. Es war ein kleines Zimmer, mit einem munter prasselnden kleinen Kaminfeuer, einer Vase Christrosen im Fenster und einem Tischchen, das für den Tee gedeckt war. Aber das Seltsame daran war, daß es mit den ausgefallensten Sachen vollgestopft war. Ich erinnere mich an Schachfiguren in zweierlei Ausführung, an ein Segelschiffmodell aus Silber unter einer Glashaube, einen großen, getupften Fisch, der an der Wand lehnte, ein Puppenhaus mit bunt glänzenden Miniaturmöbeln, an eine von diesen großen Glaskugeln mit einem blaubemalten Haus drin, die man umdreht, und dann schneit es (ich hab' es versucht, darum weiß ich es), eine karminrote Trommel mit vergoldetem Regimentswappen auf dem Rot, einen Elefanten aus Elfenbein, an eine Spieldose, mit kleinen ländlichen Szenen bemalt (daß es eine Spieldose war, weiß ich, weil sie später für mich erklang), und viele, viele andere Dinge, obwohl ich mich nur an die genannten genau erinnern kann. Ich sah nie ein so überfülltes Zimmer, und doch hatten wir auf wunderbare Weise genau darin Platz: ich saß auf der einen Seite des Kamins, er auf der andern, und zu seinen Füßen ruhte Napoleon.

Bald brachte eine alte Dame den Tee, und wir wandten uns dem Tisch zu.

«Ich trinke meinen Tee immer am Tisch», bemerkte er (und ich beobachtete, wie er seine Serviette unter seinem spitzen, kleinen braunen Kinn einsteckte). «Man ißt sehr viel mehr. Findest du nicht auch?»

Viel aßen wir an diesem Abend tatsächlich! Es gab feste, köstliche Brombeermarmelade; festen, köstlichen Ingwerkuchen, schwarz wie die Hölle, himmlisch süß, noch feucht in der Mitte; Vollkorn- und Rosinenbrötchen, belegte Brote und heißen Toast mit Butter; dazu Tee aus einem prächtigen alten Teekrug, der mit Rosenblättern und -blüten aus daumendickem Silber verziert war. Ich weiß noch, daß ich mich beim Schlemmen fragte, ob er wohl jeden Tag allein soviel zum Tee aß. Oder ob er jemanden erwartet hatte? Aber wie konnte er wissen, daß er mich treffen würde?

Wie so häufig, las er meine Gedanken.

«Ich wußte, daß du zum Tee kommen würdest», sagte er. «Ich hatte Teesatz in meiner Tasse beim Frühstück.» Aber das meinte er eigentlich nicht. Er hatte es irgendwie im Gespür. Da war ich mir sicher. Aber wie konnte das sein ... wenn ich es doch selbst noch nicht wußte!

Bevor ich an diesem Nachmittag wieder ging, stellte er mir alle möglichen Fragen, zum Teil sehr ungewöhnliche. Vielleicht erfinde ich hier aber tatsächlich auch nur. Oder klingt es nicht unglaubwürdig, daß er mich zum Beispiel gefragt haben soll, ob ich Eicheln sammle? Natürlich sagte ich nein. Er schüttelte den Kopf und fand, das sei schade. Er fragte mich auch, ob mir der große Zeh an meinem linken Fuß manchmal weh tue, und ich antwortete, daß das tatsächlich ab und zu vorkomme. Darauf lächelte er und sagte, das sei ein sehr gutes Zeichen, und es freue ihn, das zu hören. Er fragte mich, ob ich gerne lese, und ich sagte ja. Welche Bücher mir denn am besten gefielen? Ich sagte Stevenson, Rider Haggard und Stanley Weyman*.

Er sagte, er habe ein Buch für mich, und aus einer Schublade beim Kamin zog er ein schmales, flaches Buch mit verblaßtem roten Einband. Darin waren farbige Bilder, Bilder von erstaunlichen Tieren, Tieren mit zwei Köpfen und langen Schwertern, die ihnen aus der Stirn wuchsen. Es gab auch Karten des Planetensystems, Damen mit Kronen auf dem Kopf, und auf einem Bild war ein großer grüner Baum mit einem riesigen Vogelschwarm. Viele Seiten bestanden auch nur aus Zahlen und den Buchstaben des Alphabets.

«Also, wenn du lernst, was das alles heißt, Humphrey», sagte er, «könntest du dich jederzeit verwandeln in alles, was du willst.»

«Das könnte ich?» fragte ich ganz ehrfürchtig.

«In der Tat.»

«Und können Sie sich selbst in alles, was Sie wollen, verwandeln?» erkundigte ich mich.

«Oho», antwortete er lächelnd, «eine gute Frage. Aber Napoleon, der kann es sicher.»

---

* Henry Rider Haggard (1856–1925), Verfasser von Abenteuerromanen aus Afrika.

Stanley John Weyman (1855–1928), schrieb historische Romane.

Danach ging ich nach Hause, nudelsatt und das rote Buch fest eingeklemmt unter dem Arm. Ich war ganz aufgeregt. Ich hatte einen Freund gewonnen. Ich kannte jemanden, den meine Familie nicht kannte. In den folgenden paar Wochen sah ich ihn häufig. Mehrmals bat er mich zum Tee. Und bald hatte ich ihn sehr liebgewonnen, denn ich war ein gefühlvoller kleiner Junge, der sich nach Zuneigung sehnte. Niemand war je so nett gewesen mit mir. Mein Selbstvertrauen begann zu erwachen. Ich bürstete mir das Haar, wechselte meine Kragen und fing tatsächlich an, eigene Ansichten zu haben und auch zu vertreten.

Dann wurde meine neue Freundschaft natürlich entdeckt. Man sah mich mit Mr. Claribel die Straße hinunterspazieren. Niemand sagte offen etwas dagegen, aber ich wurde fürchterlich aufgezogen. Ich stellte fest, daß Mr. Claribel im Dorf als völlig närrisch galt. Zwar konnte ihm niemand etwas nachsagen; er war im Gegenteil ein netter, wunderlicher alter Mann, der den Kindern Süßigkeiten schenkte, die alte Mrs. Mumble besuchte, wenn sie mit ihrem üblen Bein im Bett lag, und Mr. Somerthwaite half, als seine Kuh einging. Aber er war seltsam, und das reicht auf dieser Welt, um einen Menschen von seinesgleichen auszuschließen. Als ob wir nicht alle überaus seltsam wären! Und wenn nicht auf die eine, dann gewiß auf die andere Art!

Vor allem die Adderley-Kinder machten sich lustig über meine Freundschaft.

«Mr. Claribel bittet Humphrey zum Tee!» rief Ambrose aus, und dann alberte er herum als

Mr. Claribel mit Rockschößen und lose gefaltetem Regenschirm. Dazu kam, daß mich diese neue Vorliebe noch stärker als vorher von den anderen unterschied. Mr. Claribel war verrückt, und ich mochte ihn, also mußte ich auch verrückt sein. Außerdem hatte ich jetzt etwas, das *sie* nicht hatten. Kinder sind grausam, nicht weil sie es wollen, sondern weil sie noch nicht gezähmt sind. So war ich eben ein krankes oder verwundetes Tier der Herde, und die gesunden mußten sich wehren.

Merkwürdigerweise war Mr. Claribel über alles, was sie taten, genau im Bild. Ich mußte ihm gar nichts erzählen. «Wenn sie nicht aufpassen», sagte er eines Tages, «verpasse ich diesen Kindern den Schreck ihres Lebens», und als er es sagte, sah er vorübergehend richtig gefährlich aus! Dabei hätte niemand freundlicher zu mir sein können als er. Die Geschichten, die er mir erzählte, die Geschenke, die er mir machte (die Schneekugel besitze ich heute noch!), und die Zuneigung, die er mir bewies!

Unterdessen ging es auf Weihnachten zu. Eine Woche vor Weihnachten kam der Schnee. Drei Tage lang schneite es unaufhörlich – richtigen harten Schnee, der die Erde bedeckte und dort blieb. Das ist ungewöhnlich für Cumberland, wo der Schnee selten in den Niederungen liegenbleibt. Nach den Schneefällen war der Himmel ein übers andere Mal strahlend blau. Wir wurden vom Gleißen und Funkeln des Morgenlichts geweckt und schauten durch das Fenster hinaus auf einen Rasen, der so dicht mit Diamanten besetzt war, daß unsere

Augen von dem Anblick schmerzten, und nichts brach das jungfräuliche Weiß als die winzigen Spuren der Vögel. Über alles breitete sich eine wundersame Stille. Aus weiter Ferne hörte man Stimmen rufen und Hunde bellen, und die Schatten, die die Tannen auf den Schnee warfen, waren ein tiefes und sanftes Purpur. Auf der Eiche im Garten lag der Schnee so schwer, daß es schien, sie müsse, so stark sie war, nachgeben unter der Last.

Und im Hause welche Aufregung! In jenen Tagen war Weihnachten ein geheimnisvolles Ereignis, eine Zeit fast leidenschaftlicher Vorfreude und glückseliger Erfüllung! Es gab keine Hilfe von außen, bloß ein, zwei Einladungen, einen Weihnachtsbaum für die Dorfkinder. Aber den Stoff der Wirklichkeit mußten wir wie die Seidenraupen aus uns selber spinnen!

Ich erinnere mich, daß in diesem Jahr die Stechpalmen besonders schön waren – voll praller Beeren –, und bald war das Haus geschmückt von der Küche bis zum Dach. Aber die Hauptsache war das Ersinnen von Geschenken. Geheimnisvolles entstand hinter verschlossenen Türen, wurde in Papier gewickelt und in Schubladen versteckt. Wir Kinder hatten wenig Geld, und der einzige Ort, etwas zu erstehen, war der Dorfladen. Ich besaß alles in allem etwa sechs Shilling, und vier Personen sollten größere Geschenke erhalten, worunter ich etwas wirklich Wichtiges, Unverwechselbares, Aufsehenerregendes verstand. Was es genau war, soll mich niemand mehr fragen. Ich habe es, ehrlich gesagt, völlig vergessen.

Dafür weiß ich noch genau, daß mich gegen

Weihnachten die Gewißheit des bevorstehenden Fiaskos zu überwältigen drohte. Dabei wollte ich mich doch diesmal behaupten und allen beweisen, daß ich *auch* etwas galt! Meine Geschenke sollten so besonders sein, daß man mich nicht übersehen konnte. Natürlich waren sie es nicht. Und während die anderen immer geschäftiger, betriebsamer und aufgeregter wurden, schrumpfte ich, wie immer, wenn sich die ganze Familie ereiferte, mehr und mehr zu einem Nichts. Bloß wenn sie einen Botenjungen, Sündenbock oder Handlanger brauchten, dachten sie an mich – mit gutmütiger Verachtung. So kam es mir mindestens vor. Ich bin nämlich sicher, daß ich mir das alles nur einbildete und sie zu beschäftigt, froh und heiter waren, um von mir überhaupt Notiz zu nehmen, oder dann dachten, ich sei ebenso froh und heiter. Aber vielleicht gerade weil meine junge Freundschaft mit Mr. Claribel neue Hoffnungen in mir genährt hatte, empfand ich mich um so schmerzlicher als elenden Versager, mit dem niemand etwas anfangen konnte.

Und das Schlimmste an allem war die Einladung bei den Adderleys. Sie sollte am Heiligen Abend stattfinden – ein rauschendes Fest im Pfarrhaus. Kinder aus der ganzen Umgebung, Abendessen, Spiele und Weihnachtsbaum. Nie litt ich so wie bei den Einladungen der Adderleys, denn nirgendwo wurde ich so gründlich übergangen wie dort. Natürlich war ich selbst schuld daran. Eine große Gesellschaft ließ mich verstummen, und wenn ich einmal etwas sagte, lachte gewiß jedermann über meine Bemerkung. Ich wollte lustig sein, aber das Glück schien mir bei solchen Gelegenheiten einfach immer versagt zu bleiben.

In dem Maß, wie die Stunden vergingen, umwölkte der Gedanke an das Fest bei den Adderleys meinen Blick. In meiner überhitzten Einbildung sah ich mich schon ausgelacht und verspottet, und ich empfand mein Versagen um so bitterer, als es mir doch so leichtfiel, mir auszumalen, wie wunderbar ein Erfolg wäre. Ich sah mich Beifall ernten, hörte das Raunen: «Was für ein begabter Junge! Ein ganz ungewöhnliches Kind!» Nicht daß ich mich für ungewöhnlich oder begabt hielt, aber wie herrlich, wenn ich ein einziges Mal dafür gelten könnte!

Am Morgen vor Heiligabend war ich abgrundtief unglücklich. Ich trug etwas für meine Mutter und ließ es fallen; ich suchte etwas für meinen Bruder und fand es nicht; mein Vater sagte: «Na komm, Humphrey – wo hast du bloß deinen Kopf?» Mitten am Morgen – es war ein schöner, kristallklarer Tag – entwischte ich, um Mr. Claribel mein Geschenk zu bringen. Nach gründlichem Überlegen und Abwägen meiner Möglichkeiten hatte ich beschlossen, ihm ein Taschenmesser zu schenken. Ein albernes Geschenk, vielleicht; aber es war etwas, das ich nie bei seinen Habseligkeiten bemerkt hatte, und weil ich im Augenblick selbst unbedingt ein Taschenmesser brauchte, war es einleuchtend, daß es anderen ebenso gehen mußte.

Das Messer, das ich dann im Dorfladen kaufte (und dafür die Hälfte meiner Schätze opferte), war aus Schildpatt. (Eine Imitation? Ich muß es befürchten, aber damals wußte ich davon nichts.) Es hatte bloß eine Klinge, aber es *glänzte* und es *schnitt*, das probierte ich nämlich aus. Ich war davon sogar derart entzückt, das weiß ich noch, daß ich einen Augenblick schrecklich versucht war, es zu behalten. Aber wenn man ein Geschenk selber behält, das man für jemand anders gekauft hat, zerfällt es unweigerlich zu Staub und Asche, das habe ich inzwischen gelernt. Nein, ich liebte Mr. Claribel, und als ich vor seinem Haus stand, gefiel mir der Gedanke, wie er sich freuen würde. Und wie er sich freute! Er küßte mich sehr förmlich auf die Stirn. Ich verabscheute Küsse, aber diesmal wurde mir warm ums Herz; plötzlich dachte ich an die Party bei den Adderleys, eine klare Vision meiner Unbeholfenheit und Verlassenheit dort stieg in mir auf – und ich brach in Tränen aus!

Der kleine Mann gab alle möglichen Klagelaute von sich, holte den schwarzen Ingwerkuchen hervor und legte mir den Arm um die Schulter, während ich aß; dann gab er mir sein Geschenk, und es war nichts anderes als die wunderschöne Spieldose mit den Bildern. Darüber freute ich mich so, daß ich ihm die Arme um den Hals warf und ihn meinerseits küßte.

Dann fragte er mich, weshalb ich trotzdem so unglücklich sei, und ich sagte es ihm. Es sei das Fest bei den Adderleys. Ich mochte die Adderleys nicht, und ihre Parties seien grauenhaft. Ich wußte, daß ich mich blamieren würde, so daß sich Vater und Mutter für mich schämen müßten und ich mich auf dem Heimweg so elend fühlen würde, daß Weihnachten für mich völlig verdorben wäre.

Er nickte einige Male; dann sagte er: «Jetzt mach

dir einmal keine Sorgen. Ich versprech' dir, daß dir der Abend gefallen wird.»

Ich schüttelte betrübt den Kopf.

«Wart es nur ab. Ich habe noch nie etwas versprochen, das ich nicht halten konnte. Wart es ab.»

Auf wundersame Weise getröstet, rannte ich nach Hause, die Spieldose fest in der Hand.

Als es Zeit war, machten wir uns, vermummt bis zur Nase hinauf und die Hände in dicken Wollhandschuhen, auf den Weg zum Pfarrhaus. Mein Vater leuchtete uns mit seiner Laterne. Vielleicht narrt mich hier wegen der nachfolgenden Ereignisse meine Einbildung wieder, aber rückblickend entdecke ich in dieser Nacht einen Zauber. Am Himmel prasselten die Sterne, unser Atem zog wie Wolkenfetzen an der Laterne vorüber, und in ihrem flackernden Schein leuchteten sie auf. Im hellen Sternenglanz schimmerte die Luft silbrig, und in diesem Dämmerlicht waren die Bäume und Hecken wie aus weißem Marmor und schienen über die Felder zu gleiten. Es war klirrender Frost, und der Schnee knirschte und wimmerte unter unseren Stiefeln. Manchmal bebte die Luft leise, und ein Hauch Schnee versprühte auf unsern Schultern. Alles zeugte von Weihnachten. Vor dem Haus der alten Miss Mark, weiter die Straße hinunter, sang eine kleine Schar Weihnachtslieder, und ihre Laterne schien der unseren spitzbübisch zuzuzwinkern, als wollte sie sagen: «Was soll das heißen, daß du diesen sterblichen Narren den Weg weist? Willst du nicht lieber in den Teich mit ihnen?»

Alles ohne böse Absicht, natürlich!

Über die Felder drang das perlende Stakkato der Kirchenglocken an unser Ohr. Sie übten für morgen, und ich sah Joe Churcher, mit dem ich gut auskam, am Seil ziehen mit seinem ganzen Gewicht, und daneben den schmächtigen Harry Bone, der so klein und dünn war, auf Zehenspitzen. Da war es jedenfalls, dieses volle, frohlokkende, übermütige Geläute, das die weißen, frostigen Felder derart überrollte, daß man meinen könnte, die Glocken seien so außer sich über die frohe Botschaft, daß sie sich überschlugen vor Ungeduld, sie weiterzusagen.

Als wir uns dem Pfarrhaus näherten, kämpfte ich, wie ich noch weiß, mit zwei ganz unterschiedlichen Regungen. Einerseits wollte ich fortlaufen und mich verstecken. Ich trottete am Schwanz unserer Familienprozession, erfüllt, wie schon den ganzen Tag vorausgesehen, von der Gewißheit, vergessen und übergangen zu werden. Ja, bis zu dem Abend hatte meine Familie eine ganz merkwürdige Art, so zu tun, als ob es mich nicht gäbe; aber *nach* diesem Abend hatte sich ihnen meine Existenz für immer eingeprägt! Ich fühlte mich also elend und ausgestoßen aus der Gesellschaft, aber gleichzeitig wagte ich zu hoffen. Ich war ganz sicher, daß Mr. Claribel sein Versprechen halten würde. Wie er das tun wollte, wußte ich natürlich nicht, aber etwas würde geschehen, etwas, das alle in Staunen versetzen mußte!

Einmal im Haus, schwammen wir mit dem Strom. Man nahm uns Mantel und Schal ab, wir glätteten unser Haar, zupften unsere Westen gerade und versuchten so erwachsen wie möglich auszusehen. Ich erinnere mich, daß ich beim Betrachten meiner Schwester Sarah zum ziemlich verzweifelten, schmerzlichen Schluß kam, es sei hoffnungslos mit ihr. Sie war keine Schönheit (niemand von uns, leider!), eher plump, und *ewig* hatte sie verrutschte Strümpfe und eine blanke Nase! (Ach, Sarah! Wie wurdest du mir in späteren Tagen lieb! Was gäbe ich doch darum, dich jetzt neben mir sitzen zu sehen!) Ja, ich war damals streng in meiner Kritik, aber aus dem kleinen Kritiker konnte (wie aus so vielen großen) ein freundliches, persönliches Wort einen Bewunderer machen.

Freundliche Worte gab man mir allerdings während der ersten Hälfte dieses Abends keine. Alles ging so schief wie nur möglich! Wir stolperten in den Salon und standen herum, die meisten von uns mit grollender, verlegener Miene.

Lady Adderley kam, rot im Gesicht und in ein zu enges blaßblaues Seidenkleid gezwängt, in unsere Mitte gerauscht und verströmte laute Heiterkeit, um das Eis zu brechen. Der Raum war sehr einladend in seinem Lichterglanz, mit Stechpalmenschmuck über allen Bildern und einem dicken, beerenbeladenen Mistelzweig, der von dem großen Leuchter herabhing, an dem tausend Silbermünzen klirrten, wenn wir uns darunter bewegten.

Das Eis mußte also gebrochen werden, darum fingen wir mit einer Stuhlpolonaise an, und kaum hatte der Abend begonnen, machte ich mich auch schon unmöglich. Gerade vor mir tastete sich nämlich eine lange, dünne Dame in einem lästigen Kleid mit Schleppe die Stühle entlang. Sie gehörte zu jenen mittelalterlichen Damen, die an Kindergesellschaften «jünger sein wollen als die Jüngsten», und darum packte sie jede Stuhllehne und gab schrille Schreie des aufgeregten Entzückens von sich. Ich war gleich hinter ihr und trat auf ihre Schleppe. Es machte ratsch – dann ein Aufschrei. Die Dame drehte sich um, und einen Augenblick dachte ich, sie würde mich schlagen, so böse sah sie mich an. Aber sie nahm sich zusammen, sagte mit bittersüßem Lächeln, das sei doch nicht der Rede wert, und zog sich zurück, um den Schaden beheben zu lassen.

Natürlich hatten alle gesehen, daß ich schuld war. «Typisch Humphrey», hörte ich jemanden sagen. Ich befand mich jetzt in der prekären Lage, die wir alle aus Alpträumen kennen, wo jeder Schritt gefährlich ist. Eine Bewegung, und die Katastrophe schien unausweichlich. Merkwürdigerweise schienen sich alle andern ähnlich unbehaglich zu fühlen. Es drohte eine von den Gesellschaften zu werden, auf die unglückliche Gastgeberinnen ihr Leben lang mit Entsetzen zurückblikken. Gleich schon am Ende des allerersten Spiels gab es Ärger, weil ein fetter kleiner Junge den Sitz des letzten Stuhls umklammert hielt und sich beschwerte, *er* habe gewonnen und nicht der dünne Junge mit den Kaninchenzähnen, der auf dem Stuhlrand saß, als wäre er Casabianca*. Andere

---

* Anspielung auf den Helden im Gedicht «Casabianca» von Mrs. Hemans (1793–1835):

> «The boy stood on the burning deck
> Whence all but he had fled;
> The flame that lit the battle's wreck
> Shone round him o'er the dead.»

BESUCH DER MARIA BEI ELISABETH

(Lukas 1,39–56)

chend und bestens aufgelegt zu einem großen Kreis, die älteren Leute auf Stühlen und die meisten Kinder mit gekreuzten Beinen am Boden.

Der Zauberer, der eine ernste Natur zu sein schien, weil er nie lachte, trat hervor und stellte sich auf einem dicken purpurfarbenen Läufer vor den Fenstern auf. Lady Adderley schob einen Tisch vor ihn hin, und er legte seinen roten Lederkoffer darauf. Dann – so unvermittelt, daß wir alle zusammenfuhren – zog er, aus den Tiefen seines Mantels anscheinend, einen langen karminroten Zauberstab mit silbriger Spitze hervor. Und jetzt sprach er zu uns, seine Stimme war leise und doch jedes Wort glockenrein.

Er mahnte, wir sollten uns nicht überraschen lassen von dem, was wir sahen; an Wundern gebe es auf dieser Welt eben mehr, als wir uns je träumen ließen, und wir sollten nie sagen, etwas sei unmöglich. Unmöglich erschienen uns gewisse Dinge mit zunehmendem Alter nämlich nur (hier lächelte er zum ersten Mal, und wie ich ihn so anstarrte, war mir, ich kenne dieses Lächeln), weil wir unsere Sinne so fest verschlossen hielten wie er seinen roten Lederkoffer. Wenn uns natürlich daran gelegen sei, uns in einem roten Lederkoffer einzusperren, seien wir selber schuld – aber er wolle doch hoffen, *wir* hätten mehr Verstand. Wir lachten und zweifelten nicht daran.

Dann hob er seinen Zauberstab und begann mit seinen Kunststücken. Es folgte so das Übliche: Er zauberte farbige Papierschlangen aus seinem schwarzen Hut, eine Blume von unter dem Tisch in einen Topf, ein Ei aus seinem linken Ohr und ließ ein Spiel Karten spurlos verschwinden. Ich hörte schon Ambrose, der neben mir saß, murmeln: «Er ist doch bloß ein gewöhnlicher Taschenspieler.» Aber dann hielt er inne, kam näher zu uns und musterte uns alle mit seinen durchdringenden schwarzen Augen.

«Sie haben so etwas schon gesehen?» sagte er. «Bitte, dann sehen Sie eben jetzt etwas Neues.»

Ein erwartungsfroher Schauder überlief uns.

«Aber zuerst», sagte er, «brauche ich einen Gehilfen.»

Etliche Jungen sprangen auf – dieselben, die noch ihr Leben lang bei solchen Gelegenheiten aufspringen würden.

Aber er schüttelte den Kopf.

«Nein», sagte er. «Es muß der *richtige* Junge sein.» Er sah sich prüfend um. «*Den* Jungen hier will ich!» sagte er und nickte in meine Richtung.

Selbst da noch glaubte ich nicht, daß ich gemeint sein könnte! Ich verschwand fast hinter einem fetten Jungen und zwischen zwei dicken Mädchen. Auch der fette Junge glaubte, es gehe ihn an! Mit freudigem Schnaufen erhob er sich.

«Nein», sagte der Zauberer. «Ich will diesen Jungen» – und sein roter Stock zeigte geradewegs auf mich.

Wie sie alle erstaunt waren! Das war der erste Triumph in meinem jungen Leben. Humphrey Porter, an dem niemand etwas finden konnte; Humphrey Porter, der bestimmt alles verpatzen würde! Armer Zauberer! Er würde seinen schweren Irrtum bald einsehen! Aber etwas war sonderbar. So sehr mich sonst die Vorstellung entsetzte, vor andere hintreten zu müssen, diesmal kannte ich keine Angst. Ich sehe noch, wie ich unter spöttisch abfälligen Blicken durch die anderen Kinder hindurchkletterte und neben dem kleinen Tisch ruhig darauf wartete, was ich zu tun hätte.

«Danke!» sagte der Zauberer feierlich. «So habe ich es mir vorgestellt.»

Dann öffnete er zum ersten Mal den roten Koffer und entnahm ihm eine Anzahl Requisiten, namentlich einige kleine Porzellanuntertassen, ein paar farbige Schächtelchen, eine winzige Pistole, etliche Bauklötze, drei farbige Fähnchen, rot, weiß und blau, eine Mausefalle, eine Silberglocke und eine Spielzeugtrompete. Über das Ganze breitete er ein riesiges weißes Taschentuch. Eigentlich war nur der Grund weiß; ich sah, daß lauter blaue Schiffchen mit vollen Segeln darauf abgebildet waren.

«Zuerst», sagte er, «sollen alle wissen, daß dies ein ganz besonderer Junge ist. Mit einem gewöhnlichen Jungen könnte ich gar nichts anfangen. Ich kann mich glücklich schätzen, einen solchen Jungen gefunden zu haben.»

(Hier hätte ich eigentlich die Augen niederschlagen sollen. Aber ich tat es nicht. Ich sah geradeaus und lächelte meiner Mutter zu, die das Lächeln erwiderte.)

«Wie heißt du, mein Junge?» fragte er mich.

«Humphrey», antwortete ich und war irgendwie sicher, daß er das ohnehin schon wußte.

«Jetzt zeigst du deinen Freunden, was du alles kannst!» sagte er.

Gab es etwas, das ich in der nächsten halben Stunde nicht konnte?

Ich bekam die Spielzeugtrompete und blies darauf wie selbstverständlich wunderschöne Melodien – die ersten in meinem Leben! Auf seinen Befehl pfiff ich wie ein Vogel, nein, wie ein ganzer Wald voller Vögel. «Das ist die Drossel», nickte er befriedigt. «Jetzt die Amsel. Und wie steht es mit der Nachtigall?» Ich spitzte die Lippen, und das Lied der Nachtigall erfüllte den Raum.

«Jetzt nimmst du diese Schächtelchen, Humphrey», sagte er, «und wirfst sie in die Luft.»

Ich warf sie in die Luft, und, o Wunder, dort blieben sie, schwebten und schillerten in allen Farben in dem silbrig funkelnden Licht. («Wie *das* ging, weiß ich», meinte Ambrose später kühn. «Es kamen unsichtbare Drähte aus dem roten Koffer.» Nun, wenn *er* eine Erklärung fand, gut; ich wußte keine.)

Nach Anweisung des Zauberers nahm ich das Silberglöckchen, und ihm entstieg ein wohltönendes Glockenspiel. Ich nahm die Mausefalle, ging damit vor dem Publikum auf und ab und holte eine weiße Maus nach der anderen heraus. Sie rannten mir den Ärmel hoch und liefen über meine Schultern, um wieder in der Mausefalle zu verschwinden. Ich schwenkte die bunten Fähnchen, und sie wurden größer und größer, bis sie bis zur Decke zu reichen schienen.

«Und nun, Humphrey», sagte er und legte mir die Hand auf die Schulter (warum war mir diese Berührung nur so vertraut?), «jetzt sagst du der Dame dort drüben, was sie in ihrem weißen Täschchen hat.»

«Die Dame», sagte ich ohne Zögern, «hat in ihrer Tasche ein kleines weißes Taschentuch, einen kleinen Spiegel mit blauem Rand, eine rosa Nadelbüchse und ein Fläschchen Riechsalz mit Kristallstöpsel.»

Kein Wunder, daß dem Publikum der Atem stockte! Die Dame wurde gebeten, ihre Tasche zu öffnen, und darin befanden sich die von mir benannten Gegenstände. (Ich brauche kaum zu erwähnen, daß ich ebenso erstaunt war wie alle andern!)

«Und der Junge da», sagte er und zeigte auf Ambrose, der mit weit offenem Mund dastand. «Was hat er in seiner Hosentasche? Zur Abwechslung bitte auf französisch», fügte er beiläufig hinzu. Also erzählte ich Ambrose in perfektem Französisch, daß er in seiner Tasche ein Sahnebonbon, ein Messer mit abgebrochener Klinge, drei Kupfermünzen, eine halbe Krone und eine Schleuder mit sich führte. (Ein merkwürdiges Sammelsurium in einer Eton-Uniform, aber Ambrose war eben sehr raffsüchtig, und erst später erfuhr ich, daß er das Messer seinem Bruder gestohlen hatte und ihm die Schleuder vom Vater verboten worden war. Darum waren Ambrose meine Enthüllungen ziemlich peinlich.)

So ging es weiter, und mit jedem Augenblick wuchs und wuchs mein Triumph! Ich spürte, wie die Wellen immer höher schlugen! Es war, als könnte ich jedem ins Herz sehen und darin lesen, wie stolz meine Eltern waren, wie zufrieden Sarah, und wie allerorten gedacht wurde: «Nun seht einmal an! Ich hätte nie geglaubt, daß in dem kleinen Porter soviel steckt!»

Schließlich kam das Finale. Der Zauberer hielt das Taschentuch mit den blauen Schiffchen in die Höhe und bedeutete mir, meinen Arm zu heben. Ich gehorchte ihm. Und was geschah dann? Wie kann ich es wissen, nach so langer Zeit? Wird ein Mysterium je ganz offenbart?

Ich meinte, den Zauberer in schwindelnde Höhen wachsen zu sehen. Der Raum füllte sich mit sphärischen Klängen, und ich wußte, daß Weihnachten schöner war als jede andere Zeit und keine Weihnacht so schön wie diese; daß hoch über unseren Köpfen ein herrlicher Stern schwebte, und von hoch herab hörte ich den Zauberer mir ins Ohr flüstern, daß sich alle meine Wünsche erfüllen sollten, ich müsse bloß geduldig und ruhig und selbstlos genug sein, dann warte auf mich die ewige Glückseligkeit. Alles Unsinn. Natürlich beherrscht kein Taschenspieler solche Künste. Und doch weiß ich aus den späteren Berichten der Anwesenden, daß wir alle, jeder auf seine Art, für einen Augenblick dem Zauber erlagen, an unser Glück glaubten, verwandelt ganz und gar.

«Und damit, verehrte Damen und Herren», sagte er und verbeugte sich, «ist meine kleine Vorstellung zu Ende.»

Der Applaus, dieses Lachen und Stimmengewirr! Und während sie noch schwatzten, war er schon fort. Als wir uns nach ihm umsahen, war von ihm nirgends mehr eine Spur – verschwunden war er mitsamt Hut, rotem Lederkoffer und Zauberstab.

Ich blieb natürlich und kostete meinen Triumph

aus. Reden wir nicht mehr davon. Ich strahlte und lachte und sagte, mit mir habe das doch nichts zu tun, und ich aß soviel wie noch nie im Leben.

«Wie du uns alle um den Finger gewickelt hast, Humphrey», sagte Mutter auf dem Heimweg.

«Es sind immer die Stillen, die sich plötzlich besonders hervortun», sagte mein Vater.

Ein paar Tage später war ich bei Mr. Claribel zum Tee. Mein Mund blieb nicht stehen; ich erzählte ihm jede Einzelheit dieses traumhaften Abends – und hatte wie schon so oft das Gefühl, er habe alles im voraus gewußt.

Und dann geschah etwas ganz Unglaubliches! Er nieste und zog sein Taschentuch hervor. Darauf waren blaue Schiffchen mit vollen Segeln auf weißem Grund.

«Aber das ist doch...», rief ich aus.

Er zupfte mich am Ohr.

«Wenn du heute abend nach Hause kommst, Humphrey», sagte er, «nimm das rote Buch, das ich dir einmal gegeben habe. Wenn du Seite dreiundsiebzig studierst, auswendig lernst und ein wenig übst, kannst du ein sehr guter Zauberer werden. Es ist ganz einfach.»

Ich weiß doch nicht. Manchen Tag lang habe ich Seite dreiundsiebzig studiert. Alles zwecklos. Ich kann nicht einmal ein Kaninchen aus einem Hut springen lassen.

Vermutlich reicht ein Buch dazu nicht aus.

## THEODOR STORM

## UNTER DEM TANNENBAUM

### EINE DÄMMERSTUNDE

Es war das Arbeitszimmer eines Beamten. Der Eigentümer, ein Mann in den Vierzigern, mit scharf ausgeprägten Gesichtszügen, aber milden, lichtblauen Augen unter dem schlichten, hellblonden Haar, saß an einem mit Büchern und Papieren bedeckten Schreibtisch, damit beschäftigt, einzelne Schriftstücke zu unterzeichnen, welche der danebenstehende alte Amtsbote ihm überreichte. Die Nachmittagssonne des Dezembers beleuchtete eben mit ihrem letzten Strahl das große schwarze Tintenfaß, in das er dann und wann die Feder tauchte. Endlich war alles unterschrieben.

«Haben Herr Amtsrichter sonst noch etwas?» fragte der Bote, indem er die Papiere zusammenlegte.

«Nein, ich danke Ihnen.»

«So habe ich die Ehre, vergnügte Weihnachten zu wünschen.»

«Auch Ihnen, lieber Erdmann.»

Der Bote sprach einen der mitteldeutschen Dialekte; in dem Tone des Amtsrichters war etwas von der Härte jenes nördlichsten deutschen Volksstammes, der vor wenigen Jahren, und diesmal vergeblich, in einem seiner alten Kämpfe mit dem fremden Nachbarvolke geblutet hatte. – Als sein Untergebener sich entfernte, nahm er unter den Papieren einen angefangenen Brief hervor und schrieb langsam daran weiter.

Die Schatten im Zimmer fielen immer tiefer. Er sah nicht die schlanke Frauengestalt, die hinter ihm mit leisen Schritten durch die Tür getreten war; er bemerkte es erst, als sie den Arm um seine Schulter legte. – Auch ihr Antlitz war nicht mehr jung; aber in ihren Augen war noch jener Ausdruck von Mädchenhaftigkeit, den man bei Frauen, die sich geliebt wissen, auch noch nach der ersten Jugend findet. «Schreibst du an meinen Bruder?» fragte sie, und in ihrer Stimme, nur etwas mehr gemildert, war dieselbe Klangfarbe wie in der ihres Mannes.

Er nickte. «Lies nur selbst!» sagte er, indem er die Feder fortlegte und zu ihr emporsah.

Sie beugte sich über ihn herab; denn es war schon dämmerig geworden. So las sie, langsam, wie er geschrieben hatte:

«Ich bin wieder gesund und arbeitsfähig – glücklicherweise; denn das ist die Not der Fremde, daß man den Boden, worauf man steht, sich in jeder Stunde neu erschaffen muß. So schlecht es immer sein mag, darin habt Ihr es doch gut daheim; und wer wäre nicht gern geblieben, wenn er nur ein Stück Brot und jenes unentbehrliche ‹sanfte Ruhekissen› des alten Sprichworts sich hätte erhalten können.»

Sie legte schweigend die Hand auf seine Stirn, während er, der ihren Augen gefolgt war, das Blatt umwandte. Dann las sie weiter:

«Der guten und klugen Frau, die Du vorige Weihnachten bei uns hast kennenlernen, bin ich so glücklich gewesen, durch die Vermittlung eines Vergleichs mit ihrem Gutsnachbarn einen wirklichen Dienst zu leisten; der schöne, so sehr von ihr begehrte Wald ist seit kurzem endlich in ihren Besitz gelangt. Hätten wir morgen für Deinen Freund Harro nur eine Tanne aus diesem Walde! Denn hier ist viele Meilen in die Runde kein Nadelholz zu finden. Was aber ist ein Weihnachtsabend ohne jenen Baum mit seinem Duft voll Wunder und Geheimnis?»

«Aber du», sagte der Amtsrichter, als seine Frau gelesen hatte, «du bringst in deinen Kleidern den Duft des echten Weihnachtsabends!»

Sie langte lächelnd in den Schlitz ihres Kleides und legte ein großes Stück braunen Weihnachtskuchen vor ihm auf den Tisch. «Sie sind eben vom Bäcker gekommen», sagte sie, «prob nur; deine Mutter backt sie dir nicht besser!»

Er brach einen Brocken ab und prüfte ihn genau; aber er fand alles, was ihn als Knaben daran entzückt hatte; die Masse war glashart, die eingerollten Stückchen Zucker wohl zergangen und kandiert. «Was für gute Geister aus diesem Kuchen steigen», sagte er, sich in seinen Arbeitsstuhl zurücklehnend; «ich sehe plötzlich, wie es daheim in dem alten, steinernen Hause Weihnacht wird. – Die Messingtürklinken sind womöglich noch blanker als sonst; die große gläserne Flurlampe leuchtet heute noch heller auf die Stuckschnörkel an den sauber geweißten Wänden; ein Kinderstrom um den andern, singend und bettelnd, drängt durch die Haustür; vom Keller herauf aus der geräumigen Küche zieht der Duft des Gebäckes in ihre Nasen, das dort in dem großen kupfernen Kessel über dem Feuer prasselt. – Ich sehe alles; ich sehe Vater und Mutter – Gott sei gedankt, sie leben beide! –, aber die Zeit, in die ich hinabblicke, liegt in so tiefer Ferne der Vergangenheit! – Ich bin ein Knabe noch! – Die Zimmer zu beiden Seiten des Flurs sind erleuchtet; rechts ist die Weihnachtsstube. Während ich vor der Tür stehe, horchend, wie es drinnen in dem Knittergold und in den Tannenzweigen rauscht, kommt von der Hoftreppe herauf der Kutscher, eine Stange mit einem Wachslichtendchen in der Hand. – ‹Schon anzünden, Thoms?› Er schüttelt schmunzelnd den Kopf und verschwindet in die Weihnachtsstube. – Aber wo bleibt denn Onkel Erich? – Da kommt es draußen die Treppe hinauf; die Haustür wird aufgerissen. Nein, es ist nur sein Lehrling, der die lange Pfeife des ‹Herrn Ratsverwandters› bringt; ihm nach quillt ein neuer Strom von Kindern; zehn kleine Kehlen auf einmal stimmen an: ‹Vom Himmel hoch, da komm' ich her!› Und schon ist meine Großmutter mitten zwischen ihnen, die alte, geschäftige Frau, den Speisekammerschlüssel am kleinen Finger, einen Teller voll Gebäckes in der Hand. Wie blitzschnell das verschwindet! Auch ich erwische meinen Teil davon, und eben kommt auch meine Schwester mit dem Kindermädchen, festlich gekleidet, die langen Zöpfe frisch geflochten. Ich aber halte mich nicht auf; ich springe drei Stufen auf einmal die Treppe nach dem Hofe hinab.»

Es war allmählich dunkel geworden; die Frau des Amtsrichters hatte leise einen Aktenstoß von einem Stuhl entfernt und sich an die Seite ihres Mannes gesetzt.

«Drüben in dem Seitengebäude ist das Arbeitszimmer meines Vaters. Auf die Vordiele dort fällt heute kein Lichtschein aus dem Türfenster der Schreiberstube; der alte Tausendkünstler ist von meiner Mutter drinnen bei den Weihnachtsgeheimnissen angestellt. Aber ich tappe mich im Dunkeln vorwärts; denn gegenüber in seinem Zimmer höre ich die Schritte meines Vaters. Er arbeitet schon nicht mehr. Ich öffne leise die Tür; wie deutlich sehe ich ihn vor mir, ihn selbst und das große, verräucherte Gemach, in dem der harte Schlag der alten Wanduhr pickt! Mit einer feierlichen Unruhe geht er zwischen den mit Papieren bedeckten Tischen umher, in der einen Hand den Messingleuchter mit der brennenden Kerze, die andere vorgestreckt, als solle jetzt alles Störende ferngehalten werden. Er öffnet die Schublade seines kleinen Stehpults und nimmt die große goldene Tabatiere aus der Fischhautkapsel, einst ein Geschenk der Urgroßmutter an ihren Bräutigam, dann nach des Urgroßvaters Tode eine Ehren- und Vertrauensgabe an ihn. Aber er ist noch nicht fertig; aus dem Geldkörbchen werden blanke Silbermünzen für die Dienstboten hervorgesucht, eine Goldmünze für den Schreiber. ‹Ist Onkel Erich schon da?› fragt er, ohne sich nach mir umzusehen. – ‹Noch nicht, Vater! Darf ich ihn holen?› – ‹Das könntest du ja tun.› Und fort renne ich durch das Wohnhaus auf die Straße, um die Ecke am Hafen entlang, und während ich drunten aus der Dämmerung das Pfeifen des Windes in den Tauen der Schiffe höre, habe ich das alte Giebelhaus mit dem Vorbau erreicht. Die Tür wird aufgerissen, daß die Klingel weithin durch Flur und Pesel schallt. – Vor dem Ladentisch steht der alte Kommis, der das Detailgeschäft leitet. Er sieht mich etwas grämlich an. ‹Der Herr ist in seinem Comptoir›, sagt er trocken; er liebt die wilde naseweise Range nicht. Aber, was geht's mich an. – Fort mach' ich hinten zur Hoftür hinaus, über zwei kleine finstere Höfe, dann in ein uraltes seltsames Nebengebäude, in welchem sich das Allerheiligste des Onkels befindet. Ohne Unfall komme ich durch den engen dunkeln Gang und klopfe an eine Tür. – ‹Herein!› Da sitzt der kleine Herr in dem feinen braunen Tuchrock an seinem mächtigen Arbeitspult; der Schein der Comptoirlampe fällt auf seine freundlichen kleinen Augen und auf die mächtige Familiennase, die über den frischgestärkten Vatermörder hinausragt. – ‹Onkel, ob du nicht kommen wolltest!› sage ich, nachdem ich Atem geschöpft habe. – ‹Wollen wir uns noch einen Augenblick setzen!› erwidert er, indem seine Feder summierend über das Folium des aufgeschlagenen Hauptbuches hinabgleitet. – Mir wird ganz behaglich zu Sinne, ich werde nicht ein bißchen ungeduldig; aber ich setze mich auch nicht; ich bleibe stehen und besehe mir die Englands- und Westindienfahrer des Onkels, deren Bilder an der Wand hängen. Es dauert auch nicht lange, so wird das Hauptbuch herzhaft zugeklappt, das Schlüsselbund rasselt und: ‹Sieh so›, sagt der Onkel, ‹fertig wären wir!› Während er sein spanisches Rohr aus der Ecke langt, will ich schon wieder aus der Tür; aber er hält mich zurück. ‹Ah, wart doch mal ein wenig! Wir hätten hier wohl noch so etwas mitzunehmen.› Und aus einer dunkeln Ecke des Zimmers holt er zwei wohlversiegelte, geheimnisvolle Päckchen. – Ich wußte es wohl, in solchen Päckchen steckte ein Stück leibhaftigen Weihnachtens; denn der Onkel hatte einen Bruder in Hamburg, und er trat nicht mit leeren Händen an den Tannenbaum. So nie gesehenes, märchenhaftes Zuckerzeug, wie er mitten in der Bescherung noch mir und meiner Schwester auf unsere Weihnachtsteller zu legen pflegte, ist mir später niemals wieder vorgekommen.

Bald darauf steige ich an der Hand des Onkels die breite Steintreppe zu unserm Hause hinauf. Ein paar Augenblicke verschwindet er mit seinen Päckchen in die Weihnachtsstube; es ist noch nicht angezündet, aber durch die halb geöffnete und rasch wieder geschlossene Tür glitzert es mir entgegen aus der noch drinnen herrschenden ahnungsvollen Dämmerung. Ich schließe die Augen, denn ich will nichts sehen, und trete in das gegenüberliegende, festlich erleuchtete Zimmer, das ganz von dem Duft der braunen Kuchen und des heute besonders fein gemischten Tees erfüllt ist. Die Hände auf dem Rücken, mit langsamen Schritten, geht mein Vater auf und nieder. ‹Nun, seid ihr da?› fragt er stehenbleibend. – Und schon ist auch

Onkel Erich bei uns; mir scheint, die Stube wird noch einmal so hell, da er eintritt. Er grüßt die Großmutter, den Vater; er nimmt meiner Schwester die Tasse ab, die sie ihm auf dem gelblackierten Brettchen präsentiert. ‹Was meinst du›, sagt er, indem er seinen Augen einen bedenklichen Ausdruck zu geben sucht, ‹es wird wohl heute nicht viel für uns abfallen!› Aber er lacht dabei so tröstlich, daß diese Worte wie eine goldene Verheißung klingen. Dann, während in dem blanken Messingkomfort der Teekessel saust, beginnt er eine seiner kleinen Erzählungen von den Begebenheiten der letzten Tage, seit man sich nicht gesehen. War es nun der Ankauf eines neuen Spazierstocks oder das unglückliche Zerbrechen einer Mundtasse, es floß alles so sanft dahin, daß man ganz davon erquickt wurde. Und wenn er gar eine Pause machte, um das bisher Erzählte im behaglichsten Gelächter nachzugenießen, wer hätte da nicht mitgelacht! Mein Vater nimmt vergeblich seine kritische Prise; er muß endlich doch mit einstimmen. Dies harmlose Geplauder – es ist mir das erst später klar geworden – war die Art, wie der tätige Geschäftsmann von der Tagesarbeit ausruhte. Es klingt mir noch lieb in der Erinnerung, und mir ist, als verstände das jetzt niemand mehr. – Aber während der Onkel so erzählt, steckt plötzlich meine Mutter, die seit Mittag unsichtbar gewesen ist, den Kopf ins Zimmer. Der Onkel macht ein Kompliment und bricht seine Geschichte ab; die Tür und die gegenüberliegende Tür werden weit geöffnet. Wir treten zögernd ein; und vor uns, zurückgestrahlt von dem großen Wandspiegel, steht der brennende

Baum mit seinen Flittergoldfähnchen, seinen weißen Netzen und goldenen Eiern, die wie Kinderträume in den dunkeln Zweigen hängen.»

«Paul», sagt die Frau, «und wenn wir ihn noch so weit herbeischaffen sollten, wir müssen wieder einen Tannenbaum haben. Der arme Junge hat sich selbst einen Weihnachtsgarten gebaut; er ist nur eben wieder fort, um Moos aus dem Eichenwäldchen zu holen.»

Der Amtsrichter schwieg einen Augenblick. – «Es tut nicht gut, in die Fremde zu gehen», sagte er dann, «wenn man daheim schon am eigenen Herd gesessen hat. – Mir ist noch immer, als sei ich hier nur zu Gaste, und morgen oder übermorgen sei die Zeit herum, daß wir alle wieder nach Hause müßten!»

Sie faßte die Hand ihres Mannes und hielt sie fest in der ihrigen, aber sie antwortete nichts darauf.

«Gedenkst du noch an einen Weihnachten?» hub er wieder an, «ich hatte die Studentenjahre hinter mir und lebte nun noch einmal, zum letzten Mal, eine kurze Zeit als Kind im elterlichen Hause. Freilich war es dort nicht mehr so heiter, wie es einst gewesen; es war Unvergeßliches geschehen, die alte Familiengruft unter der großen Linde war ein paarmal offen gewesen; meine Mutter, die unermüdlich tätige Frau, ließ oft mitten in der Arbeit die Hände sinken und stand regungslos, als habe sie sich selbst vergessen. Wie unsere alte Margreth sagte, sie trug ein Kämmerchen in ihrem Kopf, drin spielte ein totes Kind. – Nur Onkel Erich, freilich ein wenig grauer als sonst, erzählte noch seine kleinen freundlichen Geschichten, und auch die Schwester und die Großmutter lebten noch. Damals war jener Weihnachtsabend; ein junges schönes Mädchen war zu der Schwester auf Besuch gekommen. Weißt du, wie sie hieß?»

«Ellen», sagte sie leise und lehnte den Kopf an die Brust ihres Mannes.

Der Mond war aufgegangen und beleuchtete ein paar Silberfäden in dem braunen seidigen Haar, das sie schlicht gescheitelt trug, schmucklos in einer Flechte um den Schildpattkamm gelegt.

Er strich mit der Hand über dies noch immer selten schöne Haar. «Ellen hatte auch beschert bekommen», sprach er weiter; «auf dem kleinen Mahagonitische lagen Geschenke von meiner Mutter und was von ihren Eltern von drüben aus dem Schwesterlande herübergeschickt war. Sie stand mit dem Rücken gegen den brennenden Baum, die Hand auf die Tischplatte gestützt; sie stand schon lange so; ich sehe sie noch» – und er ließ seine Augen eine Weile schweigend auf dem schönen Antlitz seiner Frau ruhen –, «da war meine Mutter unbemerkt zu ihr getreten; sie faßte sanft ihre Hand und sah ihr fragend in die Augen. – Ellen blickte nicht um, sie neigte nur den Kopf; plötzlich aber richtete sie sich rasch auf und entfloh ins Nebenzimmer. Weißt du es noch? Während meine Mutter leise den Kopf schüttelte, ging ich ihr nach; denn seit einem kleinen Zank am letzten Abend waren wir vertraute Freunde. Ellen hatte sich in der Ofenecke auf einen Stuhl gesetzt; es war fast dunkel dort; nur eine vergessene Kerze mit langer Schnuppe brannte in dem Zimmer. ‹Hast du Heimweh, Ellen?› fragte ich. – ‹Ich weiß es nicht!› –

Eine Weile stand ich schweigend vor ihr. ‹Was hast du denn da in der Hand?› – ‹Willst du es haben?› – Es war eine Börse von dunkelroter Seide. ‹Wenn du sie für mich gemacht hast›, sagte ich; denn ich hatte die Arbeit in den Tagen zuvor in ihren Händen gesehen und wohl bemerkt, wie Ellen sie, sobald ich näher kam, in ihrem Nähkästchen verschwinden ließ. – Aber Ellen antwortete nicht und gab mir auch nicht ihr Angebinde. Sie stand auf und putzte das Licht, daß es plötzlich ganz hell im Zimmer wurde. ‹Komm›, sagte sie, ‹der Baum brennt ab, und Onkel Erich will noch Zuckerzeug bescheren!› Damit wehte sie sich mit ihrem Schnupftuch ein paarmal um die Augen und ging in die Weihnachtsstube zurück, und als wir dann später am Pochbrett saßen, war sie die Ausgelassenste von allen. Von meinem Weihnachtsgeschenk war weiter nicht die Rede. – Aber weißt du, Frau?» – und er ließ ihre Hand los, die er bis dahin festgehalten –, «die Mädchen sollten nicht so eigensinnig sein; das hat mir damals keine Ruh gelassen; ich mußte doch die Börse haben, und darüber...»

«Darüber, Paul? – Sprich nur dreist heraus!»

«Nun, hast du denn von der Geschichte nichts gehört? Darüber bekam ich nun auch noch das Mädchen in den Kauf.»

«Freilich», sagte sie, und er sah bei dem hellen Mondschein in ihren Augen etwas blitzen, das ihn an das übermütige Mädchen erinnerte, das sie einst gewesen, «freilich weiß ich von der Geschichte, und ich kann sie dir auch erzählen; aber es war ein Jahr später, nicht am Weihnachts-, sondern am

Neujahrsabend, und auch nicht hüben, sondern drüben.»

Sie räumte das Tintenfaß und einige Papiere beiseite und setzte sich ihrem Manne gegenüber auf den Schreibtisch. «Der Vetter war bei Ellens Eltern zum Besuch, bei dem alten prächtigen Kirchspielvogt, der damals noch ein starker Nimrod war. – Ellen hatte noch niemals einen so schönen und langen Brief bekommen als den, worin der Vetter sich bei ihnen angemeldet; aber so gut wie mit der Feder wußte er mit der Flinte nicht umzugehen. Und dennoch, tat es die Landluft oder der schöne Gewehrschrank im Zimmer des Kirchspielvogts, es war nicht anders, er mußte alle Tage auf die Jagd. Und wenn er dann abends durchnäßt mit leerer Tasche nach Hause kam und die Flinte schweigend in die Ecke setzte – wie behaglich ergingen sich da die Stichelreden des alten Herrn. – ‹Das heißt Malheur, Vetter; aber die Hasen sind heuer alle wild geraten!› – oder: ‹Mein Herzensjunge, was soll die Diana einmal von dir denken!› Am meisten aber – du hörst doch, Paul?»

«Ich höre, Frau.»

«Am meisten plagte ihn die Ellen; sie setzte ihm heimlich einen Strohkranz auf, sie band ihm einen Gänseflügel vor den Flintenlauf; eines Vormittags – weißt du, es war Schnee gefallen – hatte sie einen Hasen, den der Knecht geschossen, aus der Speisekammer geholt, und eine Weile darauf saß er noch einmal auf seinem alten Futterplatz im Garten, als wenn er lebte, ein Kohlblatt zwischen den Vorderläufen. Dann hatte sie den Vetter gesucht und an die Hoftür gezogen. ‹Siehst du ihn, Paul? Da hinten im Kohl; die Löffel gucken aus dem Schnee!› – Er sah ihn auch; seine Hand zitterte. ‹Still, Ellen! Sprich nicht so laut! Ich will die Flinte holen!› Aber als kaum die Tür nach des Vaters Stube hinter ihm zuklappte, war Ellen schon wieder in den Schnee hinausgelaufen, und als er endlich mit der geladenen Flinte heranschlich, hing auch der Hase schon wieder an seinem sichern Haken in der Speisekammer. – Aber der Vetter ließ sich geduldig von ihr plagen.»

«Freilich», sagte der Amtsrichter und legte seine Arme behaglich auf die Lehne seines Sessels, «er hatte ja die Börse noch immer nicht!»

«Drum auch! Die lag noch unangerührt droben in der Kommode, in Ellens Giebelstübchen. Aber – wo die Ellen war, da war der Vetter auch; heißt das, wenn er nicht auf der Jagd war. Saß sie drinnen an ihrem Nähtisch, so hatte er gewiß irgendein Buch aus der Polterkammer geholt und las ihr daraus vor; war sie in der Küche und backte Waffeln, so stand er neben ihr, die Uhr in der Hand, damit das Eisen zur rechten Zeit gewendet würde. – So kam die Neujahrsnacht. Am Nachmittage hatten beide auf dem Hofe mit des Vaters Pistolen nach goldenen Eiern geschossen, die Ellen vom Weihnachtsbaum ihrer Geschwister abgeschnitten; und der Vetter hatte unter dem Händeklatschen der Kleinen zweimal das goldene Ei getroffen. Aber war's nun, weil er am andern Tage reisen mußte, oder war's, weil Ellen fortlief, als er sie vorhin allein in ihrem Zimmer aufgesucht hatte – es war gar nicht mehr der geduldige Vetter –, er tat kurz und unwirsch und sah kaum noch nach ihr hin. – Das blieb den ganzen Abend so; auch als man später sich zu Tische setzte. Ellens Mutter warf wohl einmal einen fragenden Blick auf die beiden, aber sie sagte nichts darüber. Der Kirchspielvogt hatte auf andere Dinge zu achten, er schenkte den Punsch, den er eigenhändig gebraut hatte; und als es drunten im Dorfe zwölf schlug, stimmte er das alte Neujahrslied von Johann Heinrich Voß an, das nun getreulich durch alle Verse abgesungen wurde. Dann rief man ‹Prost Neujahr!› und schüttelte sich die Hände, und auch Ellen reichte dem Vetter ihre Hand; aber er berührte kaum ihre Fingerspitzen. – So war's auch, da man sich bald darauf gute Nacht sagte. – Als das Mädchen droben allein in ihrem Giebelstübchen war – und nun merk auf, Paul, wie ehrlich ich erzähle! –, da hatte sie keine Ruh zum Schlafen; sie setzte sich still auf die Kante ihres Bettes, ohne sich auszukleiden und ohne der klingenden Kälte in der ungeheizten Kammer zu achten. Denn es kränkte sie doch; sie hatte dem Menschen ja nichts zuleid getan. Freilich, er hatte sie gestern noch gefragt, ob sie den Hasen nicht wieder im Kohl gesehen; und sie hatte dazu den Kopf geschüttelt. – War es etwa das, und wußte er denn, daß er den Hasen schon vor drei Tagen selbst hatte mit verzehren helfen? – Sie wollte den schönen Brief des Vetters einmal wieder lesen. Aber als sie in die Tasche langte, vermißte sie den Kommodenschlüssel. Sie ging mit dem Lichte hinab in die Wohnstube, und von dort, als sie ihn nicht gefunden, in die Küche, wo sie vorhin gewirtschaftet hatte.

Von all dem Sieden und Backen des Abends war

es noch warm in dem großen dunkeln Raume. Und richtig, dort lag der Schlüssel auf dem Fensterbrett. Aber sie stand noch einen Augenblick und blickte durch die Scheiben in die Nacht hinaus. – So hell und weit dehnte sich das Schneefeld; dort unten zerstreut lagen die schwarzen Strohdächer des Dorfes; unweit des Hauses zwischen den kahlen Zweigen der Silberpappeln erkannte sie deutlich die großen Krähennester; die Sterne funkelten. Ihr fiel ein alter Reim ein, ein Zauberspruch, den sie vor Jahr und Tag von der Tochter des Schulmeisters gelernt hatte. Hinter ihr im Hause war es so still und leer; sie schauerte; aber trotz dessen wuchs in ihr das Gelüste, es mit den unheimlichen Dingen zu versuchen. So trat sie zögernd ein paar Schritte zurück. Leise zog sie den einen Schuh vom Fuße, und die Augen nach den Sternen und tief aufatmend sprach sie: ‹Gott grüß dich, Abendstern!› – Aber was war das? Ging hinten nicht die Hoftür? Sie trat ans Fenster und horchte. – Nein, es knarrte wohl nur die große Pappel an der Giebelseite des Hauses. – Und noch einmal hub sie leise an und sprach:

Gott grüß dich, Abendstern!
Du scheinst so hell von fern,
Über Osten, über Westen,
Über alle Krähennesten.
Ist einer zu mein Liebchen geboren,
Ist einer zu mein Liebchen erkoren,
Der komm, als er geht,
Als er steht,
In sein täglich Kleid!

Dann schwenkte sie den Schuh und warf ihn hinter sich. Aber sie wartete vergebens; sie hörte ihn nicht fallen. Ihr wurde seltsam zumute, das kam von ihrem Vorwitz! Welch unheimlich Ding hatte ihren Schuh gefangen, eh' er den Boden erreicht hatte? – Einen Augenblick noch stand sie so; dann mit dem letzten Restchen ihres Mutes wandte sie langsam den Kopf zurück. – Da stand ein Mann in der dunkeln Tür, und es war Paul; er war richtig noch einmal auf den unglücklichen Hasen ausgewesen!»

«Nein, Ellen», sagte der Amtsrichter, «du weißt es wohl; das war es denn doch diesmal nicht; er hatte nur, wie du, auch keine Ruh gefunden; aber nun hielt er den kleinen Schuh des Mädchens in der Hand; und Ellen hatte sich am Herd auf einen Stuhl gesetzt, mit geschlossenen Augen, die Hände gefaltet vor sich in den Schoß gestreckt. Es war kein Zweifel mehr, daß sie sich ganz verloren gab; denn sie wußte wohl, daß der Vetter alles gehört und gesehen hatte. – Und weißt du auch noch die Worte, die er zu ihr sprach?»

«Ja, Paul, ich weiß sie noch; und es war sehr grausam und wenig edel von ihm. ‹Ellen›, sagte er, ‹ist noch immer die Börse nicht für mich gemacht?› – Doch Ellen tat ihm auch diesmal den Gefallen nicht; sie stand auf und öffnete das Fenster, daß von draußen die Nachtluft und das ganze Sterngefunkel zu ihnen in die Küche drang.»

«Aber», unterbrach er sie, «Paul war zu ihr getreten, und sie legte still den Kopf an seine Brust; und noch höre ich den süßen Ton ihrer Stimme, als sie so, in die Nacht hinaus nickend, sagte: ‹Gott grüß dich, Abendstern!›»

Die Tür wurde rasch geöffnet; ein kräftiger, etwa zehnjähriger Knabe trat mit einem brennenden Licht ins Zimmer. «Vater! Mutter!» rief er, indem er die Augen mit der Hand beschattete. «Hier ist Moos und Efeu und auch noch ein Wacholderzweig!»

Der Amtsrichter war aufgestanden. «Bist du da, mein Junge!» sagte er und nahm ihm die Botanisiertrommel mit den heimgebrachten Schätzen ab.

Frau Ellen aber ließ sich schweigend von dem Schreibtisch herabgleiten und schüttelte sich ein wenig wie aus Träumen. Sie legte beide Hände auf ihres Mannes Schultern und blickte ihn eine Weile voll und herzlich an. Dann nahm sie die Hand des Knaben. «Komm, Harro», sagte sie, «wir wollen Weihnachtsgärten bauen!»

## UNTER DEM TANNENBAUM

Der Weihnachtsabend begann zu dämmern. – Der Amtsrichter war mit seinem Sohne auf der Rückkehr von einem Spaziergange; Frau Ellen hatte sie auf ein Stündchen fortgeschickt. Vor ihnen im Grunde lag die kleine Stadt; sie sahen deutlich, wie aus allen Schornsteinen der Rauch emporstieg; denn dahinter am Horizont stand feuerfarben das Abendrot. – Sie sprachen von den Großeltern drüben in der alten Heimat; dann von den letzten Weihnachten, die sie dort erlebt hatten.

«Und am Vorabend», sagte der Vater, «als Knecht Ruprecht zu uns kam mit dem großen Bart und dem Quersack und der Rute in der Hand!»

«Ich wußte wohl, daß es Onkel Johannes war», erwiderte der Knabe, «der hatte immer so etwas vor!»

«Weißt du denn auch noch die Worte, die er sprach?»

Harro sah den Vater an und schüttelte den Kopf.

«Wart nur», sagte der Amtsrichter, «die Verse liegen zu Haus in meinem Pult; vielleicht bekomm' ich's noch beisammen!» Und nach einer Weile fuhr er fort: «Entsinne dich nur, wie erst die drei Rutenhiebe von draußen auf die Tür fielen und wie dann die rauhe borstige Gestalt mit der großen Hakennase in die Stube trat! Dann hub er langsam und mit tiefer Stimme an:

Von drauß vom Walde komm' ich her,
Ich muß euch sagen, es weihnachtet sehr!
Allüberall auf den Tannenspitzen
Sah ich goldene Lichtlein sitzen.
Und droben aus dem Himmelstor
Sah mit großen Augen das Christkind hervor.
Und wie ich so strolcht' durch den dichten Tann,
Da rief's mich mit heller Stimme an;
‹Knecht Ruprecht›, rief es, ‹alter Gesell,
Hebe die Beine und spute dich schnell!
Die Kerzen fangen zu brennen an,
Das Himmelstor ist aufgetan,
Alt' und Junge sollen nun
Von der Jagd des Lebens einmal ruhn;
Und morgen flieg' ich hinab zur Erden,
Denn es soll wieder Weihnachten werden!›
Ich sprach: ‹O lieber Herre Christ,
Meine Reise fast zu Ende ist;

Ich soll nur noch in diese Stadt,
Wo's eitel brave Kinder hat.›
‹Hast denn das Säcklein auch bei dir?›
Ich sprach: ‹Das Säcklein, das ist hier;
Denn Apfel, Nuß und Mandelkern
Fressen fromme Kinder gern!›
‹Hast denn die Rute auch bei dir?›
Ich sprach: ‹Die Rute, die ist hier!
Doch für die Kinder nur, die schlechten,
Die trifft sie auf den Teil, den rechten!›
Christkindlein sprach: ‹So ist es recht,
So geh mit Gott, mein treuer Knecht!›
Von drauß vom Walde komm' ich her;
Ich muß euch sagen, es weihnachtet sehr!
Nun sprecht, wie ich's hierinnen find'?
Sind's gute Kind, sind's böse Kind?

Aber», fuhr der Amtsrichter mit veränderter Stimme fort, «ich sagte dem Knecht Ruprecht:

Der Junge ist von Herzen gut,
Hat nur mitunter was trotzigen Mut!»

«Ich weiß, ich weiß!» rief Harro triumphierend; und den Finger emporhebend und mit listigem Ausdruck setzte er hinzu: «Dann kam so etwas!»

«Was dich in großes Geschrei brachte; denn Knecht Ruprecht schwang seine Rute und sprach:

Heißt es bei euch denn nicht mitunter:
Nieder den Kopf und die Hosen herunter?»

«Oh», sagte Harro, «ich fürchtete mich nicht; ich war nur zornig auf den Onkel!»

Über der Stadt, die sie jetzt fast erreicht hatten, stand nur noch ein fahler Schein am Himmel. Es dunkelte schon; aber es begann zu schneien; leise und emsig fielen die Flocken, und der Weg schimmerte schon weiß zu ihren Füßen.

Vater und Sohn waren eine Weile schweigend nebeneinander hergegangen. – «Am Abend darauf», hub der Amtsrichter wieder an, «brannte der letzte Weihnachtsbaum, den du gehabt hast. Es war damals eine bewegte Zeit; sogar das Zuckerwerk zwischen den Tannenzweigen war kriegerisch geworden: unsere ganze Armee, Soldaten zu Pferde und zu Fuß! – Von alledem ist nun nichts mehr übrig!» setzte er leiser und wie mit sich selber redend hinzu.

Der Knabe schien etwas darauf erwidern zu wollen, aber ein anderes hatte plötzlich seine Gedanken in Anspruch genommen. – Es war ein großer bärtiger Mann, der vor ihnen aus einem Seitenwege auf die Landstraße herauskam. Auf der Schulter balancierte er ein langes stangenartiges Gepäck, während er mit einem Tannenzweig, den er in der Hand hielt, bei jedem Schritt in die Luft peitschte. Wie er vorüberging, hatte Harro in der Dämmerung noch die große rote Hakennase erkannt, die unter der Pelzmütze hinausragte. Auch einen Quersack trug der Mann, der anscheinend mit allerhand eckigen Dingen angefüllt war. Er ging rasch vor ihnen auf.

«Knecht Ruprecht!» flüsterte der Knabe, «hebe die Beine und spute dich schnell!»

Das Gewimmel der Schneeflocken wurde dichter, sie sahen ihn noch in die Stadt hinabgehen;

dann entschwand er ihren Augen; denn ihre Wohnung lag eine Strecke weiter außerhalb des Tores.

«Freilich», sagte der Amtsrichter, indem sie rüstig zuschritten, «der Alte kommt zu spät; dort unten in der Gasse leuchteten schon alle Fenster in den Schnee hinaus.»

Endlich war das Haus erreicht. Nachdem sie auf dem Flur die beschneiten Überkleider abgetan, traten sie in das Arbeitszimmer des Amtsrichters. Hier war heute der Tee serviert; die große Kugellampe brannte, alles war hell und aufgeräumt. Auf der saubern Damastserviette stand das feinlackierte Teebrett mit den Geburtstagstassen und dem rubinroten Zuckerglase; daneben auf dem Fußboden in dem Komfort von Mahagonistäbchen mit blankem Messingeinsatz kochte der Kessel, wie es sein muß, auf gehörig durchgeglühten Torfkohlen; wie daheim einst in der großen Stube des alten Familienhauses, so dufteten auch hier in dem kleinen Stübchen die braunen Weihnachtskuchen nach dem Rezept der Urgroßmutter. – Aber während die Mutter nebenan im Wohnzimmer noch das Fest bereitete, blieben Vater und Sohn allein; kein Onkel Erich kam, ihnen feiern zu helfen. Es war doch anders als daheim.

Ein paarmal hatte Harro mit bescheidenem Finger an die Tür gepocht, und ein leises «Geduld!» der Mutter war die Antwort gewesen. Endlich trat Frau Ellen selbst herein. Lächelnd – aber ein leiser Zug von Weh war noch dabei – streckte sie ihre Hände aus und zog ihren Mann und ihren Knaben, jeden bei einer Hand, in die helle Weihnachtsstube.

Es sah freundlich genug aus. Auf dem Tische in der Mitte, zwischen zwei Reihen brennender Wachskerzen, stand das kleine Kunstwerk, das Mutter und Sohn in den Tagen vorher sich selbst geschaffen hatten, ein Garten im Geschmack des vorigen Jahrhunderts mit glattgeschorenen Hekken und dunkeln Lauben; alles von Moos und verschiedenem Wintergrün zierlich zusammengestellt. Auf dem Teiche von Spiegelglas schwammen zwei weiße Schwäne; daneben vor dem chinesischen Pavillon standen kleine Herren und Damen von Papiermaché in Puder und Kontuschen. – Zu beiden Seiten lagen die Geschenke für den Knaben; eine scharfe Lupe für die Käfersammlung, ein paar bunte Münchener Bilderbogen, die nicht fehlen durften, von Schwind und Otto Speckter; ein Buch in rotem Halbfranzband; dazwischen ein kleiner Globus in schwarzer Kapsel, augenscheinlich schon ein altes Stück. «Es war Onkel Erichs letzte Weihnachtsgabe an mich», sagte der Amtsrichter; «nimm du es nun von mir! Es ist mir in diesen Tagen aufs Herz gefallen, daß ich ihm die Freude, die er mir als Kind gemacht, in späterer Zeit nicht einmal wieder gedankt; nun haben sie mir den alten Herrn im letzten Herbst begraben!»

Frau Ellen legte den Arm um ihren Mann und führte ihn an den Spiegeltisch, auf dem heute die beiden silbernen Armleuchter brannten. Auch ihm hatte sie beschert; das erste aber, wonach seine Hand langte, war ein kleines Lichtbild. Seine Augen ruhten lange darauf, während Frau Ellen still zu ihm emporsah. Es war sein elterlicher Garten; dort unter dem Ahorn vor dem Lusthause standen die beiden Alten selbst, das noch dunkle volle Haar seines Vaters war deutlich zu erkennen.

Der Amtsrichter hatte sich umgewandt; es war, als suchten seine Augen etwas. Die Lichter an dem Moosgärtchen brannten knisternd fort; in ihrem Schein stand der Knabe vor dem aufgeschlagenen Weihnachtsbuch. Aber droben unter der Decke des hohen Zimmers war es dunkel; der Tannenbaum fehlte, der das Licht des Festes auch dort hinaufgetragen hätte.

Da klingelte draußen im Flur die Glocke, und die Haustür wurde polternd aufgerissen. «Wer ist denn das?» sagte Frau Ellen; und Harro lief zur Tür und sah hinaus.

Draußen hörten sie eine rauhe Stimme fragen: «Bin ich denn hier recht beim Herrn Amtsrichter?» Und in demselben Augenblicke wandte auch der Knabe den Kopf zurück und rief: «Knecht Ruprecht, Knecht Ruprecht!» Dann zog er Vater und Mutter mit sich aus der Tür.

Es war der große bärtige Mann, der den beiden Spaziergängern vorhin oberhalb der Stadt begegnet war; bei dem Schein des Flurlämpchens sahen sie deutlich die rote Hakennase unter der beschneiten Pelzmütze leuchten. Sein langes Gepäck hatte er gegen die Wand gelehnt. «Ich habe das hier abzugeben!» sagte er, indem er auch den schweren Quersack von der Schulter nahm.

«Von wem denn?» fragte der Amtsrichter.

«Ist mir nichts von aufgetragen worden.»

«Wollt Ihr denn nicht näher treten?»

Der Alte schüttelte den Kopf. «Ist alles schon besorgt! Habt gute Weihnacht beieinander!» Und indem er noch einmal mit der großen Nase nickte, war er schon zur Tür hinaus.

«Das ist eine Bescherung!» sagte Frau Ellen fast ein wenig schüchtern.

Harro hatte die Haustür aufgerissen. Da sah er die große dunkle Gestalt schon weithin auf dem beschneiten Wege hinausschreiten.

Nun wurde die Magd herbeigerufen, deren Bescherung durch dieses Zwischenspiel bis jetzt verzögert war; und als mit ihrer Hilfe die verhüllten Dinge in das helle Weihnachtszimmer gebracht waren, kniete Frau Ellen auf dem Fußboden und begann mit ihrem Trennmesser die Nähte des großen Packens aufzulösen. Und bald fühlte sie, wie es von innen heraus sich dehnte und die immer schwächer werdenden Bande zu sprengen strebte; und als der Amtsrichter, der bisher schweigend dabeigestanden, jetzt die letzten Hüllen abgestreift hatte und es aufrecht vor sich hingestellt hielt, da war's ein ganz mächtiger Tannenbaum, der nun nach allen Seiten seine entfesselten Zweige ausbreitete. Lange schmale Bänder von Knittergold rieselten und blitzten überall von den Spitzen durch das dunkle Grün herab; auch die Tannäpfel waren golden, die unter allen Zweigen hingen.

Harro war indes nicht müßig gewesen, er hatte den Quersack aufgebunden; mit leuchtenden Augen brachte er einen flachen, grünlackierten Kasten geschleppt. «Horch, es rappelt!» sagte er; «es ist ein Schubfach darin!» Und als sie es aufgezogen, fanden sie wohl ein Schock der feinsten weißen Wachskerzchen.

«Das kommt von einem echten Weihnachtsmann», sagte der Amtsrichter, indem er einen Zweig des Baumes herunterzog, «da sitzen schon überall die kleinen Blechlampetten!»

Aber es war nicht nur ein Schubfach in dem Kasten; es war auch obenauf ein Klötzchen mit einem Schraubengang. Der Amtsrichter wußte Bescheid in diesen Dingen; nach einigen Minuten war der Baum eingeschroben und stand fest und aufrecht, seine grüne Spitze fast bis zur Decke streckend. – Die alte Magd hatte ihre Schüssel mit Äpfeln und Pfeffernüssen stehenlassen; während die andern drei beschäftigt waren, die Wachskerzen aufzustecken, stand sie neben ihnen, ein lebendiger Kandelaber, in jeder Hand einen brennenden Armleuchter emporhaltend. – Sie war aus der Heimat mit herübergekommen und hatte sich von allen am schwersten in den Brauch der Fremde gefunden. Auch jetzt betrachtete sie den stolzen Baum mit mißtrauischen Augen. «Die goldenen Eier sind denn doch vergessen!» sagte sie.

Der Amtsrichter sah sie lächelnd an: «Aber, Margreth, die goldenen Tannäpfel sind doch schöner!»

«So, meint der Herr? Zu Hause haben wir immer die goldenen Eier gehabt.»

Darüber war nicht zu streiten; es war auch keine Zeit dazu. Harro hatte sich indessen schon wieder über den Quersack hergemacht. «Noch nicht anzünden!» rief er, «das Schwerste ist noch darin!»

Es war ein fest vernageltes hölzernes Kistchen. Aber der Amtsrichter holte Hammer und Meißel aus seinem Gerätkästchen; nach ein paar Schlägen sprang der Deckel auf, und eine Fülle weißer Papierspäne quoll ihnen entgegen. – «Zuckerzeug!» rief Frau Ellen und streckte schützend ihre Hände darüber aus. «Ich wittere Marzipan! Setzt euch; ich werde auspacken!»

Und mit vorsichtiger Hand langte sie ein Stück nach dem andern heraus und legte es auf den Tisch, das nun von Vater und Sohn aus dem umhüllenden Seidenpapier herausgewickelt wurde.

«Himbeeren!» rief Harro, «und Erdbeeren, ein ganzer Strauß!»

«Aber siehst du es wohl?» sagte der Amtsrichter, «es sind Waldbeeren; so welche wachsen in den Gärten nicht.»

Dann kam, wie lebend, allerlei Geziefer; Hornissen und Hummeln und was sonst im Sonnenschein an stillen Waldplätzen umherzusummen pflegt, zierlich aus Dragant gebildet, mit goldbestäubten Flügeln; nun eine Honigwabe – die Zellen mochten mit Liqueur gefüllt sein –, wie sie die wilde Biene in den Stamm der hohlen Eiche baut; und jetzt ein großer Hirschkäfer, von Schokolade, mit gesperrten Zangen und ausgebreiteten Flügeldecken. *«Cerbus lucanus!»* rief Harro und klatschte in die Hände.

An jedem Stück war, je nach der Größe, ein lichtgrünes Seidenbändchen. Sie konnten der Lokkung nicht widerstehen; sie begannen schon jetzt den Baum damit zu schmücken, während Frau Ellens Hände noch immer neue Schätze ans Licht förderten.

Bald schwebte zwischen den Immen auch eine Schar von Schmetterlingen an den Tannenspitzen; da war der Himbeerfalter, die silberblaue Daphnis und der olivenfarbige Waldargus, und wie sie alle heißen mochten, die Harro hier vergebens aufzujagen gesucht hatte. – Und immer schwerer wurden die Päckchen, die eins nach dem andern von den eifrigen Händen geöffnet wurden. Denn jetzt kam das Geschlecht des größern Geflügels; da kam der Dompfaff und der Buntspecht, ein paar Kreuzschnäbel, die im Tannenwald daheim sind; und jetzt – Frau Ellen stieß einen leichten Schrei aus – ein ganzes Nest voll kleiner schnäbelaufsperrender Vögel; und Vater und Sohn gerieten miteinander in Streit, ob es Goldhähnchen oder junge Zeisige seien, während Harro schon das kleine Heimwesen im dichtesten Tannengrün verbarg.

Noch ein Waldbewohner erschien; er mußte vom Buchenrevier herübergekommen sein; ein Eichhörnchen von Marzipan, in halber Lebensgröße, mit erhobenem Schweif und klugen Augen. «Und nun ist's alle!» rief Frau Ellen. Aber nein, ein schweres Päckchen noch! Sie öffnete es und verbarg es dann ebenso rasch wieder in beiden Händen. «Ein Prachtstück!» rief sie; «aber nein, Paul; ich bin edelmütiger als du; ich zeig's dir nicht!»

Der Amtsrichter ließ sich das nicht anfechten; er brach ihr die nicht gar zu ernstlich geschlossenen Hände auseinander, während sie lachend über ihn wegschaute.

«Ein Hase!» jubelte Harro, «er hat ein Kohlblatt zwischen den Vorderpfötchen!»

Frau Ellen nickte: «Freilich, er kommt auch eben aus des alten Kirchspielvogts Garten!»

«Harro, mein Junge», sagte der Amtsrichter,

indem er drohend den Finger gegen seine Frau erhob; «versprich mir, diesen Hasen zu verspeisen, damit er gründlich aus der Welt komme!»

Das versprach Harro.

Der Baum war voll, die Zweige bogen sich; die alte Margreth stöhnte, sie könne die Leuchter nicht mehr halten, sie habe gar keine Arme mehr am Leibe.

Aber es gab wieder neue Arbeit. «Anzünden!» kommandierte der Amtsrichter; und die kleinen und großen Weihnachtskinder standen mit heißen Gesichtern, kletterten auf Schemel und Stühle und ließen nicht ab, bis alle Kerzen angezündet waren.

Der Baum brannte, das Zimmer war von Duft und Glanz erfüllt; es war nun wirklich Weihnachten geworden.

Ein wenig müde von der ungewohnten Anstrengung saß der Amtsrichter auf dem Sofa, nachsinnend in den gegenüber hängenden großen Wandspiegel blickend, der das Bild des brennenden Baumes zurückstrahlte.

Frau Ellen, die ganz heimlich ein wenig aufzuräumen begann, wollte eben die geleerte Kiste an die Seite setzen, als sie wie in Gedanken noch einmal mit der Hand durch die Papierspäne streifte. Sie stutzte. «Unerschöpflich!» sagte sie lächelnd. – Es war ein Star von Schokolade, den sie hervorgeholt hatte. «Und, Paul», fuhr sie fort, «er spricht!»

Sie hatte sich zu ihm auf die Sofalehne gesetzt, und beide lasen nun gemeinschaftlich den beschriebenen Zettel, den der Vogel in seinem Schnabel trug: «Einen Wald- und Weihnachtsgruß von einer dankbaren Freundin!»

«Also von ihr!» sagte der Amtsrichter, «ihr Herz hat ein gut Gedächtnis. Knecht Ruprecht mußte einen tüchtigen Weg zurücklegen; denn das Gut liegt fünf ganze Meilen von hier.»

Frau Ellen legte den Arm um ihres Mannes Nacken. «Nicht wahr, Paul, wir wollen auch nicht undankbar gegen die Fremde sein?»

«Oh, ich bin nicht undankbar; aber...»

«Was denn aber, Paul?»

«Was mögen drüben jetzt die Alten machen!»

Sie antwortete nicht darauf; sie gab ihm schweigend ihre Hand.

«Wo ist Harro?» fragte er nach einer Weile.

Harro war eben wieder ins Zimmer getreten; aus einer Schachtel, die er mit sich brachte, nahm er eine kleine verblichene Figur und befestigte sie sorgfältig an einen Zweig des Tannenbaums. Die Eltern hatten es wohl erkannt; es war ein Stück von dem Zuckerzeug des letzten heimatlichen Weihnachtsbaums; ein Dragoner auf schwarzem Pferde in langem graublauen Mantel. Der Knabe stand davor und betrachtete es unbeweglich; seine großen blauen Augen unter der breiten Stirn wurden immer finsterer. «Vater», sagte er endlich, und seine Stimme zitterte, «es war doch schade um unser schönes Heer! – Wenn sie es nur nicht aufgelöst hätten – ich glaube, dann wären wir wohl noch zu Hause!»

Eine lautlose Stille folgte, als der Knabe das gesprochen. Dann rief der Vater seinen Sohn und zog ihn dicht an sich heran. «Du kennst noch das alte Haus deiner Großeltern», sagte er, «du bist vielleicht das letzte Kind von den Unsern, das noch auf den großen übereinandergetürmten Bodenräumen gespielt hat; denn die Stunde ist nicht mehr fern, daß es in fremde Hand kommen wird. – Einer deiner Urahnen hat es einst für seinen Sohn gebaut. Der junge Mann fand es fertig und ausgestattet vor, als er nach mehrjähriger Abwesenheit in den Handelsstädten Frankreichs nach seiner Heimat zurückkehrte. Bei seinem Tode hat er es seinen Nachkommen hinterlassen, und sie haben darin gewohnt als Kaufherren und Senatoren oder, nachdem sie sich dem Studium der Rechte zugewandt hatten, als Bürgermeister oder Syndici ihrer Vaterstadt. Es waren angesehene und wohldenkende Männer, die im Lauf der Zeit ihre Kraft und ihr Vermögen auf mannigfache Weise ihren Mitbürgern zugute kommen ließen. So waren sie wurzelfest geworden in der Heimat. Noch in meiner Knabenzeit gab es unter den tüchtigeren Handwerkern fast keine Familie, wo nicht von den Voreltern oder Eltern eines in den Diensten der Unserigen gestanden hätte; sei es auf den Schiffen oder in den Fabriken oder auch im Hause selbst. – Es waren das Verhältnisse des gegenseitigen Vertrauens; jeder rühmte sich des andern und suchte sich des andern wert zu zeigen; wie ein Erbe ließen es die Eltern ihren Kindern; sie kannten sich alle, über Geburt und Tod hinaus, denn sie kannten Art und Geschlecht der Jungen, die geboren wurden, und der Alten, die vor ihnen dagewesen waren.» – Der Amtsrichter schwieg einen Augenblick, während der Knabe unbeweglich zu ihm emporsah. «Aber nicht allein in die Höhe», fuhr er fort, «auch in die Tiefe haben deine Voreltern gebaut; zu dem steinernen Hause in der Stadt gehörte die Gruft draußen auf dem Kirchhof; denn auch die Toten sollten noch beisammen sein. – Und seltsam, da ich des inne ward, daß ich fort mußte, mein erster Gedanke war, ich könnte dort den Platz verfehlen. – Ich habe sie mehr als einmal offen gesehen; das letzte Mal, als deine Urgroßmutter starb, eine Frau in hohen Jahren, wie sie den Unserigen vergönnt zu sein pflegen. – Ich vergesse den Tag nicht. Ich war hinabgestiegen und stand unten in der Dunkelheit zwischen den Särgen, die neben und über mir auf den eisernen Stangen ruhten; die ganze alte Zeit, eine ernste schweigsame Gesellschaft. Neben mir war der Totengräber, ein eisgrauer Mann. Aber einst war er jung gewesen und hatte als Kutscher, den schwarzen Pudel zwischen den Knien, die Rappen meines Großvaters gefahren. – Er stand an einen hohen Sarg gelehnt und ließ wie liebkosend seine Hand über das schwarze Tuch des Deckels gleiten. ‹Dat is min ole Herr!› sagte er in seinem Plattdeutsch, ‹dat weer en gude Mann!› – Mein Kind, nur dort zu Hause konnte ich solche Worte hören. Ich neigte unwillkürlich das Haupt; denn mir war, als fühlte ich den Segen der Heimat sich leibhaftig auf mich niedersenken. Ich war der Erbe dieser Toten; sie selbst waren zwar dahingegangen; aber ihre Güte und Tüchtigkeit lebte noch und war für mich da und half mir, wo ich selber irrte, wo meine Kräfte mich verließen. – Und auch jetzt noch, wenn ich – mir und den Meinen nicht zur Freude, aber getrieben von jenem geheimnisvollen Weh – auf kurze Zeit zurückkehrte, ich weiß es wohl, dem sich dann alle Hände dort entgegenstreckten, das war nicht ich allein.»

Er war aufgestanden und hatte einen Fensterflügel aufgestoßen. Weithin dehnte sich das Schneefeld; der Wind sauste; unter den Sternen vorüber jagten die Wolken; dorthin, wo in unsichtbarer Ferne ihre Heimat lag. – Er legte fest den Arm um seine Frau, die ihm schweigend gefolgt war; seine lichtblauen Augen lugten scharf in die Nacht hinaus. «Dort!» sprach er leise; «ich will den Namen nicht nennen; er wird nicht gern gehört in deutschen Landen; wir wollen ihn still in unserm Herzen sprechen, wie die Juden das Wort für den Allerheiligsten.» Und er ergriff die Hand seines Kindes und preßte sie so fest, daß der Junge die Zähne zusammenbiß.

Noch lange standen sie und blickten dem dunkeln Zuge der Wolken nach. – Hinter ihnen im Zimmer ging lautlos die alte Magd umher und hütete sorgsamen Auges die allmählich niederbrennenden Weihnachtskerzen.

GUIDO GOZZANO

## EINE WEIHNACHT AUF CEYLON

*Adam's Peak. Ceylon. 25. Dezember ****

Wachwerden, träge Pein in dieser Weltgegend! Die warme Gewächshausluft hat das Bewußtsein abgestumpft, mühselig belebt es sich wie eine Bühne, die – da, dort, hier – sprungweise und unerwartet hell wird; man könnte meinen, es habe den Körper im Schlaf sich selbst überlassen, sei in das ferne Land seiner Sehnsucht davongeflogen und müsse nun in wenigen Sekunden die gräßliche Entfernung überwinden, den Rückweg von einem Gehirnlappen zum nächsten erst wiederfinden; der Verstand hingegen schaut dieser Qual bereits wach und rege zu, forscht, erklärt, lacht: «Es nützt gar nichts, wenn du mir etwas vortäuschst, du nächtlicher Streuner! Ich bin auf Ceylon, ich weiß, daß ich auf Ceylon bin! – Es nützt gar nichts, wenn du mir bei jedem Wachwerden einen Zipfel der ligurischen oder canavesischen Landschaft, das Lächeln eines Freundes, das Profil meiner Mutter mitbringst ... Ich weiß, daß ich träume. Dies schwache Glockenläuten, das du mir vorgaukelst, um mich an die Heimat zu erinnern, ähnelt sehr dem weihnachtlichen Klang, wenn der Schneesturm wirbelnd über die Glocken herfällt. Aber wahr ist das

DIE GEBURT JESU

(Lukas 2,1–7)

nicht. Wahr ist allein der rauhe, ohrenbetäubende Chor der Papageien und Affen auf dem Dach meines Bungalows. In wenigen Sekunden werde ich auf Ceylon aufwachen, in meinem einsamen Schlupfwinkel mitten im tropischen Urwald.»

Ich werde wach. Ich bin auf Ceylon. Ich habe meine Augen weit aufgeschlagen; ich sehe durch den weißen Schleier die Möbelstücke des Zimmers, Patricks Gestalt, der stehend mit der Teekanne wartet: ich bin sehr wach; aber der schwache Glockenschall klingt weiter durch den Urwaldchor; ich schiebe das Moskitonetz beiseite, springe mit solch verdutztem Gesicht aus dem Bett, daß es den alten singhalesischen Boy beunruhigt: *«What is the matter with you, master?»*

«Nichts, mein Lieber. Mir geht's sehr gut, aber das Geräusch, was ist das?»

*«The Christmas!* Weihnachten! Das ist die Sechs-Uhr-Messe in der Mission von Kandy.»

Bis hier oben hinauf reicht in der reglosen Luft der Klang von Kandy, sechs Stunden weit entfernt unten im Tal.

Patrick ist Christ. Wenngleich er sein spärliches graues Haar unter dem singhalesischen Kamm aus gekrümmtem Schildpatt zu lauter Zöpfchen geflochten hat, wenngleich er außer seinem rot und hellblau karierten Frauenröckchen nichts trägt, hängen auf seiner nackten Brust, mitten unter den Amuletten gegen Gifte, Kobras und Unheil, ein Zelluloid-Skapulier und ein silbernes Kreuzchen. Er ist ein reiner Indo-Iraner mit seinem edlen, sokratischen Gesicht, das mich so schrecklich an einen von mir verehrten Universitätslehrer erinnert, daß es mir noch immer nicht recht glückt, ein gewisses Zaudern zu unterdrücken, wenn ich ihm anordnen muß, das Bad herzurichten oder die Stiefelschäfte zu glänzen.

«*The Christmas! The Christmas!* Hören Sie die Glocken?»

Freudestrahlend mit all seinen blendendweißen Zähnen im bronzefarbenen Gesicht tritt Matthew, der andere Boy, ein. Er ist noch sehr jung, zwanzig Jahre alt, und spricht sieben Sprachen; er ist ein guter Jäger und ein ganz vorzüglicher Koch; keiner versteht wie er, das Holz der Traveller-Palme zart zu garen und zu braten oder das Fleisch des Schuppentiers oder des Flughunds zuzubereiten.

Zusammen mit diesen beiden Gefährten und dem Bungalow-Wächter – sie reichen eben aus in dieser Weltgegend, wo die Arbeit nach Alter und Kaste aufgeteilt wird – wohne ich seit fast einem Monat in dem letzten, dem Reisenden von der bewundernswerten englischen Fürsorglichkeit überlassenen *Rest-House*. In Colombo, in Kandy habe ich mit den üppigen Verlockungen in den großen Hotels der Weltbürger eine Menge Zeit und Geld verpraßt (zuviel Geld für einen schriftstellernden, von der heimischen Literatur und den heimischen Museen nicht großzügig bedachten Insektenforscher), und diesen glücklichen Schlupfwinkel hier, der wie kein anderer meinen Forschungen förderlich ist, verdanke ich den wohlwollenden Bemühungen des holländischen Konsuls bei der singhalesischen Regierung.

Es ist winzig, bescheiden, dies *Rest-House* auf dem Adam's Peak, und daß der Kronprinz, als er im vorigen Jahr zur Elefantenjagd nach Ceylon kam, hier übernachtet hat, nährt meinen Stolz nicht unbedingt. O je! die Bleibe ist wenig königlich! Abstoßend reinlich nach Art eines Bahnhofs und der eingeschossigen kleinen Häuser im Lande Nippon, hat sie wie alle tropischen Gebäude eine umlaufende Veranda mit kleinen weißen Säulen und ein weit vorragendes Dach; abends wird ein Fallgitter heruntergelassen, das ringsum abschließt und uns vor Katzenbesuch schützt. In Europa stekken die Menschen die Tiger in Käfige, hier sind es die Tiger, die die Menschen in Käfige treiben; eigentlich nicht der Tiger, den es in diesen Wäldern nicht gibt, sondern die Leoparden und der lebensgefährliche singhalesische Schwarze Panther. Die Zimmer liegen um einen kleinen Innenhof, ein kleiner *Patio,* und sind alle unbeschreiblich trostlos mit ihrem bis zur halben Höhe weiß getünchten Mauerwerk und dem Holz der oberen Wandhälfte, das ins Freie durchbrochen ist, so daß die kleinen geflügelten Dschungelbewohner, die bengalischen Spatzen, ungehindert und mit jenem unglaublichen Zutrauen hereinfliegen, das die indischen Tiere dem Menschen entgegenbringen.

Ein Schlafzimmer, schlicht wie eine Kartäuserzelle, ein Wohnzimmer mit einigem europäischen Anspruch, eine Küche und ein geräumiger Vorratsraum, den ich mit meinen Kisten und Kasten als Laboratorium verwende; vor dem Haus ein lächerliches Gärtchen mit einem dreieckigen Beet; auf ihm umsorgt der Wärter mit großer Hingabe ein paar grämliche europäische Keimlinge, die das Klima betäubt und die umgebende Pflanzenwelt gedemütigt haben: in diese Einsiedelei dringt nun heute morgen von weit, weit her der Klang der Mission zu mir. Und zum ersten Mal, seit ich der Heimat fern bin, spüre ich einen Stich im Herzen, leicht, kaum wahrnehmbar, aber anhaltend und lästig wie das erste Nagen eines faulenden Zahns: Heimweh! Und ich rühmte mich, dafür unempfänglich zu sein! O je, man kann sich vielleicht vortäuschen, ein Robinson oder ein buddhistischer Mönch zu sein, aber unsere Ursubstanz, die nicht nur durch das, was sie ist, sondern auch durch das, was sie gewesen ist, besteht, läßt sich nicht aus der Fassung bringen; Jahrtausende europäischer Entwicklung und zwanzig Jahrhunderte Christentum lassen sich nicht aus dem Geheimnis unserer Seele streichen. Heimweh, dieser gräßliche, nicht zu beschreibende Schmerz aus unnennbaren, Angst und Reue ähnlichen Gefühlen!

Erfrischt durch ein Bad, trete ich hinaus ins Freie, um mich vom Erwachen des Dschungels, diesem für meine europäischen Augen immer wieder neuen Entzücken und Wunder, auf andere Gedanken bringen zu lassen. Ich folge einem im dichten Grün kaum kenntlichen Pfad, aber zum ersten Mal erscheint mir diese paradiesische Natur als etwas Feindliches, beunruhigend wie eine Landschaft aus der Zeit vor der Sintflut, in der sich gleich ein Plesiosaurier oder ein Iguanodon zeigen muß. Noch einmal dringt durch das Gewirr dieser wahnwitzigen Pflanzenwelt das Glockenläuten der Mission aus der Tiefe der Täler, verstummt darauf, und noch nie zuvor habe ich mich so allein gefühlt, obwohl mir Patrick und Matthew folgen und das Gewehr, die Netze, die Greifzangen hinterhertragen. Doch heute werden wir nichts töten. In meinem Heimatland ist der Bruder Gotamas* geboren: die höchste Güte, die alle paar Jahrtausende Fleisch wird und in einem Menschen aufgeht, sie ist in einem «Erweckten» ein weiteres Mal «wachgeworden».

Wir gehen weiter voran auf diesen Pfaden wie in Hohlgängen mitten durchs Grün, die die wilden Elefanten auf ihren nächtlichen Ausflügen herausgebrochen haben. Es ist acht Uhr morgens, in Italien also kurz vor Mitternacht; jetzt werden die Tische mit Mistelzweigen und Palmenkränzen geschmückt, die Fenster leuchten hell in der eisigen, verschneiten Dunkelheit der Heiligen Nacht. Hier ein sommerlicher Morgen, grelles Licht, das, durch die Kuppeln der baumartigen Farne gemildert, wie grünes Unterwasserflimmern herabfällt; laue Wärme, Gewächshauswärme, die auf diesem äquatorialen Gürtel der Erde ewig anhält, eine namenlose, fünfte Jahreszeit, die ich Hochstimmung nennen würde: glückseliger Wahnwitz, der die endlosen Todeskämpfe manch Ausgezehrter begleitet. In dieser ewig lauen Wärme, die abends oder nachts durch eine Stunde sturzflutartiger Regengüsse gemildert wird, erreicht die Pflanzenwelt unglaubliche Ausmaße, Linien, Farben; aber eben diese Schönheit, diese Jahreszeit, sich selbst immer gleich, mischen meinem heutigen Heimweh noch

---

* Buddha

ein anderes, aus unaussprechlichen Gedanken heraufbeschworenes Grausen bei: die Frühlinge, Sommer, Herbste, Winter, die von den Meisterwerken europäischer Dichtung, Malerei und Musik unsterblich gemacht wurden, sind also nichts weiter als das Ergebnis eines Breitengrades: Trauer über die Bedingtheit aller Dinge, auch solcher, die wir als göttlich und unsterblich verehren – noch schmerzlichere Trauer beim Gedanken, daß diese immergrüne Erde hier nichts weiter ist als der nurmehr schmale Strich eines ewigen Sommers, der sich am Anfang über unseren ganzen Erdball zog – kindliches, ja unbezwingliches Grausen beim Gedanken, daß unser Heimatland schon in die verlöschende Erdkurve eingetaucht ist, daß der Winter, die eisige verschneite Nacht, die es an diesem klaren Morgen umhüllt, schon das Bild der ewigen Eisnacht ist, die im Lauf der Zeit fortschreiten, die Tropen erreichen und bis hier oben hinauf in diesen glückseligen, auserwählten Erdstrich, in dies letzte Abbild der sterbenden Menschheit, eindringen wird...

Meine Weihnacht ist nicht fröhlich, und die umgebende Pflanzenwelt tröstet mich wenig; sie erinnert mich fortgesetzt an die gräßliche Entfernung zum Heimatland; sich etwas vorzutäuschen ist nicht möglich, nicht einmal wenn sich der Blick am Boden festhält; der Fuß schreitet mal zwischen Moosen, ungeheuerlichen Polypen oder korallenähnlichen Flechten voran, mal geht er über den hellgräulichen Teppich der himmelblauen singhalesischen Mimose, und der Tritt hinterläßt einen eigenartigen Abdruck, der sich sekundenschnell ausbreitet – wie sich das verletzte Weichtier im Schmerz zusammenzieht. Zu beiden Seiten hoch hinauf feiern die Pflanzen und Lebewesen Triumphe: eigenartige Insekten (*Phasmida, Phyllium,* etc.) sehen wie Äste und Blätter aus, riesengroße Schmetterlinge blenden im Flug wie ein grünhimmelblaues Glühfeuer und falten sich sitzend im Grau eines toten Blattes zusammen. Eigenartige Blumen, Kelche wie rosarotes und blutrotes Fleisch, wie schneeweißes oder himmelblaues Porzellan, Blumen, die nicht die geringste Verwandtschaft mit unseren Blumen haben, Blätter schöner als die Blumen, herzförmig, kelchartig, gemäldegleich, gelappt, gezahnt, gefranst: weiße himmelblau oder rot, rote weiß oder bläulichrot geädert; baumartige, wie Strahlen biegsame Farne, Zwergfarne, haarfein in der Luft sich wiegend wie in einem Aquarium; und alles ist unverändert wie im Uranfang, als es den Menschen und den Schmerz noch nicht gab.

Elf Uhr. Die Sonne steht fast senkrecht: die märchenhafte Landschaft zersetzt sich in grüner Ferne, im Spiel der Luftspiegelungen; die Stämme winden sich in die Lüfte, die zitternd wie Flußgewässer zerfließen. Ich kehre wieder zurück zum Bungalow. Matthew geht mir voraus, bleibt jedoch vor Schreck und Freude laut rufend an der Schwelle stehen: «Kobra! Kobra! *The best wish for you!* Das bringt Ihnen viel, viel Glück!»

Seltsame Vorstellung Indiens, die die freudige Hoffnung in diesem Botschafter des sicheren Todes versinnbildlicht hat! *Skatura-Tka:* «Noch-sieben-Schritte» nennen die Singhalesen ihn, weil, wie es heißt, das Opfer noch sieben Schritte taumelt, dann erstarrt hinfällt. Die Kobra gehört gewiß zu den gefährlichsten Schlangen, sieht aber nicht sonderlich beeindruckend aus. Die mich in meinem Garten empfängt, ist kaum größer als eine Ringelnatter und würde bestimmt liebend gern flüchten, wenn sie der Boy nicht umtanzte und mit seinem Geschrei und dem Netz verängstigte; sie hat sich zusammengeringelt, richtet ihren Körper halb auf mit dem vor Zorn aufgeblähten, verbreiterten Hals, dem kleinen dreieckigen Kopf, den rubinroten Augen, der gespaltenen, vorzuckenden Zunge; kampfbereit und mit wachem Auge auf den Menschen windet sie sich um sich selbst.

Aber der Mensch läßt von ihr ab, und die Schlange glättet sich, streckt sich und verschwindet im Dickicht; Dank auch ihr an diesem Tag der Geburt Christi.

Bei Tisch, allein. Das kleine Wohnzimmer täuscht mir ein bißchen Europa vor, eine Täuschung, die mein Heimweh nährt, nicht mildert. Wie eigenartig dieser Gegensatz zwischen der tropischen Reinlichkeit, den weißgetünchten, von der halben Höhe bis zur Decke durchbrochenen Wänden und der überheblichen und bejahrten Gewichtigkeit der spärlichen Möblierung ist, die an die Warteräume bestimmter Ärzte und Pfarrer erinnert; vier Stühle aus Binsengeflecht, ein Sofa, das seine Wergseele aus reichlich vielen Wunden aushaucht, ein Empirebuffet mit einer nicht ganz wertlosen Robert-Pendeluhr, ein Bücherregal samt einer ungeheuren Bibel, an den Wänden ein paar moderne Ölbilder der englischen Herrscher und zwei alte Drucke: Amsterdam im 17. Jahrhundert – Dinge, die aus einem alten Bungalow stammen und zu Zeiten der holländischen Besatzung nach Ceylon kamen, als die flämischen Handelsleute, nachdem sie Afrika und Indien in einem abenteuerlichen Jahr auf wenig vertrauenerweckenden Schiffen umsegelt hatten, endlich auf der märchenhaften Insel anlangten.

Patrick und Matthew kommen und gehen schweigend, wachen über jede meiner Bewegungen mit dem ergebenen Eifer, der als die große Tugend indischer Bediensteter unter allen Reisenden höchste Wertschätzung genießt. Matthew hat einen gewaltigen, während des morgendlichen Rundgangs gepflückten Orchideenstrauß in einer Konservendose auf den Tisch gestellt, daneben einen Teller voll riesiger Mangofrüchte. Ich habe mich an die seltsamen Früchte gewöhnt; schneidet man sie auf, trifft man auf ihr eiskaltes Fruchtfleisch, das wie ein weiches Fruchteis schmeckt und nach Moschus und Kreosot duftet; seltsame Früchte, die ein Zuckerbäcker, ein Parfumhersteller, ein Apotheker gemacht haben könnte. Und die Orchideen vor mir könnte sich ein Goldschmied ausgedacht haben: Blütenblätter vielfarbig lackiert, glimmerig überstäubt, wunderliche, wie Nippons Drachen grinsende Rachen, ausbukelnde, gehörnte, bauchige Blütenkelche, in deren Innern es regenbogenfarbig schillert, wie man es auch in den offenen Bruststücken geschlachteter Tiere flüchtig wahrnimmt: der Strauß gibt eine

Vorahnung von Pest und Unheil und strömt in der nachmittäglichen Hitze einen unerträglich übelriechenden Duft aus. Ich lasse ihn fortstellen, diesen märchenhaften Strauß, der um diese Tageszeit in einem europäischen Salon ein Zeichen der Ehrerbietung abgäbe, wie es einer Prinzessin nicht unwürdig wäre; wie gern aber würde ich ihn gegen einen dornigen weihnachtlichen Palmenzweig mit roten Beeren oder einen perlfarbenen Mistelstrauch eintauschen!

Jetzt waltet die Stunde der nachmittäglichen Hitze, der tropischen Mittagsruhe auf dem Liegestuhl, die Stunde des Schweigens, das die kleinen Bengalen zum Besuch verlockt.

Im Schwarm brechen die winzigen, weiß gesprenkelten roten oder grünlichen Spatzen bei der einen Wand des Wohnzimmers herein, kundschaften es aus, fliegen quer hindurch, fliegen wieder herein; mein Arm, den ich plötzlich vorstrecke, um mir ein Buch zu nehmen, versetzt sie in Unruhe, sie dringen in die Küche ein, kehren verängstigt vom Herumwirtschaften der Boys zurück, kreisen zweimal im Eßzimmer, setzen sich abwartend in die Durchbrechungen der Wände; ein paar mutigere überlegen sich, daß ich mich sicherlich nicht entscheide wegzugehen, fliegen herunter, setzen sich auf die Sessellehne, auf die Regalbretter, auf den Boden, um die Essenskrümel aufzupicken, und einer nach dem anderen fliegen sie alle herunter, hüpfen inzwischen im Vertrauen auf den weißgekleideten Menschen leise piepsend herum. Ich strecke einen Arm aus, werfe eine Zeitung hin, um zu sehen, wie groß ihr Mut ist, aber die kleinen Wagehälse rücken kaum zur Seite.

In der schweigenden Hitze klingt das Gezwitscher überein mit dem Ticken der bejahrten Robert-Uhr, die schon so vielen Leben in ferner Abgeschiedenheit die Stunden geschlagen hat, klingt überein mit dem gedämpften Singsang der Boys.

Patrick und Matthew wirtschaften nicht mehr. Sie liegen ausgestreckt auf dem Boden, die Schultern an der Mauer, sie schlafen und singen. Durch die geschlossenen Zähne drückt sich ihr träger Schlaf für sich selbst in einer schläfrigen, sonderbaren Musik aus: Handlung als Widerschein, als Stellungnahme der Dinge, als Umschreibung für Einsamkeit und Fernsein, Wärme und Schweigen.

## BENITO PÉREZ GALDÓS

## DER OCHSE UND DER ESEL

### I

Langsam verlöschte Celininas Leben. Die unglückliche Mutter wollte diesen Schicksalsschlag nicht glauben. Doch das Gesicht des Kindes überzog sich mit gelblicher Blässe. Der Körper erkaltete und war bald steif und starr wie der einer Puppe.

Man führte Vater und Mutter aus dem Zimmer.

Die nächsten Anverwandten leisteten dem toten Kinde den letzten Dienst.

Sie zogen Celinina ein Kleidchen über, weiß und duftig wie eine Wolke. Sie legten ihr weiße Schuhe an und kämmten ihr das dunkelbraune Haar auf anmutige Weise. Ein Mann trug einen mit blauer Seide ausgeschlagenen Sarg herbei. Da hinein legte man Celinina und stützte ihren Kopf mit einem weichen Kissen. Die Händchen wurden gefaltet und mit einem Band zusammengehalten. Zwischen die Finger schoben sie ihr einen Zweig weißer Rosen.

Die Frauen bedeckten einen Tisch mit prächtigen Tüchern. Darauf stellte man den Sarg. Einige Dutzend Kerzen wurden in den Kandelabern des Raumes angezündet. Sie verbreiteten eine traurige Helligkeit um Celinina.

## II

Aus den hinteren Räumen des Hauses ertönten Seufzer einer männlichen und einer weiblichen Stimme: das jammervolle Klagen der Eltern! Tausend Erinnerungen, tausend schmerzende Bilder schlugen tiefe Wunden, bohrten sich wie spitze Dolche in ihre Herzen. Die Mutter vernahm das süße Stammeln Celininas, die alles verkehrt aussprach. Aus den Worten unserer Muttersprache machte das Kind reizende Karikaturen. Dem gerührten Herzen der Mutter klang alles aus ihrem niedlichen Munde wie die sanfteste Musik. Ihre Trübsal noch steigernd, sah die Frau überall noch die Kleinigkeiten herumliegen, mit denen Celinina in den letzten Tagen gespielt hatte, Dinge, die zu Weihnachten gehörten. Da lagen auf dem Fußboden tönerne Truthähne mit Beinen aus Draht, ein heiliger Joseph ohne Hände, einer der Heiligen Drei Könige auf einem Kamel, dem der Kopf fehlte. All diese Spielsachen waren ganz durchtränkt von der Seele des kleinen Mädchens. Die arme Mutter, wenn sie der Sachen gewahr wurde, zitterte am ganzen Körper, und im empfindlichsten Teil ihres Herzens schmerzte die Wunde. Das Allertraurigste von der Welt war für die Mutter jetzt jener Truthahn mit den Drahtbeinen.

Betrüblicher als für die Mutter war dies alles für den Vater. Bei ihm verschlimmerte sich der Schmerz durch quälende Gewissensbisse. Ich will kurz erzählen, warum.

Seitdem Celinina krank geworden war, dachte sie nur noch an das poetischste aller Feste, an dem sich die Herzen der Kinder erfreuen: an das Weihnachtsfest. Wenn sich Celinina etwas wohler fühlte, sprach sie von nichts anderem als von Weihnachten. Im Delirium, wenn das Fieber wieder hoch anstieg, nannte sie die Spielsachen, die sie sich zum Christfest wünschte.

## III

Der Vater, der keine anderen Kinder außer Celinina besaß, war sehr beunruhigt. Seine Geschäfte riefen ihn von Hause fort. Aber sehr häufig kehrte er zurück, um zu sehen, wie es der kleinen Kranken ginge. Traurige Vorahnungen beherrschten den guten Mann. Die Krankheit seines Kindes ging ihm nicht aus dem Sinn. Er dachte immerzu darüber nach, was er beitragen könne, um die Stimmung des Kindes zu heben, und brachte ihr jeden Abend ein kleines vorweihnachtliches Geschenk mit. Einmal legte er Celinina eine Herde Truthähne aufs Bett. Am nächsten Tage brachte er den heiligen Joseph mit der Krippe und dem Stall von Bethlehem nach Hause, später auch die Heiligen Drei Könige.

Durch die Gespräche ihrer Vettern wußte Celinina genau darüber Bescheid, was zu einer guten Feier der Heiligen Nacht gehöre. Sie wußte, daß ihr Werk noch unvollendet sei, denn es fehlten zwei wichtige Figuren: der Esel und der Ochse. Sie hatte keine Ahnung, was dieser Ochse, dieser Esel zu bedeuten hatten. Aber sie paßte gut auf, daß alles vollständig sein müsse, und verlangte ein ums andere Mal von dem bereitwilligen Vater die beiden Tiere, die ihr noch fehlten.

Der versprach, sie mitzubringen. Doch er vergaß es. Das Kind zeigte große Betrübnis, als es merkte, daß der Vater das Gewünschte nicht gekauft hatte. Der Vater wollte sofort seinen Fehler gutmachen. Jedoch hatte sich Celininas Zustand während des nächsten Tages so verschlechtert, daß der Arzt gerufen wurde. Seine Worte klangen nicht beruhigend. Niemand dachte mehr an Ochs und Eselchen. Am Vierundzwanzigsten beschloß der arme Mann, sich nicht aus dem Hause zu rühren. Einen kurzen Augenblick lang schien sich Celininas Befinden zu bessern. Aber wie ein verwundeter Vogel, der in die höchsten Höhen entfliehen möchte, doch herabstürzt, so fiel auch das Kind in die Abgründe eines heftigen Fiebers. In seinem Fieberwahn sprach es unausgesetzt von dem Ochsen und von dem Esel.

Halb wahnsinnig stürzte der Vater aus dem Haus. Er lief durch alle Straßen. Doch er fand das ersehnte Spielzeug nicht. Er sagte sich schließlich: «Wer wird jetzt noch an Ochsen und Esel denken?» Er rannte hierhin und dorthin. Er stieg Treppen hinauf und drückte auf Klingelknöpfe. Er öffnete Türen, bis er zuletzt sechs, ja acht Ärzte zusammengesucht hatte und sie mit nach Hause nahm.

Celinina sollte unbedingt gerettet werden!

## IV

Aber Gott wollte nicht, daß die Ärzte in die Entscheidung eingriffen, die Er getroffen hatte. Celinina verfiel wie ein Schmetterling, der, von einem Schlag verletzt, mit gebrochenen Flügeln zu Boden taumelt.

Auf den Straßen tönten Weihnachtslieder. Celinina öffnete die Augen, die schon für immer geschlossen schienen. Und mit einem ernsten Gemurmel, das nicht mehr dieser Welt angehörte, bat sie den Vater um Ochs und Esel. Schmerzerfüllt versuchten die Eltern, sie zu täuschen. Damit sie in ihren letzten Augenblicken eine Freude habe, gaben sie ihr die Puter und sagten: «Schau, Herzenstöchterchen, da hast du das Eselchen und das Öchslein!»

Aber Celinina besaß noch so viel Verstandesklarheit, daß sie sofort merkte, die Puter waren eben nichts anderes als Truthähne. Mit anmutiger Bewegung stieß sie sie zurück. Dann heftete sie ihren Blick unverwandt auf Vater und Mutter, hielt beide Händchen an den Kopf, um zu zeigen, wo es sie so sehr schmerze.

Endlich schwieg alles, wie das Werk einer Uhr schweigt, wenn sie stehenbleibt. Und das reizende Kind verwandelte sich in einen schlaffen Körper, kalt wie Marmor.

Verstehen Sie nun die Gewissensbisse des Vaters? Um Celinina ins Leben zurückzurufen, wäre er gern durch die ganze Welt gelaufen, hätte alle Ochsen und Esel – sicherlich alle, die es gibt – zusammengesucht. Der Gedanke, jenen unschuldigen letzten Wunsch seines Kindes nicht erfüllt zu haben, war wie ein spitzer, kalter Dolch, der sich ihm ins Herz bohrte. Vergeblich versuchte er, ihn mit den Gedanken herauszuziehen. Wozu dient die Vernunft, wenn sie, wie in diesem Falle, ein ebensolches Kind ist wie die Kleine, die in dem Sarge schlummerte und einem Spielzeug größere Bedeutung zumaß als allen anderen Dingen im Himmel wie auf Erden?

## V

Im Hause verlöschten schließlich die Laute der Verzweiflung, als ob der Schmerz sich in die Seele verkröche, die ja seine eigentliche Wohnstatt ist, als ob der Schmerz die Türen des Bewußtseins zuschlüge, um einsamer zu sein, um sich in sich selbst zu erholen.

Es war Weihnachtstag. In dem Hause der Trauer, das gerade der Tod besucht hatte, herrschte Schweigen. Draußen, in den Straßen der Stadt, ertönte Musik: Kinderstimmen und Männerchöre sangen vom Kommen des Messias.

Vom Zimmer aus, in dem das tote Kind aufgebahrt lag, vernahm man aus dem oberen Stock das fröhliche Lärmen vieler Kinder. Sie feierten dort mit ihren Eltern Weihnachten und pflückten Spielsachen und Süßigkeiten von den Zweigen eines herrlich geschmückten Baumes. Es gab Augenblicke, wo die Decke des Saales zu beben schien unter dem Tosen oben, als ob sich die arme Tote in ihrem blauen Sarge erschrecke.

Von den drei Frauen, die bei Celinina wachten, zogen sich zwei zurück. Die dritte schlief ein.

Die Kerzen begannen sich zu bewegen, als ob unsichtbare Flügel durch den Raum schwebten. Die Spitzen an Celininas Kleidchen bewegten sich ebenfalls, als streife sie ein spielerischer Windhauch.

Celinina hob die Lider. Ihre schwarzen Augen füllten den Saal mit lebhaften Blicken. Darauf löste sie die gefalteten Hände. Ohne irgendwelche Anstrengung setzte sie sich auf.

Ein Flügelschlagen wurde hörbar, als ob alle Tauben der Welt in diesem Totenraume aus und ein flögen.

Celinina stand auf dem Fußboden. Sie reckte die Arme hoch. Sofort wuchsen ihr ein Paar kurze weiße Flügelchen. Sie schlug mit ihnen, flatterte hoch und verschwand.

Dann war wieder alles wie zuvor. Nur der blaue Sarg war leer.

## VI

Welch herrliches Fest fand an diesem Abend im Hause des Herrn X. statt!

Die Krippe war hell erleuchtet. Die Kleinen sangen und vergnügten sich in größter Lustigkeit. In den Festräumen hatten sich die entzückendsten Kinder aus zwanzig Straßen in der Runde versammelt. Der Baum bestand aus Eichen- und Zedernzweigen. Unzählbar waren die Geschenke, die von seinen Blättern herabhingen. Der Baum war mit mehr Lichtern geschmückt, als es Sterne am Himmel gibt. Die Freude der Kinder offenbarte sich in herrlichen Weihnachtsgesängen. Plötzlich wird ein Geräusch vernehmbar, das nicht von den Kindern stammt. Alle blicken auf zur Zimmerdecke. Da aber niemand dort etwas sieht, schaut einer den andern lachend an. Doch man hört das Rauschen von Flügeln, die an die Wände streifen, gegen die Decke stoßen. Selbst wenn sie taub gewesen wären, hätten sie das hören müssen. Es war, als ob sich alle Tauben aus allen Taubenschlägen des Universums in dem Saale befänden.

Aber man sieht nichts, absolut nichts.

Aber bald bemerken sie etwas ganz unerklärlich Wunderbares. Alle Figuren der Krippe beginnen sich zu bewegen. Ohne irgendein Geräusch wechseln sie ihre Plätze.

Die wunderbare Erscheinung versetzt die Anwesenden in Schrecken. Einige der Kinder lachen unbändig, andere weinen. Eine abergläubische alte Frau sagt: «Wißt ihr denn nicht, wer diese Unordnung anrichtet? Das tun die toten Kinder, die im Himmel sind und denen Gottvater in dieser einen Nacht erlaubt, niederzusteigen und mit der Krippe zu spielen...» Bald hört die Bewegung wieder auf. Wiederum das Rauschen von Flügeln, diesmal sich entfernend.

Viele der Anwesenden eilen herbei, um die Krippenfiguren zu untersuchen. Ein Herr sagt: «Der Tisch wird sich gesenkt haben. Dabei sind die Figuren durcheinandergefallen.»

Man fängt an, die Figuren zusammenzusuchen und wieder aufzustellen. Aber auch bei peinlich genauer Zählung und nachdem jede Figur untersucht worden ist, muß man feststellen, daß etwas fehlt. Man sucht und sucht. Ohne Erfolg! Zwei Figuren fehlen: der Ochse und der Esel!

## VII

Der Morgen ist nahe. Die Ruhestörer, auf dem Wege zum Himmel, flogen zwischen den Wolken. Es waren Millionen und Abermillionen. Alle liebreizend und mit weißen Flügelchen.

«Schnell, schnell, Engelchen, bald wird es tagen!» rief einer.

Celinina war auch mit in der Schar.

«Komm her», sagte einer, «gib mir die Hand, dann fliegst du besser!... Aber was hast du denn da?»

Celinina antwortete: «Die sind für mich, für mich!» und zeigte zwei Tontierchen.

«Wirf sie weg!... Wenn uns Gottvater erlaubt, niederzusteigen und auf der Erde herumzufliegen, so knüpft er die Bedingung daran, nichts mitzunehmen...»

Celinina konnte die Gründe hierfür nicht einsehen. Noch fester drückte sie die beiden Tiere an die Brust. Sie wiederholte: «Die sind für mich, für mich!»

«Laß sie... schau, wenn du es nicht tust, werden wir Unannehmlichkeiten haben. Flieg hinunter und laß unten, was von der Erde ist und auf Erden bleiben muß! Ich warte in dieser Wolke auf dich...»

Schließlich gab Celinina nach. Sie stieg hinab und ließ auf der Erde, was aus Erde war.

## VIII

Man merkte bald, daß der reizende Leichnam Celininas – das, was ihre sichtbare Persönlichkeit ausgemacht hatte – anstatt des Blumenzweiges in den gefalteten Händen zwei Tontierchen hielt. Weder die Frauen, die bei ihr gewacht hatten, noch der Vater, noch die Mutter konnten sich das erklären.

Aber das schöne, so schmerzlich beweinte Kind wurde ins Grab gesenkt, einen Ochsen und einen Esel fest zwischen den kalten Händchen.

## MAXIM GORKI

## HEILIGABEND

Einmal saß ich mit einem Fremden in der Schenke und bat ihn, er möge mir zum Zeitvertreib irgendeine Episode aus seinem Leben erzählen. Mein Gesprächspartner war ein geradezu unwahrscheinlich abgerissenes und zerlumptes Subjekt. Es schien, als habe er sich sein Leben lang durch Engpässe hindurchgezwängt, wobei er an allen Ecken und Kanten hängenblieb, bis seine Kleider zu Fetzen wurden und von seinem Körper nur noch das Knochengerüst übrig war. Der Mensch war dünn, eckig und kahlköpfig – auf dem gelben Schädel wuchs nicht ein einziges Haar. Seine Wangen waren eingesunken, die Backenknochen zeichneten sich als scharfe Ecken ab, und die Haut spannte sich straff und glänzend darüber, während das übrige Gesicht von einer Unzahl feiner Falten durchschnitten war. Die Augen aber blickten lebhaft und klug. Seine lange, knorpelige Nase zuckte gelegentlich, wenn er sich über etwas lustig machte. Und die Rede floß diesem Menschen glatt und mühelos vom Mund, den ein ungepflegter rotblonder Schnurrbart halb verdeckte. Mir schien, sein Leben sei höchst interessant verlaufen.

«Ich soll Ihnen meine Geschichte erzählen?»

fragte er mit etwas heiserer Stimme. «Ja – dann muß ich wohl, wenn Sie mich so freundlich bewirten. Die ganze freilich nicht. Ich habe ein überaus langes Leben hinter mir. Langweilig zum Hören, und auch nicht amüsant zum Erzählen. Aber ein Stückchen daraus, irgendeine kleine Anekdote, das gern, wenn Sie wollen. Also gut! Aber bestellen Sie mir noch ein Bier, für die Anstrengung. Manchmal ist das Hinuntersteigen in die eigene Vergangenheit so unangenehm, als ginge es in eine Senkgrube...

Übrigens, mein Herr, wird meine kleine Geschichte für Sie kaum bedeutungsvoll sein und für Ihre schriftstellerische Ausbeutung wenig ergiebig. Für mich dagegen... nun, mir gefällt sie. Die Sache ist ganz einfach und dreht sich um Folgendes:

Einmal am Heiligabend standen wir, mein Kamerad Jaschka Sisow und ich, den ganzen Tag auf der Straße. Wir boten den verschiedensten Damen unsere Dienste an, nämlich ihre Einkäufe nach Hause zu tragen. Die Damen aber würdigten uns keines Blickes, sondern setzten sich in eine Droschke und fuhren davon. Sie sehen – Jaschka und ich hatten kein Glück. Zwischendurch bettelten wir auch und kamen auf diese Weise zu etwas, wenn auch nicht viel: ich neunundzwanzig Kopeken, worunter ein falscher Zehner, den mir ein Herr auf der Treppe des Kreisgerichts spendiert hatte, während Jaschka – überhaupt talentierter als ich – gegen Abend geradezu ein reicher Mann war, nämlich im Besitz von elf Rubeln sechsundsiebzig Kopeken. Diese ganze Summe hatte ihm – so behauptete er wenigstens – eine Dame geschenkt, und zwar erwies sich die Dame als so hochherzig und mildtätig, daß sie Jaschka nicht nur das Geld gab, sondern auch den Geldbeutel und obendrein noch ihr Sacktuch. So was kommt vor, müssen Sie wissen. Manchmal gerät der Mensch in einem Anfall von Großmut außer Rand und Band; direkt gefährlich kann das werden, wenn er seine Mildtätigkeit an dir austobt...

Während Jaschka mir von der wahrhaft christlichen Handlung seiner Dame berichtete, sah er sich andauernd um – vielleicht wollte er der guten Seele noch einmal für ihr üppiges Almosen ‹Vergelt's Gott› sagen, wer weiß? Dabei trieb und drängte er mich: ‹He! Hoppla! Los!›

Aber wir rannten ohnedies schon Hals über Kopf davon. Mit jeder Faser meines durchfrorenen Corpus strebte ich so rasch als möglich der Wärme zu. Der Wind blies den Schnee von der Straße hoch und von den Dächern herunter; spitze Eisklümpchen flogen durch die Luft und setzten sich mir im Nacken fest. Ich hatte ein Gefühl, als schnitten mir Messer in die Visage, mein steifer Hals sei dünn wie ein Finger und breche bei der geringsten Bewegung ab; also zog ich ihn tief zwischen die Schultern, denn meinen Kopf wollte ich ungern verlieren. Beide waren wir nicht gerade der Jahreszeit entsprechend gekleidet, nur Jaschka war es vor lauter Erfolg warm geworden, während ich aus Neid womöglich noch stärker fror.

Ich bin nun mal ein Pechvogel, der Teufel soll's holen. Ein einziges Mal bekam ich einen Samowar geschenkt, auch noch mit kochendem Wasser drin.

Wie ich damit fortgerannt bin, hat's mir den Fuß verbrüht, und ich hab' anderthalb Wochen im Gefängnisspital liegen müssen. Und ein andermal – aber das gehört nicht hierher.

Ich und Jaschka rennen also die Straße entlang, und dabei schwärmt er mir andauernd vor: ‹Heut abend wird gefeiert! Erst mal Bude zahlen: Hier die Miete, alte Hexe... Jawohl! Und dann ein Viertel Schnaps. Ob's zu 'nem Schinken reicht? So 'n Schinken wär' 'ne feine Sache, hu! Aber der ist sicher teuer. Hast du 'ne Ahnung, was so 'n Schinken gegenwärtig kostet?›

Ich hatte keine Ahnung, das heißt, nur vom inneren Wert eines Schinkens. Wir beschlossen den Erwerb eines solchen, und zwar in einem Laden mit viel Kundschaft. Der Laden gedrängt voll Käufer – das bedeutet gute Ware. Ergo – wie der Lateiner zu sagen pflegt – Auswahl nach Geschmack.

‹Einen Schinken, bitte!› schrie Jaschka, indem er sich durch die Käufer zwängte. ‹Zeigen Sie mir mal 'nen Schinken! Nicht gerade den größten, aber was Gutes! – Entschuldigen Sie, aber Sie haben mich ebenfalls gestoßen! Ich weiß genau, wer hier der Flegel ist! Aber ich weiß auch, daß man hier mit Höflichkeit nicht weit kommt! Bin ich vielleicht schuld an der Drängelei hier? – Was? Wie bitte? Ich soll an Ihrer Tasche...? Na, entschuldigen Sie mal! Ihre Hand ist ganz einfach an meine gekommen, wie ich mir in die Brusttasche greifen will... Ich kaufe für mein Geld ein, Sie kaufen für Ihr Geld ein – wir sind also beide genau gleichberechtigt...›

Jaschka benahm sich, als wolle er eine ganze

Serie Schinken kaufen, wenigstens dreihundert Stück. Ich nützte den Trubel aus und erwarb mit meinen bescheidenen Mitteln eine Schachtel Fruchtpaste, eine Flasche Provence-Öl und zwei große Bratwürste.

‹Und jetzt wird Weihnachten gefeiert!› frohlockte Jaschka. ‹Jetzt wird geschmaust!› Er hüpfte vor Freude, schneuzte geräuschvoll das Oberlicht, wie er seine dicke Nase zu nennen pflegte. Seine grauen Augen strahlten.

Auch ich war froh. Zwischendurch mal was Gutes essen – das ist doch eine große Freude für kleine Leute.

So also, mein Herr, nähern wir uns, vom Schneesturm getrieben, unserem Quartier. Wir hausten damals am Stadtrand, im Kellerloch bei einer alten Frau, die sehr fromm war und auf dem Flohmarkt handelte. Üble, gottverlassene Gegend. Im Winter nach sechs Uhr abends keine Seele mehr draußen. Und wenn mal einer dort versehentlich auftaucht, fällt ihm gleich das Herz in die Hosen.

Wie wir so laufen, sehen wir plötzlich: vor uns geht einer. Das heißt, er schwankt. Also – blau. Jaschka pufft mich und sagt leise: ‹Pelz.›

Ein Mann im Gehpelz, müssen Sie wissen, ist 'ne erfreuliche Erscheinung. Weil nämlich der Pelz keine Knöpfe hat und deshalb leicht rutscht. Wir also hinter dem Kerl her. Er ist breitschultrig und gar nicht klein. Er murmelt vor sich hin.

Wir überlegen uns die Sache noch – da bleibt er stehen, und zwar so plötzlich, daß wir ihm beinah mit der Nase auf den Rücken brummen. Steht, fuchtelt mit den Armen und brüllt im tiefsten Baß: ‹Ich bin de-er, den nie-iemand lie-iebt!›

Der reinste Kanonenböller. Natürlich prallen wir zurück, aber er hat uns schon bemerkt. Stellt sich mit dem Rücken gegen den Zaun – der Mann weiß Bescheid! – und fragt: ‹Was seid ihr? Diebe?›

‹Arme Bettler!› antwortete Jaschka bescheiden.

‹Arm! Das paßt gut. Ich bin auch arm. Das heißt, arm dran. Wohin geht ihr?›

‹In unsere Hundehütte›, gab Jaschka Auskunft.

‹Ich gehe mit euch! Wohin soll ich sonst? Ich weiß ja nicht, wohin ... Ihr Armen, nehmt mich mit! Ich gebe euch zu essen und zu trinken, und ihr beherbergt mich. Seid gut zu mir!›

‹Lad ihn ein!› flüsterte Jaschka mir zu.

Nun hörte ich aus dem Gebrüll dieses Menschen zwar seine Besoffenheit heraus, aber auch noch etwas anderes – nämlich den Schrei eines bis aufs Blut gequälten Herzens. Ich habe ein feines Gefühl fürs Dramatische – von meiner Theaterzeit her, ich war 'ne Zeitlang Souffleur ... So lud ich den Brüllaffen also mit Wärme ein.

‹Ich geh' mit! Ich geh' mit euch, ihr Armen!› dröhnte er mit der ganzen Wucht seines Brustkastens.

Wir nahmen ihn in unsere Mitte. Er sprach weiter: ‹Wißt ihr überhaupt, wer ich bin? Ich bin ein Mensch, der vor den Feiertagen flieht! Steuerinspektor Gontscharow, Nikolaj Dmitritsch – der bin ich. Ich hab' eine Frau und Kinder ... Zwei Söhne, und ich liebe sie. Ich hab' zu Haus Bücher und Blumen und Bilder ... Gehört alles mir. Schön ist's bei mir zu Hause, gemütlich und warm. Wenn ihr das alles hättet, ihr Armen! Dafür könntet ihr lang saufen. Denn ihr seid doch Schweine, versteht sich, und Säufer. Ich aber bin kein Säufer, auch wenn ich jetzt besoffen bin. Besoffen bin ich nur, weil mir so schwer ums Herz ist. An Feiertagen ist mir immer schwer ums Herz, eng zum Ersticken. Ihr könnt so was nicht verstehen. Das sitzt tief bei mir. Wie eine Wunde. Ganz krank bin ich davon.›

Ich hörte ihm aufmerksam zu. Immer wenn ich einen so kräftigen, gesunden Menschen sehe, meine ich, er müsse unglücklich sein. Weil das Leben ja nichts für Kräftige und Gesunde ist. Das Leben ist was für Kleine, Schwächliche, Mickrige – fürs Kroppzeug. Setz einen Stör in den Sumpf – er krepiert dir, todsicher. Frösche dagegen, Blutegel und all solches Gewürm kann im klaren fließenden Wasser nicht leben. – Dieser brüllende Mensch hier war mir hochinteressant.

So schleppten wir ihn also in unseren Keller, zur größten Bestürzung unserer Wirtin. Denn sie glaubte, wir brächten ihn zum Zweck der Beraubung angeschleppt, und wollte bereits die Polizei von dieser unserer Absicht verständigen. Wir beruhigten die Alte erst mal, unter Hinweis auf unsere eigenen schwindsüchtigen Figuren im Vergleich zu ihm, dem Riesen mit gewaltigen Tatzen, breitbrüstig, dickköpfig ... Er hätte uns beide samt der Alten erwürgen können, ohne dabei in Schweiß zu geraten. Die besänftigte Alte wurde in die Schenke abkommandiert, und wir drei setzten uns um den Tisch.

Da hockten wir in unserem Bau und begannen so allmählich mit dem Trankopfer zu Ehren des

Feiertags. Unser Gast hatte den Pelz abgelegt, saß hemdärmelig, ohne Weste, da. Wieder brüllte er los: ‹Und ihr seid doch Diebe! Klarer Fall, so was spüre ich. Von wegen Bettler! Pure Lüge. Für Bettler seid ihr zu jung. Außerdem habt ihr viel zu freche Augen. – Aber ganz egal, was ihr seid! Soviel weiß ich: ihr schämt euch eures Lebens nicht, das ist die Hauptsache! Ich aber schäme mich des meinen. Deshalb bin ich von daheim weggelaufen!›

Sie wissen doch, mein Herr, es gibt so 'ne Nervenkrankheit, Veitstanz heißt man sie. Bei manchen Leuten schlägt sich das aufs Gewissen. Ich sah sofort: der Inspektor war von der Sorte ...

‹Bei mir zu Hause ist alles, aber auch alles nach Schema F geregelt. Widerlich, ekelhaft ist so ein Leben nach Schema F! Alles steht und hängt wie für die Ewigkeit, gleichsam angewurzelt. Kein Erdbeben kann all die Stühle, Bilder, Wandbrettchen verrücken. Richtig eingewurzelt haben sie sich, in den Fußboden und ins Herz meiner Frau. Hölzern und unbeseelt sind sie in unser Leben hineingewachsen, so daß nicht einmal ich ohne sie leben kann. Versteht ihr so was? Vor lauter Anhänglichkeit an den hölzernen Plunder verholzt einer am Ende selber ganz und gar. Man gewöhnt sich dran, sorgt und grämt sich drum – zum Satan! Und das Zeug wächst und gedeiht, füllt das Zimmer und benimmt dir den Atem. Und jetzt gerade ist das ganze Heer teurer Gewohnheiten auch noch für die Feiertage feingemacht, geputzt und blankgerieben, daß es nur so blitzt! Blitzt ganz widerwärtig. Macht sich über mich lustig, jawohl! Denn es weiß genau: früher besaß ich bloß drei Stück von der Sorte: Bett, Tisch und Stuhl. Und noch ein Porträt von Herzen. Jetzt hab' ich über hundert Möbel. Und die verlangen, daß Leute draufsitzen, die den Möbelwert zu schätzen wissen. Na, was bei mir verkehrt, kann sich ruhig draufsetzen. Alles wohlbetuchte Leute ...›

Der Inspektor trank langsam ein Wasserglas voll Schnaps aus und fuhr fort: ‹Anständige Leute. Aber bloß halb lebendig. Fromme Kühe, gemästet mit fadem Gras von den Wiesen russischer Literatur. Sie langweilen mich ganz unsagbar. Ich ersticke vom bloßen Geruch ihrer Redensarten. Ich weiß im voraus, was sie sagen, und ich weiß, daß sie völlig außerstande sind, sich ein bißchen lebendiger und interessanter zu machen. Pfui Teufel! Gräßlich sind sie in der Stumpfheit ihrer Seelen ... Allesamt schwerfällig, grobklotzig ... Und auch, was sie sagen, ist grobklotzig, wie Stein. Es kann einen förmlich ersticken. Wenn sie mich besuchen, habe ich das Gefühl, man türmt ringsherum Backsteine um mich auf, als solle ich eingemauert werden. Ich hasse sie. Aber ich kann sie ja nicht hinauswerfen. So habe ich bloß Angst vor ihnen. Übrigens kommen sie ja nicht meinetwegen. Ich bin ein mürrischer und verschlossener Mensch. Sie kommen ja bloß, damit sie sich auf meinen Möbeln breitmachen können. Die Möbel aber kann ich auch nicht hinauswerfen, meine Frau hängt daran. Meine Frau lebt überhaupt nur für ihre Möbel, bei Gott! Sie ist selbst schon wie aus Holz ...›

Der Inspektor lehnte sich unter dröhnendem Gelächter zurück. Jaschka, den sein Jammer offensichtlich furchtbar langweilte, benutzte die Pause zu einem guten Rat: ‹Warum, Euer Wohlgeboren, nehmen Sie nicht das ganze Mobiliar und schlagen es an Ihrer Frau kurz und klein?›

‹Was soll ich …?›

‹Ganz einfach – so! Wissen Sie, so richtig in einem Aufwasch!›

‹Du blöder Hund!›

Er schüttelte den vom Schnaps schweren Kopf und ließ ihn auf die Brust sinken. Dann sagte er schlicht: ‹Mir ist so schrecklich elend. Und ich bin so allein. Morgen ist Feiertag. Und ich kann doch nicht – ich kann doch nicht nach Hause. Ich kann mit dem besten Willen nicht.›

‹Sie bleiben einfach bei uns!› schlug Jaschka vor.

‹Bei euch?› Der Inspektor sah sich um. Unsere Bude war von oben bis unten mit Ruß und Dreck überzogen.

‹Bei euch ist's auch widerlich. Aber hört mal zu, ihr Satansbraten. Wir siedeln einfach in ein Wirtshaus über. Was? Morgen früh? Und dann wird gesoffen. Wollt ihr? Und dann überlegen wir uns alles Weitere. Dann überlegen wir uns, wie man überhaupt leben soll. Was? Einverstanden? Bei Gott, das wohlanständige Leben soll ein Ende haben, höchste Zeit! – Aber ihr seid ja Diebsgesindel. Ihr kapiert das ja nicht.›

‹Ich kapiere das recht gut!› widersprach ich dem Inspektor.

‹Du? Wer bist du denn?› fragte er.

‹Ich war auch mal ein anständiger Mensch. Ich kenne den Reiz eines friedlichen Lebens ohne Aufgewühltsein. Und auch mich hat der tägliche

Kleinkram aus dieser Art von Leben hinausgedrängt. Hat mir förmlich die Seele aus dem Leib gepreßt. Ich bin darüber schwermütig geworden, genau wie Sie jetzt. Damals hab' ich angefangen zu saufen, und das ging dann immer so weiter... Ich hatte bereits die Ehre, mich vorzustellen!›

Der Inspektor riß seine Augen auf und musterte mich lange neugierig, mürrisch und wortlos. Ich sah, wie seine wulstigen roten Lippen unter dem dichten Schnurrbart verächtlich zuckten, wie seine Nase sich auf eine für mich durchaus nicht schmeichelhafte Art krauste.

‹Ist das alles?› fragte er plötzlich.

‹Alles. *Omnia mea mecum porto*›, bestätigte ich.

‹Aber was bist du jetzt?› Er sah mich unverwandt an. ‹Ein Mensch. Auch der letzte Auswurf der Menschheit bleibt ja ein Mensch. Umgekehrt auch ...›

‹Ich war früher ein Meister in Aphorismen.›

‹Soso. Überaus geistreich!› Der Inspektor ließ den Blick nicht von mir.

‹Wir sind tatsächlich ganz gebildete Leute!› warf Jaschka bescheiden ein. ‹Wir kommen durchaus als Partner für Sie in Frage. Einfache Leute, aber mit Grips. Und für Luxusmöbel haben wir auch nichts übrig. Wozu? Man setzt sich ja nicht mit der Schnauze auf so einen Stuhl... Sie können getrost Freundschaft mit uns schließen.›

‹Ich?› fragte der Inspektor, mit einem Schlag vollkommen ernüchtert.

‹Jawohl, Sie! Morgen vertrauen wir Ihnen so 'n paar Rezepte fürs Leben an ...›

‹Meinen Pelz!› herrschte der Inspektor Jaschka

an und erhob sich hastig. Er stand völlig sicher auf den Beinen.

‹Wohin so schnell?› fragte ich.

‹Wohin?›

Er sah mich entsetzt aus großen Augen an, wie ein Kalb, und zitterte wie vor Frost.

‹Ich? – Nach Hause!›

Ich sah sein enttäuschtes Gesicht und sagte nichts mehr. Das Schicksal hält für jegliche Art von Vieh den Stall bereit, und wenn das Vieh noch so wild ausschlägt – es bleibt in dem ihm vorbestimmten Stall. Hehe!

Dies war der Abgang des Inspektors. Vor dem Haus hörten wir ihn aus Leibeskräften schreien: ‹He! Droschke!›»

Mein Gesprächspartner schwieg, trank langsam und bedächtig sein Bier. Als das Glas leer war, pfiff er und trommelte mit den Fingern auf der Tischplatte.

«Und weiter?» fragte ich.

«Weiter? Nichts weiter! Haben Sie denn noch was erwartet?»

«Eigentlich ja. Den Heiligabend.»

«Ach so! Der Heiligabend. Der wurde trotzdem gefeiert. Ich vergaß zu sagen, daß der Inspektor Jaschka seinen Geldbeutel verehrt hatte. Sechsundzwanzig Rubel, ohne Kopeken! Und ob der Heiligabend gefeiert wurde!»

SELMA LAGERLÖF

## DIE HEILIGE NACHT

Als ich fünf Jahre alt war, hatte ich einen großen Kummer. Ich weiß kaum, ob ich seitdem einen größeren gehabt habe.

Das war, als meine Großmutter starb. Bis dahin hatte sie jeden Tag auf dem Ecksofa in ihrer Stube gesessen und Märchen erzählt.

Ich weiß es nicht anders, als daß Großmutter dasaß und erzählte, vom Morgen bis zum Abend, und wir Kinder saßen still neben ihr und hörten zu. Das war ein herrliches Leben. Es gab keine Kinder, denen es so gut ging wie uns.

Ich erinnere mich nicht an sehr viel von meiner Großmutter. Ich erinnere mich, daß sie schönes kreideweißes Haar hatte und daß sie sehr gebückt ging, und daß sie immer dasaß und an einem Strumpf strickte.

Dann erinnere ich mich auch, daß sie, wenn sie ein Märchen erzählte, ihre Hand auf meinen Kopf zu legen pflegte, und dann sagte sie: «Und das alles ist so wahr, wie daß ich dich sehe und du mich siehst.»

Ich entsinne mich auch, daß sie schöne Lieder singen konnte, aber das tat sie nicht alle Tage. Eines dieser Lieder handelte von einem Ritter und einer

Meerjungfrau, und es hatte den Kehrreim: «Es weht so kalt, es weht so kalt, wohl über die weite See.»

Dann entsinne ich mich eines kleinen Gebets, das sie mich lehrte, und eines Psalmverses.

Von allen den Geschichten, die sie mir erzählte, habe ich nur eine schwache, unklare Erinnerung. Nur an eine einzige von ihnen erinnere ich mich so gut, daß ich sie erzählen könnte. Es ist eine kleine Geschichte von Jesu Geburt.

Seht, das ist beinahe alles, was ich noch von meiner Großmutter weiß, außer dem, woran ich mich am besten erinnere, nämlich dem großen Schmerz, als sie dahinging.

Ich erinnere mich an den Morgen, an dem das Ecksofa leer stand und es unmöglich war, zu begreifen, wie die Stunden des Tages zu Ende gehen sollten. Daran erinnere ich mich. Das vergesse ich nie.

Und ich erinnere mich, daß wir Kinder hingeführt wurden, um die Hand der Toten zu küssen. Und wir hatten Angst, es zu tun, aber da sagte uns jemand, daß wir nun zum letztenmal Großmutter für alle die Freude danken könnten, die sie uns gebracht hatte. Und ich erinnere mich, wie Märchen und Lieder vom Hause wegfuhren, in einen langen schwarzen Sarg gepackt, und niemals wiederkamen.

Ich erinnere mich, daß etwas aus dem Leben verschwunden war. Es war, als hätte sich die Tür zu einer ganzen schönen, verzauberten Welt geschlossen, in der wir früher frei aus und ein gehen durften. Und nun gab es niemand mehr, der sich darauf verstand, diese Tür zu öffnen.

Und ich erinnere mich, daß wir Kinder so allmählich lernten, mit Spielzeug und Puppen zu spielen und zu leben wie andere Kinder auch, und da konnte es ja den Anschein haben, als vermißten wir Großmutter nicht mehr, als erinnerten wir uns nicht mehr an sie.

Aber noch heute, nach vierzig Jahren, wie ich da sitze und die Legenden über Christus sammle, die ich drüben im Morgenland gehört habe, wacht die kleine Geschichte von Jesu Geburt, die meine Großmutter zu erzählen pflegte, in mir auf. Und ich bekomme Lust, sie noch einmal zu erzählen und sie auch in meine Sammlung mit aufzunehmen.

Es war an einem Weihnachtstag, alle waren zur Kirche gefahren, außer Großmutter und mir. Ich glaube, wir beide waren im ganzen Hause allein. Wir hatten nicht mitfahren können, weil die eine zu jung und die andere zu alt war. Und alle beide waren wir betrübt, daß wir nicht zum Mettegesang fahren und die Weihnachtslichter sehen konnten.

Aber wie wir so in unserer Einsamkeit saßen, fing Großmutter zu erzählen an.

«Es war einmal ein Mann», sagte sie, «der in die dunkle Nacht hinausging, um sich Feuer zu leihen. Er ging von Haus zu Haus und klopfte an. ‹Ihr lieben Leute, helft mir!› sagte er. ‹Mein Weib hat eben ein Kindlein geboren, und ich muß Feuer anzünden, um sie und den Kleinen zu erwärmen.›

Aber es war tiefe Nacht, so daß alle Menschen schliefen, und niemand antwortete ihm.

Der Mann ging und ging. Endlich erblickte er in

weiter Ferne einen Feuerschein. Da wanderte er dieser Richtung zu und sah, daß das Feuer im Freien brannte. Eine Menge weißer Schafe lagen rings um das Feuer und schliefen, und ein alter Hirt wachte über der Herde. Als der Mann, der Feuer leihen wollte, zu den Schafen kam, sah er, daß drei große Hunde zu Füßen des Hirten ruhten und schliefen. Sie erwachten alle drei bei seinem Kommen und sperrten ihre weiten Rachen auf, als ob sie bellen wollten, aber man vernahm keinen Laut. Der Mann sah, daß sich die Haare auf ihrem Rükken sträubten, er sah, wie ihre scharfen Zähne funkelnd weiß im Feuerschein leuchteten und wie sie auf ihn losstürzten. Er fühlte, daß einer sich an seine Hand und einer sich an seine Kehle hängte. Aber die Kinnladen und die Zähne, mit denen die Hunde beißen wollten, gehorchten ihnen nicht, und der Mann litt nicht den kleinsten Schaden.

Nun wollte der Mann weitergehen, um das zu finden, was er brauchte. Aber die Schafe lagen so dicht nebeneinander, Rücken an Rücken, daß er nicht vorwärts kommen konnte. Da stieg der Mann auf die Rücken der Tiere und wanderte über sie hin dem Feuer zu. Und keins von den Tieren wachte auf oder regte sich.»

So weit hatte Großmutter ungestört erzählen können, aber nun konnte ich es nicht lassen, sie zu unterbrechen. «Warum regten sie sich nicht, Großmutter?» fragte ich.

«Das wirst du nach einem Weilchen schon erfahren», sagte Großmutter und fuhr mit ihrer Geschichte fort. «Als der Mann fast beim Feuer angelangt war, sah der Hirt auf. Es war ein alter, mürrischer Mann, der unwirsch und hart gegen alle Menschen war. Und als er einen Fremden kommen sah, griff er nach seinem langen, spitzigen Stabe, den er in der Hand zu halten pflegte, wenn er seine Herde hütete, und warf ihn nach ihm. Und der Stab fuhr zischend gerade auf den Mann los, aber ehe er ihn traf, wich er zur Seite und sauste, an ihm vorbei, weit über das Feld.»

Als Großmutter so weit gekommen war, unterbrach ich sie abermals. «Großmutter, warum wollte der Stock den Mann nicht schlagen?» Aber Großmutter ließ es sich nicht einfallen, mir zu antworten, sondern fuhr mit ihrer Erzählung fort.

«Nun kam der Mann zu dem Hirten und sagte zu ihm: ‹Guter Freund, hilf mir und leih mir ein wenig Feuer. Mein Weib hat eben ein Kindlein geboren, und ich muß Feuer machen, um sie und den Kleinen zu erwärmen.› Der Hirt hätte am liebsten nein gesagt, aber als er daran dachte, daß die Hunde dem Manne nicht hatten schaden können, daß die Schafe nicht vor ihm davongelaufen waren und daß sein Stab ihn nicht fällen wollte, da wurde ihm ein wenig bange, und er wagte es nicht, dem Fremden das abzuschlagen, was er begehrte. ‹Nimm, soviel du brauchst›, sagte er zu dem Manne.

Aber das Feuer war beinahe ausgebrannt. Es waren keine Scheite und Zweige mehr übrig, sondern nur ein großer Gluthaufen, und der Fremde hatte weder Schaufel noch Eimer, worin er die roten Kohlen hätte tragen können.

Als der Hirt dies sah, sagte er abermals: ‹Nimm, soviel du brauchst!› Und er freute sich, daß der

Mann kein Feuer wegtragen konnte. Aber der Mann beugte sich hinunter, holte die Kohlen mit bloßen Händen aus der Asche und legte sie in seinen Mantel. Und weder versengten die Kohlen seine Hände, als er sie berührte, noch versengten sie seinen Mantel, sondern der Mann trug sie fort, als wenn es Nüsse oder Äpfel gewesen wären.»

Aber hier wurde die Märchenerzählerin zum dritten Mal unterbrochen. «Großmutter, warum wollte die Kohle den Mann nicht brennen?»

«Das wirst du schon hören», sagte die Großmutter, und dann erzählte sie weiter.

«Als dieser Hirt, der ein so böser, mürrischer Mann war, dies alles sah, begann er sich bei sich selbst zu wundern: ‹Was kann dies für eine Nacht sein, wo die Hunde die Schafe nicht beißen, die Schafe nicht erschrecken, die Lanze nicht tötet und das Feuer nicht brennt?› Er rief den Fremden zurück und sagte zu ihm: ‹Was ist dies für eine Nacht? Und woher kommt es, daß alle Dinge dir Barmherzigkeit zeigen?›

Da sagte der Mann: ‹Ich kann es dir nicht sagen, wenn du selber es nicht siehst.› Und er wollte seiner Wege gehen, um bald ein Feuer anzünden und Weib und Kind wärmen zu können.

Aber da dachte der Hirt, er wolle den Mann nicht ganz aus dem Gesicht verlieren, bevor er erfahren hätte, was dies alles bedeute. Er stand auf und ging ihm nach, bis er dorthin kam, wo der Fremde daheim war. Da sah der Hirt, daß der Mann nicht einmal eine Hütte hatte, sondern er hatte sein Weib und sein Kind in einer Berggrotte liegen, wo es nichts gab als nackte, kalte Steinwände.

Aber der Hirt dachte, daß das arme unschuldige Kindlein vielleicht dort in der Grotte erfrieren würde, und obgleich er ein harter Mann war, wurde er davon doch ergriffen und beschloß, dem Kinde zu helfen. Und er löste sein Ränzel von der Schulter und nahm daraus ein weiches weißes Schaffell hervor. Das gab er dem fremden Mann und sagte, er möge das Kind darauf betten.

Aber in demselben Augenblick, in dem er zeigte, daß auch er barmherzig sein konnte, wurden ihm die Augen geöffnet, und er sah, was er vorher nicht hatte sehen, und hörte, was er vorher nicht hatte hören können.

Er sah, daß rund um ihn ein dichter Kreis von kleinen silberbeflügelten Englein stand. Und jedes von ihnen hielt ein Saitenspiel in der Hand, und alle sangen sie mit lauter Stimme, daß in dieser Nacht der Heiland geboren wäre, der die Welt von ihren Sünden erlösen solle.

Da begriff er, warum in dieser Nacht alle Dinge so froh waren, daß sie niemand etwas zuleide tun wollten. Und nicht nur rings um den Hirten waren Engel, sondern er sah sie überall. Sie saßen in der Grotte, und sie saßen auf dem Berge, und sie flogen unter dem Himmel. Sie kamen in großen Scharen über den Weg gegangen, und wie sie vorbeikamen, blieben sie stehen und warfen einen Blick auf das Kind.

Es herrschte eitel Jubel und Freude und Singen und Spiel, und das alles sah er in der dunklen Nacht, in der er früher nichts zu gewahren vermocht hatte. Und er wurde so froh, daß seine Augen geöffnet waren, daß er auf die Knie fiel und Gott dankte.»

Aber als Großmutter so weit gekommen war, seufzte sie und sagte: «Doch was der Hirte sah, das könnten wir auch sehen, denn die Engel fliegen in jeder Weihnachtsnacht unter dem Himmel, wenn wir sie nur zu gewahren vermögen.»

Und dann legte Großmutter ihre Hand auf meinen Kopf und sagte: «Dies sollst du dir merken, denn es ist so wahr, wie daß ich dich sehe und du mich siehst. Nicht auf Lichter und Lampen kommt es an, und es liegt nicht an Mond und Sonne, sondern was not tut, ist, daß wir Augen haben, die Gottes Herrlichkeit sehen können.»

## JEREMIAS GOTTHELF

## MERKWÜRDIGE REDEN, GEHÖRT ZU KREBSLIGEN ZWISCHEN ZWÖLF UND EIN UHR IN DER HEILIGEN NACHT

Unter den Ziegen bin ich geboren und unter den Kühen aufgewachsen, Schmutzhausen ist meine Heimat, das Fürstentum Dünkellust mein Vaterland. Was man auf den Ofentritten erzählte, war mir alles bekannt, sonst aber meine Bildung nicht weit her. Aber einen großen Drang fühlte ich von jeher in mir: ich vergaß, was dahinten, und streckte mich nach dem, was davornen, und ward eine sehr bedeutende Person. Wie und welche, ein ander Mal. Ich arbeitete, daß man meinen Schweiß zwanzig Schritte weit in die Nase kriegte, und doch kam ich bei unserm Fürsten in Ungunst, andere wurden mir vorgezogen. Um diesem Unglanze zu entgehen und so oft als möglich in dem Glanze zu stehen, der mir gebührte, machte ich mich gerne abseits, suchte Aufträge, die mich aufs Land führten; dort konnte ich mich zeigen, als der ich war, und da warf niemand einen Schatten über mich, und wer für einen Tag verschickt wird und nicht zwei daraus zu machen weiß, der muß ein Lümmel sein. Am liebsten entfernte ich mich über die Festtage. Unser Fürst war noch altgläubig, ich aber über solche altväterischen Dinge hinaus. Man kann sich daher leicht vorstellen, wie peinlich es mir war, tun zu müssen, als sei ich ein Christ, mir, der ich über solche Dinge weit hinaus war. Daher suchte ich mich über diese Zeiten zu entfernen; auf dem Land sah mir niemand nach, und während die andern vor einem, den sie den Höchsten nennen, knieen, trage ich doch das schöne Bewußtsein in mir, daß ich weithin in der weiten Runde der Höchste sei.

So war ich im vorigen Jahre über die Weihnacht auch verreiset; ich wußte, daß zu Krebsligen Bezirksgericht sei. Ich fand mich dort ein wegen Dringendem, und meine Erscheinung erregte große Freude; sie traktierten mich wie üblich mit gutem Weine, ich sie dagegen mit leutseliger Freundlichkeit, und beidseitig waren wir glücklich und vergnügt dabei.

Meine Anwesenheit entband natürlich den Wirt von der gesetzlichen Ordnung, und es schlug gerade zwölf Uhr, als ich den letzten Bezirksrichter vor der Türe mit freundlichem Neigen verabschiedete und dem zündenden Wirte sagte, er solle nur hineingehen, ich werde gleich nachkommen. Es war eine herrliche Nacht, und die Natur leuchtete sehr hell und kühl, und mir war sehr warm. Romantisch bin ich nicht, aus andern Gründen ging ich etwas nebens Haus.

Dort hörte ich auf einmal gar seltsame Laute; es war, als ob Mäuse pfiffen und gixten, wie sie es tun, wenn man ihnen auf den Stiel trappet; aber die seltsamen Töne, welche hinter einer Ecke hervor aus einem Kellerloch zu kommen schienen, verstand ich. «Es ist unerträglich!» quixte eine dünne Stimme, «will der Gstabi nicht bald ins Nest? Am Tage verfolgen uns Menschen und Katzen, und die

Nächte macht man uns immer kürzer. Es wird noch dahin kommen, daß wir verreblen müssen.» – «Rufe doch eine die Polizei!» quixte eine andere. «Du Narr!» quixte eine dritte, «die hat man ja vorgestern wegen Mangel an Platz versteigert und hat verflümert daraus gelöst.» – «Wer ist Narr gnug gewesen, um darauf zu bieten?» – «Die Bauren fraßen sich fast darum», antwortete ein Stimmchen. «Sie sagen, die Vögel achteten sich ihrer alten Bündengschücher nichts mehr, weil sie daran gewohnt seien, sie müssen neue haben auf die Äcker von wegen den Krähen und Tauben, und so wüßten sie keine bessern als die abgestandene Polizei. Aber packt auf! Er geht hinein!» Ich war nämlich erbittert worden und wollte den Wirt zur Rede stellen, wer so anzügliche Reden führe mit verstellter Stimme. «Und wenn er schon hineingeht, so geht er doch nicht ins Bett», quixte es. «Der trinkt noch mit dem Wirte ein Gläschen Cognac und frägt nach der Stimmung. Wenn wir etwas wollen, so müssen wir anderswohin, sonst graut der Morgen, ehe wir ein Brösmeli haben.»

Dies hörte ich noch, als ich um die Ecke zur Türe schwenkte, vor welcher der Hund saß und ins Blaue boll. Aber wie versteinert stand ich, als ich in rauhem Basse die Frage hörte: «Warum billst du diese Nacht nicht?» Und durch die Lüfte antwortete eine Stimme: «Wir haben heute geküchelt, und ich habe keine Küchli bekommen; nun werde ich künftig nicht mehr so fleißig sein mit Wachen und Bellen.» – «Bhüt dih Gott, leb wohl, Blaß!» flüsterte eine zärtliche Stimme, und eine große schwarze Katze strich dem Hund um die

Beine, während eine kleinere mit aufgehobenem Schweife unter der Türe stand. «Wo zum Schinder willst du hin?» frug der Blaß. «Fort will ich. Seitdem kein Feierabend mehr ist, sind keine Mäuse mehr zu kriegen, und jetzt bleiben unsere Jungfrauen wieder da, und solange die da sind, ists für uns Katzen mit dem übrigen Mausen aus; die pfuschen uns schrecklich ins Handwerk. So will ich fort und an einem bessern Orte mein Brot suchen. Komm mit, Blaß!» Da sah Blaß mich in der Ecke stehen und boll mit fürchterlicher Stimme nach mir hin: «Wottsch furt, du Schelm!» Unwillkürlich fuhrs mir in die Beine, ich sprang der Scheune zu, die nicht weit vom Hause lag. Ein seltsames Tönen stellte meine Flucht. Dieses Tönen war feierlich, grauenhaft, kam vom Roßstalle her, und daraus wickelten sich folgende Worte hervor:

«Zwölfe hats vom Turm geklungen.
Brüder, Schwestern, auf, erwacht!
Seht, die Bande unsrer Zungen
Sind mit einem Riß zersprungen
Vor der unsichtbaren Macht,
Der die Engel einst gesungen
In der Christen Heilgen Nacht!
Auf, erwacht!»

Da fiel mir ein aus meiner Jugend her, daß die Tiere in der Heiligen Nacht eine Stunde sollten reden können. Ich hatte es längst nicht mehr geglaubt, nebst noch vielem andern nicht, und jetzt auf der obersten Stufe der Aufklärung sollte mir so etwas begegnen! Ich wollte mich überreden, es treibe jemand mit mir Schindluder, und es dünkte mich, wenn ich nur die Polizei bei mir hätte. Aber ich konnte nicht ab Platz, und es war mir selbst, als hätten wir sie in den letzten Tagen versteigert. Und kaum hatte ich das gedacht, so erscholl, Welten durchzitternd wie verhaltener Donner, aus gewaltigen Kehlen der Spruch:

«Ja, wir fühlens, luftdurchdrungen,
Daß das schwere Band der Zungen
Mit dem ersten Glockenklang
Gleich des Kornes Hülse sprang.
Ja, wir sind, wir sind erwacht;
Auf, benutzt der Stunde Macht!»

«Lebst du noch, du alter Kratten?» frug aus dem verhallenden Chor eine mutwillige Stimme. «Als wir uns letztes Jahr in Hallau trafen, dachte ich nicht, daß du an deinem Kachelicharren die heutige Stunde erleben werdest.» – «Ich auch nicht», antwortete das angesprochene Roß. «Aber es ging mir im vergangenen Jahre gut. Jetzt bin ich ein Staatsroß und fordere Respekt.» Da lachten alle, daß der Boden unter den Füßen mir wackelte. «Du ein Staatsroß?» – «Ja. Ein Lohnkutscher sah mich und kaufte mich. Er bedient einen Herrn, der von Rossen nichts versteht, alle verderbt, aber vornehm fahren möchte wie ein vornehmer Herr. Der lag dem Kutscher schon lange an, er sollte doch einen Stumper kaufen, die langen Schwänze könne er nicht leiden, man werde immer gespritzt. Mein Herr wußte, wo der Has im Pfeffer lag, kaufte mich um dreizehn Gulden Reichsgeld und spannt mich nun dem vornehmen Herrn ein als Staatsroß. Er sagte ihm, ich sei ein vornehmer Engeländer, koste siebenundvierzig Louisdors, ein Lord habe mich in Baden verspielt. Nun hat mein Herr Respekt vor mir, fast wie vor einem vornehmen Herrn, macht mit mir Staat im Lande herum, füttert mich brav, hat immer Angst, er könnte mir übertun und siebenundvierzig Louisdors auf seinen Buckel fallen. So habe ichs gut in meinen alten Tagen, schlage alle Tage zweimal aus, dann sagt mein Herr: ‹La, la!›, und wenn es gegen einen Ort, besonders ein Städtchen geht, so setze ich mich in kurzen Galopp, der meinen steifen Beinen am besten zusagt, dann sagt mein Herr: ‹Na, na!›, und wenn er aussteigt, stellt er sich neben mich, um vom Wirt den schönen Stumper rühmen zu hören, und dann erzählt er von den siebenundvierzig Dublonen und dem Engländer, daß ich den Wirt nicht ansehen darf aus Furcht, er lache mir ins Gesicht.»

Ich wußte nicht, träumte oder wachte ich, als mein Roß mich so runtermachte, aber antworten konnte ich nicht. Hingegen hörte ich eine andere Stimme, und die sprach: «Ach, ich möchte doch auch so ein Staatsroß werden für einen vornehmen Herrn, das Musterlimitieren verleidet mir je länger je mehr. Ehedem suchte mein Herr hie und da ein Mädchen mehr, als er sollte, aber, was ich um so mehr zu ziehen hatte, das konnte ich um so langsamer fahren, und die Tagreisen wurden alle Tage kürzer. Jetzt aber fährt mein Herr wie ein Jude und führt neben seinen Musterkarten Päcker zentnerweise mit sich. Er führt einen Zentner Traktätlein mit sich und teilt sie mit gottseligen Reden an fromme Krämersweiber aus, einen Zentner Aargauer Großratsgeschwätz und regaliert damit naseweise Krämer, einen Zentner gut katholischer Schriften und bahnt sich damit Weg, wo man es nicht glauben sollte. Jetzt hat er noch einen Zentner Genferpapier, und auf Ostern hat er zwei Zentner Zürcherschriften bestellt, die noch nicht gedruckt sind, so daß ich mehr zu ziehen habe als ein Kacheler und des Lebens satt bin. Und wenn er sich mit den einen wegen Wieland, mit den andern wegen Frey-Herosé, mit den dritten wegen Scherr, mit den vierten wegen Leu und Papst verdampet hat, so soll ich mit Springen die Zeit einbringen. Wenn ich wüßt, wie machen, ich schmisse meinen Herrn in ein Loch, wo er nicht wieder rauskäme.»

«Ach du meine Güte!» fing eine andere Stimme an, «verständige dich doch mit Wünschen! Gerade so wünschte ich vor einem Jahre, als ich noch bei meinem letzten Herrn war und der mir des Nachts keine Ruhe gönnte und herumsprengte wie ein Nachtgeist, weil er mit den Wirten am besten handeln könne, wenn es Feierabend sein sollte. Da stolperte ich expreß; auf einige Plätze ab kam es mir nicht an, wenn er den Hals gebrochen hätte. Er ist aber nicht dumm, er verkaufte mich einem andern Hause, das einem jungen Reisenden kein kostbares Roß anvertrauen wollte. Das Haus hat seinen Kredit verloren, es lieferte die Ware anders, als die Muster waren, drängte mit Wechseln, überschüttete seine Schuldner mit Waren, bis sie ruiniert waren, kurz, brauchte alle möglichen Kniffe. Als der Kredit abnahm, meinte es, der Reisende sei schuld, und stellte einen andern an, der meint, es sei noch nie so einer gewesen, wie er werden will. Der will nun Absatz zwingen, hält vor allen Krämerladen, bindet mich an den Zaun, denn ins Wirtshaus geht er so wenig als möglich, weil er auch wohlfeiler reisen will als die andern alle. Ist er einmal ausgestiegen, so will er nicht wieder herein. Er packt alle seine Muster aus; will man nicht von diesem, so soll man von jenem nehmen: hätte man Seidenband nicht nötig, so wäre mit Koriander ein guter Schick zu machen, und mag man nicht Zukker, so hätte er vortreffliches Salatöl, und will man nicht Salatöl, so hat er Muster von extra feinem Teufelsdreck. So geht es oft stundenlang, daß ich manchmal sehe, wenn ich von weitem gegen ein Haus komme, und man hat uns gesehen, wie das zu allen Türen hinausfliegt und niemand daheim sein will. Der Krämer soll über Land sein, die Frau über Feld, der Sohn ist auf dem Acker, die Tochter im Bohnenplätz, und die Magd will nicht wissen, wenn das ein oder andere zurückkommt. Mein Junge will Geschäfte machen und meint, die Magd solle ihm den Weg zeigen in den Bohnenplätz zu der Tochter. Aber die Magd will nicht, sie muß hüten; da steht mein Junge eine halbe Stunde verlegen da, weiß nicht, soll er fahren, soll er warten, erbost guckt der Krämer zur Stalltüre aus, die Krämerin lauscht am Küchenfenster, und ich muß da stehen, im Sommer der Brämen Speis, im Winter erfriere ich, und noch jetzt bin ich an den Füßen nicht erwarmet und kann wieder stundenlang stehen in Eis und Schnee, und am Ende, wenn mein Junge nicht Geschäfte macht, nur das kleine Ordinäri! Es ist ein verfluchtes Leben! Zehnmal lieber wollte ich springen, daß die Funken stöben.»

Da seufzte es tief auf gerade neben dem Redner. «Was seufzest du so hart», fragte das vorige Roß, «und wie kömmst du daher? Dem Kreuze nach bist du ja eine Siebentalerin aus dem Bernbiet? Übel muß es dir nicht gegangen sein, denn du bist ja speckfeiß!» – «Ach, sonst ging es mir gut», antwortete ein niedliches Mährli in der Siebentalersprache, «mein Herr war stolz auf mich, und weiter als bis auf Thun mußte ich nicht springen, und wenn es hie und da nach Bern ging, so kehrte mein Herr so oft ein, daß mir die Reise nicht beschwerlich war. Aber gestern ist es gerade vier Wochen, da wird ihm seine Frau krank, und seither habe ich das elendeste Leben, ich gönnte es keinem Hund. Tag und Nacht geht es von einem Doktor zum andern, sollte immer im Gestreckten gehn, und wenn ich nicht mehr mag, kriege ich gar die Geißel, von der ich früher gar nichts wußte.» – «Dein Herr wird so ein junger Narr sein, der meint, wenn eine Frau gestorben, gebe es keine andere?» – «Selb nicht», antwortete die Siebentalerin, «er hat sie schon zwanzig Jahre und sechs Kinder von ihr.» – «Was ist denn das für ein Narr? Bei uns im Schwarzwald strapliziert wegen einer kranken Frau keiner sein Roß, je mehr Weiber, desto mehr Ehesteuern, meint man.» – «Ja, das ist darum bei uns nicht so», sagte die Siebentalerin, «aber nicht von wegen der Liebe, sondern von wegen dem Geld. Von wegen, wenn einem seine Frau stirbt, so muß er alles das vorhandene Gut zu gleichen Teilen mit seinen Kindern teilen, und das kommt manchen unkommod, und mein Herr wäre übel zweg, wenn er teilen müßte.» Da bezeugten sämtliche Rosse ihre Verwunderung, wie dumm die Männer im Siebental sein müßten, daß sie so was täten. Jetzt begehrte aber die Siebentalerin auf und wollte das nicht glauben. Ds Konträri, sagte sie, es gebe im ganzen Kanton nicht durchtriebenere Männer als im Siebental, aber niene so listige und fini Wyber als dort, das sig ebe dr Tüfel. Vor vielen hundert Jahren schon hätten die Weiber gesehen, wie es reiche Männer machen, wenn sie Witwer werden, wie sie d Narre machten, mit dem Reichtum großen Staat und den jungen Mädchen alles anhängten und zuletzt so einen Gauggel heirateten, so daß ihre Kinder unwert würden, nicht mehr Platz im Hause hätten und zuletzt nichts erbten, entweder weil der Vater alles vertan oder die letzte Frau alles ihren Kindern anhängen täte. Da seien die Weiber rätig geworden, den Männern das Nägeli zu stecken und für ihre Kinder zu sorgen und auch für sich selbst, und hätten eine lustige Geschichte ersonnen. Die Männer seien in die Falle getrappet, und zum Landrecht sei erhoben worden, daß bei dem Tode einer Frau das sämtliche vorhandene Gut zwischen Mann und Frau zu gleichen Teilen sollte geteilt werden. «Bald merkten die Männer den Lätsch, den sie am Halse hatten, und wollten ausschlüpfen, aber die Weiber hatten ihn zureitig angemacht, und die Männer mußten warten. Sie wußten sich nicht anders zu helfen, als ihre Weiber recht lieb zu haben, und je reicher um so lieber. Wenn einer der Finger wehtut, so läuft man zum Doktor, und wenn eine Bauchweh kriegt, so spannt man ds Mähri an, und das muß springe, als ob alle vier Beine absollten. Nun wurden wir schon am ersten Erlenbacher Herbstmärit mit den Hammen fertig, und seither kränkelt unsere Frau immer mehr und mehr und wird immer magerer, und dem Mann immer ängster, und ich muß immer strenger laufen und kann nicht sagen, er soll doch metzgen lassen, es bessere denn vielleicht wieder. Solang der alte Fuchs in der Nähe lebte, ging es mir nicht so bös, so aber muß ich springen immer weiter. Zu rechten Doktoren hat mein Herr keinen Glauben, es muß ein Gütterler oder ein Hexenmeister sein, und denen fährt er nach wie eine Surrfliege dem Roßmist. Jetzt hat er da von ein paar Hexenmeistern da draußen in dem Stinkland gehört, wo aller Haber nach Sauerkabis riecht, die brauchen kein Gütterli und keine Büppi, auf welche sie die Hand legen, die haben über die Geister Macht und können sie senden, wohin sie wollen, Kranke zu heilen und gesund zu machen. Einen solchen Geist will mein Herr kaufen, und vielleicht soll ich ihn noch heimführen; da wäre erst der Schinder los, und ich riskiere den bösen Luft vom Geiste her, werde geschwollen und muß sterben trotz allem Springen.»

Da seufzte es grimmig und hohl nebenbei, und das Siebentalermähri glaubte, es sei der Geist, und sprang zitternd auf; aber als es genauer hinsah, war es nur eine alte Füllimähre aus einem andern Tal, und als das Siebentalerli schnauzte, warum die Alte so unflätig und grobänisch seufzte, da sagte die Alte, sie dürfe es fast nicht sagen, aber unter guten Freunden wolle sie es doch. Sie schäme sich grusam. Sie sei ihr Lebtag ein ehrlich Bauernroß gewesen, jetzt habe sie letzthin ihres Meisters Söhnen einen gestohlenen Trämel zur Säge müssen führen helfen. Sie hätte es nicht gewußt, sonst hätte sie keinen Strick angezogen und den unsaubern Gesellen mit Schlägen und Beißen Verstand machen wollen. Die Sache sei ausgekommen, und jetzt müsse sie dem Geschäft nachsprengen und habe da den Handel vernommen, es sei ihr geschmuecht worden, und sie dürfte sich fast nicht mehr auf der Straße zeigen. Wenn sie schon nur eine Füllimähre sei, so habe sie doch noch Scham im Leibe. «Aber trotz dieser Scham muß ich jetzt allen denen nachsprengen, von denen mein Meister glaubt, sie können wohlschmeckend machen, was stinkt, und aus Mist Heu. Denn der Meister flucht gräßlich, nicht über die, welche gestohlen oder vielmehr gefrevelt, sondern über die, denen der Trämel gestohlen oder vielmehr gefrevelt wurde, und über die, welche es ausgebracht. Mit List, Geld und Prozedieren will er das Krumme grad machen. Jetzt mußte ich zum Bezirksrichter sprengen, denn wenn einer einem Schelm einen guten Rat weiß, so ist es der. Weit und breit kommen die Leute zu ihm zu Rat, noch viel weiter her als zu einem Gütterler. Sie müssen oft zwei Tage warten, bis sie vorkönnen, und so wird es auch meinem Meister gegangen sein, denn ich sollte um fünfe geschirrt sein und bin es dato noch; die volle Sau von Stallknecht hat gedacht, am Morgen hätte ich meinen schweren Kommet schon an.»

Das letztere vernahm ich nur noch mit halbem Ohr. Als ich vom Bezirksrichter hörte, dachte ich, da sei was zu notieren, woran ich könnte dem Fürsten und andern demonstrieren, wie wohltätig meine Reisen für die allgemeine Wohlfahrt wären und wie nützlich dem Vaterlande meine Popularität; doch stockte meine Hand in der Tasche, als ich dachte, wie aufbegehrisch der Fürst sei, und, wenn er mit Donnerwettern auf den Richter losfahre, was ich mit einer alten Füllimähre gegen einen Rechtskundigen beweisen wolle, die noch dazu in einer halben Stunde kein vernünftig Wort mehr reden könne. Während ich noch mit der Hand in der Tasche tiefsinnigen Gedanken nachsann, begann die alte Mähre erbärmlich zu schreien:

«Ach meine Ohren!
Die sind verloren!
Ach meine Mähnen!
Mit blanken Zähnen
Packt mich und rüttelt,
Reißt mich und schüttelt
Das Ungeheuer,
Der Bläß Allgäuer!»

Eine helle Stimme tönte in das Geschrei:

«Abschaum der Mähren!
Ich will dich lehren
Die Ehr verkehren,
Das Lügen mehren!
Du alte Schelle,
Du Schmach der Ställe!
Ich will dich lehren,
Die Wahrheit ehren!»

Da übertönte das Streitgeschrei ein mächtiger Chor:

«Friede sei in dieser Stunde
Mit der Tiere großem Bunde!
Laßt ihr nicht das Streiten schweigen,
Werden wir den Meister zeigen!
Friede sei in dieser Stunde
Mit der Tiere großem Bunde!»

Und als das Chor, welches nach einer Krauskopfschen Melodie gesungen war, schwieg, sagte mein Pferd: «Bist du auch da, du hässiges Ketzerli vo Allgäuerli, und kannst das Streiten selbst in dieser Stunde nicht lassen, willst du dich denn nie bekehren?» Da sprach das Ketzerli von Allgäuerli mit kräschlender Stimme: «Was bekehren? Das Bekehren ist an euch. Was tut ihr? Eins ums andere verleumdet seinen Herrn. Geht und hört, wie eure Herren euch rühmen, eure Fehler verschweigen und jeder das beste Roß haben will! Jetzt kömmt noch die alte Mähre und verleumdet zu seinem Herrn noch den meinigen, wo doch der humanste Richter ist im ganzen Fürstentum und zu einem jeden Halunk Sorge trägt, als ob er seinesgleichen wäre. Es dünkt mich, wir hätten von wichtigern Dingen zu reden als von solchen Partikularitäten und Persönlichkeiten, und was gehen uns die Richter an? Sind nicht die Stallknechte von ganz anderer Bedeutung für uns, gleichsam unsere Hauptpersonen? Und es hat mich schon lange wundergenommen, daß niemand von denen reden will, und was man gegen die für Maßregeln vorkehren wolle; es ist je länger je weniger dabeizusein, es hat keine Gattig mehr. Es gibt verflucht brave Stallknechte, warum nicht, ich könnte nacheinander ein halbes Dutzend aufsagen. Aber viel andere werden alle Tage voller und nie mehr nüchtern, und dann sind sie die wüstesten Hünde gegen uns, stüpfen uns in den Bauch, schlagen uns aufn Kopf und mißhandeln uns mit dem Gebiß im Maul, daß uns Hören und Sehen vergeht, es ist himmelschreiend! Und immer mehr, scheint mir, schlage ihnen der Wein auf das Gehör, und so viele hören nicht mehr wohl. Ich hörte schon manchmal, daß mein Herr ein ganzes Immi befahl und kriegte nur ein halbes, und wenn der Herr das große Ordinäri befahl, gab man mir nur das kleine. Wenn dann das Stubenmädchen den Herrn fragte, was er für das Roß befohlen, so sagte er richtig: ‹Das große Ordinäri!› und mußte es auch bezahlen. Dann baggelt man allenthalben an Maß und Gewicht. So hat man namentlich in der Schweiz, wo mein Herr oft hinreiset, das Pfund kleiner gemacht und das Immi größer. Wenn nun mein Herr für einen Batzen Brot befehlen tut, so kriege ich richtig drei Bissen weniger, ich habe das schon manchmal gezählt.» – «Aber immer das gleiche Immi?» – «Ds Konträri, es scheint mir, auch das sei kleiner, werden wahrscheinlich verschossen sein, als sie es größer machen wollten, oder sie machen noch immer aus einem Malter achtundvierzig Immi statt nur vierzig. So wird unsere Lage alle Tage schlimmer, und ich möchte zu bedenken geben, was da zu machen sei. Ich habe schon manchmal mit Beißen und

Schlagen versucht, die Stallknechte humaner zu machen; aber erstlich sind mir die Ketzere z'gleitig, selbst wenn sie voll sind, es gelang mir selten, einem eins ordentlich abzustrecken, und zweitens mußte ich jeden Versuch zur Selbsthülfe schrecklich büßen. Ich wurde abgeschlagen zuerst und kriegte nichts zu fressen, um mir den Mut zu nehmen, und das nächste Mal, wenn ich wiederkam, wurde ich, sobald der Herr den Rükken kehrte, frisch geprügelt und auf halbe Portion gesetzt. So ist das Schlagen mir verleidet, und doch kann es nicht länger so gehen. Weiß niemand Rat?»

Da sagte das ältere Gummiroß: «Ich habe auch schon lange darüber nachgedacht und wüßte keinen bessern Rat, als wenn man auf irgendeine Weise ein Gesetz bewirken könnte, daß von nun an die Stallknechte zu Stubenmeitlene gemacht werden sollten und die Stubenmeitleni zu Stallknechten. Erstlich gefallen mir die Stubenmeitleni im ganzen genommen selbst besser als die Stallknechte, zweitens würden sie manierlicher mit einem umgehen, und drittens würden unsere Herren viel häufiger daran denken, daß sie ein Roß im Stall hätten, daß sie nachsehen müßten, ob es seine Sache habe, ja, mancher ließe sich aus lauter Zärtlichkeit für sein Roß seinen Schoppen in den Stall zum ehemaligen Stuben-, gegenwärtigen Stallmeitli bringen. Das ist meine Meinung; wenn jemand eine bessere hat, so sage er sie auch!»

Aber da redete keiner verständlich, freudige Töne widerhallten an den Wänden, es war, als ob sie klatschen wollten in voller Herzensfreude. Endlich artikulierte sich ihre Freude:

«Ja, ja, ja, so ist es recht:
In die Stube mit dem Knecht!
Mit der Stubenmagd in Stall
's ist ein nagelneuer Fall.
Alsdann wirds im Stalle besser:
Hier die Küfer, Saufer, Fresser,
Herr und Roß in einer Hut,
Das tut beiden wohl und gut.

Drum, Brüder, drum faßt frischen Mut!
Laßt fröhlich springen das alte Blut!
Ein neu Gesetz bringt in den Stall
Die Stubenmädchen Knall und Fall
Und macht uns von der Quälerei
Der liebeleeren Knechte frei;
Drum, Brüder, drum faßt frischen Mut!
So ist es recht, so kömmt es gut!»

Die Begeisterung drang immer tiefer in die Töne ein, durch die Töne durch – da schlug es am Kirchturme eins. Und stille wards plötzlich im Stalle, stille ringsum. Ich war wie in einer andern Welt. Ich sah den Mond wieder scheinen, sah, wie der Wirt vorsichtig ums Haus schlich, er wollte mich suchen und hätte mich nicht gern überrascht; und ergriffen, wie ich war, hätte ich gerne ohne ihn mich ins Bett gedrückt. Ich wartete, bis er hinter dem Hause war, aber wie ich zur Vordertüre leise eintrat, kam er zur Hintertüre herein, begrüßte mich mit den üblichen Worten und sagte, es werde mir wohl noch ein Gläschen belieben? Ich dankte, nahm ein Licht und ließ den Wirt stehn, der nun ein Gläschen für mich und eins für sich wird getrunken haben.

Ich aber erlebte eine erbärmliche Nacht. Alles, was ich ehemals geglaubt hatte und jetzt nicht mehr, gramselte mir vor den Augen herum, machte seine Rechte geltend, trieb mir der Hölle heißen Pfahl in die Seele, und ich konnte mich mit nichts wehren als mit einem öden Nichtsglauben, der keine Gründe hatte und vor jedem Gespensterwesen davonfloh und feige sich barg. Und zu der Angst kam die Neugierde, wie die Pferde zu einem solchen Gesetz hätten kommen wollen, und wessen Verwendung sie angesprochen, wem sie die Redaktion übertragen hätten? Dann das Leid über die menschliche Beschränktheit, welche die Ohren, besonders wenn Baumwolle darin ist, nur an einem Orte haben kann. Ich hatte in den Kuhställen brummen hören, grunzen bei den Schweinen, sogar die Hühner schienen leise Gespräche zu führen, aber wegen den Pferden konnte ich die alle nicht hören, und mit Schlag ein Uhr war alles aus. Es plagte mich die Verlegenheit, ob ich etwas von dem Gehörten erzählen solle oder alles für mich behalten und den Ungläubigen fortspielen. Wo so viel einen Menschen plagt, da kann man denken, wie elend es dem Menschen wird.

Es waren Nadeln im Bette, ich mußte aufstehen. Ich schrieb das Erlebte nieder und alle meine Peinigungen. Ich will es fest verwahren; bei meinen Lebzeiten wird es kaum ein Mensch erblicken, und ob meine Enkel es erblicken werden, hängt von der

Weise ab, in der ich sterbe. Aber leben möchte ich noch ein Jahr, um zu vernehmen, wie und was Kühe und Hühner sprechen. Ein Mann wie ich muß alles wissen, und eines jeden Geschöpfes Stimmung sollte er kennen.

## HANS CHRISTIAN ANDERSEN

## DER TANNENBAUM

Draußen im Wald stand so ein niedlicher Tannenbaum; er hatte einen guten Platz: Sonne konnte er bekommen, Luft war genug da, und ringsum wuchsen viele größere Kameraden, sowohl Tannen als Fichten; aber der kleine Tannenbaum war so eifrig aufs Wachsen aus; er dachte nicht an die warme Sonne und an die frische Luft, er machte sich nichts aus den Bauernkindern, die da gingen und plauderten, wenn sie draußen waren, um Erdbeeren und Himbeeren zu sammeln; oft kamen sie mit einem ganzen Topf voll oder hatten Erdbeeren auf einen Strohhalm gezogen; dann setzten sie sich neben den kleinen Baum und sagten: «Nein, wie herzig klein der ist!» Das wollte der Baum gar nicht hören.

Im Jahr danach war er um einen langen Ansatz größer, und wieder ein Jahr darauf war er um noch einen länger; denn an einem Tannenbaum kann man immer an den vielen Ansätzen, die er hat, sehen, wie viele Jahre er gewachsen ist.

«Oh, wäre ich doch so ein großer Baum wie die andern!» seufzte der kleine Baum, «dann könnte ich meine Zweige weit umher ausbreiten und mit der Spitze in die weite Welt hinaussehen! Die Vö-

VERKÜNDIGUNG DER GEBURT JESU
AN DIE HIRTEN

(Lukas 2,8–14)

gel würden dann Nester bauen zwischen meinen Zweigen, und wenn der Wind weht, könnte ich so vornehm nicken, gerade wie die andern dort!»

Er hatte gar kein Vergnügen am Sonnenschein, an den Vögeln oder an den roten Wolken, die morgens und abends über ihn hinsegelten.

War es nun Winter, und der Schnee lag funkelndweiß ringsumher, dann kam oft ein Hase gesprungen und setzte gerade über den kleinen Baum hinweg – oh, das war so ärgerlich! – Aber zwei Winter vergingen, und im dritten war der Baum so groß, daß der Hase um ihn herumlaufen mußte. «Oh, wachsen, wachsen, groß und alt werden, das ist doch das einzig Schöne in dieser Welt», dachte der Baum.

Im Herbst kamen immer Holzhauer und fällten einige von den größten Bäumen; das geschah jedes Jahr, und der junge Tannenbaum, der nun recht erwachsen war, erbebte dabei, denn die großen, prächtigen Bäume fielen mit einem Knacken und Krachen zu Boden; die Zweige wurden abgehauen, sie sahen ganz nackt, lang und schmal aus; sie waren fast nicht zu erkennen, aber dann wurden sie auf Wagen gelegt, und Pferde zogen sie davon, aus dem Wald hinaus.

Wo sollten sie hin? Was stand ihnen bevor?

Im Frühling, als die Schwalbe und der Storch kamen, fragte der Baum sie: «Wißt ihr nicht, wo sie hingeführt wurden? Seid ihr ihnen nicht begegnet?»

Die Schwalben wußten nichts, aber der Storch sah nachdenklich aus, nickte mit dem Kopf und sagte: «Doch, ich glaube es! Ich begegnete vielen neuen Schiffen, als ich von Ägypten flog; auf den Schiffen waren prächtige Mastbäume; ich darf sagen, daß sie es waren, sie rochen nach Tanne; ich kann vielmals von ihnen grüßen, sie ragen empor, sie ragen empor!»

«Oh, wäre ich doch auch groß genug, um über das Meer hinzufliegen! Wie ist es eigentlich, dieses Meer, und wie sieht es aus?»

«Ja, das ist so weitläufig zu erklären!» sagte der Storch, und dann ging er.

«Freue dich deiner Jugend!» sagten die Sonnenstrahlen; «freue dich deines frischen Wuchses, des jungen Lebens, das in dir ist!»

Und der Wind küßte den Baum, und der Tau weinte Tränen über ihn, aber das verstand der Tannenbaum nicht.

Wenn es gegen die Weihnachtszeit ging, dann wurden ganz junge Bäume gefällt, die oft nicht einmal so groß oder im gleichen Alter wie dieser Tannenbaum waren, der weder Rast noch Ruhe hatte, sondern immer fort wollte; diese jungen Bäume, und sie waren just die allerschönsten, behielten immer ihre Zweige, sie wurden auf Wagen gelegt, und Pferde zogen sie fort, aus dem Wald hinaus.

«Wohin sollen sie?» fragte der Tannenbaum. «Sie sind nicht größer als ich, da war sogar einer, der viel kleiner war; warum behielten sie alle ihre Zweige? Wo fahren sie hin?»

«Das wissen wir, das wissen wir!» zwitscherten die Sperlinge. «Wir haben unten in der Stadt durch die Fensterscheiben geguckt! Wir wissen, wo sie hinfahren! Oh, sie kommen zu größtem Glanz und

Herrlichkeit, die man sich denken kann! Wir haben in die Fenster hineingeguckt und gesehen, daß sie mitten in die warme Stube gepflanzt und mit den schönsten Sachen geschmückt wurden, mit vergoldeten Äpfeln, Honigkuchen, Spielzeug und vielen Hunderten von Lichtern!»

«Und dann?» fragte der Tannenbaum und zitterte an allen Zweigen. «Und dann? Was geschieht dann?»

«Ja, mehr haben wir nicht gesehen! Es war unvergleichlich!»

«Ob ich wohl erschaffen wurde, um diesen strahlenden Weg zu gehen?» jubelte der Baum. «Das ist noch besser, als über das Meer zu gehen. Wie ich leide vor Sehnsucht! Wäre es doch Weihnachten! Jetzt bin ich hoch und breit wie die andern, die letztes Jahr davongeführt wurden! – Oh, wäre ich erst auf dem Wagen! Wäre ich doch in der warmen Stube mit all dieser Pracht und Herrlichkeit. Und dann? Ja, dann kommt etwas noch Besseres, noch Schöneres, weshalb würden sie mich sonst so schmücken? Es muß etwas noch Größeres kommen, noch Herrlicheres! Aber was? Oh, ich leide, ich sehne mich! Ich weiß selbst nicht, wie mir ist!»

«Freue dich an mir!» sagten die Luft und das Sonnenlicht; «freue dich deiner frischen Jugend draußen im Freien!»

Aber er freute sich gar nicht; er wuchs und wuchs, Winter und Sommer stand er grün; dunkelgrün stand er; Leute, die ihn sahen, sagten: «Es ist ein schöner Baum!» Und zur Weihnachtszeit wurde er von allen zuerst gefällt. Die Axt hieb tief durch das Mark, der Baum fiel mit einem Seufzer zur Erde, er fühlte einen Schmerz, eine Ohnmacht, er konnte gar nicht an irgendein Glück denken, er war betrübt, von der Heimat scheiden zu müssen, von dem Fleck, aus dem er emporgewachsen war; er wußte ja, daß er nie mehr die lieben, alten Kameraden sehen würde, die kleinen Büsche und Blumen ringsumher, ja, vielleicht nicht einmal die Vögel. Die Abreise war gar nichts Angenehmes.

Der Baum kam erst zu sich selbst, als er im Hof, abgeladen mit den andern Bäumen, einen Mann sagen hörte: «Der ist prächtig! Wir brauchen nur diesen!»

Nun kamen zwei Diener in vollem Staat und trugen den Tannenbaum in einen großen, schönen Saal. Ringsumher an den Wänden hingen Bilder, und neben dem großen Kachelofen standen große chinesische Vasen mit Löwen auf dem Deckel; da waren Schaukelstühle, seidene Sofas, große Tische voller Bilderbücher und Spielzeug für hundertmal hundert Taler – wenigstens sagten die Kinder das. Und der Tannenbaum wurde in ein großes, mit Sand gefülltes Faß gestellt, aber niemand konnte sehen, daß es ein Faß war, denn es wurde grüner Stoff ringsherum gehängt, und es stand auf einem großen, bunten Teppich. Oh, wie der Baum bebte! Was würde nun geschehen? Diener und Fräulein gingen umher und schmückten ihn. An die Zweige hängten sie kleine, aus buntem Papier ausgeschnittene Netze; jedes Netz war gefüllt mit Zuckerwerk; vergoldete Äpfel und Walnüsse hingen dazwischen, als wären sie festgewachsen, und über hundert rote, blaue und weiße kleine Kerzen wurden an den Zweigen festgesteckt. Puppen, die leibhaftig wie Menschen aussahen – der Baum hatte noch nie solche gesehen –, schwebten im Grünen, und zuoberst an die Spitze wurde ein großer Stern aus Flittergold befestigt; es war prächtig, ganz unvergleichlich prächtig.

«Heute abend», sagten alle, «heute abend soll er strahlen!»

«Oh!» dachte der Baum, «wäre es doch Abend! Würden doch die Lichter bald angezündet, und was dann wohl geschieht? Ob wohl Bäume aus dem Wald kommen, um mich anzuschauen? Ob wohl die Sperlinge an die Fensterscheiben fliegen? Ob ich hier festwachse und Winter und Sommer geschmückt stehen werde?»

Ja, er wußte gut Bescheid; aber er hatte ordentlich Rindenweh vor lauter Sehnsucht, und Rindenweh ist für einen Baum ebenso schlimm wie Kopfweh für uns andere.

Nun wurden die Kerzen angezündet. Welcher Glanz, welche Pracht! Der Baum bebte dabei an allen Zweigen, so daß sie durch eins der Lichter Feuer fingen; es brannte ihn ordentlich.

«Gott bewahre uns!» schrien die Fräulein und löschten es hastig.

Nun wagte der Baum nicht einmal zu beben. Oh, das war ein Graus! Er hatte Angst, etwas von seinem vielen Schmuck zu verlieren; er war ganz verwirrt von all dem Glanz – und nun gingen beide Flügeltüren auf, und eine Menge Kinder stürzten herein, als wollten sie den ganzen Baum umwerfen; die älteren Leute kamen bedächtig hinterdrein; die Kleinen standen ganz stumm, aber nur einen

Augenblick, dann jubelten sie wieder, daß es nur so schallte; sie tanzten um den Baum herum, und ein Geschenk nach dem andern wurde abgepflückt.

«Was machen sie nur?» dachte der Baum. «Was soll geschehen?» Und die Kerzen brannten bis auf die Zweige herunter, und je nachdem sie niederbrannten, wurden sie ausgelöscht, und dann bekamen die Kinder Erlaubnis, den Baum zu plündern. Oh, sie stürzten auf ihn ein, daß es in allen Zweigen krachte; wäre er nicht mit der Spitze und mit dem Goldstern an der Decke festgebunden gewesen, so wäre er umgestürzt.

Die Kinder tanzten mit ihrem prächtigen Spielzeug herum, niemand sah den Baum an außer dem alten Kindermädchen, das kam und zwischen die Zweige guckte, aber es war nur, um zu sehen, ob nicht noch eine Feige oder ein Apfel vergessen worden sei.

«Eine Geschichte, eine Geschichte!» riefen die Kinder und zogen einen kleinen, dicken Mann zu dem Baum hin. Und er setzte sich gerade unter ihn, «denn dann sind wir im Grünen», sagte er «und dem Baum kann es ganz besonders guttun, mit zuzuhören; aber ich erzähle nur eine Geschichte. Wollt ihr die von ‹Iwede-Awede› hören oder die von ‹Klumpe-Dumpe, der die Treppe hinunterfiel und doch auf den Ehrenplatz kam und die Prinzessin erhielt›?»

«Iwede-Awede!» schrien einige, «Klumpe-Dumpe!» schrien andere; es war ein Rufen und Schreien, nur der Tannenbaum schwieg ganz still und dachte: «Soll ich gar nicht mit dabeisein, gar nichts tun?» Er war ja mit dabeigewesen, hatte getan, was er tun sollte.

Und der Mann erzählte von «Klumpe-Dumpe, der die Treppe hinunterfiel und doch auf den Ehrenplatz kam und die Prinzessin erhielt». Und die Kinder klatschten in die Hände und riefen: «Erzähl! Erzähl!» Sie wollten auch die Geschichte «Iwede-Awede» haben, aber sie bekamen nur die von «Klumpe-Dumpe». Der Tannenbaum stand ganz still und gedankenvoll, nie hatten die Vögel draußen im Wald dergleichen erzählt. «Klumpe-Dumpe fiel die Treppe hinunter und bekam doch die Prinzessin! Ja, ja, so geht es zu in der Welt!» dachte der Tannenbaum und glaubte, daß es wahr sei, weil es ein so netter Mann war, der erzählte. «Ja, ja, wer kann es wissen! Vielleicht falle ich auch die Treppe hinunter und bekomme eine Prinzessin!» Und er freute sich darauf, am nächsten Tag mit Kerzen und Spielzeug, Gold und Früchten bekleidet zu werden.

«Morgen will ich nicht zittern!» dachte er. «Ich will mich recht all meiner Herrlichkeit freuen. Morgen werde ich wieder die Geschichte von Klumpe-Dumpe hören und vielleicht auch die von Iwede-Awede.» Und der Baum stand die ganze Nacht still und gedankenvoll da.

Am Morgen kamen der Knecht und das Mädchen herein.

«Nun beginnt das Schmücken aufs neue!» dachte der Baum. Aber sie schleppten ihn aus der Stube hinaus, die Treppe hinauf, in den Estrich hinein, und da, in einer dunklen Ecke, wo kein Tageslicht hinschien, stellten sie ihn ab. «Was soll das bedeuten?» dachte der Baum. «Was soll ich hier wohl machen? Was soll ich hier wohl zu hören bekommen?» Und er lehnte sich an die Mauer und stand und dachte und dachte. – Und Zeit genug hatte er, denn es vergingen Tage und Nächte; niemand kam herauf, und als endlich jemand kam, da war es, um einige große Kisten in die Ecke zu stellen; der Baum stand ganz versteckt, man mußte glauben, daß er ganz vergessen war.

«Jetzt ist es Winter draußen», dachte der Baum. «Die Erde ist hart und mit Schnee bedeckt, die Menschen können mich nicht einpflanzen; deshalb soll ich wohl bis zum Frühling im Schutz stehen! Wie wohlbedacht ist das! Wie doch die Menschen gut sind! – Wäre es hier nur nicht so dunkel und so schrecklich einsam! – Nicht einmal ein kleiner Hase! – Es war doch so artig draußen im Wald, wenn der Schnee lag und der Hase vorbeisprang; ja, selbst als er über mich hinwegsprang, aber das hatte ich damals nicht gern. Hier oben ist es doch entsetzlich einsam!»

«Piep, piep!» sagte im selben Augenblick eine kleine Maus und schlüpfte hervor; und dann kam noch eine kleine. Sie schnupperten am Tannenbaum und schlüpften zwischen seinen Zweigen hindurch.

«Es ist eine greuliche Kälte!» sagte die kleine Maus. «Sonst ist es hier gut sein! Nicht wahr, du alter Tannenbaum?»

«Ich bin gar nicht alt!» sagte der Tannenbaum, «es gibt viele, die viel älter sind als ich!»

«Wo kommst du her?» fragten die Mäuse, «und was weißt du?» Sie waren so schrecklich neugierig.

«Erzähl uns doch von dem schönsten Ort auf Erden! Bist du dort gewesen? Bist du in der Speisekammer gewesen, wo Käse auf den Schäften liegen und Schinken unter der Decke hängen, wo man auf Talglichtern tanzt und mager hineingeht und fett herauskommt?»

«Den Ort kenne ich nicht!» sagte der Baum, «aber den Wald kenne ich, wo die Sonne scheint und die Vögel singen!» Und dann erzählte er alles aus seiner Jugend, und die kleinen Mäuse hatten noch nie zuvor so etwas gehört, und sie hörten gut zu und sagten: «Nein, wieviel du gesehen hast! Wie glücklich du gewesen bist!»

«Ich?» sagte der Tannenbaum und dachte über das nach, was er selbst erzählte: «Ja, es waren im Grunde ganz lustige Zeiten!» – Aber dann erzählte er vom Weihnachtsabend, wo er mit Kuchen und Kerzen geschmückt gewesen war.

«Oh!» sagten die kleinen Mäuse, «wie glücklich du gewesen bist, du alter Tannenbaum!»

«Ich bin gar nicht alt!» sagte der Baum, «ich bin ja diesen Winter aus dem Wald gekommen! Ich bin in meinem allerbesten Alter! Ich bin nur im Wachstum zurückgeblieben!»

«Wie schön du erzählst!» sagten die kleinen Mäuse, und in der nächsten Nacht kamen sie mit vier andern kleinen Mäusen, die den Baum erzählen hören sollten; und je mehr er erzählte, desto deutlicher erinnerte er sich selbst an alles und fand: «Es waren doch ganz lustige Zeiten! Aber sie können wiederkommen, sie können wiederkommen! Klumpe-Dumpe fiel die Treppe hinunter und bekam doch die Prinzessin, vielleicht kann ich auch eine Prinzessin bekommen.» Und dann dachte der Tannenbaum an so eine kleine, reizende Birke, die draußen im Wald wuchs; die war für den Tannenbaum eine wirkliche, schöne Prinzessin.

«Wer ist Klumpe-Dumpe?» fragten die kleinen Mäuse. Und dann erzählte der Tannenbaum das ganze Märchen; er konnte sich jedes einzelnen Wortes entsinnen, und die kleinen Mäuse waren nah daran, vor lauter Vergnügen bis an die Spitze des Baumes zu springen. In der nächsten Nacht kamen noch viel mehr Mäuse, und am Sonntag sogar zwei Ratten; aber sie sagten, die Geschichte sei nicht lustig, und das betrübte die kleinen Mäuse, denn nun gefiel sie ihnen auch weniger.

«Wissen Sie nur die eine Geschichte?» fragten die Ratten.

«Nur die eine!» antwortete der Baum, «die hörte ich an meinem glücklichsten Abend, aber damals dachte ich nicht daran, wie glücklich ich war!»

«Das ist eine außerordentlich schlechte Geschichte! Wissen Sie keine mit Speck und Talglicht? Keine Speisekammergeschichte?»

«Nein!» sagte der Baum.

«Ja, dann bedanken wir uns!» sagten die Ratten und gingen nach Hause.

Die kleinen Mäuse blieben zuletzt auch weg, und da seufzte der Baum: «Es war doch ganz nett, als sie um mich herumsaßen, die lebhaften, kleinen Mäuse, und zuhörten, was ich erzählte! Nun ist auch das vorbei! – Aber ich werde daran denken, mich zu freuen, wenn ich nun wieder hervorgeholt werde!»

Aber wann geschah das? – Doch, in einer Morgenstunde, da kamen Leute und rumorten auf dem Estrich. Die Kisten wurden umgestellt, der Baum wurde hervorgezogen; sie warfen ihn freilich ein wenig hart auf den Boden, aber gleich schleppte ein Knecht ihn hin zur Treppe, wo das Tageslicht schien.

«Jetzt beginnt das Leben wieder!» dachte der Baum; er fühlte die frische Luft, den ersten Sonnenstrahl – und nun war er draußen im Hof. Alles ging so rasch, der Baum vergaß ganz, sich selbst anzuschauen, es war so vieles zu sehen ringsumher. Der Hof stieß an einen Garten, und alles blühte dort drinnen; die Rosen hingen so frisch und duftend über das kleine Gitter hinweg, die Lindenbäume blühten, und die Schwalben flogen umher und sagten: «Quirre-wirre-wit, mein Mann ist kommen!» Aber es war nicht der Tannenbaum, den sie meinten.

«Nun soll ich leben!» jubelte er und breitete seine Zweige weit aus; aber ach, sie waren alle welk und gelb; es war im Winkel zwischen Unkraut und Nesseln, wo er lag! Der Goldpapierstern saß noch oben an der Spitze und glitzerte im hellsten Sonnenschein.

Im Hof spielten ein paar von den lustigen Kindern, die zur Weihnachtszeit um den Baum herumgetanzt hatten und so froh über ihn gewesen waren. Eines der kleinsten lief hin und riß den Goldstern ab.

«Seht, was da noch an dem ekligen, alten Tannenbaum sitzt!» sagte es und trampelte auf den Zweigen herum, so daß sie unter seinen Stiefeln krachten.

Und der Baum sah auf all die Blumenpracht und Frische im Garten, er sah sich selbst an und wünschte, daß er in seiner dunklen Ecke auf dem Estrich geblieben wäre; er dachte an seine frische Jugend im Wald, an den lustigen Weihnachtsabend und an die kleinen Mäuse, die so fröhlich die Geschichte von Klumpe-Dumpe angehört hatten.

«Vorbei! Vorbei!» sagte der arme Baum. «Hätte ich mich doch gefreut, als ich es konnte! Vorbei! Vorbei!»

Und der Knecht kam und hieb den Baum in kleine Stücke, ein ganzes Bündel lag da; schön flammte er auf unter dem großen Braukessel; und er seufzte so tief, jeder Seufzer war wie ein kleiner Schuß; darum liefen die Kinder, die spielten, herein und setzten sich vor das Feuer, sahen hinein und riefen laut: «Piff! Paff!» Aber bei jedem Knall, der ein tiefer Seufzer war, dachte der Baum an einen Sommertag im Wald, an eine Winternacht dort draußen, wenn die Sterne funkelten. Er dachte an den Weihnachtsabend und an Klumpe-Dumpe, das einzige Märchen, das er gehört hatte und zu erzählen wußte – und dann war der Baum verbrannt.

Die Knaben spielten draußen im Hof, und der kleinste hatte den Goldstern auf der Brust, den der Baum an seinem glücklichsten Abend getragen hatte; nun war er vorbei, und mit dem Baum war es vorbei und mit der Geschichte auch; vorbei, vorbei, und so geht es mit allen Geschichten!

## WLADIMIR KOROLENKO

# DER TRAUM MAKARS

### I

Dies ist der Traum des armen Makar – desselben Makar, von dem es im Sprichwort heißt, daß er seine Rinder auf einen abgelegenen dürren Weidegrund getrieben habe und daß sein Kopf von jedem herabfallenden Tannenzapfen getroffen werde.

Seine Heimat – das weltverlorene Dörfchen Tschalgan – lag verborgen im fernen jakutischen Urwald. Die Ahnen und Urahnen Makars hatten dem Dickicht ein Stückchen durchfrorener Erde abgewonnen und waren unverzagt geblieben, wenn die düstere grüne Wildnis sie immer noch wie eine feindselige Mauer umringte. Im Laufe der Jahre begannen aber geflochtene Zäune sich durch die Rodung hinzuziehen; Ställe und Scheunen wuchsen um niedere, rauchige Wohnhütten empor; und endlich ragte auf dem Hügel inmitten der Siedlung ein Glockenturm wie eine Siegesfahne himmelan: Tschalgan war mittlerweile zu einem nicht unansehnlichen Dorf geworden.

Doch während die Vorfahren Makars mit dem Urwald kämpften, ihm mit Feuer zu Leibe rückten und mit Äxten auf ihn einhieben, verwilderten sie selber unmerklich. Sie heirateten jakutische Weiber und nahmen deren Sitten und Gebräuche an. Die Wesenszüge des großrussischen Stammes verwischten sich allmählich bei ihnen und gingen bald gänzlich verloren.

Wie dem auch sein mochte – für seine eigne Person war Makar tief davon durchdrungen, ein echtbürtiger Tschalganer Bauer zu sein. Hier war er geboren, hier lebte er, hier gedachte er einmal zu sterben. Er tat sehr stolz mit diesem Wissen um seine russische Herkunft und schalt die andern zuweilen «jakutische Heiden», obgleich er sich in seinen Gewohnheiten und seiner Lebensweise fast durch nichts von einem Jakuten unterschied. Russisch sprach er nur wenig und schlecht, kleidete sich in Felle, trug ungefüge Stiefel aus Rentierleder und nährte sich für gewöhnlich von den landesüblichen flachen Brotfladen aus ungesäuertem Teig und einem Ziegelteeaufguß. An Festtagen verzehrte er dazu so viel zerlassene Butter, als vor ihm auf dem Tisch stand. Er verstand es, kunstvoll auf Ochsen zu reiten. Und wenn er krank war, ließ er einen alten Schamanen rufen, der ihn schäumenden Mundes mit knirschenden Zähnen umtanzte, um die bösen Krankheitsgeister zu erschrecken und zu vertreiben.

Er arbeitete übermäßig, lebte armselig und mußte oft Hunger und Frost leiden. Gab es für ihn überhaupt andere Gedanken als die ständigen Sorgen um Brotfladen und Tee?

O ja, es gab sie.

Wenn er betrunken war, weinte er oft. «Was für ein Leben haben wir!» konnte er dann ausrufen, «mein Gott, was für ein Leben!»

Manchmal sprach er sogar davon, daß er alles verlassen und «auf den Berg» gehen wolle: dort würde er weder pflügen noch säen, noch Bäume fällen oder Holz anfahren, ja nicht einmal mehr Getreide mit der Handmühle mahlen müssen, sondern einzig an das Heil seiner Seele denken können...

Was für ein Berg das war und wo er ihn zu suchen hatte, konnte er nicht genau sagen; er wußte nur, daß man weit, weit wandern mußte, um hinzugelangen, so weit, daß selbst der allmächtige Herr Kreisrichter einen dort nicht aufzustöbern vermöchte... Steuern würde er dort natürlich ebenfalls nicht zu bezahlen brauchen.

In nüchternem Zustande ließ er von solchen Gedanken ab, da er dumpf die Unmöglichkeit fühlen mochte, jemals den Wunderberg aufzufinden. Sobald er aber nur ein wenig getrunken hatte, wurde er wieder kühner. Er gab zwar zu, daß er vom Wege abirren und auf einen ganz anderen Berg geraten könne als auf den Berg der Verheißung. «Dann gehe ich eben zugrunde», pflegte er zu sagen, gab aber seine Absichten mitnichten auf. Daß er sie in Wirklichkeit niemals ausführte, hing, wie er glaubte, damit zusammen, daß ihm die tatarischen Schwarzbrenner einen allzu schlechten, mit einem Zuschuß von billigem Tabaksaufguß versehenen Schnaps verkauften, der ihn immer sehr rasch kraftlos und krank machte.

## II

Es war am Heiligen Abend vor Weihnachten. Makar wußte, daß der nächste Tag ein hoher Feiertag war, und es quälte ihn das Verlangen, sich dementsprechend gehörig zu betrinken.

Doch woher das Geld nehmen? Selbst der karge Brotfladenvorrat ging bereits zu Ende, und Makar steckte bei den Kaufleuten und Tataren des Dorfes tief in Schulden. Morgen, am Feiertage, durfte man nicht arbeiten. Wie sollte man aber, ohne zu trinken, die viele freie Zeit totschlagen? Er fühlte sich tief unglücklich. Was war das für ein Leben? Nicht einmal am höchsten Feiertag des Winters war eine Flasche Schnaps im Hause.

Da kam ihm ein rettender Einfall. Er erhob sich und schlüpfte in seinen langen zerfetzten Pelzmantel. Sein Weib, ein großes, muskulöses, ebenso gewalttätiges wie abschreckend häßliches Frauenzimmer, das alle seine leicht erratbaren Gemütsregungen von Grund aus kannte, durchschaute auch diesmal sein Vorhaben.

«Wohin, du Teufel? Willst du dich wieder einmal ganz allein mit Schnaps vollgießen?»

«Halt das Maul! Ich kaufe eine Flasche. Die werden wir morgen miteinander austrinken.»

Er schlug sie so stark auf die Schulter, daß sie zusammenknickte, und zwinkerte ihr listig zu. Doch so ist das weibliche Herz: sie wußte ganz sicher, daß Makar sie unbedingt um den Schnaps betrügen werde, erlag aber trotzdem dem Zauber seiner ehelichen Zärtlichkeit.

Im Pferch fing er sich seinen alten Schimmel,

schleppte ihn an der Mähne zum Schlitten und spannte an. Der Gaul zog seinen Herrn zum Hoftor hinaus, blieb dann stehen, wandte den Hals um und schaute sich wie fragend nach dem in tiefes Nachdenken versunkenen Makar um, bis dieser ihm endlich mit einem Anstraffen des linken Zügels die Richtung wies.

Am äußersten Rande des Dorfes stand eine kleine Hütte. Wie aus allen andern Behausungen, stieg auch aus ihr der Herdrauch hoch, hoch in die unbewegte Luft empor und verhüllte als weißes Wölkchen die kalten Sterne und den hell strahlenden Mond. Die Kaminflammen leuchteten lustig hinter den Eisblumen der Fensterscheiben. Auf dem Hof war es totenstill.

Hier hausten zwei fremde, von weit her zugezogene Leute. Wie sie hierhergeraten waren, welche Schicksalsstürme sie in diesen Weltwinkel getrieben hatten, war Makar unbekannt, und er kümmerte sich auch nicht darum. Doch er liebte es, allerlei Geschäfte mit ihnen zu machen; denn sie waren in Geldsachen nicht so engherzig wie die eingesessenen Bauern und ließen mit sich reden.

Gleich nachdem er eingetreten war, ging Makar auf den flackernden Kamin zu und streckte seine Hände nach der Glut aus.

«Brrr...!» machte er und gab so dem Frostgefühl Ausdruck, das ihn durchschauerte.

Die beiden Fremden beachteten ihn nicht. Auf dem Tisch brannte eine Kerze, obgleich keiner von ihnen arbeitete. Der eine lag rauchend auf dem Bett, stieß Tabakswolken aus seiner Pfeife und verfolgte sie mit den Augen, als verbinde er mit ihren Windungen eine lange Reihe von Gedanken. Der andere hockte dem Kamin gegenüber auf einem Stuhl und beobachtete versonnen, wie die Flammen von einem Scheit zum andern übersprangen.

«Guten Abend!» sagte Makar, um das ihn drükkende Schweigen zu brechen.

Er wußte nicht, welches Leid auf den Herzen dieser Menschen lastete und welche Erinnerungen sich an diesem Abend in ihren Herzen durcheinanderdrängten, welche Bilder für sie im Flammenspiel und in den Rauchringen ihr Wesen trieben.

Der junge Mann am Kamin hob sein Gesicht und schaute Makar mit einem ungewissen, trüben Blick an, als erkenne er ihn gar nicht. Doch gleich darauf schüttelte er den Kopf, wie um seine Gedanken loszuwerden, und erhob sich rasch vom Stuhl.

«Ah, Makar! Guten Abend, guten Abend! Schön, daß du bei uns hereinschaust! Willst du Tee mit uns trinken?»

Makar gefiel diese Einladung.

«Tee?» wiederholte er. «Tee ist gut. Gewiß, Bruder, gewiß. Ausgezeichnet!»

Er wurde lebhaft, warf den Pelzmantel ab, nahm die Mütze vom Kopf und fühlte sich sofort wohler. Als er die glimmenden Holzkohlen im Samowar gewahrte, wandte er sich mit plötzlich überströmender Herzlichkeit dem jungen Mann zu: «Ich liebe euch, ich liebe euch aufrichtig ... Ich kann nachts oft nicht schlafen, wenn ich an euch denke. So sehr liebe ich euch.»

Der junge Mann sah ihn an. Um seine Lippen spielte ein bitteres Lächeln.

«Ah, du liebst uns?» sagte er. «Und was brauchst du von uns?»

Makar wurde verlegen.

«Ich habe wirklich ein Anliegen an euch», antwortete er. «Woher weißt du das nur?... Doch zuerst wollen wir Tee trinken. Das andere können wir später besprechen.»

Da die Fremden ihm von sich aus Tee angeboten hatten, ohne daß er darum gebeten, hielt Makar es für richtig, weiterzugehen.

«Sagt einmal, habt ihr nicht ein Stück gebratenes Fleisch da?» fragte er. «Ich esse so sehr gerne gebratenes Fleisch.»

«Nein.»

«Nun, das macht nichts», sagte Makar in beschwichtigendem Tonfall. «Dann bewirtet ihr mich eben ein anderes Mal damit. Nicht wahr? Ein anderes Mal?»

«Schon gut.»

Und bereits waren die Fremden, nach der Meinung Makars, ihm ein Stück Braten schuldig. Und solche Schulden vergaß er nie.

Eine Stunde später nahm er wieder in seinem Schlitten Platz. Er hatte einen ganzen Rubel ergattert, für den er fünf Fuhren Holz zu liefern versprochen. Freilich hatte er beteuern und beschwören müssen, daß er dieses Geld heute nicht vertrinken werde, war aber in seinem Herzen fest entschlossen, es dennoch unverzüglich zu tun. Warum auch nicht? Der in Aussicht stehende Genuß betäubte seine Gewissensbisse. Nicht einmal der Gedanke an die Prügel hielt ihn zurück, die ihn erwarteten, wenn er in später Nacht zu seiner treuen, getäuschten Gattin zurückkehren würde.

«Wohin denn, Makar?» rief ihm lachend einer der beiden Fremden nach, als er sah, daß der Gaul, anstatt den Weg nach rechts einzuschlagen, wo die Hütte Makars lag, nach links zu den Tataren abbog.

«Ha-a-alt! Ha-a-alt! Da sieht man, wohin es die Bestie verlangt!» verteidigte sich Makar und lenkte den Schimmel mit dem einen Zügel scheinbar nach rechts zurück, gab ihm aber mit dem andern heimlich ein Zeichen, den Weg nach links fortzusetzen.

Der kluge Gaul schlug einige Male vorwurfsvoll mit dem Schweife und stapfte dann in der anfänglichen Richtung weiter. Noch lange war das Knirschen von Makars Schlittenkufen im Schnee zu hören, bis es endlich vor dem Tatarenhof verstummte.

## III

Neben dem Eingangstor zum Tatarenhof waren mehrere hochgesattelte Jakutenpferde angebunden.

Die Luft im engen Schankraum war heiß und dumpfig. Der Dunst billigen Tabaks schwebte wie eine träge Wolke an der Zimmerdecke und wurde nur spärlich vom offenen Kaminfeuer aufgesogen. Auf den Stühlen und Bänken saßen zugereiste Jakuten. Überall standen die Schnapsbecher herum. An einigen Tischen wurden Karten gespielt. Die geröteten Gesichter der Spieler troffen von Schweiß; mit gierigen Blicken folgten sie den Wechselfällen des Glücks. Hin und wieder zog bald dieser, bald jener Geld aus der Tasche hervor oder verbarg in ihr seinen Gewinn.

In einem dunklen Winkel hockte ein betrunkener Jakute im Stroh, wiegte sich hin und her und stimmte einen eintönigen Gesang an. Er stieß wilde, heisere Kehllaute aus und wiederholte in immer neuen melodischen Wendungen, daß morgen ein großes Fest gefeiert werde und daß er selber betrunken sei.

Makar kaufte sich vom Wirt eine Flasche Schnaps, verbarg sie unter seinem Pelz und schlich, ohne weiter beachtet zu werden, zum Jakuten im dunklen Winkel. Dort schenkte er sich einen Becher nach dem andern ein. Der Schnaps war bitter; des Feiertags wegen hatte man ihn mit drei Viertel Wasser verdünnt; nur am Tabaksaufguß hatte man nicht gespart. Jeder Schluck benahm Makar fast den Atem. In seinen Augen begannen rötliche Ringe zu kreisen.

Bald war er betrunken, umfaßte, sich im Stroh niederlassend, mit beiden Händen seine Knie und legte seinen schwergewordenen Kopf auf sie. Auch er ergoß jetzt seine Seele in ähnlichen heulenden Tönen wie der Jakute; gleich ihm sang er vom morgigen Feiertag und daß er fünf Fuhren Holz vertrunken habe.

Unterdessen war es in der Schankstube enger und enger geworden. Immer mehr Jakuten drängten sich zusammen, die angeritten kamen, um sich am tatarischen Schnaps zu laben und dann in der Dorfkirche zu beten. Der tatarische Wirt sah voraus, daß bald kein Platz mehr vorhanden sein werde. Er erhob sich und überflog mit einem raschen Blick die Schar seiner Gäste. Dieser Blick drang auch in den dunklen, mit Stroh ausgelegten Winkel und gewahrte dort den Jakuten und Makar.

Zuerst näherte er sich dem Jakuten, ergriff ihn am Kragen und warf ihn einfach hinaus. Dann ging er auf Makar zu, dem er, als einem Einheimischen, mehr Ehre erwies: weit die Haustür aufreißend, versetzte er ihm von hinten einen solchen Fußtritt, daß der Ärmste mit der Nase voran in einen Schneehaufen flog.

Es ist schwer zu sagen, ob Makar diese Behandlung übelnahm. Er fühlte eigentlich nichts anderes als Schnee in seinen Ärmeln und seinem Gesicht. Irgendwie gelang es ihm, sich aus dem Schneehaufen hervorzurappeln und halb kriechend seinen Schlitten und seinen Schimmel zu erreichen.

Der Mond stand schon hoch am Himmel. Der Große Bär neigte sich mit seinem Schwanze zum Horizont. Der Frost hatte zugenommen, und im Norden begannen die noch schwach schimmernden Feuersäulen eines entstehenden Nordlichts geheimnisvoll aufzufunkeln.

Der Schimmel, der die Lage seines Herrn augenscheinlich begriff, setzte sich, nachdem dieser Platz genommen, langsam und bedächtig in Bewegung. Makar hockte schwankend im Schlitten und hatte seinen Gesang wieder aufgenommen. Er sang von den vertrunkenen fünf Fuhren Holz und von den Prügeln, die ihm seine Alte zu Hause verabfolgen werde. Die Töne, die seine Kehle hervorbrachten, kreischten und stöhnten so kläglich zum Nachthimmel empor, daß es einem Dorfbewohner, der auf seinem Hüttendache gerade das Kaminloch zudeckte, schwer ums Herz wurde.

Mittlerweile hatte der Schimmel den Schlitten zum Hügel hinaufgezogen, von wo aus sich ein weiter Blick über die ganze Umgebung auftat. Die Schneekristalle blitzten im strahlenden Mondlicht. Zuweilen schmolz dieser Glanz gleichsam dahin, so daß die Fläche sich leicht verdunkelte und die weißlichen Hügel und die Wände des Urwaldes nur noch das Spiel des Nordlichts widerspiegelten. Dann war es, als wenn die Hügelwellen und die Waldwildnis sich bald näherten, bald zurückwichen. Makar gewahrte deutlich dicht neben dem Rande des Urwaldes die schneeige Schulter des Jamalachschen Hügels, hinter dem er allerlei Fallen für das Waldgetier aufgestellt hatte.

Das veränderte den Gang seiner Gedanken. Er sang vor sich hin, daß sich in einer seiner Fallen ein Fuchs gefangen habe, dessen Fell er morgen verkaufen wolle, so daß seine Alte keine Ursache mehr habe, ihn zu verprügeln.

In der Frostluft erdröhnte gerade der erste Schlag der Kirchenglocke, als Makar seine Hütte betrat.

Sofort teilte er seiner Frau mit, daß ein Fuchs ins Eisen gegangen sei, und vergaß darüber, daß die Alte nicht mit ihm zusammen Schnaps getrunken hatte, so daß er tief erstaunt war, als sie ihm, trotz der frohen Botschaft, einen heftigen Tritt in den Hintern versetzte und ihn, als er sich zu ihr ins Bett wälzte, mit einem Faustschlag ins Genick traf.

Über Tschalgan ergoß sich währenddessen weit-, weithin das feierliche Weihnachtsgeläute.

IV

Er lag im Bett. Sein Kopf brannte. Auch in seinem Innern brannte alles. Durch seine Adern rollte das starke Gemisch von Schnaps und Tabaksaufguß. Über sein Gesicht und seinen Rücken rannen kleine Rinnsale schmelzenden Schnees.

Seine Frau glaubte, er schlafe. Doch er schlief nicht. Der Fuchs wollte ihm nicht aus dem Sinn. Die Überzeugung, daß er einen gefangen habe, befestigte sich immer stärker in ihm. Er glaubte sogar zu wissen, in welcher Falle er saß. Er sah ihn deutlich vor sich, wie er, vom schweren Fallklotz eingeklemmt, mit seinen Klauen den Schnee zerwühlte, um sich zu befreien. Mondstrahlen brachen durch das Dickicht und spielten auf seinem goldenen Fell. Die Augen des Tieres funkelten ihn an.

Er hielt es nicht länger aus, erhob sich vom Lager und begab sich zu seinem treuen Schimmel, um in den Wald zu fahren.

Was war das nur? Hatten die starken Finger seiner Alten ihn wirklich am Hemdkragen festgehalten und ins Bett zurückgezogen?

Nein. Er befand sich ja schon außerhalb des Dorfes. Die Schlittenkufen knirschten im festen Schnee. Tschalgan war hinter ihm zurückgeblieben, dort, von woher der feierliche Erzklang der Glocken zu ihm herüberscholl. Am fern verdämmernden Horizont waren in langen Reihen die schwärzlichen Silhouetten jakutischer Reiter mit ihren hohen Pelzmützen zu sehen. Sie eilten zum Gottesdienst in die Kirche.

Der Mond hatte sich wieder gesenkt. Doch oben in der Himmelsmitte war ein weißliches Wölkchen zu sehen, das in fahlem Phosphorschimmer zu spielen anfing. Auf einmal riß es gleichsam auseinander, dehnte sich nach allen Richtungen aus, sprühte auf und schickte überallhin Streifen buntfarbigen Feuers aus, während eine halbrunde, dunkle Wolke im Norden sich immer mehr verdunkelte und schließlich so schwarz, ja noch schwärzer aussah als die Urwaldwand, der Makar sich näherte. Der Fahrweg wand sich jetzt zwischen dichtem Unterholz hindurch. Rechts und links zeigten sich kleine, unbedeutende Hügel. Je weiter man kam, desto gewaltiger wurden die Bäume. Der Urwald wurde immer dichter. Stumm und geheimnisvoll ragte er auf. Die kahlen Äste und Stämme der Laubbäume waren mit silbernem Rauhreif bedeckt. Das weiche Leuchten des Nordlichts brach sich zwischen ihren Wipfeln Bahn und ließ bald eine kleine verschneite Lichtung, bald die umherliegenden Leichname gefällter Baumgiganten aufblinken... Einen Augenblick nur – und bald war alles wieder in lautlose, geheimnisvolle Finsternis untergetaucht.

Makar machte halt. An dieser Stelle zog sich bis dicht an den Fahrweg ein ganzes System von Fallen hin. In der fahlen Phosphorbeleuchtung gewahrte er innerhalb einer niederen Umzäunung die ersten Fallklötze – drei schwere, lange Holzstämme, die sich auf einen schief aufgestellten Pfahl stützten und von einem schlau erdachten Ineinander von Hebeln, geflochtenen Seilen und Schnüren in schwebendem Gleichgewicht gehalten wurden.

Freilich waren das fremde Fallen. Doch der Fuchs konnte ja auch in eine fremde Falle gegangen sein. Makar verließ eilig seinen Schlitten, befahl seinem klugen Schimmel, auf dem Wege zu warten, und horchte angespannt in die Nacht hinein.

Kein Laut kam aus dem Urwald. Nur vom fernen, jetzt nicht mehr sichtbaren Dorf hallte immer noch feierliches Glockengeläut herüber.

Man brauchte nicht sonderlich vorsichtig zu sein. Der Eigentümer dieser Fallen, der einheimische Bauer Aljoschka, ein unmittelbarer Nachbar und Todfeind Makars, befand sich jetzt sicher in der Kirche. Im frischgefallenen Neuschnee waren keine Fußstapfen zu sehen.

Langsam drang Makar ins Dickicht ein – fand aber nichts. Der Schnee knirschte unter seinen Sohlen. Die Fallen standen in geraden Reihen da, wie schweigend wartende Kanonen mit geöffneten Mündungen.

Doch da ... sssst! Ein leises Geräusch. Im Walde schimmerte ein rötliches Fell auf – dieses Mal in einer Lichtung, ganz nahe. Makar gewahrte die spitzen Lauscher des Fuchses. Der buschige Schweif wedelte nach rechts und links, als wolle er Makar tiefer ins Dickicht locken. Dann verschwand der Rote wieder zwischen den Stämmen, in der Richtung auf Makars eigene Fallen. Und bald darauf war ein dumpfer, starker Schlag zu vernehmen. Er hörte sich abgerissen und hohl an und erstarb hinter dem dichten Vorhang des Waldes.

Makars Herzschlag stockte. Eine Falle hatte ihr Werk getan.

Er stürzte tiefer ins Dickicht hinein. Eisige Zweige zerkratzten sein Gesicht und überschütteten es mit Schnee. Er stolperte und verlor den Atem.

Endlich geriet er an einen Durchhau, den er selber im vergangenen Jahre geschlagen hatte. Zu beiden Seiten des Durchhaus starrten weißbereifte Bäume, und unten in der Tiefe wand sich, immer enger werdend, ein schmaler Pfad hin, an dessen Ende die Mündung einer großen Falle lauerte ... Es war nicht mehr weit bis dahin.

Da huschte nahe der Falle eine menschliche Gestalt durchs Gezweig, war für einen Augenblick sichtbar und verschwand wieder. Makar hatte seinen Feind Aljoschka erkannt. Deutlich hatte er seinen geduckten, immer ein wenig vorgeneigten Bärengang wahrgenommen. Das dunkelhäutige Gesicht Aljoschkas hatte noch dunkler, der fletschende Ausdruck seiner großen Zähne noch grimmiger ausgesehen als sonst.

Makar war aufrichtig zornig. «Dieser Schurke! Er sucht *meine* Fallen ab!» Freilich hatte Makar eben erst selber, wenn auch umsonst, die Fallen Aljoschkas abgesucht. Doch das war etwas ganz anderes ... Der Unterschied bestand darin, daß er selber, wenn er fremde Fallen absuchte, Furcht vor dem Ertapptwerden empfand, dagegen von ehrlichem Ingrimm gepackt wurde, wenn sich Fremde an *seinen* Fallen zu schaffen machten, und ein leidenschaftliches Verlangen spürte, demjenigen, der *seine* Rechte verletzte, das Handwerk zu legen.

Er kletterte hastig zum zugefallenen Gerät hinab, in welchem der Fuchs gefangen saß. Aljoschka näherte sich mit seinem plump schwankenden Bärengang ebenfalls der Falle. Es galt, ihm zuvorzukommen.

Jetzt waren beide angelangt: die zugeschlagene Falle lag unmittelbar vor ihnen. Unter ihr wand sich das rötliche Fell des gefangenen Tieres. Der Fuchs warf sich hin und her, wühlte mit den Klauen den Schnee auf, genau so, wie Makar es vor kurzem im Halbschlaf gesehen hatte, und funkelte ihn mit seinen scharfen, brennenden Augen an.

«Tuituimá!* Er gehört mir!» schrie Makar Aljoschka zu.

«Tuituimá! ... Er gehört mir!» ertönte wie im Widerhall die Stimme Aljoschkas.

Beide stürmten gleichzeitig auf die Falle zu, ergriffen den zugefallenen Balken – und befreiten so unwillentlich den Gefangenen. Als der Balken hochstand, richtete sich auch der Fuchs auf. Er tat einen Sprung, hielt dann einen Augenblick inne und schaute die beiden Tschalganer mit einem gleichsam höhnischen Blick an; dann senkte er die Schnauze, beleckte ein wenig die verletzten Stellen seines Körpers und lief, wie zum Gruße mit dem Schweif wedelnd, rasch und munter von dannen.

Aljoschka wollte ihm nachstürzen; doch Makar hielt ihn von hinten am Saume seines Pelzes fest.

«Tuituimá! ... Er gehört mir!» schrie er und stürmte hinter dem Fuchs her.

«Tuituimá!» echote die Stimme Aljoschkas.

---

* Nicht anrühren!

Und Makar fühlte, wie dieser ihn seinerseits am Pelze zurückhielt und in der nächsten Sekunde von neuem dem entflohenen Tier nacheilte.

Makar geriet in Wut. Er dachte nicht mehr an den Fuchs und trachtete nur noch danach, Aljoschka zu erwischen.

Beide liefen immer schneller. Ein Baumzweig schlug Aljoschka die Mütze vom Kopf; er ließ sie achtlos liegen und raste weiter. Schon hatte Makar ihn fast überholt. Doch Aljoschka war immer schlauer als der arme Makar: er blieb plötzlich stehen, wandte sich um und hielt dem Verfolger seinen geduckten Kopf entgegen, so daß Makar mit seinem Bauche jäh gegen den harten Schädel Aljoschkas anrannte und zu Boden kollerte. Während er fiel, riß Aljoschka ihm die Mütze ab und verschwand im Dickicht.

Makar vermochte sich nur langsam zu erheben. Er fühlte sich endgültig besiegt und tief unglücklich. Der Fuchs war doch schon in seiner Hand gewesen – und nun ... Es wollte ihm scheinen, das Tier wedle im Dickicht noch einmal höhnisch mit dem Schweif und sei für immer entkommen. Mittlerweile war es noch finsterer geworden. Das weiße Wölkchen in der Himmelsmitte war kaum mehr zu sehen. Es war langsam zertaut, und die hinsterbenden Strahlen des Nordlichts sandten nur noch einen matten, verdämmernden Schein aus.

Am heißen Körper Makars rannen beizende Ströme geschmolzenen Schnees nieder, tränkten seine Ärmel, näßten seinen Nacken und Rücken, flossen in seine Stiefel, durchdrangen seine ganze Kleidung. Dazu hatte der verdammte Aljoschka ihm die Mütze geraubt, und die Fausthandschuhe hatte er selber irgendwo verloren. Es stand schlimm um ihn. Der grausame Frost verschonte keinen Menschen, der sich in dieser Jahreszeit ohne Mütze und Handschuhe in den Urwald wagte.

Er wußte nicht, wie lange er schon vor sich hin stapfte. Seiner Berechnung nach mußte er bereits den Jamalachschen Hügel hinter sich haben und den Kirchturm von Tschalgan erblicken. Doch er war wohl in der Waldwildnis im Kreise herumgegangen. Das Dickicht hielt ihn wie mit Hexenarmen fest. Ganz von fern war immer noch feierliches Glockengeläut zu hören. Er glaubte sich dem Geläut zu nähern. Doch mit jedem Schritte, den er tat, wurden die Töne leiser und leiser, und seines Herzens bemächtigte sich dumpfe Verzweiflung.

Er war vollkommen erschöpft und vernichtet. Seine Beine stolperten. In seinem zerschlagenen Leibe wühlte ein dumpfer Schmerz. Der Atem in seiner Brust begann zu versagen. Hände und Füße erstarrten. Den entblößten, schwer gewordenen Kopf zog es wie mit glühenden Reifen immer tiefer zu Boden.

«Ich geh' verloren!» durchfuhr es ihn immer häufiger. Doch noch schleppte er sich weiter.

Der Urwald verharrte in Schweigen, blieb ihm aber mit feindseliger Hartnäckigkeit auf den Fersen und verwehrte ihm jeden Ausblick, jede Hoffnung.

«Ich geh' verloren!» dachte Makar unausgesetzt.

Jetzt verließen ihn seine letzten Kräfte. Zweige schlugen dem Wehrlosen unbarmherzig ins Gesicht und schienen sich über seine Ohnmacht lustig zu machen.

In einer Lichtung lief ein weißer Hase zwischen den Stämmen hervor, hockte auf seine Hinterläufe nieder, bewegte seine langen, an ihren Spitzen schwarz getupften Löffel, beleckte und säuberte sich und schnitt dazu die frechsten Fratzen. Er gab dem Unglücklichen zu verstehen, daß er ihn ausgezeichnet als jenen Makar kenne, der im Wald die kunstvollsten Apparate zum Verderben der Hasen aufgebaut hätte, jetzt aber selber dem Hohn aller Tiere verfallen sei.

Makar fühlte einen bittern Geschmack im Munde. Der Urwald belebte sich immer mehr mit feindseligen Gewalten. Sogar ferne Bäume verlegten ihm mit langem Geäst den Weg, rissen an seinen Haaren, peitschten ihm in die Augen, zerkratzten ihm das Gesicht. Birkhähne verließen ihre geheimen Verstecke, umringten ihn von allen Seiten und starrten ihn mit ihren neugierigen, runden Augen an. Auerhähne mengten sich unter sie mit aufgeschlagenen Rädern und wütend gespreizten Flügeln und erzählten ihren Weibchen von den Ränken Makars. Im tieferen Dickicht zeigten sich Hunderte von Fuchsschnauzen, sogen witternd die Luft ein und blickten Makar, mit den spitzen Lauschern zuckend, spöttisch an. Hasen richteten sich dicht vor ihm auf den Hinterläufen auf, lachten laut und verkündeten, daß Makar sich verirrt habe und niemals mehr aus dem Wald herausfinden werde.

Das war mehr, als er ertragen konnte.

«Ich geh' verloren!» dachte Makar und beschloß, es augenblicklich zu tun.

Er legte sich in den Schnee.

Der Frost wuchs an. Die letzten Widerscheine des Nordlichts zuckten über den Himmel und spielten, durch die Wipfel hindurch, auf Makars Gesicht. Der letzte Widerhall des Glockengeläutes klang vom fernen Tschalgan herüber.

Das Nordlicht flammte noch einmal auf und erlosch. Das Geläut verstummte.

Und Makar starb.

## V

Wie das geschehen war, hatte Makar nicht bemerkt. Er wußte nur, daß jetzt irgend etwas aus ihm ausfahren müsse, und wartete darauf. Doch es fuhr nichts aus ihm aus.

Klar war ihm nur, daß er gestorben war und ruhig und friedfertig dazuliegen hatte. So lag er lange, so lange, daß er dessen überdrüssig wurde.

Es war vollkommen finster. Da fühlte er, daß ihn jemand mit dem Fuß anstieß. Er wandte den Kopf um und öffnete die fest geschlossenen Augen. Die kahlen Laubbäume umringten ihn jetzt friedlich und mild, als schämten sie sich der mutwilligen Späße, die sie noch vor kurzer Zeit mit ihm getrieben. Die zottigen Tannen reckten ihre breiten, schneebedeckten Arme aus und wiegten sich leise, leise. Selbst die tanzenden Schneeflocken hatten sich beruhigt.

Die Sterne am klaren dunkelblauen Himmel leuchteten zwischen dem dichten Gezweig still zur Erde nieder, als raunten sie einander zu: «Seht, da ist ein armer Mensch gestorben.»

Über den Körper Makars, an den er mit seinem Fuß gestoßen war, beugte sich der kleine alte Pope Iwan. Seine lange Kutte war mit Schnee bedeckt. Schnee lag auch auf seiner Pelzkappe, auf seinen Schultern und in seinem langen Bart. Das Erstaunlichste an ihm aber war, daß es derselbe Pope Iwan zu sein schien, der bereits vor vier Jahren gestorben war.

Er war ein sehr guter Pope gewesen. Niemals hatte er Makar wegen der kirchlichen Abgaben bedrängt, ja nicht einmal das Geld eingefordert, das Makar selbst für die Vornahme verschiedener Zeremonien, wie Taufen und Seelenmessen, bestimmt hatte, so daß dieser jetzt mit Scham daran dachte, wie wenig er dem Alten zuweilen gezahlt, ja ihm oft überhaupt nichts gegeben hatte. Iwan war nie deswegen aufgebracht gewesen, er hatte nur verlangt, daß er jedesmal mit einer Flasche Schnaps bewirtet wurde; wenn bei Makar kein Geld vorhanden gewesen, hatte der Pope selber nach einer Flasche geschickt, die dann gemeinsam ausgetrunken wurde. Iwan betrank sich dann unweigerlich, und Makar hatte den Hilf- und Wehrlosen immer getreulich bei der Popenfrau abgeliefert, auf daß sie weiter für ihn Sorge trage.

Ja, er war ein sehr guter Pope gewesen, war aber eines unguten Todes gestorben. Einmal, als niemand zu Hause war, lag er betrunken allein in seinem Bett und verspürte ein plötzliches Verlangen, eine Pfeife Tabak zu rauchen. Er erhob sich und schwankte auf den großen, hell flackernden Kamin zu, um seine Pfeife in Brand zu setzen. Doch er war allzu betrunken, stolperte und fiel ins

Feuer. Als seine Hausgenossen heimkehrten, waren nur noch die Beine von ihm übriggeblieben.

Alle bedauerten den guten Popen. Doch da nichts anderes mehr als die Beine von ihm vorhanden war, hätte kein Doktor auf der Welt ihn heilen können. Die Beine wurden feierlich auf dem Friedhof beigesetzt, und man sah sich genötigt, einen andern Popen nach Tschalgan zu berufen.

Jetzt beugte sich dieser selbe Pope Iwan in heiler Gestalt über Makar und stieß ihn wiederholt mit seinem Fuß an.

«Steh auf, Makaruschka!» rief er. «Gehen wir!»

«Wohin sollen wir denn gehen?» fragte Makar unzufrieden.

Er überlegte, daß er, nachdem er nun einmal gestorben war, nichts anderes zu tun brauche, als ruhig dazuliegen, und daß niemand ihn dazu zwingen könne, von neuem weglos durch den Urwald zu irren. Wozu war sonst dieses ganze Sterben nütze?

«Gehen wir zum großen Toyong*.»

«Was hab' ich bei dem zu suchen?» fragte Makar.

«Er wird Gericht über dich halten», antwortete der kleine Pope mit ein wenig kläglicher, zitternder Stimme.

Makar erinnerte sich jetzt, daß man sich nach dem Tode tatsächlich zu irgendeinem Gericht begeben mußte. Das hatte er in der Kirche gehört. Der Pope hatte also recht. Man mußte aufstehen.

Er erhob sich und knurrte vor sich hin, daß man

---

* Herr, Herrscher, höchster Beamter

einem Menschen nicht einmal nach dem Tode seine Ruhe lasse.

Der Pope schritt voran, Makar hinter ihm drein. Es ging immer geradeaus. Die großen Bäume drängten sich lautlos beiseite, um ihnen Platz zu machen. Der Weg führte nach Osten.

Makar wunderte sich darüber, daß Iwan keine Spuren im Schnee zurückließ. Er schaute auf seine eigenen Füße und gewahrte ebenfalls keine Spuren: der Schnee war glatt und rein wie ein Tischtuch.

Ihm fiel ein, daß man jetzt gut fremde Fallen untersuchen könne: niemand würde etwas davon erfahren. Doch der kleine Pope, der seine heimlichen Gedanken augenscheinlich erraten hatte, wandte sich nach ihm um und sagte: «Laß das! Du weißt nicht, was dir für jeden solchen Gedanken bevorsteht.»

«Nu, nu», antwortete Makar mißmutig. «Man wird doch noch denken dürfen! Was bist du auf einmal so streng geworden? Sprich lieber nicht von etwas so Unangenehmem.»

Der kleine Pope schüttelte den Kopf und ging weiter.

«Haben wir noch weit zu gehen?» fragte Makar.

«Noch sehr weit», antwortete der Pope bedrückt.

«Und was sollen wir essen?» fragte Makar, ein wenig beunruhigt, von neuem.

«Du hast vergessen», sagte der Pope, sich nach ihm umwendend, «daß du tot bist. Du brauchst jetzt weder Speise noch Trank.»

Makar gefiel das gar nicht. So etwas war natürlich gut, wenn überhaupt nichts zum Essen vorhanden war oder wenn man ruhig liegen mußte, wie er selber gleich nach seinem Tode dagelegen hatte. Aber wandern, noch dazu weit wandern, und nichts zu essen zu bekommen – das kam ihm völlig unsinnig vor. Er begann wieder aufzubegehren.

«Murre nicht!» warnte ihn der Pope.

«Schon gut», antwortete Makar gekränkt, fuhr aber fort, sich bei sich selbst über diese schlechte Ordnung zu beklagen: «Man läßt einen Menschen wandern und hält es nicht für notwendig, ihm zu essen zu geben. Hat man je so etwas gehört?»

Die ganze Zeit über, während welcher er hinter dem Popen herging, war er unzufrieden. Sie wanderten, wie es schien, schon sehr lange. Der Morgen war zwar noch nicht aufgedämmert. Doch wenn Makar an den durchschrittenen Raum dachte, so dünkte es ihn, daß sie eine ganze Woche lang unterwegs waren: so viele Schluchten, Hügel, Flüsse und Seen lagen schon hinter ihnen, durch so viele Wälder und Ebenen waren sie bereits gekommen. Wenn Makar sich nach hinten umblickte, kam es ihm vor, als fliehe der finstere Urwald hinter ihnen zurück. Dafür tauchten schneebedeckte Gipfel vor ihnen auf, schmolzen in der nächtlichen Dämmerung wieder hin und verschwanden.

Ihr Weg schien sie höher aufwärts zu führen. Die Sterne wurden größer und heller. Hinter einem Bergkamm, den sie erstiegen hatten, zeigte sich der obere Rand des schon lange untergegangenen Monds. Er hatte es augenscheinlich eilig gehabt, sich zu entfernen; doch Makar und der Pope Iwan holten ihn ein. Und schon stieg er von neuem über den Horizont empor.

Jetzt wurde es hell – viel heller als vor Einbruch der Nacht; denn sie waren den Sternen bedeutend näher gekommen. Die zahllosen Himmelslichter, jedes von der Größe eines Apfels, funkelten nur so, und die Mondscheibe, dem Boden einer großen goldenen Schale ähnelnd, war hell wie die Sonne und beleuchtete die ganze Ebene von Rand zu Rand.

Jeder Schneekristall auf der von vielen Wegen durchschnittenen Fläche war deutlich zu sehen. Die verschiedensten Fußgänger und Reiter in mannigfachster Kleidung hasteten vorwärts und strebten einer Stelle im Osten zu, wo alle Straßen zusammenliefen.

Plötzlich schaute sich Makar einen der Reiter genauer an, bob vom Wege ab und lief hinter ihm her.

«Halt! Halt!» schrie der kleine Pope ihm nach. Doch Makar hörte ihn überhaupt nicht. Er hatte im Reiter einen Tataren erkannt, der ihm vor sechs Jahren ein scheckiges Pferd gestohlen hatte und vor fünf Jahren gestorben war. Das Pferd bäumte sich in einem fort unter dem Reiter hoch und wirbelte ganze Wolken von Schneestaub auf, der im vielfarbig spielenden Sternenlicht sprühte.

Makar staunte angesichts dieses tollen Rittes, daß er, der Fußgänger, den berittenen Tataren zu erreichen vermocht hatte. Im übrigen hielt der Tatar, als er Makar in einer Entfernung von nur wenigen Schritten gewahrte, bereitwillig inne. Makar fiel jähzornig über ihn her.

«Komm mit zum Starosten!» schrie er ihn an. «Das ist *mein* Pferd, ich erkenne es am gespaltenen Ohr... Du bist mir ein Schlauer! Reitet auf einem fremden Pferde – und der Besitzer muß wie ein Bettler zu Fuß gehen!»

«Wir brauchen den Starosten gar nicht», antwortete ihm der Tatar. «Du sagst, daß es *dein* Pferd ist?... Nun, nimm sie wieder an dich, diese verfluchte Bestie! Fünf Jahre schon reite ich auf ihr und komme nicht vom Fleck... Alle Fußgänger sind schneller. Ein anständiger Tatar muß sich ja schämen.»

Und er zog den Fuß aus dem Steigbügel, um abzuspringen. Doch in diesem Augenblick hatte der keuchende Pope Makar erreicht und hielt ihn am Arme fest.

«Unglücklicher!» schrie er. «Was tust du da? Merkst du denn nicht, daß der Tatar dich betrügen will?»

«Natürlich will er mich betrügen!» schrie Makar und fuchtelte mit den Armen in der Luft herum. «Es war einmal ein gutes Pferd, ein tüchtiger Arbeitsgaul. Man hat ihn mir, als er drei Jahre alt war, für vierzig Rubel abkaufen wollen... Nein, Brüderchen, wenn du mir das Pferd verdorben hast, so schlachte ich es ab, und du mußt es mir blank und bar bezahlen. Glaubst du, daß es für dich, weil du ein Tatar bist, kein Gesetz gibt?»

Makar ereiferte sich und schrie absichtlich immer lauter, um möglichst viele Menschen um sich zu versammeln, da er sich aus alter Gewohnheit vor der Schlauheit der Tataren fürchtete. Doch der Pope hielt ihn zurück.

«Leiser, Makar, leiser! Du vergißt immer wieder, daß du tot bist... Wozu brauchst du hier ein Pferd? Hast du denn nicht gesehen, daß du zu Fuß viel schneller vorwärtskommst als der Tatar? Willst du, daß es dir beschieden wird, ganze tausend Jahre zu reiten?»

Makar begriff endlich, warum der Tatar ihm so bereitwillig das Pferd überlassen wollte.

«Ein listiges Volk!» dachte er und wandte sich wieder dem Tataren zu.

«Schon gut! Reitet nur weiter! Ich werde höheren Orts ein gutes Wort für dich einlegen, Bruderherz.»

Der Tatar drückte wütend seine Mütze ins Gesicht und peitschte auf das Pferd los. Das Pferd bäumte sich wieder hoch und wühlte mit seinen Hufen ganze Klumpen von Schnee auf. Doch bevor sich Makar und der Pope nicht fortbegeben hatten, kam es keinen Schritt weiter.

Der Tatar spuckte ärgerlich aus und wandte sich noch einmal an Makar: «Hör zu, Freundchen. Hast du nicht noch ein Blättchen Papier und ein Krümchen Tabak? Ich möchte so schrecklich gern rauchen und habe meinen ganzen Tabak schon vor vier Jahren ausgeraucht.»

«Ein Hund soll dein Freund sein, und nicht ich!» antwortete Makar zornig. «Du bist mir der Richtige! Hast mir mein Pferd gestohlen und bettelst mich jetzt um Tabak an. Geh ganz zugrunde – es wird mir nicht leid tun.»

Makar kehrte ihm den Rücken zu und schritt weiter.

«Warum hast du ihm denn nicht Tabak gegeben?» fragte der Pope. «Der Toyong würde dir dafür vor Gericht mindestens hundert Sünden verziehen haben.»

«Das hättest du mir auch früher sagen sollen!» murrte Makar.

«Jetzt ist es zu spät, dich zu belehren. Das hättest du in der Kirche lernen sollen, als du noch am Leben warst.»

Makar ärgerte sich. «Wozu waren diese Popen denn da? Sie erhalten ihre Kirchensteuern und haben uns nicht einmal beigebracht, wann wir einem Tataren Tabak schenken müssen. Das ist doch keine Kleinigkeit: hundert Sünden für ein Krümchen Tabak! Das ist doch etwas!»

«Wart einmal!» sagte er. «Ein wenig Tabak halt' ich für uns beide zurück – und viermal soviel soll der Tatar haben. Das macht im ganzen vierhundert Sünden.»

«Schau dich nur um!» erwiderte der Pope.

Makar schaute sich um. Hinter ihm dehnte sich die leere weiße Ebene aus. Der Tatar war in der Ferne nur als kleiner dunkler Punkt zu erkennen. Makar glaubte zu sehen, wie der Schecke weißen Staub um sich aufwirbelte. Und in der nächsten Sekunde war auch dieser Punkt verschwunden.

«Nu, nu», meinte Makar. «Der Tatar wird sich eben ohne Tabak helfen müssen. Schließlich hat er mir ja mein Pferd verdorben.»

«Nein, so ist das nicht», widersprach der Pope. «Nicht er ist es, der dein Pferd verdorben hat. Dies Pferd hat er aber von dir gestohlen. Hast du denn niemals die alten Leuten sagen hören, daß man auf einem gestohlenen Pferde nicht weit fortkommt?»

Makar hatte das in der Tat von den alten Leuten gehört. Da er aber im Laufe seines langen Lebens häufig gesehen hatte, daß Tataren auf gestohlenen Pferden bis in die Stadt entkamen, war er nicht sehr geneigt gewesen, solchen Sprüchen Glauben zu schenken. Jetzt mußte er einsehen, daß auch die Alten zuweilen die Wahrheit reden.

Er holte auf seinem Wege noch manche Reiter ein. Alle stoben wie jener erste dahin. Die Pferde flogen wie Vögel, die Reiter waren mit Schweiß bedeckt, und doch holte Makar sie ein und ließ sie bald weit hinter sich zurück.

Es waren größtenteils Tataren, doch auch einige gebürtige Tschalganer Bauern; manche von ihnen ritten auf gestohlenen Ochsen und trieben die Tiere mit stachligen Dornenästen an.

Makar musterte die Tataren mit feindseligen Blicken und brummte jedesmal, daß diese Strafe noch zu gering für sie sei. Wenn er dagegen auf Tschalganer traf, blieb er stehen und plauderte herablassend mit ihnen; es waren immerhin Freunde, wenn sie auch noch soviel gestohlen haben mochten. Zuweilen drückte er ihnen auch dadurch seine Teilnahme aus, daß er einen Dornenast vom Boden aufhob und die Ochsen und Pferde von hinten zu schnellerem Ritt veranlaßte. Doch wenn er selber einige Schritte vorwärts machte, waren die Reiter schon weit in seinem Rücken und nur noch als kleine, kaum sichtbare Punkte zu sehen.

Die Ebene schien endlos zu sein. Immer überholten sie Fußgänger und Reiter. Ringsum war alles menschenleer. Zwischen ihnen und den andern Wanderern, die sie antrafen, schienen Hunderte, ja Tausende von Meilen zu liegen.

Unter diesen Gestalten fiel Makar ein ihm unbekannter Greis auf; es war gewiß ein Tschalganer Bauer, davon zeugten sein Gesicht, seine Kleidung, ja sein Gang. Doch Makar konnte sich nicht entsinnen, ihn jemals gesehen zu haben. Der Alte hatte ein zerrissenes Wams, einen ebenso zerrissenen zottigen Pelz und zerrissene Kalbslederstiefel an. Was aber schlimmer als alles andere war – er schleppte ein uraltes Weib auf seinem Rücken, dessen Beine im Schnee nachschleiften. Der Alte atmete nur mit Mühe, stolperte in einem fort und stützte sich schwer auf seinen Stock. Makar blieb mitleidig stehen. Und auch der Alte hielt im Gehen inne.

«Sprich!» sagte Makar freundlich.

«Nein!» erwiderte der Alte.

«Was hast du gehört?»

«Nichts hab' ich gehört.»

«Was hast du gesehen?»

«Nichts hab' ich gesehen.»

Makar schwieg ein wenig und hielt es erst nach einer kurzen Pause für angebracht, den Alten zu fragen, wer er sei und wohin es ihn treibe.

Der Alte nannte seinen Namen. Vor sehr, sehr langer Zeit – er wisse selbst nicht mehr, vor wieviel Jahren – habe er Tschalgan verlassen und sich «auf den Berg» begeben, um seine Seele zu retten. Dort habe er nichts getan, habe sich nur von Moosbeeren und Wurzeln genährt, habe weder gepflügt noch gesät, noch Korn zwischen Steinen gemahlen, noch Steuern gezahlt. Nach seinem Tode sei er vor das Gericht des großen Toyong gerufen worden. Dem habe er berichtet, daß er sich «auf den Berg» begeben habe, um seine Seele zu retten. «Gut», sagte der Toyong, «aber wo ist dein Weib? Geh und bringe deine Alte hierher!» Da sei er denn ausgezogen und habe die Alte sterbend vorgefunden. Niemand habe sich um sie gekümmert, sie habe kein Haus, keine Kuh, kein Brot mehr gehabt. So schwach sei sie gewesen, daß die Füße ihr den Dienst versagten. Nun müsse er sie auf seinem eigenen Rücken zum Toyong schleppen.

Der Greis brach in Tränen aus. Aber seine Alte trieb ihn mit ihrem Fuß wie einen Ochsen an und rief mit schwacher, doch erbitterter Stimme: «Weitertragen!»

Der Alte tat Makar noch mehr leid als vorher, und er freute sich von Herzen, daß es ihm selbst nicht gelungen war, «auf den Berg» zu gehen. Denn seine eigene Alte war ein gewaltiges, riesengroßes Weib und wäre für ihn noch viel schwerer zu tragen gewesen. Wenn sie ihn überdies noch mit ihrem Fuß wie einen Ochsen angetrieben hätte, so wäre er sicher eines zweiten Todes gestorben.

Aus Mitleid mit dem Greis packte er die Alte bei den Beinen, um ihm den weiteren Anstieg zu erleichtern. Doch schon nach zwei, drei Schritten mußte er diese Beine rasch wieder loslassen, sonst hätte er sie ihr ausgerissen, so schnell trug ihn sein eigener Gang von dannen: bereits nach einer Minute war der Greis mit seiner Last aus seinem Gesichtskreis entschwunden.

Auf seinem weitern Wege stieß Makar nicht mehr auf Leute, die seine besondere Aufmerksamkeit erregten. Da gab es Diebe, die wie Tragtiere mit gestohlenem Gut beladen waren und nur ganz langsam vorwärtskamen; dicke jakutische Gemeindeälteste schwankten auf ihren hohen Pferdesätteln wie sturmumtoste Türme und stießen mit ihren spitzen Fellmützen an die Wolken an. Neben ihnen liefen arme Arbeiter leicht und behend wie Hasen. Ein finsterer Mörder schritt, ganz mit Blut befleckt, schwerfällig dahin und ließ seine Augen irr umherschweifen. Vergebens warf er sich von Zeit zu Zeit in den weißen Schnee, um sich von den Blutflecken rein zu waschen: im selben Augenblick färbte sich der Schnee ringsum rot und zischte wie eine heiße Quelle hoch, die Flecken aber traten nur noch greller hervor, und in seinen Blicken glomm wilde Verzweiflung und Entsetzen auf. Langsam ging er weiter und versuchte sich den erschrockenen Blicken der anderen zu entziehen.

Kleine Kinderseelen blinkten wie Vöglein in der Luft auf. Sie flogen in ganzen Schwärmen dahin, und Makar wunderte sich nicht. Die grobe, schlechte Nahrung, der giftige Kamindunst, die eisige Zugluft in den Hütten rafften die Kleinen allein schon in Tschalgan zu Hunderten fort. Als sie über dem Mörder schwebten, wichen sie ängstlich zur Seite aus, und noch lange hörte man hoch oben das aufgeregte Geflatter ihrer Flügelchen.

Makar konnte nicht umhin, zu bemerken, wie rasch er sich mit dem Popen im Vergleich mit vielen anderen fortbewegte, und war sofort bereit, diese Schnelligkeit seiner eigenen Tugend zuzuschreiben.

«Höre, Väterchen», sagte er, «glaubst du nicht,

daß ich eigentlich ein ganz guter Mensch war, obwohl ich in meinem Leben sehr, sehr viel getrunken habe? Mir scheint, daß Gott mich trotzdem lieb hat...»

Er blickte den Popen fragend an; denn er hatte die heimliche Absicht, etwas aus ihm herauszulokken. Doch jener antwortete nur kurz: «Brüste dich nicht. Wir sind schon ganz nahe, dann wirst du selber sehen...»

Jetzt erst gewahrte Makar, daß es auf der Ebene morgendlich zu dämmern begann. Zuerst leuchteten einige helle Strahlen über den Himmelsrand empor. Sie erhellten rasch das Firmament und löschten die lichten Sterne aus. Die Sterne verblichen, der Mond sank herab. Die Luft verdunkelte sich ein wenig. Nebelschwaden erhoben sich und umringten die ganze Fläche wie eine Ehrenwache.

Dann wurde es an einer Stelle im Osten immer lichter und lichter, und die Nebel erglühten golden wie gerüstete Krieger. Die Schwaden gerieten in Bewegung, die goldenen Krieger verneigten sich. Und endlich trat die Sonne aus ihrer Mitte hervor und überblickte den weiten Raum. Die Ebene erstrahlte in einem nie geschauten, blendenden Glanze. Die Nebel erhoben sich feierlich zu einem gewaltigen Reigen, zerrissen im Westen und lösten sich schwankend hoch oben auf.

Makar hörte einen wundersamen Gesang. Es war derselbe altvertraute Gesang, mit dem die Erde an jedem Morgen die Sonne begrüßt. Doch Makar hatte früher nie auf ihn hingehört und erlebte zum ersten Mal, wie herrlich diese Klänge waren.

Er stand da, lauschte und mochte nicht weitergehen. Er hätte ewig so stehen und zuhören mögen.

Doch der Pope Iwan zupfte ihn am Ärmel.

«Gehen wir!» sagte er. «Wir sind angelangt.»

Da erst sah Makar, daß sie vor einer großen Tür standen, welche der Nebel bisher verhüllt hatte.

Er wollte durchaus nicht weiter. Doch da war nichts zu machen – und er gehorchte.

## VI

Sie betraten eine schön eingerichtete geräumige Hütte, und Makar empfand gleich an der Tür, wie kalt es draußen gewesen war. In einem mit durchbrochener Silberarbeit geschmückten Kamin glänzten goldleuchtende Baumklötze und strahlten eine gleichmäßige Wärme aus, die im Nu den ganzen Körper durchdrang. Das Feuer dieses wundersamen Kamins blendete nicht die Augen; es loderte nicht, noch rauchte es, sondern wärmte nur, und wieder verspürte Makar das Verlangen, sich ewig in dieser Wärme aufhalten zu können. Auch der Pope Iwan trat an den Kamin heran und streckte seine froststarren Hände nach ihm aus.

Der große Saal der Hütte hatte vier Türen. Eine von ihnen führte ins Freie; durch die drei andern dem Eingang gegenüberliegenden Türen fluteten in dauerndem Kommen und Gehen zahlreiche junge Leute in langen, faltigen weißen Gewändern. Makar nahm an, daß es die Knechte des großen Toyong seien. Ihm schien, er hätte sie schon irgendwann und irgendwo einmal gesehen, konnte sich aber nicht mehr genau erinnern. Am meisten versetzte ihn in Erstaunen, daß am Rücken jedes dieser Knechte große weiße Flügel schwankten, und er meinte, der große Toyong müsse noch andere Knechte haben, denn die Geflügelten seien doch gewiß nicht imstande, sich durch den Urwald hindurchzuzwängen, um Holz zu fällen oder Reisig zu sammeln.

Einer der Knechte näherte sich jetzt dem Kamin und sprach den Popen Iwan an.

«Erzähle!»

«Es gibt nichts zu erzählen», antwortete der Pope.

«Was hast du auf der Erde Neues vernommen?»

«Nichts.»

«Was hast du gesehen?»

«Nichts.»

Beide schwiegen eine Weile. Dann sagte der Pope: «Ich habe jemand mitgebracht.»

«Einen Tschalganen?»

«Jawohl, einen Tschalganen.»

«Nun, da wird man also die große Waage herbeischaffen müssen.»

Und er entfernte sich durch eine der Türen, um die nötigen Anordnungen zu treffen. Makar aber fragte den Popen, wozu die Waage dienen solle, zumal die große.

«Ja, siehst du», sagte der Pope ein wenig verlegen, «die Waage dient dazu, das Gute und das Arge, das du im Leben getan, gegeneinander abzuwägen. Bei den meisten andern Menschen hält die Waage sich so ziemlich im Gleichgewicht. Nur die Tschalganer haben meist so viel Sünden aufzuweisen, daß der Toyong für sie eine besondere Waage mit einer viel größern Schale für die Untaten hat anfertigen lassen.»

Makar wurde es bei diesen Worten etwas beklommen zumute. Er begann zu zagen.

Die Knechte trugen die große Waage herbei und stellten sie auf. Die eine Schale war aus Gold und ziemlich klein; die andere, hölzerne, hatte gewaltige Ausmaße. Unter ihr tat sich im Fußboden eine tiefe schwarze Öffnung auf.

Makar ging ganz nah an die Waage heran und untersuchte sie sorgfältig, ob auch kein Betrug dabei sei. Doch er vermochte nichts Verdächtiges zu entdecken. Die Schalen hingen in gleicher Höhe und regten sich nicht.

Im übrigen verstand er nicht ganz ihre Konstruktion und hätte es lieber mit einem Besmen zu tun gehabt; denn er hatte im Lauf seines langen Lebens gelernt, mit Hilfe solch eines Besmens ziemlich vorteilhaft für sich selbst zu kaufen und zu verkaufen.

«Der Toyong kommt!» rief plötzlich der Pope Iwan aus und zupfte noch einmal rasch an seinem Priesterrock herum.

Die Mitteltür tat sich auf, und der uralt-alte Toyong trat mit seinem Silberbart, der ihm bis über den Gürtel reichte, ins Gemach. Er war in kostbare Felle und Gewebe gekleidet, wie Makar sie noch nie gesehen hatte; seine Füße staken in weichen, warmen goldgestickten Schuhen, die Makar von alten Ikonen her kannte.

Überhaupt stellte er gleich beim ersten Blick auf den Toyong fest, daß es derselbe Greis war, den er auf Bildern in der Kirche angestaunt hatte. Nur sein Sohn war nicht bei ihm, und Makar vermutete, daß dieser sich im Augenblicke wohl auswärts befinde und sich mit der Wirtschaft abgebe. Dafür aber kam eine Taube ins Zimmer geflogen, kreiste ein paarmal über dem Haupte des Toyong und ließ sich dann auf eines seiner Knie nieder. Der Alte, der auf einem eigens für ihn hingestellten Stuhl Platz genommen hatte, streichelte ihr mit der einen Hand den Kopf.

Das Gesicht des Alten war gütig. Und wenn es Makar allzu schwer ums Herz wurde, so brauchte er ihm nur in die Augen zu schauen und fühlte sich erleichtert.

Schwer ums Herz wurde ihm aber, weil er sich plötzlich seines ganzen Lebens bis auf die geringsten Einzelheiten entsann; er erinnerte sich jeden Schrittes, jeden Axthiebes, jeden gefällten Baumes, jeden Schwindels, jeden Glases Schnaps.

Und er schämte sich und fühlte ein Entsetzen in sich aufsteigen. Nur wenn er den alten Toyong anblickte, faßte er wieder ein wenig Mut und dachte, daß man dieses oder jenes vielleicht doch noch vertuschen könne.

Der Toyong warf ihm einen strengen Blick zu und fragte ihn, wie er heiße, woher er komme und wie alt er sei.

Makar gab Bescheid, und der Toyong fragte weiter: «Was hast du in deinem Leben getan?»

«Das weißt du selbst am besten», erwiderte Makar. «Bei dir ist doch alles aufgeschrieben.»

Makar versuchte so den alten Toyong auf die

Probe zu stellen und herauszubekommen, ob bei ihm wirklich alles aufgeschrieben sei.

«Du sollst alles selber erzählen und nichts verschweigen!» erwiderte der alte Toyong.

Makar wurde wieder munterer.

Und er begann alle seine Arbeiten aufzuzählen. Doch obwohl er sich jeden Axthiebes, jeden gefällten Stammes, jeder zurechtgehauenen Stange, jeder Ackerfurche genau erinnerte, fügte er ganze Tausende von Stangen, ganze Hunderte von Holzfuhren und ganze Dutzende von Puden ausgesäten Kornes hinzu.

Als er damit fertig war, wandte sich der alte Toyong an den Popen Iwan: «Hol das Buch!»

Da erst merkte Makar, daß der Pope dem Toyong als Schreiber diente, und ärgerte sich über ihn, daß er ihm das nicht früher freundschaftlich mitgeteilt hatte.

Der kleine Pope brachte ein dickes, großes Buch herbei und schlug es auf.

«Schau einmal hinein!» sagte der alte Toyong. «Wieviel Stangen waren es?»

Der Pope schaute nach und sagte betrübt: «Er hat dreizehntausend hinzugelogen.»

«Er schwindelt!» schrie Makar wütend auf. «Er muß sich ganz bestimmt geirrt haben. Er war immer ein Säufer und ist eines unguten Todes gestorben.»

«Schweig!» donnerte ihn der alte Toyong an. «Hat er dir jemals zuviel Kirchensteuern abgenommen? Hat er für Heiraten, Kindstaufen und Seelenmessen Unbilliges von dir verlangt?»

«Davon ist keine Rede», antwortete Makar.

«Da siehst du es. Daß er zu saufen liebte, weiß ich selbst», sagte der Toyong und fügte, sich an den Popen wendend, zornig hinzu: «Lies mir jetzt seine Sünden vor, so wie sie im Buche stehen. Er ist ein Schwindler, und ich glaube ihm nicht.»

Unterdessen hatten die Knechte des Toyong die goldene Schale mit dem Gewicht der Arbeit Makars, der Stangen, Holzfuhren, Aussaaten und aller seiner sonstigen Mühen beladen. Das ergab so viel, daß die goldene Schale sich immer tiefer senkte, während die hölzerne höher und höher stieg, so daß Hunderte von Knechten in die Höhe fliegen mußten, um sie herabzuziehen und beladen zu können.

Schwer und gewichtig war die Arbeit des Tschalganen gewesen.

Doch der Pope Iwan begann nun alle seine Schwindeleien und Vergehen aufzuzählen – und es stellte sich dabei heraus, daß Makar einundzwanzigtausendneunhundertunddreiunddreißigmal betrogen hatte. Immer neue Sünden kamen hinzu, und Makar sah mit Besorgnis, daß die hölzerne Schale sich tiefer und tiefer senkte, die goldene schließlich überwog und sich bereits der dunklen Unterhöhlung näherte, während der Pope Iwan immer noch neue Vergehen aufzählte.

Da erkannte Makar, daß seine Sache schlimm stand. Er trat ganz dicht an die Waage heran und versuchte die hölzerne Schale mit seinem Fuß aufzuhalten. Doch einer der Knechte ertappte ihn dabei und schlug Lärm.

«Was gibt es?» fragte der alte Toyong.

«Dieser Bauer wollte die Schale mit dem Fuß aufhalten», erwiderte der Knecht.

Da schaute der Toyong grimmig drein und sagte zu Makar: «Ich sehe, daß du ein Faulpelz, Schwindler und Trunkenbold bist... Außerdem hat der Pope Iwan noch wegen nicht gezahlter Kirchensteuern mit dir abzurechnen. Und überdies hast du den Kreisrichter durch deine Übeltaten zu immer neuen Sünden verführt, indem er sich genötigt fühlte, dich jedesmal, wenn er mit dir zu tun hatte, mit neuen Schimpfworten und Flüchen zu belegen.»

Und er fragte den Popen Iwan: «Wer war es doch, der in Tschalgan die armen Pferde mit übermäßigen Lasten belud und sie unbarmherzig antrieb?»

«Das war der Küster», erwiderte der Pope. «Er war Postkutscher und hat immer den Kreisrichter gefahren.»

«Man gebe diesen Faulpelz da dem Küster als Lastpferd: er soll den Kreisrichter so lange hinter sich herschleppen, bis er selber zuschanden gefahren ist... Dann wollen wir weitersehen...»

Kaum hatte der alte Toyong dieses Urteil gesprochen, als sich die Tür öffnete und der Sohn des Toyong die Hütte betrat. Er setzte sich zur Rechten des Vaters nieder.

«Ich habe das Urteil gehört», sagte er. «Ich lebte so lange auf Erden, daß ich an mir selbst erfahren habe, wie es in der Welt zugeht. Es wird dem armen Menschen dort nicht leichtfallen, den dikken Kreisrichter im Wagen hinter sich herzuziehen. Vielleicht könnte er uns doch noch irgend etwas mitteilen, das ihn rechtfertigt... Sprich, du Ärmster!»

Da geschah etwas Seltsames. Makar, derselbe Makar, der niemals in seinem Leben mehr als zehn zusammenhängende Wörter hintereinander ausgesprochen hatte, fühlte sich plötzlich mit der Gabe des Wortes beschenkt. Er begann zu reden und wunderte sich mehr als alle andern über sich selbst. Es gab also zwei Makars: einen, der sprach, und einen andern, der zuhörte und staunte. Er wollte seinen eigenen Ohren nicht trauen. Seine Rede ergoß sich flüssig und leidenschaftlich. Die Wörter trieben eins immer das andere hervor und schlossen sich zu langen, wohlausgerichteten Reihen zusammen. Wenn er zuweilen einmal über seine Zunge stolperte, so fing er sich doch gleich darauf wieder und ließ seine Stimme doppelt so laut erschallen. Vor allem aber spürte er, wie er die andern mit sich fortriß.

Der alte Toyong, der sich anfangs über Makars Frechheit ein wenig unmutig gezeigt hatte, hörte ihm immer aufmerksamer zu, als habe er sich davon überzeugt, daß dieser gar nicht solch ein Tor sei, wie es vorher geschienen hatte. Der Pope Iwan, der zuerst so erschrocken gewesen, daß er Makar am Ärmel gezupft hatte, um seinen Redefluß zu hemmen, bis dieser ihn ärgerlich abgeschüttelt und weitergesprochen hatte, fürchtete nicht länger für ihn und lächelte jetzt sogar, als er sah, daß sein Dorfgenosse die Wahrheit kündete und daß es eine Wahrheit nach dem Herzen des alten Toyong war. Selbst die jungen, weißgeflügelten Knechte in ihren langen Faltengewändern drängten sich an den Türen ihrer Gemächer zusammen und lauschten verwundert und einander mit den Ellenbogen anstoßend der Rede Makars.

Er begann damit, daß er dem Küster durchaus nicht als Zugtier zu dienen wünsche – nicht, weil er eine schwere Arbeit scheue, sondern weil er diese Entscheidung für ungerecht halte. Da er sie für ungerecht halte, so wolle er sich ihr nicht unterwerfen und gedenke nicht einmal eines seiner Ohrläppchen, geschweige denn einen Finger oder einen Fuß zu rühren, um ihr Folge zu leisten. Möge man mit ihm tun, was man wolle! Möge man ihn dem Teufel als Hausdiener überantworten – er werde den Kreisrichter unter keinen Umständen als Lasttier hinter sich herziehen, denn das sei ungerecht. Man solle aber ja nicht denken, daß ihm die Lage eines Lastpferdes verabscheuenswert vorkomme: der Küster habe zwar seinem Pferd übermäßige Lasten aufgebürdet und es übermäßig angetrieben, ihm aber immer genug Hafer zu fressen gegeben; er selbst dagegen sei sein ganzes Leben lang gejagt worden, ohne daß man ihn mit Hafer genährt hätte.

«Wer hat dich gejagt?» fragte der alte Toyong teilnahmsvoll.

Ja, man habe ihn sein ganzes Leben lang gejagt. Die Gerichte, die Starosten, die Gemeindeältesten, die Kreisrichter und die Beisitzer und die Popen, welche Steuern und Kirchenabgaben aus ihm herauspreßten, hätten ihn gejagt; gejagt hätten ihn Hunger und Not, Frost und Hitze, Regengüsse und dürre Zeiten, durchfrorene Äcker und der böse Urwald ... Das Vieh lasse sich mit zur Erde geneigtem Kopfe immer weiter antreiben und wisse nicht, wohin man es treibe ... So sei es auch ihm ergangen ... Habe er denn gewußt, was der Pope in der Kirche verkündete und wofür er ihm Abgaben zu zahlen habe? Habe er denn gewußt, warum man seinen ältesten Sohn unter die Soldaten gesteckt und in die Fremde fortgeschleppt habe, wo er gestorben sei, ohne daß man in Erfahrung bringen konnte, wo seine armen Gebeine in der Erde vermoderten?

Man werfe ihm vor, er habe zuviel Schnaps getrunken. Gewiß, das sei richtig. Sein Herz habe nach Schnaps verlangt.

«Wieviel Flaschen, sagtest du?» fragte der Toyong den Popen.

«Vierhundert», antwortete der Pope, der noch einmal im Buch nachgeschaut hatte.

Gut! Sei das aber auch richtiger Schnaps gewesen? Drei Viertel Wasser und ein Viertel echter Schnaps und dann noch ein tüchtiger Zusatz von Tabaksaufguß. Mindestens dreihundert Flaschen müßten von der Rechnung gestrichen werden!

«Spricht er die Wahrheit?» fragte der alte Toyong dazwischen, der seinen Groll noch immer nicht ganz vergessen zu haben schien.

«Die reinste Wahrheit!» gab der Pope eifrig Bescheid. Und Makar fuhr fort zu reden.

Man rechne ihm nach, daß er dreizehntausend Stangen zu viel angegeben habe. Möge dem so sein! Möge er im ganzen nur sechzehntausend Stangen zurechtgehauen haben! Sei das denn zu wenig? Zweitausend habe er einmal gehauen, als seine erste Frau krank darniedergelegen. Es sei ihm schwer ums Herz gewesen, er hätte sich lieber zu ihr ans Bett gesetzt und sie gepflegt. Doch die Not habe ihn in den Wald getrieben, und im Walde habe er geweint und die Tränen seien an seinen Wimpern gefroren und der Frost habe ihm ans Herz gegriffen. Ihm sei nichts übriggeblieben, als die Axt zu schwingen und weiter Holz zu hauen.

Später sei seine Alte dann gestorben. Er habe sie begraben müssen und kein Geld dafür gehabt. Da habe er sich als Holzknecht verdingt, um die Wohnung seiner Frau im Jenseits zu bezahlen. Und der Kaufmann, für den er gearbeitet, habe gesehen, daß er in Not war, und habe ihm daher für jede Fuhre nicht mehr als zehn Kopeken gegeben. Er glaube, daß er für diese Fuhren das Fünffache hätte erhalten müssen.

Dem alten Toyong traten Tränen in die Augen, und Makar sah, wie die Waage in Bewegung geriet und die hölzerne Schale sich allmählich hob, während die goldene sich senkte. Er sprach weiter.

Hier sei ja alles in Büchern aufgeschrieben. Möge man also nachschauen: Wann habe er je eine Zärtlichkeit, ein Glück, eine Freude erfahren? Wo befänden sich seine Kinder? Als sie starben, sei ihm bitter und schwer ums Herz gewesen. Und die wenigen Herangewachsenen seien von ihm fortgegangen und in die weite Welt gezogen, um jeder für sich allein mit der Not des Lebens zu kämpfen. Mit seiner zweiten Frau sei er einsam gealtert und habe gefühlt, wie seine Kräfte nachließen und wie das hilflose und gebrechliche Alter nahe. Verlassen seien sie beide dagestanden wie zwei verwaiste

Tannen in der Steppe, von allen Seiten von eisigen Schneestürmen umbraust.

«Ist das wahr?» fragte der alte Toyong von neuem.

Und der kleine Pope beeilte sich zu erwidern: «Die reinste Wahrheit.»

Und wieder bewegten sich die Schalen der Waage.

Doch der alte Toyong versank in Nachsinnen.

«Wie ist das nur?» sagte er. «Auf meiner Erde leben doch genug Gottselige und Gerechte. Ihre Augen sind klar, ihr Antlitz ist licht, ihre Kleider sind fleckenlos. Ihre Herzen sind weich wie guter Grund und Boden: sie nehmen den guten Samen in sich auf und blühen wie die Lilien auf dem Felde und tragen Früchte, deren Wohlgeruch mir angenehm ist. Doch du – schau dich doch nur einmal an!»

Aller Augen richteten sich auf Makar. Er schämte sich. Er fühlte, daß seine Augen trübe, sein Gesicht finster, sein Haar und Bart verfilzt, sein Gewand zerlumpt waren. Noch kurz vor seinem Tode hatte er daran gedacht, sich einmal neue Stiefel zu kaufen, um vor Gericht so zu erscheinen, wie es sich für einen echten Bauern ziemt. Doch immer wieder hatte er das Geld vertrunken und stand jetzt wie der letzte Jakute in zerrissenen Schuhen vor dem großen Toyong ... Er wäre vor Scham am liebsten in den Erdboden versunken.

«Dein Gesicht ist finster», fuhr der alte Toyong fort. «Deine Augen sind trübe, dein Kleid ist zerfetzt. Dein Herz ist mit Dornen und Steppengras und bitterem Unkraut überwachsen. Daher liebe ich meine Gottseligen und Gerechten und wende mein Antlitz ab von den Ruchlosen, die dir ähnlich sind.»

Das Herz Makars krampfte sich zusammen. Er schämte sich seines ganzen Daseins und senkte seinen Kopf. Doch plötzlich hob er ihn wieder und fing von neuem zu reden an: Von welchen Gerechten und Gottseligen spreche denn der Toyong? Wenn er von denen spreche, die gleichzeitig mit Makar auf Erden gewohnt und in glänzenden Gemächern ihr Leben verbracht – so seien sie Makar wohlbekannt: ihre Augen seien klar, denn sie hätten nie soviel Tränen vergossen wie Makar; ihre Gesichter seien hell, denn sie seien mit Wohlgerüchen gewaschen worden; ihre Kleider seien rein, denn sie seien mit fremden Händen gewebt worden. Und wenn er jetzt seine finstere und schandbare Gestalt vor Scham am liebsten in der Erde verbergen möchte – so sei das nicht *seine* Schuld. Wessen Schuld es sei – das wisse er nicht. Er wisse nur, daß die Geduld in seinem Herzen erschöpft sei.

VII

Wenn Makar hätte sehen können, welche Wirkung seine Rede auf den alten Toyong ausübte; wenn er dessen gewahr geworden wäre, daß jedes seiner zornigen Worte wie ein Bleigewicht in die goldene Schale fiel, so hätte er sein Herz bezähmt. Doch er sah das alles nicht, denn er strömte von blinder Verzweiflung über.

Er überschaute sein ganzes, bitteres Leben. Wie hatte er diese furchtbare Last bis jetzt tragen können? Das war nur möglich gewesen, weil im Nebel, der ihn umgab, wie ein ferner, ferner Stern die Hoffnung auf ein besseres Leben schimmerte, das ihm auf Erden noch einmal beschieden sein mochte. Jetzt, wo er am Ende angelangt, war diese Hoffnung erloschen.

Da wurde es ganz finster in seiner Seele, und es brauste in ihr eine Raserei auf wie ein Nachtsturm in einer öden Steppe. Er hatte vergessen, wo er sich befand und vor wessen Antlitz er stand – er hatte alles vergessen, nur seinen Zorn nicht...

Doch der alte Toyong rief ihn an: «Halt inne, du Ärmster! Du bist nicht mehr auf der Erde... Hier gibt es auch für dich eine Wahrheit und eine Gerechtigkeit.»

Und Makar erbebte. Sein Herz wurde von der Erkenntnis durchzuckt, daß man Mitleid mit ihm habe, und erweichte sich. Doch weil ihm immer noch sein ganzes armseliges Leben vom ersten bis zum letzten Tage vor Augen stand, so tat er sich selbst namenlos leid – und brach in Tränen aus.

Auch der alte Toyong weinte. Es weinte der alte kleine Pope Iwan. Es weinten die geflügelten Gottesknechte und wischten sich die Tränen mit ihren breiten weißen Ärmeln ab.

Und die Waage bewegte sich in einem fort. Und die hölzerne Schale hob sich immer höher und höher.

ROBERT WALSER

## EINE WEIHNACHTSGESCHICHTE

Indem ich herumstand, weil ich nicht heimgehen mochte, fiel mir ein, ich könnte zum Herrn gehen, der nicht besucht sein wollte. Ich hatte ihn neulich in einer Gesellschaft kennengelernt. Er galt als Unikum und war um seiner Einsilbigkeit und Unverblümtheit willen teils beliebt, teils gefürchtet. Manche sprachen mit Hochachtung von ihm. Weniger hoch war sein Ansehen bei den Damen, denn er stand im Rufe, ein unverbesserlicher Junggeselle zu sein. Die ihn schätzten, lächelten, wenn von ihm die Rede war, so gut wie die, die ihn minder werthielten. Das Lächeln hatte jeweilen seine besondere Bedeutung. Ich hielt ihn beinahe für einen jener Eidgenossen, die gegen den Herzog von Burgund zu Felde zogen.

Als ich bei ihm anklopfte, kam mir der Gedanke, daß ich ihm wahrscheinlich lästig falle. Das «Herein» klang recht mürrisch, als wünsche es den Anklopfer und Besuchabstatter quasi zum Kuckuck. «Ich störe wohl», sagte ich treuherzig beim Eintritt in eine große, helle Studierstube. Der Empfänger unerwünschten Besuches sagte kurz und bündig: «Ohne Frage.» Er war, wie gesagt, wegen seiner Offenheit berühmt, galt in gewissen

DIE GELEHRTEN KONSULTIEREN DIE SCHRIFTEN DER PROPHETEN

HERODES EMPFÄNGT DIE WEISEN AUS DEM MORGENLAND

(Matthäus 2,4–6 · Matthäus 2,7–9)

Kreisen als schroff und bekam zu spüren, wie ungern man sich genötigt fühlte, ihn zu respektieren.

«Was wollen Sie bei mir? Setzen Sie sich», wurde in rauher Tonart gesagt. Es war, als rede ein Bär oder ein Mensch aus der Eiszeit, eine Art Australier. Hinter einer Brille leuchteten große, kluge Augen. Ich nahm Platz, da mir das befohlen worden war. In bezug auf die Frage, was ich bei ihm wolle, war ich einigermaßen in Zweifel.

«Ich will nicht viel», erlaubte ich mir zu sagen. «So? So?» machte er. «Sie kommen also nur her, um herzukommen, und werden fortgehen, um wegzugehen. Sonstige Absichten haben Sie nicht. Das ist allerdings wenig, und Sie haben recht, wenn Sie sagen, Sie wollten nicht viel. Übrigens freut mich Ihr Besuch, der freilich so gut wie zwecklos scheint.»

Ich schwieg, und der andere tat das nämliche; folglich herrschte beiderseits ein vielsagendes Schweigen. Von Zeit zu Zeit schaute einer den andern so zwecklos wie möglich an. Der Philosoph seinerseits gähnte. Ich bewunderte die offene Nichtachtung dessen, was sich schickte. Für einen Mann von Verdienst schickt sich's sehr, nicht ganz schicklich, sondern eher das Gegenteil zu sein. Geschwiegen und betrachtet wurde gegenseitig tapfer. Seine Zunge schien vom Schlag befallen zu sein, die meinige nicht weniger.

«Mach doch bald, daß du fortkommst», sprachen die Augen und die Miene des Forschers aufs ungenierteste. Ich wagte weder zu bleiben noch zu marschieren. Als ich abzumarschieren beabsichtigte, blieb ich sitzen, und als ich sitzen zu bleiben dachte, fiel mir ein, es wäre vorzüglich, wenn ich Reißaus nähme, aber ich nahm nicht im mindesten Reißaus, sondern saß lieber wie auf glühenden Kohlen.

Ob ich ihm etwas zu sagen habe? – Herzlich wenig! – Nun, so möchte ich das Winzige bald vom Stapel laufen lassen. – Diese Worte wurden bloß – gedacht! Das Gespräch war stumm, mithin die Unterhaltung denkbar monoton. «So lauf doch davon», rief ich mir zu, klebte jedoch am Stuhl fest oder war angenagelt, was ein fraglos bedauerlicher Übelstand war, dem dadurch abzuhelfen gewesen wäre, daß ich mich losriß; aber ich legte Tollkühnheit und Todesverachtung an den Tag und blieb liegen, will sagen sitzen. Die Situation war in hohem Grade drollig, falls nicht etwa schon eher scheußlich.

Ein Wort gibt das andere, pflegt man zu sagen. Hier war das nicht der Fall, weil überhaupt kein Wort fiel. Endlich sah ich ein, daß es undenkbar sei, mich noch fernerhin an ihn anzuklammern. So leid es mir tat, ergriff ich den Hut; nein, ich hatte den Hut schon längst ergriffen; denn ich hatte ja längst fortgehen wollen. Jetzt aber stand ich in der Tat auf; das Aufstehen war an sich eine merkenswerte Leistung, und das Fortfliegen war für beide eine Erlösung.

Der Empfänger meinte sagen zu müssen: «Ihr werter Besuch war für mich die schönste Abwechslung. Ich fühle mich durch die originelle, reizvolle Art, wie Sie für Unterhaltung zu sorgen liebten, höchlich erquickt. Grundsätzlich freue ich mich, daß der Entschluß in Ihnen reif wurde, mich allein zu lassen und sich in Entfernung zu begeben.» – «Ich kann mir lebhaft vorstellen», sagte ich, «wie lieb es Ihnen sein muß, daß ich aufbreche und abfahre. Gerne sei gestanden, ich sähe ein, daß ich das schon längst hätte tun sollen.»

Wir lachten uns beide fröhlich an und gingen; der eine zur Türe hinaus, der andere vergnügt im Zimmer herum. «Zu diesem geh' ich bestimmt nie wieder», war des einen, nämlich mein, und: «Der kommt hoffentlich nicht nochmal», des andern Gedanke. Hieraus ergibt sich, daß wir prächtig zusammen übereinstimmten.

Draußen schämte ich mich. Derart also ging ich von Menschen fort. Es war mir halb lach-, halb scherzhaft zumut. Es schneite, und durch das liebe dichte Schneien klangen die Abendglocken. Die Stadt war wie ein Märchen. So süß, so weich flog es herab, das wirbelnde Gewimmel. Eine Schneeflocke fiel mir auf den Mund, als fliege mir ein Kuß zu. Hut und Mantel waren bald schneeweiß, wie alles, was umherlag und -ging. In all der Lautlosigkeit leuchteten Lichter. Es war mir, als könne es jetzt nur schöne Heimstätten und liebe Leute und allerlei frohen Mut und freundliche Reden und ein unsägliches Wohlsein auf der Welt geben.

Der Gelehrte sähe jetzt sicher vom Fenster aus das heimelige Schneien. Ob er sich auch so freue? Sicher auch! Kein Mensch konnte sich über etwas so Schönes nicht freuen. Jeder, der es sah, fand es schön.

Jetzt war ich Vater von mehreren Kindern und zugleich selber noch wieder ein Kind. Ich war die Mutter, die ihr liebes Kind herzt, und zugleich das Kind, das noch nicht reden kann. Ich besaß in Gedanken ein Haus. Ein Hund wachte davor, und eine muntere Frau wartete auf den guten Mann, und mein Knabe saß am Tisch und erledigte die Schulaufgaben. «Schneien», dachte ich, «versetzt mich in ein glückliches Bürgertum und Familienleben. Unwillkürlich esse ich Mandeln, Orangen und Datteln und höre das Geknister von Weihnachtskerzen, die den Tannenzweig anbrennen, und habe allen lieben Festzeitsduft vor mir und wäre mit Freuden ein braver Mann, einer aus ganzem Schrot und Korn. Wie soll ich jetzt zu mir heimzugehen wagen, wo nichts Trauliches ist? Wer sich einschneien ließe und im Schnee begraben läge und sanft verendete. Hübsch ist zwar das Leben auch mit kargen Aussichten.»

Ich hätte mich zu Boden setzen und warten mögen, bis ich schlafe. Ich nahm mir vor, über den Schnee etwas zu schreiben. Das sollte mir auch im Gedicht von Flocken wimmeln, wie hier in der Natur, und ein Sehnen zum Ausdruck kommen, wie ich es hier empfand, wo ich im Schnee watete und schier kleben blieb, ähnlich wie beim Professor, worüber ich jetzt errötete und wahrscheinlich noch lange zu lachen hätte.

Zur Festzeit ist wohl schon viel gelacht, aber sicher auch schon viel geweint worden, weil sich leicht ein Weh ins Herz schleicht und Menschen sich in Gedanken in alles liebliche Vergangene zurückversetzen und Wunden aufbrechen. Dann ist's mit der Fröhlichkeit vorbei, und es werden Schmerzen heraufgezaubert; und das ist's ja, was die Innigkeit ausmacht. Gott, mach mit uns Menschen, was du willst. Alles ist gut und gerecht, was du beschließest.

## ROBERT WALSER

# WEIHNACHTSGESCHICHTE

Irgendeiner schrieb: Man erwarte von mir keine lange und breite Geschichte. Sie wird vielleicht in gewisser Hinsicht schön sein, denn eine schöne Frau kommt darin vor, ein Mädchen von schlankem Wuchs. Vorliegende Zeilen bilden eine Erinnerung. Ich meine beobachtet zu haben, daß heute, ich meine, in den Tagen, die man die unsrigen nennen kann, Erinnerungen gleichsam Mode sind. Vor Gerührtheit kann ich übrigens kaum Bericht ablegen, will sagen erzählen oder schreiben. Ich schrieb neulich einem Töchterchen aus sicher sehr feinem Haus einen Brief, den ich mich entschließen zu dürfen glaubte, für in seiner Art vortrefflich zu halten. In der Geschichte, die ich hier verfasse, will ich nicht schriftstellerisch glänzen, vielmehr bloß etwas wie Empfindung an den Tag legen. Ich schreibe meine Weihnachtsdarstellung weniger, als daß ich sie weine, indem ich meine, dies nehme sich weihnachtlich aus, aber im Grund bin nicht ich es, der weint, sondern die Figur tat es, die in einem Vorstadthause wohnte, worin sie mich dann und wann empfing und worin sie für richtig hielt, stets ein wenig zu trauern, was ich an ihr entzückend fand. Wie kam ich schon so frühzeitig zu einem derartigen Raffinement? Sicher beruhen jedoch die meisten Raffiniertheiten auf etwas Natürlichem. Ich glaube, man könne der Meinung sein, die vielfältigsten Erfahrungen mache man, solange man noch überhaupt keine besäße, denn das Leben selber sei die Erfahrung. Nun bringe ich vor, die Frau, von der ich spreche, habe ein ausgesprochenes Damenaussehen zur Schau getragen, wofür sie natürlich nicht verantwortlich gemacht werden konnte. Ihre Schlankheiten sahen sich mit einer gewissen in jeder Weise gemäßigten Üppigkeit vereinigt, ein gegenseitiges Sichunterstützen, das eine Gestalt zustande gebracht zu haben schien, die gleichsam im angenehmsten Sinne blühte, mithin sozusagen gleichzeitig duftete. Ich und ein anderer junger Mensch, der aussah, als habe er bereits begonnen, dichterisch tätig zu sein, standen im weihnachtsbaumgeschmückten Zimmer so da und dachten beide gewiß nicht an sehr vieles. Das Denken bildet eine Belästigung, die jungen Leuten zum Glück fernliegt, mit der die Gereifteren in die zweifellos zum Teil bedauerliche Lage kommen, zu kämpfen. Wie ich mich erinnern zu können hoffe, rauchten wir zwei jungen Herren Zigarren, und was mich betrifft, darf ich sagen, daß ich bezüglich der schönen Frau dachte: «Gefalle ich ihr?» und daß mich die Wahrnehmung einigermaßen beunruhigte, die mich mit ziemlich viel Deutlichkeit sehen ließ, daß sie mich jetzt absolut nicht beachtete, wodurch mir ihre Schönheit noch lebhafter auffiel. Sie hatte mir bei irgendeiner Gelegenheit erzählt, sie sei Kinderfräulein gewesen. Sogleich werde ich mir übrigens erlauben, einen

Brief zu erwähnen, das heißt eingehender zu beleuchten, den sie mir nie zu lesen gegeben hatte, um dessentwillen ich mich gleichwohl befähigt sah, sie zu belächeln. Ihre Freundin, eine Zierliche, Kluge, Gewandte, Begabte usw., die die Schöne ihrer Schönheit wegen womöglich benied und sie vielleicht gerade deshalb als unintelligent zu bezeichnen wagte, hatte mich den Brief, der irgendwie und -wo liegengelassen worden war, kennenlernen lassen, und nun waren ich und das geschmeidige, gescheite Mädchen der schönen Frau gegenüber anscheinend die Überlegenen, indem die Briefempfängerin und ehemalige Erzieherin, wie wir sahen und wußten, an den Inhalt des Briefes glaubte, während wir, die indiskreterweise in ihn hineingeguckt hatten, uns über den Absender desselben speziell lustig machten. Nun war sie gleichsam zu schön, als daß sie mir und ihrer Freundin hätte anmerken mögen, wir besäßen von ihrem Brief Kenntnis, den sie aller Ersichtlichkeit nach ernst nahm, obwohl er von der ersten Silbe an bis zur letzten vielleicht nichts als eine Irreführung vergegenwärtigte. Der Mann, der der Anfertiger oder Hersteller des Briefes war, ging kaum auf etwas Besseres als aufs Verführen aus. Inzwischen flackerten und liebäugelten am Baum die Weihnachtslichter. Die lediglich zu Zieratszwecken dienenden Engelchen schienen etwas vom Ewigunveränderlichen des Lebens ausdrücken oder -posaunen zu wollen. Es schien nicht gesagt oder irgendwie bewiesen zu sein, daß die Schöne nicht zu unterscheiden fähig gewesen sei. Für die Gewitzigten sah das vielleicht nur so danach aus. Die

Schöne stellte eine Lebensbereicherung dar, die Intelligenten sind Essende, während die Schönen mit der Speise selbst verglichen werden können, sie sind die Gläubigen und Hingebenden, die für irgend jemand gern etwas Bestimmtes sind. Das Verführerische des Verführers erkennend, nannte sie seinen Brief willkommen. Eine schöne Seele will gefühlvoll sein.

ROBERT WALSER

## ZWEI WEIHNACHTSAUFSÄTZCHEN

### I

Ich weiß nicht, ob die Straßen des Städtchens, worin sich zutrug, was ich hier phantasiere, schneeweiß waren oder nicht, ob's schneite oder ob dies nicht zutraf. Ein Dörfchen sah wie ein Zuckerbäckerkunstwerk aus, so tief lag es in der Verschneitheit. Ein benachbartes jedoch hatte kein Flöckchen bekommen. Glich dieser Umstand nicht beinahe etwas Wunderbarem? Ob nun nicht eine Weihnachtsgans erwähnt werden dürfte, die von Kindern mit Interesse in Augenschein genommen wurde? Einem unfolgsamen Knaben wurde bedauerlicherweise noch kurz vor Einweihung des Heiligen Abends die Elastizität des Möbelklopfers zu schmecken gegeben. Oh, wie still war's in den kurzen langen, krummen und schnurgeraden Straßen. Stiller als alle Stille zu sein vermag, die man sich vorzustellen fähig ist, war das Benehmen einer um ihren Herzensfreund in stundenlanger Wortlosigkeit verharrenden Einsamkeitsüberantworteten. Irgendwo wurde ein Weihnachtsbaum angezündet, und wie sehr es Tatsache ist, daß ich dies scheinbar überaus präzis, doch stimmungsvoll sage, so sähe ich nicht ein, was mich hinderte auszusprechen, daß, als die gleichsam helläugigen

Lichterchen zu flackern und strahlen anfingen und es in der Stube nach Wünschen duftete, die ihre Köpfchen aus den Bettchen verständlichen menschlichen Sehnens streckten, ein Liebhaber in einem Kämmerchen die Beute der Angesammeltheit seiner Wehmut wurde. Anstatt die Schnippischkeiten seiner Angebeteten in jeder Hinsicht entzückend schön zu finden, stellte er ein Geschluchz und eine Händeringerei an, die man am liebsten in einem Gedicht hätte wiedergeben mögen. Ein ritterlicher Kniender schnürte einer geduldig diesen Dienst Entgegennehmenden die Schuhe zu. Doch rasch zu den Prachtsgeschenken, die in jeder Art Form unter den silberflitterumwikkelten Zweigen ausgebreitet lagen. Das Familienoberhaupt war Notar, dessen Töchter beim Gedanken, sie seien heiratsfähig, konventionell kicherten. Die männliche Nachkommenschaft schaute mit einer etwas doch schon beinahe allzu pyramidalen Seriosität in die lieblich-glitzernde Weihnachtsbäumlichkeit hinein. Jetzt trat das Christkindchen herein.

II

Weihnachtsabend war's, die Stadt lag klug und schön da. Einige Verspätete sorgten, daß sie raschmöglichst mit Bäumchen in der Hand nach Hause kamen. Kinder dachten, an Türen stehend, über Bettelmöglichkeiten nach. Die Münsterglocken fingen an zu tönen. Die beiden Domtürme verkörperten einen kraftvollen Historizismus. Stubenmädchen mit Schürzen traten aus Läden heraus. Indes sich in Kaffeestuben noch Gäste aufhielten, saßen in einem Industriequartierzimmer der kränklich-zarte Durchgeistigte und die womöglich noch empfindsamere und auf Bildung usw. erpichtere Leichtinwallunggeratende, sich anscheinend vorzüglich unterhaltend, beisammen. Wenn irgendeiner über das noch durch keinerlei Baumeistertätigkeit oder Hausaufrichtung gleichsam entlandschaftete Land oder Feld mehr oder weniger einsam und eifrig wanderte, konnte er blätterlose Bäume in konzertdirigentenhafter Gestikulierung dastehen sehen. Das Mitglied einer jüngeren Dichtergruppe war's, dem derartige poetische Beobachtung aus der Fülle vorhandener Unwillkürlichkeit zweighaft entstieg. Sprach ich nicht schon von einer Räumlichkeit vorstädteligen Charakters? Schön, und nun komme ich auf ein Zimmer Nummer Zwei zu sprechen, das sich unmittelbar ans erste anlehnte, worin sich eine die Tiziangemäldehaftigkeit selbst zu sein scheinende, mithin unerhört schöne Schuhmacherstochter von einem in feinsinnigen Dingen Beginnenden den Hof tapfer und zugleich schüchtern machen ließ. Er verstehe famos vor Frauen zu knien, besaß er die Höflichkeit und gleichzeitig die Dreistigkeit zu beteuern. So möge er ihr von dieser Art Können einmal einen Beweis ablegen, ermunterte ihn die Liebesszenenliebhaberin. Da die Wohnung aus drei Gemächern bestand, so wird nun vielleicht hervorzuheben gestattet sein, daß sich im dritten Zimmer ein Entwickelter von einer aufs entzückendste im Unentwickeltheitszustand Befindlichen Natürlichkeitsunterricht erteilen ließ.

Nunmehr klingelte es mit einmal an der Türe der verschwenderisch mit dem dringend erforderlichen Luxus ausgestatteten Dreizimmerwohnung, und die sich darin Aufhaltenden fragten sich, wer dies wohl sei, und kamen herbei, um dem Einlaßwünschenden sorgfältig zu öffnen. Da war's niemand Großartigeres als in der Tat bloß das liebe Christkind.

## GUY DE MAUPASSANT

## HEILIGE NACHT

«Das Weihnachtsmahl! Das Weihnachtsmahl! Oh, nein danke, Weihnachten werde ich nicht feiern!»

Dies sagte der dicke Henri Templier wütend, als ob man ihm einen niederträchtigen Vorschlag unterbreitet hätte. Die andern riefen lachend: «Warum macht dich das wütend?»

«Weil mir das Weihnachtsfest den dreckigsten Streich aller Zeiten gespielt hat und weil mir davon ein unbezwinglicher Abscheu vor dieser albernen Nacht blödsinniger Fröhlichkeit geblieben ist.»

«Wie denn das?»

«Wie? Ihr wollt es erfahren? Nun denn, so hört mir zu.»

*

Ihr erinnert euch, wie kalt es vor zwei Jahren, gerade zu dieser Zeit, war; eine Kälte, daß sie die armen Teufel auf der Straße hätte um ihr Leben bringen können. Die Seine fror zu; durch die Sohlen der Stiefel hindurch verwandelten die Gehsteige die Füße zu Eisklumpen; man hätte meinen können, die Welt werde nächstens zerbersten.

Ich hatte damals etwas Umfangreiches in Arbeit und lehnte jede Einladung zum Weihnachtsschmaus ab, weil ich es vorzog, die Nacht an meinem Schreibtisch zuzubringen. Allein nahm ich das Abendessen ein und machte mich danach ans Werk. Doch so gegen zehn Uhr ließen mich der Gedanke an die Fröhlichkeit, welche Paris durchströmte, der Straßenlärm, welcher trotz allem bis zu mir heraufdrang, sowie die Vorbereitungen, die meine Nachbarn für das weihnächtliche Nachtmahl trafen und welche durch die Zwischenwände hindurch zu vernehmen waren, unruhig werden. Ich wußte nicht mehr, was ich tat, schrieb dummes Zeug und sah schließlich ein, daß ich die Hoffnung, in dieser Nacht etwas Rechtes zu schreiben, aufgeben mußte. Eine kurze Weile ging ich in meinem Zimmer auf und ab, ich setzte mich, erhob mich wieder. Ich stand wohl unter dem geheimnisvollen Einfluß der Freude, welche draußen herrschte – und gab mich geschlagen.

Ich klingelte nach meinem Dienstmädchen und sagte: «Angèle, holen Sie mir etwas zu essen für zwei Personen: Austern, ein kaltes Rebhühnchen, Krebse, Schinken und Kuchen. Bringen Sie zwei Flaschen Champagner herauf und gehen Sie dann zu Bett.»

Sie gehorchte, etwas überrascht. Als alles bereit war, zog ich meinen Mantel über und ging aus.

Eine schwierige Frage blieb noch offen: Mit wem das Weihnachtsessen teilen? Meine Freundinnen waren da und dort eingeladen. Wenn ich eine für mich hätte haben wollen, dann hätte ich mich vorher darum kümmern müssen. Da kam mir der Gedanke, ich könnte die Sache mit einer guten Tat verbinden. Ich sagte mir: «Paris ist voll von armen und hübschen Mädchen, deren Tisch nicht gedeckt ist und die sich auf der Suche nach einem großzügigen Burschen die Beine vertreten. Ich will für eine dieser Verlassenen den Weihnachtsengel spielen. Ich schweife herum, sondiere, jage und wähle nach Belieben.» Dann begann ich meinen Streifzug durch die Stadt.

Natürlich begegnete ich vielen armen Mädchen, die auf ein Abenteuer aus waren, doch sie waren so häßlich, daß es einem hätte den Magen umdrehen können, und dünn, daß sie, wären sie stehengeblieben, zu Eis erstarrt wären. Ich habe, wie ihr wißt, eine Schwäche: ich mag die gutgenährten Frauen. Je fleischiger, desto besser. Ein Koloß läßt mich den Verstand verlieren.

Plötzlich entdeckte ich dem Théâtre des Variétés gegenüber ein Profil ganz nach meinem Gusto. Ein Kopf, dann, vorne, zwei Hügel: die Brust – sehr schön! – und darunter... erstaunlich: der Bauch einer fetten Gans. Ein Schaudern durchlief mich, und ich murmelte vor mich hin: «Sapristi, welch schönes Mädchen!» Eines blieb noch abzuklären: das Gesicht.

Das Gesicht ist der Nachtisch, das übrige ist... ist der Braten.

Ich beschleunigte den Schritt, holte die flanierende Frau ein und drehte mich unter einer Gaslaterne unvermittelt nach ihr um. Sie war bezaubernd, blutjung, hatte braunes Haar und große schwarze Augen. Ich machte mein Angebot, sie ging ohne zu zögern darauf ein. Eine Viertelstunde später waren wir bereits in meiner Wohnung und saßen am Tisch.

Beim Eintreten sagte sie: «Oh, hier läßt sich's gut sein.» Sichtlich zufrieden, für diese Nacht einen gedeckten Tisch und ein Bett gefunden zu haben, schaute sie sich um. Prächtig war sie, so ausnehmend hübsch, daß ich ins Staunen geriet. Und so dick! – herzbetörend für alle Zukunft. Sie legte Hut und Mantel ab, setzte sich und machte sich ans Essen; doch recht behaglich schien sie sich nicht zu fühlen; dann und wann lief ein Zittern über ihr etwas blasses Gesicht, wie wenn sie unter einem geheimen Kummer gelitten hätte.

«Hast du Ärger?» fragte ich sie.

«Pah, vergessen wir alles», antwortete sie und griff nach dem Glas, leerte den Champagner auf einen Zug, füllte nach, leerte das Glas wieder – pausenlos. Bald stieg ein rötlicher Schimmer in ihre Backen, und sie begann zu lachen.

Schon vergötterte ich sie, küßte sie mitten auf den Mund und merkte, daß sie nicht dumm oder gemein und vulgär war wie die andern Straßenmädchen. Ich fragte sie nach Einzelheiten aus ihrem Leben, doch sie sagte nur: «Das geht dich nichts an, mein Kleiner!»

Ach, und eine Stunde später... Endlich war es Zeit, ins Bett zu gehen, und während ich den gedeckten Tisch vom Kaminfeuer wegrückte, zog sie sich flink aus und schlüpfte unter die Decken.

Meine Nachbarn vollführten einen Höllenspektakel, lachten und sangen wie die Verrückten. «Ich habe», sagte ich mir, «verdammt gut daran getan, mir dieses schöne Mädchen zu holen; mit der Arbeit wär's nie etwas geworden.»

Ein tiefes Gestöhne ließ mich den Kopf wenden.

«Was ist dir, mein Kätzchen?» fragte ich sie. Sie gab keine Antwort, fuhr aber fort, Schmerzensseufzer auszustoßen, wie wenn sie grauenhaft gelitten hätte.

«Fühlst du dich nicht wohl?» begann ich wieder.

Da, auf einmal, stieß sie einen Schrei aus, einen Schrei, der durch Mark und Bein ging. Eine Kerze in der Hand, stürzte ich herbei. Der Schmerz hatte ihr Gesicht entstellt, sie rang die Hände, keuchte und ließ aus der Tiefe ihrer Brust jenes stimmlose Stöhnen aufsteigen, das dem Röcheln gleicht und das Herz stocken macht.

Außer mir fragte ich: «Aber was hast du denn? Sag mir, was hast du?»

Sie gab keine Antwort und begann zu brüllen.

Auf einen Schlag verstummten die Nachbarn und lauschten, was sich bei mir abspiele.

Wieder drang ich in sie: «Wo hast du Schmerzen? Sag mir doch, wo du Schmerzen hast.»

«Oh, mein Bauch! Mein Bauch!» stammelte sie.

Ich schlug die Bettdecke in einem Zug zurück und sah ... sie lag in den Wehen, meine Freunde.

Da verlor ich den Kopf; ich stürzte zur Wand, traktierte sie aus vollen Kräften mit den Fäusten und schrie tobend: «Zu Hilfe! Zu Hilfe!»

Die Tür sprang auf, und eine Menge Leute drang herein: Männer im Abendanzug, Frauen in tief ausgeschnittenen Kleidern, Pierrots, Türken und Musketiere. Diese Invasion verwirrte mich so sehr, daß ich nicht einmal eine Erklärung herausbrachte.

Sie hatten an einen Unfall oder vielleicht gar an ein Verbrechen gedacht, und nun begriffen sie nichts mehr.

«Diese ... diese Frau da», brachte ich schließlich heraus, «sie ... sie liegt in den Wehen.»

Da begutachtete sie jeder und gab seinen Senf dazu. Vor allem ein Kapuziner behauptete, sich auf die Sache zu verstehen, und wollte der Natur nachhelfen. Alle waren sie veilchenblau. Ich fürchtete, sie würden sie umbringen, und stürzte barhaupt die Treppe hinunter, um einen alten Arzt zu holen, der in einer Nebenstraße wohnte.

Als ich mit dem Arzt zurückkam, war das ganze Haus auf den Beinen; man hatte die Lichter im Treppenhaus wieder angezündet, und die Bewohner aller Stockwerke hielten meine Wohnung besetzt. Vier Debardeure saßen an meinem Tisch und machten dem übriggebliebenen Champagner und den Krebsen den Garaus.

Ein furchtbarer Schrei ertönte, als man mich erblickte, und eine Milchfrau zeigte mir, eingehüllt in ein Handtuch, ein abscheuliches schrumpligrunzliges Fleischklümpchen, das wimmerte und miaute wie ein Kätzchen. «Es ist ein Mädchen», sagte sie.

Der Arzt untersuchte die Mutter und erklärte, ihr Zustand sei kritisch, da sich der Vorfall unmittelbar nach dem Essen zugetragen habe. Mit dem Versprechen, er werde unverzüglich eine Krankenpflegerin und eine Amme zu mir schicken, ging er weg.

Eine Stunde später erschienen die beiden Frauen mit einem Paket Medikamente.

Ich war zu verwirrt, als daß ich über die Folgen der Angelegenheit hätte nachdenken können, und verbrachte die Nacht in einem Fauteuil.

Schon früh am nächsten Morgen kam der Arzt wieder. Der Wöchnerin ging es ziemlich schlecht. «Ihre Frau», sagte er...

«Sie ist nicht meine Frau», unterbrach ich ihn.

«Dann eben ihre Maitresse, was schert es mich», korrigierte er und zählte die Pflegemaßnahmen auf, die sie brauchte, die Krankenkost und die Arzneien.

Was sollte ich tun? Die Unglückliche ins Krankenhaus bringen? Im ganzen Haus, ja im ganzen Quartier hätten sie mich für einen Flegel gehalten. Ich behielt sie bei mir. Sechs Wochen lang lag sie in meinem Bett.

Das Kind? Ich ließ es zu Bauersleuten in Poissy bringen. Noch heute kostet es mich jeden Monat fünfzig Francs. Da ich anfangs bezahlt habe, muß ich die Zahlungen nun bis zu meinem Tod fortsetzen. Später wird es mich für seinen Vater halten.

Doch, Gipfel des Unglücks, als das Mädchen wieder gesund war, da... liebte es mich... leidenschaftlich liebte es mich, das kleine Hurending!

*

«Und weiter?»

«Nun, das Mädchen war dünn geworden wie eine streunende Katze; ich habe dieses Gerippe hinausgeschmissen; nun paßt es mich ab auf der Straße, versteckt sich, um mich vorbeigehen zu sehen, hält mich an, wenn ich abends ausgehe, und küßt mir die Hand, kurz: sie belästigt mich, daß es zum Verrücktwerden ist.

Und nun wißt ihr, warum ich nie wieder Weihnachten feiern werde.»

## FJODOR M. DOSTOJEWSKI

# DER KNABE AM WEIHNACHTSABEND BEIM HERRN JESU

Ich bin Romanschriftsteller und habe, wie mir scheint, diese «Geschichte» selber erfunden. Warum schreibe ich: «wie mir scheint», wo ich doch mit Bestimmtheit weiß, daß ich sie erfunden habe? Es kommt mir eben vor, sie habe sich irgendwo und irgendwann einmal zugetragen, und zwar am Vorabend des Weihnachtstags, in einer riesigen Stadt, bei grausamem Frost.

Vor mir sehe ich einen Knaben, einen kleinen Knaben von höchstens sechs Jahren. Dieser Knabe erwachte eines Morgens in einem feuchten, kalten Keller. Er trug nur ein dünnes Hemdchen und zitterte. Der Atem flog wie weißer Dampf aus seinem Mund, und da er sich, auf einer Kiste hingekauert, in seinem Winkel langweilte, ließ er den Dampf absichtlich fahren und fand seinen Spaß daran, wie dieser aus seinem Munde flog. Er hatte großen Hunger. Schon mehrmals an diesem Morgen war er zu der Pritsche gegangen, wo seine kranke Mutter auf einer hauchdünnen Schicht Streu lag, den Kopf auf ein Bündel gebettet. Wie war sie nur hierhergeraten? Sie mußte wohl mit ihrem Jungen aus einer fremden Stadt gekommen und plötzlich erkrankt sein. Die Vermieterin der

Behausung war vor zwei Tagen von der Polizei festgenommen worden. Die Bewohner aber hatten sich, wie vor den Festtagen üblich, zerstreut, und nur ein tatarischer Händler lag seit vierundzwanzig Stunden sinnlos betrunken da – er hatte die Festtage gar nicht erst abgewartet. In einem andern Winkel stöhnte eine rheumakranke achtzigjährige Greisin. Sie war einst Kinderfrau gewesen und starb nun einsam und verlassen. Dabei stöhnte, knurrte und brummte sie den Knaben so an, daß dieser es nicht wagte, auch nur in ihre Nähe zu kommen. Der Knabe hatte sich im Flur etwas zu trinken geholt, doch Brotrinden konnte er keine finden, und so ging er jetzt schon zum zehnten Mal zu seiner Mutter, um sie zu wecken. Auch war ihm unheimlich zumut in der Dunkelheit: obwohl der Abend schon lange hereingebrochen war, hatte niemand ein Licht angemacht. Er berührte das Gesicht seiner Mutter und war erstaunt, wie unbeweglich sie dalag und kalt wie die Wand. «Gar kalt ist es hier», dachte er, während er seine Hand selbstvergessen auf der Schulter der Toten ruhen ließ. Dann behauchte er seine Fingerchen, um sie zu wärmen, ertastete sich auf der Pritsche sein Mützchen und schlich leise und behutsam aus dem Keller. Er wäre schon früher weggegangen, doch hatte er den großen Hund gefürchtet, der oben auf der Treppe vor der Nachbarstür den ganzen Tag geheult hatte. Aber der Hund war verschwunden, und so fand er sich plötzlich auf der Straße.

O Gott, was für eine Stadt! Noch nie hatte er dergleichen gesehen. Da, wo er hergekommen war, herrschte nachts tiefe Finsternis, und nur eine einzige Laterne erhellte die Straße. Die niedrigen Holzhäuser waren mit Fensterläden verrammelt. Kaum brach die Dämmerung herein, war kein Mensch mehr zu sehen, jedermann schloß sich in sein Haus ein, und nur die Hunde trieben sich rudelweise herum, heulten und kläfften zu Hunderten, zu Tausenden die ganze Nacht. Doch war es dort warm gewesen, und man hatte ihm zu essen gegeben – o Gott, wenn er nur etwas zu essen bekäme! Welch ein Geratter war hier, welch ein Lärm, wieviel Licht und Menschen, Pferde und Wagen und was für eine Kälte! Kalter Dampf stieg von den Leibern der abgehetzten Gäule auf, aus ihren heißen Nüstern; die Hufeisen klirrten durch den schütteren Schnee auf dem Pflaster, man stieß und drängte sich; o Gott, wenn er nur zu essen bekäme, ein Krümchen zumindest, und auch die Fingerchen taten plötzlich so weh! Ein Ordnungshüter ging vorbei und wandte sich ab, um den Knaben nicht sehen zu müssen.

Schon wieder eine Straße – wie breit sie ist! Hier werden sie ihn gewiß erdrücken. Und wie sie alle schreien, laufen, fahren, und diese Helligkeit, diese Helligkeit! Was ist denn das? Ach, welch eine große Glasscheibe, und hinter der Scheibe ein Zimmer, und im Zimmer ein Baum, der bis zur Decke reicht. Es ist ein Christbaum, und der Christbaum ist voller Lichter, goldener Papierchen und Äpfel, und ringsherum liegen Püppchen und Pferdchen. Geputzte saubere Kinder laufen im Zimmer herum, lachen und spielen, essen und trinken. Da tanzt eben ein Mädchen mit einem Jungen, welch ein hübsches Mädchen! Auch die Musik dringt durch die Scheibe. Der Knabe schaut verwundert zu, und schon lacht er, obwohl ihm die Zehen weh tun und die Fingerchen schon so rot und steif sind, daß es schmerzt, wenn er sie bewegt. Doch plötzlich erinnert sich der Knabe an die schmerzenden Fingerchen, fängt zu weinen an und läuft weiter.

Und wieder sieht er durch eine Scheibe in ein Zimmer, wo ein Baum steht. Auf den Tischen liegen viele süße Backwaren – braune, gelbe und solche mit Mandeln, und vier vornehme Damen reichen jedem, der eintritt, von dem Gebäck. Die Tür geht alle Augenblicke auf, und viele Herrschaften kommen herein.

Der Knabe stahl sich zur Tür, öffnete sie rasch und trat ein. Mein Gott, wie sie ihn da anschrien und abwehrten! Eine Dame eilte auf ihn zu, drückte ihm eine Kopeke in die Hand und schob ihn zur Tür hinaus. Wie sehr er erschrak! Die Kopeke fiel klirrend zu Boden und rollte über die Stufen; er aber konnte seine Fingerchen nicht biegen, um sie festzuhalten. Der Knabe rannte davon, schneller und immer schneller, wußte selber nicht wohin. Er hätte gerne geweint, doch aus Furcht rannte er immer weiter und hauchte sich auf die Händchen. Eine große Trauer befiel ihn, es war ihm plötzlich so einsam und schrecklich zumut.

Mein Gott, was ist das schon wieder? Eine Menschenmenge, die staunt: hinter einer Fensterscheibe sieht man drei kleine Puppen, in roten und grünen Gewändern, als wären sie lebendig! Ein alter Mann sitzt da und scheint auf einer großen Geige zu spielen, während zwei andere, die neben ihm stehen, auf einer kleinen Geige spielen. Sie bewegen die Köpfchen im Takt, schauen einander an, bewegen die Lippen und sprechen, ja, sie sprechen, nur kann man es durch die Scheibe nicht hören. Zuerst dachte der Knabe, sie seien lebendig, doch als er erkannte, daß es Puppen waren, fing er plötzlich zu lachen an. Noch nie hatte er solche Puppen gesehen, er hatte gar nicht gewußt, daß es sie gab! Und so sehr es ihm ums Weinen war – über die Puppen mußte er lachen. Da schien ihm plötzlich, jemand habe ihn hinten am Hemdchen gepackt: neben ihm stand ein großer böser Junge. Er riß ihm mit einem Schlag die Mütze vom Kopf und versetzte ihm hinterher einen Fußtritt. Der Knabe fiel hin, so daß die Leute kreischten. Zuerst lag er da wie erstarrt, dann sprang er auf und lief davon, wußte selber nicht wohin, lief schließlich durch eine Toreinfahrt in einen fremden Hof und setzte sich hinter einen Holzstoß. «Hier findet mich keiner», dachte er, «hier ist es dunkel.»

Er krümmte sich und wagte vor Angst kaum zu atmen. Doch plötzlich, ganz unvermittelt, war ihm so wohl: die Händchen und Füßchen hörten auf zu schmerzen, und eine Wärme überkam ihn, als säße er auf dem Ofen. Der Knabe fuhr zusammen: ach, er war eingeschlafen! Wie angenehm war es zu schlafen. «Ich bleib' hier ein wenig sitzen und geh' mir dann nochmals die Puppen anschauen», dachte der Knabe und lächelte bei der Vorstellung, wie lebendig sie waren... Dann schien ihm, er höre die Stimme der Mutter, die ihm ein Lied singt. «Mama, ich schlafe, ach wie gut es sich hier schlafen läßt!»

«Komm mit mir zum Christbaum, mein Junge», flüsterte auf einmal eine leise Stimme über ihm.

Er glaubte, es sei seine Mutter, doch sie war es nicht. Er konnte nicht sehen, wer ihn rief, er fühlte nur, wie sich jemand über ihn beugte und ihn umarmte in der Dunkelheit. Er streckte ihm seine Hand entgegen, und plötzlich – welche Helligkeit! Was für ein herrlicher Christbaum! Kein gewöhnlicher Tannenbaum war's – er hatte einen solchen Baum noch nie gesehen! Wo war er nur: alles glänzt, alles leuchtet, und ringsum lauter Puppen – doch nein, das sind ja Jungen und Mädchen, in lichten Kleidern. Sie kreisen und fliegen um ihn herum, küssen ihn, heben ihn auf und tragen ihn mit sich fort. Und schon fliegt er und sieht, wie ihn Mama lächelnd und voll Freude anschaut.

«Mama, Mama! Ach wie schön es hier ist!» ruft der Knabe ihr zu, und er küßt die Kinder und will ihnen so schnell wie möglich von den Puppen hinter dem Fenster erzählen. «Was seid ihr denn für Jungen, was seid ihr für Mädchen?» fragt er lachend und liebevoll.

«Wir sind zum Weihnachtsfest gekommen», antworten ihm die Kinder. «An diesem Tag stellt Christus immer einen Weihnachtsbaum für die kleinen Kinder auf, die zu Hause keinen Christbaum haben ...» Und der Knabe erfuhr, daß diese Jungen und Mädchen solche Kinder gewesen waren wie er. Die einen waren schon in dem Körbchen erfroren, in welchem man sie vor den Türen der Petersburger Beamten ausgesetzt hatte, die andern waren bei den finnischen Ammen verhungert, denen sie im Findelhaus zur Pflege übergeben worden waren, die dritten waren zur Zeit der Hungersnot von Samara, als die Milch in den Brüsten ihrer Mütter versiegte, gestorben, die vierten in der dicken Luft von Drittklaßwaggons erstickt. Und nun sind sie alle da, wie die Engel um Christus geschart, und Er selbst ist in ihrer Mitte und streckt ihnen die Hände entgegen und segnet sie und ihre sündigen Mütter... Und die Mütter dieser Kinder stehen abseits und weinen. Jede Mutter erkennt ihren Jungen oder ihr Mädchen, und die Kinder fliegen zu ihnen, küssen sie und wischen ihnen mit ihren Händchen die Tränen ab und bitten sie, nicht mehr zu weinen, es gehe ihnen hier ja so gut...

Am nächsten Morgen fanden die Hausknechte den kleinen Leichnam des Knaben, der sich hinter den Holzstoß geflüchtet hatte und dort erfroren war. Dann suchten sie seine Mutter... Sie war schon vor ihm gestorben. Sie werden sich beide im Himmel wiedersehen.

## WOLFGANG BORCHERT

# DIE DREI DUNKLEN KÖNIGE

Er tappte durch die dunkle Vorstadt. Die Häuser standen abgebrochen gegen den Himmel. Der Mond fehlte, und das Pflaster war erschrocken über den späten Schritt. Dann fand er eine alte Planke. Da trat er mit dem Fuß gegen, bis eine Latte morsch aufseufzte und losbrach. Das Holz roch mürbe und süß. Durch die dunkle Vorstadt tappte er zurück. Sterne waren nicht da.

Als er die Tür aufmachte (sie weinte dabei, die Tür), sahen ihm die blaßblauen Augen seiner Frau entgegen. Sie kamen aus einem müden Gesicht. Ihr Atem hing weiß im Zimmer, so kalt war es. Er beugte sein knochiges Knie und brach das Holz. Das Holz seufzte. Dann roch es mürbe und süß ringsum. Er hielt sich ein Stück davon unter die Nase. «Riecht beinahe wie Kuchen», lachte er leise. «Nicht», sagten die Augen der Frau, «nicht lachen. Er schläft.»

Der Mann legte das süße mürbe Holz in den kleinen Blechofen. Da glomm es auf und warf eine Handvoll warmes Licht durch das Zimmer. Die fiel hell auf ein winziges rundes Gesicht und blieb einen Augenblick. Das Gesicht war erst eine Stunde alt, aber es hatte schon alles, was dazugehört: Ohren, Nase, Mund und Augen. Die Augen mußten groß sein, das konnte man sehen, obgleich sie zu waren. Aber der Mund war offen, und es pustete leise daraus. Nase und Ohren waren rot. «Er lebt», dachte die Mutter. Und das kleine Gesicht schlief.

«Da sind noch Haferflocken», sagte der Mann. «Ja», antwortete die Frau, «das ist gut.» Es ist kalt. Der Mann nahm noch von dem süßen weichen Holz. «Nun hat sie ihr Kind gekriegt und muß frieren», dachte er. Aber er hatte keinen, dem er dafür die Fäuste ins Gesicht schlagen konnte. Als er die Ofentür aufmachte, fiel wieder eine Handvoll Licht über das schlafende Gesicht. Die Frau sagte leise: «Kuck, wie ein Heiligenschein, siehst du?» – «Heiligenschein!» dachte er, und er hatte keinen, dem er die Fäuste ins Gesicht schlagen konnte.

Dann waren welche an der Tür. «Wir sahen das Licht», sagten sie, «vom Fenster. Wir wollen uns zehn Minuten hinsetzen.»

«Aber wir haben ein Kind», sagte der Mann zu ihnen. Da sagten sie nichts weiter, aber sie kamen doch ins Zimmer, stießen Nebel aus den Nasen und hoben die Füße hoch. «Wir sind ganz leise», flüsterten sie und hoben die Füße hoch. Dann fiel das Licht auf sie.

Drei waren es. In drei alten Uniformen. Einer hatte einen Pappkarton, einer einen Sack. Und der dritte hatte keine Hände. «Erfroren», sagte er und hielt die Stümpfe hoch. Dann drehte er dem Mann die Manteltasche hin. Tabak war darin und dünnes Papier. Sie drehten Zigaretten. Aber die Frau sagte: «Nicht, das Kind.»

Da gingen die vier vor die Tür, und ihre Zigaretten waren vier Punkte in der Nacht. Der eine hatte dicke umwickelte Füße. Er nahm ein Stück Holz aus seinem Sack. «Ein Esel», sagte er, «ich habe sieben Monate daran geschnitzt. Für das Kind.» Das sagte er und gab es dem Mann. «Was ist mit den Füßen?» fragte der Mann. «Wasser», sagte der Eselschnitzer, «vom Hunger.» – «Und der andere, der dritte?» fragte der Mann und befühlte im Dunkeln den Esel. Der dritte zitterte in seiner Uniform: «Oh, nichts», wisperte er, «das sind nur die Nerven. Man hat eben zuviel Angst gehabt.» Dann traten sie die Zigaretten aus und gingen wieder hinein.

Sie hoben die Füße hoch und sahen auf das kleine schlafende Gesicht. Der Zitternde nahm aus seinem Pappkarton zwei gelbe Bonbons und sagte dazu: «Für die Frau sind die.»

Die Frau machte die blassen blauen Augen weit auf, als sie die drei Dunklen über das Kind gebeugt sah. Sie fürchtete sich. Aber da stemmte das Kind seine Beine gegen ihre Brust und schrie so kräftig, daß die drei Dunklen die Füße aufhoben und zur Tür schlichen. Hier nickten sie nochmal, dann stiegen sie in die Nacht hinein.

Der Mann sah ihnen nach. «Sonderbare Heilige», sagte er zu seiner Frau. Dann machte er die Tür zu. «Schöne Heilige sind das», brummte er und sah nach den Haferflocken. Aber er hatte kein Gesicht für seine Fäuste.

«Aber das Kind hat geschrien», flüsterte die Frau, «ganz stark hat es geschrien. Da sind sie gegangen. Kuck mal, wie lebendig es ist», sagte sie stolz. Das Gesicht machte den Mund auf und schrie.

«Weint er?» fragte der Mann.

«Nein, ich glaube, er lacht», antwortete die Frau.

«Beinahe wie Kuchen», sagte der Mann und roch an dem Holz, «wie Kuchen. Ganz süß.»

«Heute ist ja auch Weihnachten», sagte die Frau.

«Ja, Weihnachten», brummte er, und vom Ofen her fiel eine Handvoll Licht auf das kleine schlafende Gesicht.

## GUSTAVO ADOLFO BÉCQUER

## MEISTER PÉREZ, DER ORGANIST

Während ich in Sevilla, in der Vorhalle von St. Agnes, auf den Beginn der Weihnachtsmesse wartete, erzählte mir die Pförtnerin des Klosters die folgende Geschichte.

Als ich sie vernommen, war ich natürlich noch ungeduldiger, der Messe beizuwohnen, begierig, ein wirkliches Wunder zu erleben.

Indes war nichts weniger wunderbar als die Orgel von St. Agnes, nichts alltäglicher als die Motetten, mit denen uns der Organist an diesem Heiligabend bedachte.

Beim Verlassen der Kirche konnte ich mich nicht enthalten, die Pförtnerin mit spöttischer Miene zu fragen: «Woran liegt es, daß die Orgel des Meister Pérez heute so schlecht klingt?»

«Nun», erwiderte die Alte, «das liegt daran, daß es nicht seine Orgel ist.»

«Nicht die seine? Was ist denn aus ihr geworden?»

«Die ist vor ein paar Jahren zusammengekracht, so alt war sie.»

«Und die Seele des Organisten?»

«Die ist nicht wieder erschienen, seitdem man die alte Orgel durch die jetzige ersetzt hat.»

Wenn es einem meiner Leser nach dem Anhören dieser Geschichte einfallen sollte, die gleiche Frage an mich zu richten, so weiß er schon jetzt, weshalb dieses Wunder nicht bis heute gedauert hat.

I

«Seht Ihr den dort im Purpurmantel mit der weißen Feder auf dem Barett, der aussieht, als trage er auf seinem Wams alles Gold der indischen Galeonen? Seht Ihr, wie er gerade, in diesem Augenblick, aus seiner Sänfte steigt, um der Dame die Hand zu reichen, die soeben die ihre verlassen hat und sich in Begleitung von vier fackeltragenden Pagen nähert? Es ist der Marqués von Moscoso, ein Verehrer der verwitweten Gräfin von Villapineda. Man erzählt sich, er habe die Tochter eines reichen Edelmannes heiraten wollen, bevor er seine Aufmerksamkeit dieser Dame zuwandte. Der Vater des jungen Mädchens aber, von dem man flüstert, er sei ein bißchen geizig ... aber still! Spricht man vom Teufel, ist er schon da! Seht Ihr den, der da unter dem Torbogen von San Felipe auftaucht, zu Fuß, in einen dunklen Mantel gehüllt und nur von einem Diener mit einer Laterne begleitet? Jetzt steht er gerade vor dem Altarbild ...

Habt Ihr das Komturkreuz auf seiner Brust funkeln sehen, als er sich vor dem Heiligenbild verneigte? Ohne dieses Adelszeichen würde ihn jeder für einen Krämer aus der Schlangengasse halten ... Seht nur, wie die Leute ihm Platz machen und ihn respektvoll grüßen. Ganz Sevilla kennt ihn wegen seines ungeheuren Vermögens. Allein in seinen

Gewölben hat er mehr Golddukaten, als unser Herr, König Philipp, Soldaten hat. Und aus den Schiffen des Mannes könnte man eine Flotte zusammenstellen, die ausreichte, dem Großtürken Trotz zu bieten ... Seht nur, seht diese Gruppe von gewichtigen Herren! Das sind die vierundzwanzig Ritter, und da, schaut, ist auch der Flame, von dem man sagt, die Herren vom Grünen Kreuz hätten ihn noch nicht beim Kragen gepackt, nur deswegen nicht, weil er Einfluß hat auf gewisse Würdenträger in Madrid ... Der kommt nur in die Kirche, um Musik zu hören! ... Nein! Wenn Meister Pérez mit seinem Spiel faustdicke Tränen auspreßt, kann man sicher sein, daß seine Seele nicht mehr in seinem Leibe weilt, sondern schon im Siedekessel Beelzebubs ...

Ach, Frau Nachbarin, es sieht schlimm aus! Ich glaube, es wird hier noch eine Schlägerei geben. Ich flüchte mich in die Kirche. Denn nach allem, was ich hier sehe, gibt's mehr Prügel als Vaterunser. Du meine Güte, die Diener des Herzogs von Alcalá biegen gerade um die Ecke des St.-Peter-Platzes, und im Frauengäßchen, scheint mir, tauchen gerade die Leute des Herzogs von Medinasidonia auf. Habe ich's Euch nicht gleich gesagt? ... Schon haben sie einander gesehen, schon versperren sie sich den Weg. Keiner will weichen. Das Volk stiebt auseinander ... Die Ministranten, die bei solchen Gelegenheiten von Freund und Feind Keile kriegen, machen sich aus dem Staube ... Sogar der Herr Stadtrichter verzieht sich mit seinem ganzen Amtsstaat in die Vorhalle ... Und da sagen die Leute, es gäbe Gerechtigkeit ... Ja, für die armen

Teufel vielleicht... Machen wir, daß wir fortkommen! Schon blinken die Schilde im Dunkeln. Allmächtiger Gott, steh uns bei! Schon hagelt es Hiebe. Frau Nachbarin, Frau Nachbarin, hierher, bevor sie die Tore schließen!

Aber still! Was ist das? Sie haben noch nicht richtig angefangen und hören schon wieder auf? Was ist denn das für ein Glanz? Brennende Fackeln! Sänften! Der Herr Erzbischof? Kaum habe ich die allerheiligste Jungfrau um Schutz angefleht, da sendet sie mir Hilfe! Ach, niemand ahnt, was ich dieser hohen Frau schuldig bin! Mit Wucherzinsen zahlt sie mir die Kerzlein zurück, die ich jeden Samstag für sie anzünde! Schaut nur, wie prächtig er in seinem violetten Gewande und dem roten Käppchen aussieht! Gott erhalte ihn auf seinem Thron so viele Jahrzehnte, wie ich mir zu leben wünsche! Ohne ihn stünde halb Sevilla durch den ewigen Zwist der beiden Herzöge in Flammen. Schaut doch nur diese Riesenheuchler, wie sie sich beide an die Sänfte des Prälaten drängen, um seinen Ring zu küssen! Wie sie ihm folgen, sich unter seine Leute mischen! Ist es zu glauben, daß diese beiden, die jetzt tun, als wären sie die dicksten Freunde, sich in einer halben Stunde in einer dunklen Gasse treffen und... Es sind die gleichen, die gleichen... Gott behüte mich davor, sie für Feiglinge zu halten! Schon oft haben sie ihren Mut im Kampfe gegen die Feinde unseres Heilands bewiesen... Wahr ist es schon, da sie sich suchten... Wenn sie sich in der Absicht suchten, sich auszusöhnen, dann hätten sie sich schon längst gefunden, und der ewige Streit wäre für immer vorbei, bei dem nur für ihre Verwandten, ihre Vasallen und ihre Dienerschaft etwas abfällt...

Aber kommt, Nachbarin, gehen wir in die Kirche, bevor sie überfüllt ist. Am Heiligabend pflegt sie so voll zu sein, daß nicht eine Stecknadel zu Boden fallen kann... Ein gutes Geschäft haben die Nonnen mit ihrem Organisten gemacht! Wann war das Kloster wohl je so angesehen wie jetzt? Ich weiß, andere Sprengel haben Meister Pérez glänzende Angebote unterbreitet. Sogar der Herr Erzbischof hat ihm goldene Berge versprochen, um ihn für die Kathedrale zu gewinnen. Aber er, nein! Eher läßt er sein Leben, als daß er sich von seiner geliebten Orgel trennt!

Ihr kennt nicht den Meister Pérez? Natürlich, Ihr seid ja neu hier. Ich sage Euch, das ist ein Heiliger. Arm ist er, und doch gibt er mehr Almosen als andere. Er hat keinen Menschen sonst auf der Welt außer seiner Tochter, keinen einzigen Freund außer seiner Orgel. Sein ganzes Leben hat er sich bemüht, über die Unschuld seiner Tochter zu wachen, die Register der Orgel in Ordnung zu halten!... Schade nur, daß die Orgel so alt ist. Aber das macht nichts. Er ist so geschickt, ihre Register zu ziehen... Sie spielt, daß es wie ein reines Wunder erklingt. Er hat alles im Griff...

Ich weiß nicht, ob ich Euch gesagt habe, daß der Arme von Geburt an blind ist. Doch mit welcher Geduld trägt er sein Unglück! Und wenn jemand ihn fragt, wieviel er dafür geben würde, um sehen zu können, erwidert er: ‹Viel, aber nicht so viel, wie Ihr glaubt. Denn ich habe Hoffnung...› – ‹Hoffnung, zu sehen?› – ‹Ja, und das bald›, fügt er mit einem Engelslächeln hinzu. ‹Ich bin schon sechsundsiebzig Jahre alt. Wie lange auch mein Leben noch währen mag, bald werde ich Gott schauen ...› Der Ärmste! Gewiß wird er ihn sehen, denn er ist demütig wie die Steine auf der Gasse, die sich von aller Welt treten lassen. Immer sagt er, er sei nur ein armer Klosterorganist, dabei könnte er selbst dem Kapellmeister der Kathedrale noch etwas beibringen. Er ist von klein auf dabei. Sein Vater war schon Organist. Ich habe ihn nicht mehr gekannt. Aber meine Mutter – Gott hab sie selig – erzählte uns, er habe ihn immer mit auf die Empore genommen, damit er den Blasbalg trete. Später zeigte der Junge so viel Talent, daß er, ganz natürlich, beim Tode seines Vaters dessen Amt erbte ...

Und was für Hände er hat! Gott segne sie! Er verdiente, daß man sie zum Goldschmied brächte und in Gold fassen ließe! Immer spielt er schön, immer. Aber am Heiligabend vollbringt er ein wahres Wunder. Zur Weihnachtsmesse fühlt er sich besonders hingezogen. Wenn um Mitternacht die heilige Hostie emporgehoben wird, in jener Stunde, da unser Herr Jesus Christus zur Welt gekommen, werden die Töne seiner Orgel zu wahren Engelschören ...

Aber warum soll ich Euch das jetzt ausmalen, was Ihr heute nacht hören werdet! Es genügt zu sehen, wie die allerbeste Gesellschaft von Sevilla, mit dem Herrn Erzbischof an der Spitze, in ein einfaches Kloster eilt, um Meister Pérez zu lauschen. Dabei dürft Ihr nicht glauben, daß nur die gebildeten Leute, die etwas von Musik verstehen, seine Verdienste hochschätzen. Nein, auch das Volk! Alle diese Menschenmassen, die Ihr da mit Kienfackeln herbeiströmen seht, die ihre Weihnachtslieder singen, von dem mächtigen Radau der Klappern, Trommeln und Pauken begleitet, drängeln und stoßen sich nicht, wie es sonst ihre Art ist. Sie verhalten sich mäuschenstill, sobald Meister Pérez die Hände auf die Tasten legt. Und wenn er anfängt ... man hört keine Fliege, aus allen Augen stürzen dicke Tränen ...

Und wenn er aufhört, hört man nur einen langen, tiefen Seufzer, der nichts anderes ist als der Atem der Andächtigen, den sie während des Spiels angehalten hatten ... Aber kommt, kommt! Die Glocken haben schon aufgehört zu läuten, und gleich beginnt die Messe. Es wird Zeit, einzutreten. Für die ganze Welt ist Heiligabend, aber für niemanden mehr als für uns.»

Bei diesen Worten durchschritt die gute Frau, die ihrer Nachbarin als Führerin gedient hatte, die Vorhalle des Klosters der heiligen Agnes. Mit Ellbogen verschaffte sie sich Einlaß in die Kirche und verschwand bald in der Menge, die sich vor der Tür drängte.

## II

Die Kirche war mit verschwenderischer Pracht erleuchtet. Der von den Altären wogende Lichtstrom spiegelte sich in den reichen Juwelen der Damen, die auf dem Sammetkissen knieten, welches die Pagen ausgebreitet hatten. Ihre Gebetbücher empfingen sie aus den Händen ihrer Dienerinnen. Einen glänzenden Kreis bildeten sie alle vor dem Gitter des Hauptaltars.

Eingehüllt in goldverbrämte Mäntel, aus denen sie bisweilen mit wohlgeübter Gleichgültigkeit die roten und grünen Ordensbänder hervorschimmern ließen, in der einen Hand den Filzhut, deren Federn den Teppich berührten, die andere auf dem polierten Knauf des Degens oder das Heft des reich ausgelegten Dolches liebkosend, standen die vierundzwanzig Ritter mit den Edelsten von Sevilla und schienen eine Mauer zu bilden, um ihre Frauen und Kinder vor der Berührung mit den Volksmassen zu schützen.

Diese wogten im Hintergrund des Kirchenschiffes wie ein schäumendes Meer hin und her, brachen in Jubel aus, der von dem mißtönenden Lärm der Schellentrommeln und Tamburine durchsetzt war.

Der Erzbischof näherte sich. Umgeben von seinem Gefolge, nahm er neben dem Hauptaltar auf einem scharlachfarbenen Thronsessel Platz. Dreimal sprach er seinen Segen aus über das Volk. Das war das Zeichen für den Beginn der Messe. Trotzdem vergingen einige Minuten, bevor der Zelebrant erschien. Schon wurde die Menge ungeduldig. Die Ritter raunten sich einige Worte zu, und der Erzbischof schickte in die Sakristei, um sich zu erkundigen, weshalb die heilige Handlung nicht begänne.

«Meister Pérez ist krank geworden, schwer krank. Er kann der Mitternachtsmesse nicht beiwohnen», lautete die Antwort.

Die Kunde verbreitete sich augenblicklich unter

der Menge. Unmöglich, die niederdrückende Wirkung zu schildern, die sie bei jedermann hervorrief. Nur soviel: es erhob sich ein solcher Lärm in dem Gotteshaus, daß der Stadtrichter aufstand, seinen Leuten ein Zeichen gab, sich unter die erregten Menschen zu mischen und die Ruhe wiederherzustellen.

In diesem Augenblick drängte sich ein magerer, grobknochiger und dazu noch schielender Mann zu dem Sessel des Prälaten.

«Meister Pérez ist krank», sagte er. «Die Messe kann nicht beginnen. Wenn Ihr es wünscht, will ich in seiner Abwesenheit die Orgel spielen. Meister Pérez ist ja nicht der einzige Organist auf der Welt, noch wird man, falls er sterben sollte, das Instrument ungenutzt lassen, nur weil niemand da sei, der es zu spielen verstünde ...»

Der Erzbischof nickte mit dem Kopf zum Zeichen des Einverständnisses. Einige Gläubige, die diesen Menschen als einen neidischen Kerl und einen Feind des Meister Pérez kannten, brachen bereits in Rufe des Unwillens aus, als man plötzlich von der Vorhalle her ein wildes Getöse vernahm.

«Meister Pérez ist da! Meister Pérez ist da!»

Auf das Geschrei derer, die sich um das Portal drängten, wandte alle Welt den Kopf dorthin. Und wirklich: Meister Pérez war am Kircheneingang erschienen, bleich und mit eingefallenen Augen, in einen Lehnsessel gebettet. Jeder stritt um die Ehre, ihn auf den Schultern zur Empore tragen zu dürfen. Nicht die Mahnungen der Ärzte, nicht die Tränen seiner Tochter hatten ihn im Bett zu halten vermocht.

«Nein!» hatte er gesagt, «das ist das letzte Mal, ich weiß es. Ich weiß es, und ich will nicht sterben, ohne meine Orgel noch einmal gespielt zu haben. Erst recht heute am Heiligabend will ich hin. Los, ich will es, ich befehle es! Auf in die Kirche!»

Sein Wunsch wurde ihm erfüllt. Auf den Schultern trug man ihn auf die Empore, und die Messe begann.

In diesem Augenblick schlug die Uhr der Kathedrale die zwölfte Stunde.

Introitus, Evangelium und Offertorium waren vorüber, und es näherte sich der feierliche Augenblick, da der Geistliche die heilige Hostie mit den Fingerspitzen faßt und langsam emporhebt. Eine Wolke von Weihrauch erfüllte die Kirche mit bläulichen Wellen. Die Glocken setzten ein mit ihren schwingenden Klängen. Meister Pérez legte seine gekrümmten Hände auf die Tasten der Orgel.

Die hundert Stimmen der metallenen Pfeifen erklangen in einem majestätischen, langen Akkord, der sich allmählich verlor, als hätte ein Windstoß sein letztes Echo verweht.

Auf diesen ersten Akkord, der einer Stimme glich, die sich von der Erde zum Himmel erhob, antwortete ein zweiter, fern und zart, stärker und stärker werdend, der zu einem Strom betäubenden Wohlklangs anschwoll. Es war der Chor der Engel, welcher, den Weltraum durchdringend, die Erde erreichte. Hierauf vernahm man einen fernen mehrstimmigen Gesang, angestimmt von den Hierarchien der Seraphine. Tausend Hymnen zur gleichen Zeit, zusammenströmend, eine einzige

DIE WEISEN AUS DEM MORGENLAND
ÜBERBRINGEN IHRE GESCHENKE

(Matthäus 2,10–11)

bildend, die doch nichts anderes war als die Begleitung einer wundersamen Melodie, die über einen Ozean geheimnisvoller Töne dahinglitt wie der Nebelstreif über den Wellen des Meeres.

Bald verloren sich die ersten Gesänge. Neue erklangen und verhallten, einer nach dem anderen. Schlichter und schlichter ihre Form. Schon waren es nur noch zwei Stimmen, deren Echo sich verband. Schließlich blieb nur ein einziger Ton übrig, der wie ein Lichtstrahl dahinzitterte.

Der Priester senkte die Stirn. Über seinem kahlen Haupte zeigte sich im blauen Schleier des Weihrauchs die Hostie vor den Augen der Gläubigen. In diesem Augenblick löste sich der Ton auf, den Meister Pérez in einem Triller ausgehalten hatte.

Vom Ausbruch neuer gewaltiger Harmonien erschütterte die Kirche. In allen Winkeln summten die Wellen der Luft, die farbigen Fenster in ihren schmalen Bögen erbebten.

Aus jedem prächtigen Akkord entwickelte sich ein Thema, bald nah, bald fern, jetzt leuchtend, jetzt dumpf, als sängen Gewässer und Vögel, Winde und Blätter, Menschen und Engel, Erde und Himmel, jedes in seiner Sprache, einen Hymnus auf die Geburt des Heilands.

Die Menge lauschte erschüttert, bis ins Letzte ergriffen. In allen Augen glänzten Tränen. In jeder Seele leuchtete ein tiefe Andacht.

Der Priester, der die Messe zelebrierte, fühlte seine Hände zittern; denn *den* er in ihnen erhob, *den* die Menschen grüßten und die Erzengel, war sein Gott, und er sah den Himmel sich öffnen, die Hostie sich in den Leib Christi verwandeln.

Die Orgel tönte fort. Aber ihre Klänge erloschen allmählich, wie eine Stimme leiser und leiser wird, im Echo verhallt.

Da ertönte plötzlich von der Empore her ein Schrei, ein herzzerreißender, schriller Schrei, der Schrei einer Frau.

Die Orgel hauchte einen seltsam verstimmten Ton aus, einem Schluchzen ähnlich. Dann blieb sie stumm.

Die Menge staute sich an den Stufen der Empore. Alle Gläubigen, ihrer frommen Ergriffenheit entrissen, blickten ängstlich nach oben.

«Was ist geschehen? Was ist los?» fragte einer den anderen, doch niemand wußte die Antwort, obwohl sich alle mühten, sie zu erraten. Die Verwirrung stieg. Der Tumult drohte die weihevolle Ordnung der Kirche zu brechen.

«Was war es denn?» fragten die Damen des Stadtrichters, der in Begleitung des Ministranten als einer der ersten auf die Empore gestiegen war und nun, bleich und tief betroffen, sich dem Platz zuwandte, wo der Erzbischof, ungeduldig wie alle anderen, seiner wartete, um die Ursache der Störung zu erfahren.

«Was ist vorgefallen?»

«Meister Pérez ist soeben gestorben!»

In der Tat, als die ersten Gläubigen, über die Stufen stolpernd, die Empore erreichten, sahen sie den armen Organisten mit dem Gesicht auf den Tasten seines alten Instrumentes liegen, das noch leise vibrierte, während seine Tochter ihm zu Füßen kniete, ihn unter Seufzen und Schluchzen vergeblich beim Namen rief.

III

«Guten Abend, meine liebe Frau Baltasara. Geht Ihr heute am Heiligabend auch zur Mitternachtsmesse? Ich wollte sie eigentlich in der Pfarrkirche hören. Aber so ist's ja immer... Man geht da hin, wo etwas los ist. Wenn ich die Wahrheit sagen soll... seit dem Tode von Meister Pérez ist es mir jedesmal, wenn ich seine Kirche betrete, als legte man mir einen Stein aufs Herz... Der Arme! Er war der reine Heilige! Ich muß gestehen, daß ich ein Stück seines Rocks wie eine Reliquie aufhebe, und er verdient es. Bei Gott und meiner Seele, wenn sich der Herr Erzbischof nur ein bißchen dafür verwenden wollte, dann würden unsere Enkel ihn sicher noch, seliggesprochen, auf den Altären sehen. Aber wie soll das sonst geschehen? Wer tot, wer fort ist, hat keine Freunde! Heutzutage läuft man nur dem Neuen nach. Ihr versteht mich schon!...

Was? Ihr wißt nichts von dem, was passiert ist? Wirklich, darin sind wir uns sehr ähnlich. Aus unserem Haus in die Kirche und aus der Kirche nach Hause zurück, ohne uns darum zu kümmern, was die Leute reden und was nicht... Nur daß ich, so nebenbei, bald hier, bald dort ein Wörtchen auffange und dadurch, ohne es eigentlich zu wollen, doch immer auf dem laufenden bleibe... Also, es scheint eine ausgemachte Sache, daß der Organist von St. Romani, dieser schielende Kerl, der immer alle anderen Organisten anschwärzt, dieser schlampige Bursche, der eher einem Schlächtergesellen ähnelt als einem Orgelspieler, heute nacht an

Stelle von Meister Pérez die Orgel spielen wird. Ihr werdet es ja wissen, denn die ganze Welt weiß es. Es ist ja ein öffentliches Geheimnis in Sevilla, daß es sonst niemand wagen will. Nicht einmal seine eigene Tochter, die doch das Spielen gelernt hat und nach dem Tode ihres Vaters in das Kloster eingetreten ist... Und das ist auch ganz natürlich! Uns, die wir an seine wunderbare Musik gewöhnt waren, muß alles andere mißfallen, wenn man sich auch noch so große Mühe gibt, keine Vergleiche anzustellen. Aber kaum hatte die Gemeinde den Beschluß gefaßt, die Orgel sollte dem Verstorbenen zu Ehren und aus Achtung vor seinem Angedenken heute nacht stumm bleiben, da meldete sich dieser Bursche und erklärte, er getraue sich zu spielen. Nichts ist so dreist wie die Dummheit! Allerdings ist es nicht seine Schuld, sondern die Schuld derer, die eine solche Entweihung gestatten...

Ja, ja, so geht's zu in der Welt... Merkwürdig, wie viele Leute heute in die Kirche rennen. Man könnte meinen, es hätte sich von einem Jahr zum andern nichts geändert. Die gleichen großen Herren, der gleiche Aufwand, dasselbe Gedränge am Portal, dieselbe Erregung in der Vorhalle, genausoviel Volk im Kirchenschiff... Ach, wenn der Tote sich erheben könnte! Er würde lieber noch einmal sterben, als seine Orgel von solchen Händen gespielt zu hören. Deshalb wollen die Leute aus diesem Stadtviertel dem Eindringling einen Streich spielen, wie man mir gesagt hat. In dem Augenblick, in dem er die Hände auf die Tasten legt, soll eine Katzenmusik auf Trommeln, Klappern und Pauken losgehen, wie man sie noch nicht gehört hat...

Doch still, schon betritt unser Held die Kirche! Jesses, sieht er nicht aus wie ein Papagei? Was für eine Halskrause er bloß trägt! Und wie gewichtig er dreinschaut!... Kommt nur schnell! Der Erzbischof ist schon da, die Messe wird gleich beginnen. Mir ist, als geschähe heute nacht etwas, wovon die Leute noch lange reden werden.»

Mit diesen Worten drängte sich die gute Frau in die Kirche, wobei sie sich wie üblich mit den Ellbogen unter Puffen und Knuffen den Weg durch die Menge bahnte.

Der Gottesdienst hatte bereits begonnen. Im gleichen Lichterglanz wie im Vorjahre erstrahlte die Kirche. Durch die Reihen der Gläubigen, die das Kirchenschiff füllten, schritt der neue Organist, um den Ring des Prälaten zu küssen, und bestieg alsdann die Empore, wo er ein Orgelregister nach dem anderen mit ebenso gekünstelter wie lächerlicher Wichtigtuerei herauszog.

Aus der dichten Menge, die sich am Zugang zur Tribüne drängte, stieg ein dumpfes, verworrenes Geräusch auf, ein sicheres Anzeichen dafür, daß ein Sturm sich zusammenbraue, der wohl bald ausbrechen werde.

«Er ist ein Gauner, der nichts kann und sich wer weiß was einbildet», sagten die einen.

«Er ist ein Nichtskönner, der die Orgel in seiner Pfarrkirche so heruntergewirtschaftet hat, daß sie klingt wie eine Nachtwächterknarre. Jetzt kommt *der* hierher, um Meister Pérez' Orgel zu entweihen», meinten die anderen.

Während einer von den Leuten bereits seinen Mantel zurückschlug, um besser auf seine Pauke schlagen zu können, während ein anderer seine Klappern untersuchte – kurz, sich alle rüsteten, Radau zu machen –, wagten es nur ganz wenige, schüchtern jenen sonderbaren Menschen zu verteidigen, dessen hoffärtiges und aufgeblasenes Benehmen in so sichtbarem Gegensatz zu dem bescheidenen Auftreten, der leutseligen Güte des verstorbenen Meister Pérez stand.

Endlich war der erwartete Augenblick gekommen, der feierliche Augenblick, in dem der Priester, nachdem er sein Knie gesenkt und die frommen Worte gesprochen, die Hostie in die Fingerspitzen nahm...

Die Glocken läuteten, ein Regen kristallener Klänge. Die durchsichtigen Wellen des Weihrauchs stiegen auf. Die Orgel setzte ein...

In dem gleichen Augenblick erfüllte ein ohrenbetäubender Lärm die Kirche, den ersten Akkord völlig erstickend. Trommeln, Klappern, Dudelsäcke, Schalmeien – alle nur möglichen Instrumente schrillten gleichzeitig auf. Nur ein paar Sekunden währte der wilde Lärm. So plötzlich, wie er begonnen, verstummte er.

Langgezogen, kraftvoll, erhaben entquoll der zweite Akkord den metallenen Pfeifen der Orgel. Er glich einem Wasserfall unerschöpflich tönender Harmonien.

Himmlische Klänge, wie sie das Ohr im Augenblick höchster Verzückung liebkosen, Gesänge, wie sie die Seele nur erfaßt, wie sie die Lippen aber nicht wiederholen können. Abgerissene Töne einer fernen Melodie, in Intervallen erklingend, herbeigetragen auf den Schwingen des Windes. Verliebtes Blätterraunen, das über Baumkronen dahinzieht, ähnlich dem Rauschen des Regens. Tirilieren der Lerchen, die aus Blumen aufflattern wie ein Pfeil, der sich den Wolken zuschwingt. Unerklärbare Töne, machtvoll wie das Rollen des Donners, ehrfurchterheischende Engelschöre, eine niemals vernommene Himmelsmusik, die nur die Phantasie ergreift, beflügelte Hymnen, die zum Throne des Herrn aufsteigen wie eine Säule von Licht... All das brachten die hundert Stimmen der Orgel hervor mit größerer Wucht, mit geheimnisvollerer Poesie, mit phantastischerer Färbung als je vorher...

Als der Organist von der Empore herabstieg, drängte sich soviel Volk hin zu den Stufen, war der Eifer, ihn zu sehen und zu bewundern, so groß, daß der Stadtrichter nicht ohne Grund befürchtete, der Organist könne im Gewühl erdrückt werden. Daher befahl er seinen Gehilfen, ihm den Weg mit dem Stock in der Hand zum Hauptaltar zu bahnen, wo der Erzbischof den neuen Meister erwartete.

«Ihr seht», sprach der Kardinal, als man den Organisten vor ihn geführt hatte, «ich bin aus meinem Palast nur hierhergekommen, um Euch zu hören. Werdet Ihr auch so hartnäckig sein wie Meister Pérez, der mir niemals den Weg ersparte und sich stets weigerte, bei der Weihnachtsmette in meiner Kathedrale zu spielen?»

«Im kommenden Jahr», erwiderte der Organist, «verspreche ich Euch zu Willen zu sein, denn nicht für alles Gold auf Erden würde ich je wieder diese Orgel anrühren.»

«Und weshalb nicht?» unterbrach ihn der Prälat.

«Weil sie», stammelte der Organist, sich vergeblich bemühend, die Erregung zu meistern, die sich in der Blässe seines Gesichts enthüllte, «weil sie alt und schlecht ist und nicht mehr das auszudrücken vermag, was man will.»

Der Erzbischof verließ, von Priestern und Dienern begleitet, die Kirche. Sänfte auf Sänfte verlor sich in den winkligen Gassen. Das Volk zerstreute sich nach allen Richtungen. Schon wollte die Pförtnerin das Eingangstor zur Vorhalle schließen, als sie zwei Frauen bemerkte. Diese flüsterten ein Gebet vor dem Bild unter dem St.-Philipps-Bogen. Hierauf verschwanden sie im Zofengäßchen.

«Was wollt Ihr, meine liebe Frau Baltasara?» sagte die eine. «Ich bin nun einmal so. Ein jeder hat sein Steckenpferd. Und wenn mir's die barfüßigen Kapuziner noch so sehr beteuern würden – ich glaube die ganze Geschichte nicht ... Der Mensch, der da heute vor der Orgel saß, ist gar nicht imstande, so zu spielen, wie wir es eben gehört haben. Ich habe ihn doch tausendmal in St. Bartholomäii, in seiner Pfarrkirche, spielen hören. Dort hat er so schlecht gespielt, daß man sich Watte in die Ohren stopfen mußte ... Und schließlich hat ihn der Herr Pfarrer weggejagt. Man braucht ja bloß dem Mann ins Gesicht zu sehen, das doch, wie man sagt, der Spiegel der Seele ist ... Ich denke an den armen Meister Pérez, als ob ich ihn heute gesehen hätte. An sein Gesicht erinnere ich mich, wie er nach einem Heiligabend wie heute von der Empore herabkam, nachdem er die Hörer mit seiner Kunst fortgerissen hatte. Welch ein gütiges Lächeln lag auf seinem beseelten Gesicht! So alt er auch war – er sah aus wie ein Engel. Und nun nehmt den anderen... Polterte er nicht die Treppen herunter wie einer, den die Hunde verbellen, bleich wie der Tod?... Kommt, kommt, liebe Frau Baltasara. Ihr dürft es mir glauben, was ich Euch sage: Hier stimmt etwas nicht!»

Mit diesen Worten bogen die beiden Frauen um die Ecke des Gäßchens, verloren sich in der Nacht.

## IV

Wieder war ein Jahr vergangen. Die Äbtissin des Klosters der heiligen Agnes und Meister Pérez' Tochter sprachen leise miteinander, halb verborgen in den Schatten des Kirchentores. Die Glocke rief mit mahnender Stimme die Andächtigen, aber nur ab und zu schritt jemand durch die stille Vorhalle, bekreuzte sich mit dem Weihwasser an der Eingangspforte und wählte sich dann einen Platz in irgendeiner Ecke, wo schon einige andere geduldig auf den Beginn der Weihnachtsmesse warteten.

«Nun, Ihr seht», sagte die Äbtissin, «Eure Furcht ist ganz kindisch. Kaum ein Mensch ist in der Kirche. Ganz Sevilla drängt sich an diesem Heiligabend in die Kathedrale. Spielt also die Orgel, und spielt sie ohne alle Angst! Wir sind so gut wie unter uns. Aber warum schweigt Ihr, hört Ihr nicht auf zu seufzen? Was fehlt Euch? Was habt Ihr?»

«Ich habe... Furcht!» rief das junge Mädchen mit erregter Stimme.

«Furcht? Wovor?»

«Ich weiß es nicht, vor etwas Übernatürlichem. Denkt Euch, gestern abend, als ich Euch sagen hörte, Ihr wünschtet es so sehr, mich die Orgel spielen zu sehen, wollte ich, stolz über Euer auszeichnendes Wort, die Register in Ordnung bringen, um Euch heute abend zu überraschen... Ich ging ganz allein auf die Empore. Die Uhr der Kathedrale schlug in diesem Augenblick. Ich weiß nicht welche Stunde, aber die Glockenschläge klangen tieftraurig. Und so viele waren es... Ich stand wie angewurzelt auf der Schwelle der Tür, die zur Orgel führt. Die Zeit dünkte mich wie eine Ewigkeit.

Die Kirche war leer und dunkel. Dort hinten, in der Tiefe, blinkte wie ein verlorener Stern am nächtlichen Himmel ein flackerndes Licht: das Ewige Licht vor dem Hochaltar. Bei seinem schwachen Schein, der das Schaurige der Schatten noch deutlicher machte, sah ich drei Punkte, sah ich – Ehrwürdige Mutter, bezweifelt es nicht! –, sah ich einen Mann, der, schweigend und den Rücken mir zukehrend, eine Hand über die Tasten der Orgel gleiten ließ, während die andere die Register zog. Die Orgel erklang. Sie spielte wirklich, aber es ist nicht zu beschreiben, wie. Jeder ihrer Töne glich einem Seufzer, der in den Metallpfeifen erstickt wurde. Die gepreßte Luft vibrierte drinnen. Kaum vernehmbare und doch wirkliche Töne.

Die Uhr der Kathedrale schlug noch immer.

Und noch immer ließ der Mann vor der Orgel seine Hand über die Tasten gleiten. Ich hörte sogar, wie er atmete.

Vor Schrecken gerann mir das Blut in den Adern. Eiskalt war ich am ganzen Leib. Meine Schläfen aber brannten wie Feuer. Ich wollte aufschreien, aber ich konnte nicht. Jetzt wandte mir der Mann sein Antlitz zu, erblickte mich ... nein, nein, ich drücke mich nicht richtig aus: er sah mich ja nicht, denn er war blind ... Es war mein Vater!»

«Ach, Schwester, entschlagt Euch solcher Phantasien! Mit ihnen sucht der böse Feind unsere schwachen Sinne zu beunruhigen. Betet ein Vaterunser und ein Ave Maria zum Erzengel Michael, dem Führer der himmlischen Heerscharen, auf daß er Euch gegen die bösen Geister beistehe! Legt Euch ein Skapulier um den Hals, das die Reliquie des heiligen Pakomius berührt hat, des Helfers gegen die Versuchungen. Nun aber eilt an Euren Platz vor der Orgel! Die Messe beginnt gleich, die Andächtigen warten schon voll Ungeduld. Euer Vater ist droben im Himmel. Anstatt Euch in Angst und Schrecken zu versetzen, wird er eher von da herniedersteigen, um seine Tochter für diesen feierlichen Augenblick zu inspirieren, auf daß die Weihnachtsmette zu einer besonders innigen Andacht werde.»

Alsdann nahm die Priorin inmitten der Klosterschwestern im Chore Platz. Meister Pérez' Tochter öffnete mit bebender Hand die Tür zur Empore und setzte sich dann auf die Bank vor der Orgel. Die Messe begann.

Sie begann wirklich. Bis zur Wandlung geschah

nichts Bemerkenswertes. In diesem Augenblick erklang die Orgel, und gleichzeitig ertönte ein Schrei aus dem Munde von Meister Pérez' Tochter. Die Äbtissin, die Nonnen und einige Gläubige stürzten zur Empore hinauf.

«Da seht ihr ihn! Seht ihn!» rief das Mädchen, ihre angstgeweiteten Augen auf die Bank heftend, von der sie erschrocken geflüchtet war, um sich am Geländer der Tribüne festzuhalten.

Jeder wandte den Blick auf die Orgel. Der Platz war leer, dennoch spielte die Orgel, spielte allein weiter. Nur Erzengel in mystischer Verzückung hätten mit ihr wetteifern können.

«Habe ich es Euch nicht tausendmal gesagt, meine beste Frau Baltasara? Habe ich Euch nicht gesagt, dahinter stecke etwas? Glaubt es mir!... Was? Ihr seid heute, am Heiligabend, nicht in der Mitternachtsmesse gewesen? Trotzdem werdet Ihr wissen, was sich in unserer Kirche zugetragen hat. Ganz Sevilla spricht von nichts anderem. Der Herr Erzbischof ist wütend, und das mit Recht! Nicht bei der Mette in St. Agnes gewesen zu sein, ein solches Wunder versäumt zu haben!... Und warum? Um eine Katzenmusik anzuhören. Denn die Leute, die den Organisten von St. Bartholomäii gehört haben, sagen, das Spiel in der Kathedrale sei wirklich nichts anderes gewesen... Ich hab's Euch doch immer gesagt: der schielende Kerl konnte schon damals nicht spielen. Ein glatter Schwindel war's! Dahinter steckte etwas anderes. Was dahintersteckte, glaubt es mir, war die Seele von Meister Pérez!»

## HEINRICH BÖLL

## KRIPPENFEIER

Die großen Lampen brannten schon, als er dort ankam; sie bildeten einen Lichtschirm, der parallel zum Himmel stand und die Dunkelheit wie ein Gewölbe erscheinen ließ. Der große Tannenbaum in der Bahnhofshalle tropfte von Nässe, und von den kerzenförmigen Glühbirnen hingen ein paar schief, und einige schienen defekt zu sein. Die Halle war fast leer: eben packte eine Heilsarmee-Kapelle ihre Instrumente ein, und die Männer und Frauen mit ihren roten Mützenrändern klemmten die Noten unter den Arm und trotteten müde auf den Vorplatz hinaus. Der Mann an der Wurstbude sah Benz scharf an und rief: «Wurst, mein Herr, ganz heiße Wurst!»; er fixierte Benz so scharf, daß er sich losreißen mußte, um links herum nach unten zu schwenken, wo die Telephonzellen sind.

Plötzlich setzte im großen Lautsprecher die Musik ein: Beethoven, Neunte Symphonie; sie erfüllte für einen Augenblick fortissimo die Halle, dann schien jemand am Knopf zu drehen, und die Musik wurde sehr leise.

Unten, wo die Telephonzellen sind, war es muffig und lichtlos, und aus den Aborten in der Ecke strömte der beständige Geruch sedimentierter

Männlichkeit. Benz kam an dem gläsernen Café vorüber, in dem Leute hockten, um lustlos Salat, Butterbrote und Wurst zu essen: sie schienen in eine Falle geraten zu sein, wo sie gewaltsam gespeist wurden. Er ging weiter. Die beiden Telephonzellen waren besetzt, und er drehte sich herum und wartete: oben schimmerten die lichtgefüllten Röhren in der Reihe von Kaufläden: Zigarrenkisten und Blumen, Zeitschriften und Parfumflaschen standen in diesem quälenden, bläulichen Licht, und über einem großen, weiß-gelben Transparent, das ein Verhütungsmittel anpries, schwebte ein lächelnder Sperrholz-Engel, silbern bemalt, der den Stern von Bethlehem gegen das blau gekachelte Gewölbe der Halle hielt. Irgendwo rechts, nicht weit von ihm entfernt, hatte eine religiöse Handlung ihren Kasten aufgehängt: «Katholischer Schriftenvertrieb – Belieferung von Vereinen» stand darüber; grimassierende Krippenfiguren schienen auf dem rötlichen Samt des Kastens zu tanzen, flankiert von harfespielenden Engeln, deren Rücken man benutzt hatte, um Spruchbänder aufzustellen, die an lackierten Holzstäben befestigt waren: «Gloria in excelsis Deo» und «Friede den Menschen auf Erden» stand über den starren Engellocken.

Benz wandte sich um: immer noch waren die Zellen besetzt, und durch die defekte Scheibe der linken Zelle hindurch sah er das Gesicht einer weinenden Frau, deren schmerzhaft verzogener Mund sich manchmal zu einem Flüstern schloß. Sie weinte ganz haltlos; über ihr blasses Gesicht rollten die Tränen wie über Wachs.

Von den gekachelten Wänden tropfte es, die Decke hatte einen feuchten Schimmer, und Beethoven wurde durch den Lautsprecher gequetscht. Benz klappte seinen Kragen hoch und zündete seine Pfeife an – da schlug ihm jemand die Tür der Nebenzelle ins Kreuz, und als er sich umblickte, sah er einen schwarzgekleideten Mann, der ihn wütend ansah und schnell die Stufen zum gläsernen Café hinaufstieg. Benz ging in die Zelle hinein, setzte seine Tasche ab und suchte Kleingeld aus dem Mantel. Durch das Glas sah er den Schatten der Frau nebenan: an der Silhouette des Telephonapparates sah er, daß der Hörer aufgelegt war; die Frau stand da und tupfte sich mit einem rötlichen Quast im Gesicht herum; ihr grünes Kopftuch war verrutscht; sie zog es sehr langsam hoch. Dann hörte er, wie sie die Klinke herunterdrückte, und er öffnete die Tür seiner Zelle einen Spalt, um sie zu sehen. Er sah sie nur einen Augenblick: sie war schön und lächelte jetzt. Er schloß langsam die Tür seiner Zelle und wählte.

Zwischen den Klingelzeichen hörte er das sanfte Rauschen der amtlichen Stille, und den Beethoven nahm er jetzt nur sehr leise mit dem rechten Ohr wahr. Dazwischen eine sehr kräftige männliche Stimme, die einen verspäteten Zug ankündigte, und dann sagte eine Frauenstimme im Hörer ärgerlich: «Was ist los? Was ist denn?», und er hörte jetzt die Neunte Symphonie doppelt: mit dem linken Ohr im Hörer und mit dem rechten draußen, und er sagte leise: «Nichts – nichts ist los», und plötzlich brach im Telephon die Symphonie ab, und er wußte, daß die Frau eingehängt hatte. Er legte den

Hörer auf und begriff, daß er vergessen hatte, den Zahlknopf zu drücken: sie hatte ihn nicht gehört. Er drückte auf den anderen Knopf, das Geld rollte in die Metallschnauze zurück, und er nahm es heraus. Er nahm sein Notizbuch aus der Tasche, blätterte es durch und schrieb drei Telephonnummern auf die stählerne, gelb lackierte Sprosse zwischen den Scheiben.

Wieder schien jemand am Knopf gedreht zu haben, denn von draußen kam der Beethoven wieder fortissimo zu ihm hinein; er warf zögernd das Geld ein und wählte; es blieb nicht lange still, und die Männerstimme, die «Hallo!» rief, «Hallo!», war kaum zu hören, so laut war auch dort hinten die Musik, und es war die gleiche, die aus der Halle zu ihm kam. Er hing ein, ohne etwas zu sagen, drückte wieder auf den Knopf, ließ das Geld in seine Hand rollen, verließ die Zelle und ging langsam an den Aborten vorbei wieder hinauf. Die großen Lampen waren jetzt ausgeknipst, nur von den kerzenförmigen Glühbirnen des Tannenbaums kam Licht, und das Engelhaar war zusammengeklebt von Nässe und hing in Strähnen herunter. Aus einer unsichtbaren Ecke der Halle kam Beethoven herunter. Draußen auf dem nassen Platz sah er einen grell erleuchteten Schaukasten stehen. Er ging langsam darauf zu: eine große blonde Puppe stand da im Ski-Dreß und lächelte ihn an, sie hielt ihm einen silbrig bepuderten Tannenzweig entgegen. Ihre Perücke schien echt zu sein, es war warmleuchtendes, goldblondes Haar; nur als er genauer ihren aufgesperrten Mund betrachtete, sah er, daß sie keinen Gaumen hatte: dunkelblaues

Nichts gähnte hinter ihren rosigen Lippen. Er ging langsam in die dunkle Stadt hinein; irgendwo in der Nähe war eine Kirche gewesen, und vielleicht stand sie noch da. Er ging an einem rötlich erleuchteten Hotel vorbei, hinter dessen schweren Vorhängen der Beethoven fast gesummt zu werden schien. Sehr sanft war diese Musik. Aber auch die Kirche war schon wieder aufgebaut, in den großen Fenstern spiegelten sich die Laternen, und an der Tür klebte ein großes weißes Schild, mit korrekten schwarzen Buchstaben beschriftet: «Mette: 0.00 Uhr, Einlaß 23.00 Uhr». Obwohl er wußte, daß es vergeblich war, rüttelte er an der Klinke und beugte sich dann tief nach unten, um durchs Schlüsselloch zu sehen: kerzenförmige Glühbirnen umrandeten den Altar und verdunkelten das Ewige Licht. Er ging langsam zum Bahnhof zurück. Es war erst neun Uhr. Schon als er um die Ecke bog, hörte er die Musik, sie quoll aus dem schwarzen Schlund des Bahnhofs und stieg wie eine Art Dampf aus allen seinen Öffnungen.

Im Wartesaal waren nicht viele Leute. Sie saßen vor ihren Gläsern und Tassen, und auf den Tischen standen Tannenzweige in den Vasen, mit kleinen rötlichen Holzpilzchen behangene Tannenzweige, und mitten im Wartesaal hing ein Transparent mit der Inschrift: «Frohes Fest allen Reisenden». Unter dem Transparent stand ein gähnender Kellner, der sich die Serviette vor den Mund hielt.

Benz stellte sich vor den Kasten mit den Krippenfiguren, und er sah im Hintergrund des Kastens die Heiligen Drei Könige, bärtige, feingekleidete Männer, die auf künstlichem Moos einhertappten und imaginäre Kamele an den nach rückwärts ausgestreckten Händen hinter sich her zogen. Vor dem heiligen Joseph war eine Preistafel aufgestellt, die ihm bis ans Kinn reichte: «256,– DM – auch einzeln käuflich» stand darauf, und Benz dachte: «Wenn der heilige Joseph soviel Geld gehabt hätte, wäre er im besten Hotel Bethlehems untergekommen, und die ganze Krippenindustrie wäre illusorisch geblieben.»

Aus dem Lautsprecher kam jetzt der Schlußchor der Neunten Symphonie, und es war aufregend, wie der Chor nach dem «Freude!» immer wieder aussetzte und für Augenblicke eine atemlose Stille aus dem Lautsprecher kam. «Freude», sang der Chor, «Freude, schöner Götterfunken.» Über den Kasten hinweg sah er jetzt dem Mann an der Sperre zu, der seine Brille zurechtrückte und dann langsam den Takt des Chorgesangs mit seiner Knipszange auf das eiserne Törchen schlug.

«... freudetrunken, göttliche, dein Heiligtum, Heiligtum.»

Jetzt hob der Mann an der Sperre seine Zange, schob eine Fahrkarte in die Schnauze, knipste sie, schob eine zweite hinein, knipste sie und fing wieder an, den Takt zu klopfen. Benz erschrak für einen Augenblick und spürte sein Herz klopfen: die Frau mit dem grünen Kopftuch war durch die Sperre gegangen, aber sie war nicht allein; ein Mann, dessen Arm sie hielt, lächelte zu ihr hinab.

«... wo dein sanfter Flügel weilt – Flügel weilt.»

Benz ging vom Kasten weg, schlenderte ein paarmal durch die Halle und spielte mit den beiden Zehnpfennigstücken, die er lose in der Manteltasche hatte. Er versuchte sich einzureden, daß er mit seinem letzten Geld zurückfahren und allein zu Hause sitzen würde. Oben rollte ein Zug übers Gewölbe, und er dachte einen Augenblick wieder an das schöne Gesicht der Frau und spürte sein Herz, für einen Augenblick. Der Zug hielt jetzt oben, eine Stimme rief etwas, und Leute kamen die Bahnsteigtreppe herunter. Es waren nicht viele Leute, und sie kamen sehr schnell. Benz blieb stehen und sah ihnen entgegen, aber er kannte keinen von denen, die eilig an ihm vorbei in die Stadt gingen, und er fühlte sich plötzlich erleichtert, weil die Halle wieder leer war. Der Mann an der Sperre stand auf, schloß das eiserne Törchen, und nun erloschen auch die kerzenförmigen Glühbirnen, und der Tannenbaum sah im Dunkeln fast schön aus.

«... Kuß der ganzen Welt», sang der Chor, «der ganzen Welt.»

Dann war auch der Lautsprecher still, und es fiel etwas wie Frieden über den Bahnhof. Alles war dunkel, auch draußen das Mädchen im Ski-Dreß leuchtete nicht mehr; nur in dem Kasten mit den Krippenfiguren brannte noch Licht. Benz blieb noch ein paar Minuten vor ihnen stehen und lächelte ihnen zu, bevor er in den Wartesaal ging, um auf seinen Zug zu warten.

## NATHANIEL HAWTHORNE

## DAS WEIHNACHTSMAHL

*Aus den unveröffentlichten «Allegorien des Herzens»*

«Ich habe hier», sagte Roderick, ein paar beschriebene Blätter entfaltend, als er mit Rosina und dem Bildhauer zusammen in der Laube saß, «ich habe hier versucht, einer Persönlichkeit habhaft zu werden, die auf meiner Lebenswanderung zuweilen an mir vorüberschwebt. Das traurige Erlebnis von einst hat mir, wie ihr wißt, einigen Scharfblick verliehen für die dunklen Geheimnisse des Menschenherzens, in dem ich herumirrte wie einer, der in einer finsteren Höhle den Weg verloren hat und dessen Fackel am Verglimmen ist. Doch dieser Mann – diese Klasse von Menschen – bleibt ein unergründliches Rätsel.»

«Schön, so stelle ihn einmal vor», sagte der Bildhauer. «Gib uns zunächst einen gewissen Begriff von ihm.»

«Also wahrhaftig», erwiderte Roderick, «er ist ein Wesen, wie du es meiner Meinung nach in Marmor aushauen könntest und wie eine noch nicht erreichte höchste Stufe menschlicher Wissenschaft es mit einer fabelhaften Nachahmung von Intellekt begaben könnte; aber dennoch fehlt der letzte, nur zu ahnende Zug eines göttlichen Schöpfers. Er hat das Aussehen eines Menschen,

stab für menschliches Leiden überhaupt aufzutreten. Doch nach genauerer Betrachtung ließ sich nicht bestreiten, daß sich hier eine Vielfalt von hoffnungsloser Bedrängnis zusammenfand, die, mochte sie auch zuweilen auf anscheinend triviale Ursachen zurückzuführen sein, damit nur einen um so schärferen Tadel an der Natur und dem Mechanismus des Lebens darstellte.

Äußere Gestaltung und Dekoration bei diesem Mahl sollten vermutlich jenen Tod-im-Leben zum Ausdruck bringen, womit der Erblasser das Wesen der Existenz gekennzeichnet hatte. Der von Fakkeln erleuchtete Saal war ringsum mit Vorhängen von tiefer und düsterer Purpurfarbe behängt und mit Zypressenzweigen und Kränzen aus künstlichen Blumen geschmückt, die jenen ähnelten, die man über Tote zu streuen pflegt. Neben jedem Teller lag ein Sträußchen Petersilie. Das größte Weinbehältnis war eine silberne Graburne, aus welcher das Getränk in kleinen Vasen – genauen Nachbildungen der Väschen, die im Altertum die Tränen Trauernder enthielten – herumgereicht wurde. Ebensowenig hatten die Kuratoren – falls das Arrangieren dieser Details ihrem Geschmack entsprach – die Phantasiegebilde der alten Ägypter vergessen, die an jede Festtafel ein Gerippe setzten und die eigene Fröhlichkeit mit dem unentwegten Grinsen eines Totenkopfs verhöhnten. Solch ein schauriger Gast in einem schwarzen Umhang saß jetzt am oberen Ende der Tafel. Einem Gerücht nach, dessen Wahrheitsgehalt ich nicht beurteilen kann, habe der Erblasser mittels eben dieses Gerippe-Apparates hienieden gewandelt, und eine seiner letztwilligen Verfügungen laute, daß es ihm gestattet sein möge, Jahr für Jahr derart bei dem von ihm begründeten Festmahl dabeizusein. Wenn dies zutraf, dann wurde wohl insgeheim angenommen, er habe sich keiner Hoffnung auf eine Glückseligkeit im Jenseits hingegeben, die ihn für die Leiden, die er auf Erden erduldete oder zu erdulden wähnte, entschädigt hatte. Und falls die Festgäste in ihren verzweifelten Bemühungen, den Sinn der irdischen Existenz zu ergründen, die Verhüllung wegreißen und auf diese Personifikation des Todes einen forschenden Blick werfen sollten, als ob ihnen von dort die sonst unerreichbare Lösung komme, wäre die Antwort nur ein Starren aus leeren Augenhöhlen und ein Grinsen beinerner Kiefer. Solcher Art war die Antwort gewesen, die der Tote zu erhalten meinte, als er vom Tode die Lösung seines Lebensrätsels erbeten hatte, und er wünschte, es sollte die gleiche Antwort sein, wenn die Auserwählten seiner trübseligen Gastfreundschaft sich mit der gleichen Frage abquälten.

‹Was soll dieser Kranz bedeuten?› fragten mehrere Gäste, indem sie die Tischdekorationen betrachteten.

Sie meinten einen Zypressenkranz, der von einem Skelettarm, der aus dem schwarzen Umhang hervorragte, hochgehalten wurde.

‹Es ist eine Krone›, erklärte einer der Kuratoren, ‹nicht für den Würdigsten, aber für den Unglücklichsten bestimmt, sowie er seinen Anspruch darauf geltend gemacht hat.›

Der als erster zu dem Festmahl geladene Gast

war ein Mann von mildem und freundlichem Wesen, dem die Kraft fehlte, gegen die schwere Mutlosigkeit anzukämpfen, der er seiner Anlage nach unterworfen war; obschon also äußerlich ihn nichts am Glücklichsein hinderte, hatte er ein Leben voll stiller Trübsal geführt, die sein Blut erstarren machte und auf seinem Atem lastete und wie ein drückender Nacht-Alp jeden Pulsschlag seines unwiderstrebenden Herzens beengte. Sein Elend schien so sehr zu ihm zu gehören wie seine angeborene Wesensart, wenn es mit dieser nicht gar identisch war. Das Unglück eines zweiten Gastes bestand darin, daß er ein krankes Herz im Busen nährte, das so unheilbar wund geworden war, daß die ständigen und unvermeidlichen Reibungen der Welt, der Hieb eines Feindes, das unachtsame Anstoßen eines Fremden, ja selbst die treue und liebende Berührung eines Freundes in ihm Geschwüre hervorriefen. Wie es die Gewohnheit von Leidenden solcher Art ist, verbrachte er seine Zeit hauptsächlich damit, diese schmerzhaften Wunden jedem vorzuzeigen, der sich die Mühe nehmen wollte, sie anzuschauen. Ein dritter Gast war ein Hypochonder, dessen Einbildungskraft in seiner äußeren und inneren Welt schwarze Zauberei ausübte und ihn im trauten Kaminfeuer gräßliche Fratzen, im Gewölk des Sonnenuntergangs Drachen, in schönen Frauen verkleidete Teufel und unter allen reizenden Oberflächen der Natur etwas Häßliches oder Böses sehen ließ. Sein Tischnachbar war ein Mann, der in früher Jugend den Menschen zu sehr getraut und allzu hohe Hoffnungen in sie gesetzt hatte und dann, nach vielen Enttäuschungen, hoffnungslos verbitterte. Schon seit Jahren hatte dieser Misanthrop sich damit beschäftigt, eine Sammlung von Ursachen anzulegen, die ihn zu Haß und Verachtung seiner Mitmenschen berechtigten – etwa Mord, Wollust, Verrat, Undank, Treubruch von erklärten Freunden, triebhafte Laster von Kindern, Unkeuschheit von Frauen, versteckte Schuld bei Männern von heiligmäßigem Aussehen –, kurz: schwarze Wirklichkeiten aller Art, die sich mit äußerem Liebreiz oder Glanz zu schmücken suchten. Doch bei jedem neuen haarsträubenden Tatbestand, der in seinem Katalog vermerkt wurde – bei jedem Mehren des traurigen Wissens, das zu sammeln er sein Leben vertan hatte –, ließen die natürlichen Impulse im liebenden und vertrauensvollen Herzen des armen Mannes ihn vor Qual aufstöhnen. Als nächster, die schwere Stirn zu Boden gesenkt, schlich ein von Natur ernsthafter und leidenschaftlich erregter Mann in den Saal, der seit den allerfrühesten Kindheitstagen in sich den Drang verspürt hatte, der Welt eine hehre Botschaft zu bringen, und dann beim Versuch, ihr Ausdruck zu verleihen, entweder die Stimme oder die Sprachform nicht gefunden hatte oder auch keine Ohren, die zuhören wollten. Darum war sein ganzes Leben eine bittere Selbstbefragung: ‹Warum haben die Menschen meinen Auftrag nicht erkannt? Bin ich nicht ein Narr, der sich dauernd selbst täuscht? Was habe ich auf der Welt zu suchen? Wo ist mein Grab?› Während des ganzen Mahls trank er in vollen Zügen Wein aus der Graburne, wohl in der Hoffnung, damit das himmlische Feuer zu löschen, das seine eigene Brust marterte und doch seinen Mitmenschen nichts nutzen konnte. Dann kam – er hatte die Eintrittskarte zu einem Ball soeben weggeworfen – ein flotter Lebemann von gestern in den Saal hinein, welcher auf seiner Stirn vier oder fünf Falten und auf seinem Haupt mehr graue Haare gefunden hatte, als auf einen Blick zu zählen waren. Mit Verstand und Gefühl begabt, hatte er dennoch seine Jugend mit Leichtsinn vertan, hatte aber schließlich jenen öden Punkt im Leben erreicht, wo der Leichtsinn uns von selbst verläßt und es uns freisteht, wenn möglich mit der Weisheit Freundschaft zu schließen. So war er denn, kalt und freudlos, erschienen, um bei dem Festmahl die Weisheit zu suchen, und fragte sich, ob er sie etwa in dem Totengerippe vor sich habe. Um die Gesellschaft vollzählig zu machen, hatten die Kuratoren einen heruntergekommenen Dichter aus seiner Unterkunft im Armenhaus und einen erbärmlichen Schwachsinnigen von der Straßenecke eingeladen. Letzterer hatte gerade noch den Schimmer von Verstand, der genügte, um ihm eine Leere bewußt zu machen, welche der arme Mensch sein Leben lang in nebelhaftem Trieb mit Intelligenz aufzufüllen versucht hatte, wobei er durch die Straßen irrte und jämmerlich stöhnte, weil seine Versuche erfolglos waren. Die einzige Frau in dem Saal war eine Dame, der untadelige und vollkommene Schönheit nur wegen eines kaum merklichen Fehlers, eines leichten Schielens ihres linken Auges, versagt blieb. Doch dieser Makel, so winzig er war, beleidigte dermaßen das reine Wunschbild weniger ihrer Eitelkeit als ihrer Seele, daß sie ihr Leben fernab der Welt verbrachte und ihr Antlitz sogar vor dem eigenen Blick verschleierte. So saß denn das Gerippe verhüllt am einen Ende der Tafel und diese arme Dame am andern.

Ein weiterer Gast bleibt noch zu schildern. Es war ein junger Mann mit glatter Stirn, frischer Wange und feinem Benehmen. Soweit sein Äußeres ihn kennzeichnete, hätte er besser zu einer fröhlichen Weihnachtstafelrunde gepaßt als zu der enttäuschten, vom Schicksal geschlagenen, von Wahnbildern gemarterten Gruppe von Unglücklichen. Ein Murren erhob sich unter den Gästen, als sie den prüfend umherschweifenden Blick bemerkten, mit dem der Eindringling seine Gefährten musterte. Was hatte er unter ihnen zu suchen? Warum lockerte das Gerippe des toten Festbegründers nicht seine klappernden Gelenke, warum stand es nicht auf und wies den unerwünschten Fremden von der Tafel?

‹Skandalös!› sagte der überempfindliche Mann, indem in seinem Herzen ein neues Geschwür aufbrach. ‹Er kommt, um uns zu verspotten – er wird sich mit seinen Zechbrüdern über uns lustig machen – er wird über unser Elend einen Schwank verfassen und ihn auf der Bühne aufführen!›

‹Ach, kümmern Sie sich nicht um ihn!› bemerkte der Hypochonder mit säuerlichem Lächeln. ‹Er soll sich an der Vipernsuppe gütlich tun aus der Terrine dort, und wenn man ein Skorpion-Frikassee aufgetragen hat, so mag er davon seinen Anteil kriegen. Als Nachtisch soll er die Sodom-

Äpfel* kosten. Schmeckt ihm unser Weihnachtsmenu, dann soll er nächstes Jahr wieder mit uns feiern!›

‹Lassen Sie ihn in Ruhe›, murmelte der Melancholiker in freundlichem Ton. ‹Was hat's zu bedeuten, ob die Erkenntnis, wie unglücklich man ist, ein paar Jahre früher oder später kommt? Wenn dieser Jüngling sich im jetzigen Moment auch für glücklich hält, so darf er dennoch unter uns sitzen um des Elends willen, das ihm noch bevorsteht.›

Der arme Schwachsinnige trat zu dem jungen Mann heran mit dem kummervollen Ausdruck vergeblichen Fragens, den sein Gesicht ständig trug und der die Leute zu der Bemerkung veranlaßte, er sei immer auf der Suche nach seinem verlorenen Verstand. Nach nicht wenig prüfendem Schauen berührte er des Fremden Hand, zuckte jedoch mit der eigenen sofort zurück, indem er den Kopf schüttelte und erschauerte.

‹Kalt, kalt, kalt!› murmelte der Schwachsinnige.

Der junge Mann erschauerte ebenfalls – und lächelte.

‹Meine Herren – und Sie, meine Dame›, sagte einer der Kuratoren, ‹bilden Sie sich keine so schlechte Meinung – sei es über unsere Umsicht, sei es über unsere Urteilskraft –, daß Sie glauben, wir hätten diesen jungen Unbekannten namens Gervayse Hastings ohne gründliche Abklärung

---

* «Sodomsapfel» oder «Frucht vom Toten Meer», äußerlich schön, soll sich bei der Berührung in Rauch und Asche verwandeln; wird von manchen Botanikern für die Frucht des *Solanum Sodomeum,* von andern der *Calotropis procera* gehalten.

und reifliches Erwägen seines Anspruchs zugelassen. Seien Sie versichert, keinem in der Tafelrunde hier steht sein Platz mit größerem Recht zu.›

Der so durch die Bürgschaft des Anwalts Geschützte mußte zwangsläufig anerkannt werden. Die Versammelten nahmen daher ihre Plätze ein und begannen sich mit dem ernsten Geschäft des Mahls zu befassen, wurden jedoch bald von dem Hypochonder gestört, der seinen Stuhl zurückstieß und sich beschwerte, man habe ihm ein Gericht aus gedämpften Kröten und Vipern vorgesetzt und sein Weinglas enthalte grünes, fauliges Wasser. Als dieses Versehen gutgemacht worden, setzte er sich ruhig wieder hin. Der Wein schien bei seinem reichlichen Strömen aus der Graburne mit lauter düsteren Wahngebilden durchsetzt, so daß er nicht aufheiternd wirkte, die Zecher vielmehr in noch tiefere Melancholie stürzte oder ihre Stimmung zu einem Elendstaumel emporriß. Das Tischgespräch war abwechslungsreich. Man erzählte sich traurige Geschichten von Leuten, die bei einem Fest wie diesem hohes Ansehen genossen hätten. Sie sprachen über greuliche Ereignisse in der Menschengeschichte; über unheimliche Verbrechen, welche, richtig besehen, nur Zuckungen von Todesqual darstellten; über manche Lebensläufe, die von Anfang bis Ende vom Unglück verfolgt gewesen, und über andere, die, obschon dem Scheine nach glücklich, früher oder später dennoch durch den Zugriff des Unglücks entstellt worden waren, wie durch das Eindringen eines bösen Gesichts bei einem Festmahl; über Szenen an Totenbetten, und was für dunkle Andeutungen sich den Worten Sterbender entnehmen ließen; über Selbstmord, und ob als empfehlenswerteste Methode dazu Strang, Messer, Gift, Ertrinken, Verhungern oder Holzkohlendünste zu betrachten seien. Wie es bei vollkommen und zutiefst deprimierten Leuten zu sein pflegt, war die Mehrzahl der Gäste sehr beflissen, ihre eigenen Leiden ins Gespräch zu bringen und sich als die in Seelenpein Hervorragendsten zu erweisen. Der Misanthrop drang tief ein in die Philosophie des Bösen und schweifte in der Finsternis herum, wo dann und wann ein fahler Schein über schaurigen Gestalten und schrecklichen Szenerien geisterte. Manch einen jener erbärmlichen Gedanken, über welche die Menschen durch alle Zeitalter hindurch gestrauchelt sind, scharrte er von neuem hervor und weidete sich an ihrem Anblick wie an dem eines Edelsteins von unschätzbarem Wert, eines Diamanten, eines Schatzes, der den hellen, geistgeborenen Offenbarungen einer besseren Welt, die kostbaren Steinen vom himmlischen Fußboden gleichen, bei weitem vorzuziehen sei. Und hierauf, mitten in seiner Lehre vom Unglück, verhüllte er sein Antlitz und weinte.

Es war ein Festmahl, zu dem der kummervolle Mann von Uz* als Gast gut gepaßt hätte, zusammen mit allen, die im Laufe der Jahrhunderte von der Bitterkeit des Lebens am gründlichsten gekostet haben. Und es sei ferner gesagt, daß jeder vom Weibe Geborene – jeder Sohn, jede Tochter –, er sei wie auch immer von einem freundlichen Geschick begünstigt, im einen oder andern schmerzlichen

* Hiob

Augenblick den Vorzug eines zutiefst getroffenen Herzens für sich hätte geltend machen können, der es ihm erlaubt hätte, sich an diese Tafel zu setzen. Doch während des ganzen Festmahls bemerkte man, daß der junge Fremde, Gervayse Hastings, mit seinen Versuchen, den hier obwaltenden Geist zu erfassen, keinen Erfolg hatte. Bei jedem tiefen Gedanken, der Ausdruck fand und der gleichsam aus den traurigsten Verborgenheiten menschlichen Bewußtseins hervorgezerrt wurde, schaute er verständnislos und verloren drein, verlorener noch als der arme Schwachsinnige, der mit seinem inbrünstigen Herzen dergleichen aufzunehmen und zuweilen zu verstehen schien. Des Jünglings Art zu sprechen war kühl und leicht, oft geistreich, doch ihr fehlte die Ausstrahlung eines Charakters, der durch Leiden geprüft worden ist.

‹Sir›, sagte der Misanthrop in barschem Ton, als Antwort auf eine Bemerkung Gervayse Hastings', ‹sprechen Sie bitte nicht mehr zu mir. Es geziemt sich nicht für uns, miteinander zu reden. In unserm Denken ist nichts Gemeinsames. Was Ihnen das Recht gibt, bei diesem Festmahl zu erscheinen, ist mir schleierhaft; doch ich glaube, einem Menschen, der sagen kann, was Sie soeben gesagt haben, müssen meine Gefährten und ich nur wie Schatten vorkommen, die über die Wände huschen. Und genau solch ein Schatten sind Sie auch für uns.›

Der junge Mann verneigte sich lächelnd, worauf er sich im Stuhl zurücklehnte und seine Jacke über der Brust zuknöpfte, als sei es im Festsaal kühler geworden. Wiederum richtete der Schwachsinnige seinen traurig-starren Blick auf den Jüngling und murmelte: ‹Kalt, kalt, kalt!›

Das Mahl näherte sich schließlich seinem Ende, und die Gäste verabschiedeten sich. Kaum hatten sie die Schwelle des Saals überschritten, als das, was sich hier abgespielt hatte, wie das Gebilde einer krankhaften Phantasie oder wie die Ausdünstung eines verwesenden Herzens erschien. Während des nun folgenden Jahres bekamen diese melancholischen Menschen einander dann und wann für Augenblicke zu sehen, zwar ganz flüchtig, aber genügend lang, um sich zu beweisen, daß sie mit dem normalen Anteil an Wirklichkeit auf Erden wandelten. Manchmal standen zwei von ihnen sich zufällig von Angesicht zu Angesicht gegenüber, wenn sie, in ihre schwarzen Mäntel gehüllt, sich durch das abendliche Zwielicht stahlen. Manchmal fügte es sich, daß sie einander auf einem Friedhof trafen. Einmal geschah es auch, daß, als zwei von den trübseligen Festteilnehmern in der Mittagssonne einer vielbegangenen Straße, wo sie wie verirrte Gespenster herumschlichen, einander erkannten, jeder zusammenschreckte. Ohne Zweifel wunderten sie sich, warum das Gerippe zur Mittagszeit nicht ebenfalls ins Freie kam!

Aber wann immer es ihre Geschäfte erforderten, daß diese Weihnachtsgäste sich im Trubel der Welt bewegten, trafen sie unfehlbar den jungen Mann, den man auf so unerklärliche Weise zu dem Festmahl zugelassen hatte. Sie sahen ihn unter den Vergnügten und vom Glück Begünstigten, sie fingen das sonnige Funkeln seines Auges auf; sie hörten den leichten und unbekümmerten Ton seiner Stimme – und murrten dann vor sich hin mit einer Empörung, wie sie nur die Aristokratie des Unglücks aufbringen konnte: ‹Der Verräter! Der gemeine Betrüger! Möge ihm die Vorsehung, sowie sie den richtigen Zeitpunkt für gekommen hält, das Recht verleihen, an unserer Festtafel zu speisen!› Doch das unerschrockene Auge des Jünglings verweilte im Vorübergehen auf ihren düsteren Gestalten, als wolle er, vielleicht mit einem Anflug von Spott, zu ihnen sagen: ‹Lernt zuerst mein Geheimnis kennen! – dann mag euer Anspruch sich an dem meinigen messen!›

Die Zeit ging weiter mit leisem Tritt und brachte fröhliche Weihnachten von neuem heran; mit frohem und feierlichem Gottesdienst in den Kirchen, mit Lustbarkeiten, Spielen, Festen, und mit dem strahlenden Gesicht der Freude an jedem häuslichen Herd. Ebenso wurde der Festsaal mit seinen düster-purpurnen Vorhängen wiederum von den Todesfackeln erleuchtet, die über den makabren Tafelschmuck hin flackerten. Das verhüllte Gerippe saß am Ehrenplatz und hob den Zypressenkranz über seinen Schädel empor, als Auszeichnung für jenen Gast, der alle andern übertreffen würde in dem, was hier den Vorrang bestimmte. Da die Kuratoren glaubten, das Elend der Welt sei unerschöflich, und den Wunsch hegten, es in allen seinen Formen anzuerkennen, hatten sie es nicht für geziemend gehalten, die Gesellschaft vom vorigen Jahr zu versammeln. Neue Gesichter warfen nun ihre Düsternis über die Tafel.

Da war ein Mann von zartem Gewissen, der einen Blutfleck im Herzen hatte, den Tod eines

Mitgeschöpfs, der, um ihn auf besonders raffinierte Weise zu peinigen, plötzlich unter so merkwürdigen Umständen eingetreten war, daß er nicht mit letzter Sicherheit sagen konnte, ob die Tat mit seinem Willen geschehen war oder nicht. Sein ganzes Leben verbrachte er darum in der Qual eines inneren Mordprozesses, bei dem die Einzelheiten seines schrecklichen Falles immer wieder von neuem geprüft wurden, bis sein Geist keine Gedanken, sein Gemüt keine Gefühle mehr kannte, außer solchen, die damit verbunden waren. Da war ferner eine Mutter – eine Mutter einst, ein Bild des Jammers jetzt –, die vor vielen Jahren zu einem fröhlichen Ausflug aufgebrochen war und bei ihrer Rückkehr ihr kleines Kind in seinem Bettchen erstickt vorgefunden hatte. Und von da an wurde sie von der Vorstellung gemartert, ihr begrabenes Kindchen ringe in seinem Sarg nach Luft. Es war auch eine alte Dame anwesend, die, soweit sie zurückdenken konnte, mit einem ständigen Zittern gelebt hatte, das ihren Körper erschütterte. Es war entsetzlich, ihren dunklen Schatten an der Wand zittern zu sehen; ihre Lippen zitterten ebenfalls, und der Ausdruck ihrer Augen schien anzuzeigen, daß auch ihre Seele unaufhörlich bebte. Wegen der Zerfahrenheit und Verwirrung, die aus ihrem Verstand beinahe ein Chaos machten, ließ sich unmöglich herausfinden, was für ein gräßlicher Unglücksfall ihr Wesen in seinen Grundfesten so sehr erschüttert hatte, so daß die Kuratoren sie nicht in Kenntnis ihrer Geschichte zu der Tafel gebeten hatten, sondern auf Grund des untrüglichen Zeugnisses, das ihr erbarmungswürdiges

Aussehen lieferte. Einige Überraschung löste die Anwesenheit eines derben, leutseligen Mannes mit rotem Gesicht aus, eines gewissen Mr. Smith, in welchem augenscheinlich das Fett so manchen üppigen Festmahls angereichert war und dessen gewohnheitsmäßiges Augenzwinkern seine Geneigtheit verriet, aus geringem oder gar keinem Grund in schallendes Gelächter auszubrechen. Es erwies sich indessen, daß unser armer Freund, obschon in denkbar bester Laune, mit einem Herzleiden zu tun hatte, das ihn beim geringsten Übermaß an Gelächter, ja selbst bei dem leichten Erzittern des Körpers, das lustige Vorstellungen zuweilen erzeugen, mit dem augenblicklichen Tod bedrohte. In dieser Zwangslage hatte er sich um den Zutritt zu dem Festmahl beworben, indem er seinen lästigen und beklagenswerten Zustand vorschützte, tatsächlich aber in der Hoffnung, hier eine lebenserhaltende Schwermut einzuschlürfen. Ein Ehepaar hatte man aus grimmigem Humor eingeladen, war es doch stadtbekannt, daß die beiden einander unsagbar quälten, wenn sie sich zufällig trafen, und darum bei diesem Fest genau die richtigen Gefährten sein müßten. Den Gegensatz zu diesem Paar bildete ein anderes, noch unverheiratetes, das schon in jungen Jahren seine Herzen ausgetauscht hatte, dann aber durch Umstände, so unfaßbar wie Morgennebel, getrennt und so lange voneinander ferngehalten worden war, daß ihre Seelen jetzt keinen Zugang mehr zueinander fanden. Voller Sehnsucht nach inniger Beziehung, und dennoch voreinander zurückschreckend, aber auch niemand andern wählend, fühlten sie sich im

Leben alleingelassen und sahen der Ewigkeit als einer grenzenlosen Ödnis entgegen. Neben dem Gerippe saß ein bloßer Sohn der Erde: ein immer wiederkehrender Besucher der Börse – ein Sammler glänzenden Staubs – ein Mensch, dessen Lebensgeschichte in seinem Hauptbuch aufgezeichnet und dessen Seele in den Gewölben des Bankhauses gefangen war, wo sein Guthaben lag. Dieser Mann war über die Einladung höchst erstaunt gewesen, da er sich für einen der glücklichsten Männer der Stadt hielt; allein, die Kuratoren bestanden auf seinem Erscheinen, indem sie ihm versicherten, er habe keinen Begriff von seinem Unglück.

Und jetzt erschien eine Gestalt, mit der schon bei dem früheren Festmahl Bekanntschaft geschlossen zu haben wir nicht leugnen können. Es war Gervayse Hastings, dessen Anwesenheit damals so viel Gerede und Kritik hervorgerufen hatte und der nun Platz nahm mit der Gelassenheit eines Mannes, dessen Ansprüche ihm selbst hinreichend erschienen, von andern also zwangsläufig anerkannt werden mußten. Aber seine gleichmütigen und glatten Züge verrieten keinen Schmerz. Die erfahrenen Beobachter schauten ihm einen Moment lang in die Augen und stellten kopfschüttelnd fest, daß kein Mitgefühl aus ihnen zurückstrahlte – das untrügliche Erkennungszeichen jener Menschen, deren Herz eine Höhlenöffnung ist, durch welche sie zu einer Region grenzenlosen Elends hinuntersteigen und dort andere Höhlengänger erkennen.

‹Wer ist dieser Jüngling?› fragte der Mann mit

dem Blutfleck auf dem Gewissen. ‹Bestimmt ist er nie in die Abgründe hinuntergestiegen! Ich weiß genau, wie Leute aussehen, die das dunkle Tal durchwandert haben. Was verschafft ihm das Recht, unter uns zu weilen?›

‹Ach, es ist Sünde, ohne Leid hierher zu kommen›, murmelte die alte Dame mit Lauten, denen sich das nie endende Zittern beimischte, das von ihrem ganzen Sein Besitz ergriffen hatte. ‹Gehen Sie fort, junger Mann! Ihre Seele ist noch nie erschüttert worden, und darum erzittere ich um so stärker, wenn ich Sie betrachte.›

‹Seine Seele erschüttert! Nein, dafür kann ich garantieren›, sagte der leutselige Mr. Smith, die Hand aufs Herz pressend und sich zu tiefer Schwermut zwingend aus Angst vor einem todbringenden Lachanfall. ‹Ich kenne den Jungen gut; er hat so günstige Aussichten wie nur irgendein junger Mann der Stadt und hat ebensowenig das Recht, bei uns Schmerzbeladenen zu sein, wie das ungeborene Kind. Er ist nie durch Schmerzen hindurchgegangen und wird's wohl auch nie!›

‹Verehrte Gäste›, sagten die Kuratoren vermittelnd, ‹haben Sie bitte Nachsicht mit uns und glauben Sie zumindest, daß unsere Hochachtung vor der Heiligkeit dieses feierlichen Anlasses jede willentliche Verletzung seiner Regeln selbstverständlich ausschließt. Nehmen Sie diesen jungen Mann an Ihrer Tafel auf. Es wäre nicht übertrieben zu sagen, daß kein Gast hier sein Herz gegen jenes eintauschen wollte, das in diesem jugendlichen Busen pocht!›

‹Darauf würde ich noch eingehen, und zwar mit

Vergnügen›, murmelte Mr. Smith mit einer sonderbaren Mischung aus Trauer und fröhlichem Selbstgefühl. ‹Hol der Henker ihren Unsinn! Mein eigenes Herz ist das einzige wahrhaft bedrängte in dieser Runde – es wird bestimmt noch mein Tod sein!›

Wie beim letzten Mal – denn das Urteil der Kuratoren war endgültig – ließen sich die Gäste schließlich trotzdem an der Tafel nieder. Der mißfallenerregende Gast versuchte nicht mehr, seine Nachbarn mit seiner Konversation zu belästigen, schien vielmehr den Tischgesprächen mit besonderem Eifer zu folgen, als könnte ihm dabei mit einem zufällig hingeworfenen Wort ein ihm sonst unzugängliches Geheimnis mitgeteilt werden. Und wahrlich, für jene, die sie verstanden und zu schätzen wußten, lag eine Fülle von Stoff in dem Emporsprudeln und Überfließen dieser Eingeweihten, für welche der Kummer ein Talisman gewesen, der sie in geistige Tiefen einführte, die kein anderes Zauberwort zu öffnen vermag. Mitten aus schwärzestem Düster blitzte zuweilen ein Strahl auf, rein wie Kristall, hell wie das Flammen von Sternen, der das Lebensrätsel mit solch blendendem Schein übergoß, daß die Gäste schon ausrufen wollten: ‹Sicherlich ist des Rätsels Lösung jetzt nahe!› Bei solchen Lichtblicken glaubten die bedrücktesten der Trauernden die Botschaft zu erfassen, daß irdischer Kummer nur etwas Schattenhaftes und Äußerliches ist; nichts weiter als das schwarze Gewand, dessen reiche Falten eine gewisse göttliche Wirklichkeit verhüllen und damit auf etwas hinweisen, das dem sterblichen Auge sonst verborgen bliebe.

‹Eben jetzt›, bemerkte die zitternde alte Frau, ‹war mir, als sähe ich über das Außen hinweg. Und da ist auch mein unaufhörliches Zittern verschwunden.›

‹Könnte ich nur immer in diesem aufscheinenden Licht verweilen!› sagte der Mann mit dem schlechten Gewissen. ‹Dann würde der Blutfleck in meinem Herzen gänzlich ausgewaschen.›

Diese Art von Gespräch erschien dem guten Mr. Smith so bar jeden Sinnes, daß er in genau jenes Gelächter ausbrach, vor dem ihn die Ärzte gewarnt hatten mit dem Hinweis, daß es den augenblicklichen Tod herbeiführen könnte. Und wirklich sank er in seinem Sessel zusammen, ein Toter mit einem breiten Lachen auf dem Gesicht, während sein Geist möglicherweise neben ihm verblieb, ratlos über seinen unvorhergesehenen Abgang. Dieser gräßliche Zwischenfall machte dem Festmahl natürlich ein Ende.

‹Wie kommt das? Sie zittern nicht?› bemerkte die alte Frau mit dem Zittern zu Gervayse Hastings, der den Toten mit eigentümlicher Spannung betrachtete. ‹Ist es nicht furchtbar, ihn so plötzlich mitten aus dem Leben scheiden zu sehen – diesen Menschen aus Fleisch und Blut, dessen Körperlichkeit so warm und stark war? Meine Seele lebt in einem unaufhörlichen Beben, doch jetzt erbebt sie von neuem! Und Sie bleiben ruhig!›

‹Könnte er mich nur etwas lehren!› sagte Gervayse Hastings, indem er einen tiefen Atemzug tat. ‹Die Menschen ziehen wie Schatten auf der Wand an mir vorüber – ihre Taten, Leidenschaften, Empfindungen sind flackerndes Licht –, und dann ver-

MARIA EMPFÄNGT DIE WEISEN
AUS DEM MORGENLAND

(Matthäus 2,10–11)

schwinden sie. Weder diese Leiche noch das Gerippe dort drüben, noch das unaufhörliche Zittern dieser alten Frau können mir geben, was ich suche.›

Und dann ging die Gesellschaft auseinander.

Wir können uns nicht damit aufhalten, so ausführlich auf weitere Einzelheiten dieser sonderbaren Festlichkeiten einzugehen, die, dem Willen des Gründers entsprechend, auch in der Folgezeit mit der Regelmäßigkeit einer festen Einrichtung abgehalten wurden. Nach und nach machten es sich die Kuratoren zur Gewohnheit, von nah und fern Personen einzuladen, deren Schicksalsschläge jene anderer Menschen an Härte weit übertrafen und deren geistige und sittliche Entwicklung daher von entsprechendem Interesse sein konnte. Der aus seinem Vaterland geflohene Adelige der Französischen Revolution und der zum Krüppel gewordene Soldat des Kaiserreichs waren gleichermaßen am Tisch vertreten. Gestürzte Monarchen auf ihren Irrfahrten durch alle Länder haben bei diesem öden und trübseligen Festmahl ihren Platz gefunden. Der Staatsmann, von seiner Partei fallengelassen, konnte, wenn er wollte, einen einzigen Festabend lang von neuem ein großer Mann sein. Aaron Burrs* Name ist in den Annalen verzeichnet zu einem Zeitpunkt, da sein Sturz – der tiefste und eindrücklichste, der mit wichtigeren moralischen Begleitumständen verbundene als der beinahe je-

* Aaron Burr (1756–1836), amerikanischer Politiker und Abenteurer, Vizepräsident unter Präsident Jefferson. Er plante die Gründung eines Imperiums und wurde wegen Hochverrats verurteilt.

des anderen Mannes – ihn in seinem einsamen Alter dem Nichts gegenüberstellte. Stephen Girard* bewarb sich einmal, als sein Reichtum wie ein Berg auf ihm lastete, aus freien Stücken um die Einladung. Es ist allerdings unwahrscheinlich, daß diese Männer Erfahrungen von Mißvergnügen und Seelenpein weiterzugeben hatten, die sich nicht ebensogut bei Leuten geringeren Standes hätten finden lassen. Berühmte Unglückliche sprechen das Mitgefühl weiterer Kreise an, nicht weil ihr Kummer heftiger ist, sondern weil sie, auf einem Piedestal erhöht, der Menschheit um so eher als Beispiel und geflügeltes Wort für einen Schicksalsschlag dienen.

In diesem Zusammenhang ist zu sagen, daß sich Gervayse Hastings bei jedem folgenden Festmahl blicken ließ; dabei verwandelten sich seine Gesichtszüge von der glatten Schönheit der Jugend allmählich zu dem besinnlichen Adel der Mannesjahre und von da zu der kahlhäuptigen, eindrucksvollen Würde des Alters. Er war die einzige unfehlbar anwesende Person. Allein, jedesmal erhob sich ein Murren, sowohl bei jenen, die seinen Charakter und seine Stellung kannten, als auch bei jenen, die sich innerlich von ihm abwandten, weil sie ihn nicht an ihrer mystischen Bruderschaft teilhaben lassen wollten.

---

* Stephen Girard (1750–1831), amerikanischer Geschäftsmann und Philanthrop. Zu einem gewissen Zeitpunkt rettete er mit eigenen Mitteln die in Schwierigkeiten geratene amerikanische Staatsbank. Bei seinem Tod hinterließ er eine riesige Summe zur Gründung einer Freischule für unbemittelte weiße Waisenknaben.

‹Wer ist dieser gefühllose Mensch?› war schon hundertfach gefragt worden. ‹Hat er gelitten? Hat er gesündigt? Von beidem keine Spur. Warum ist er also hier?›

‹Da müssen Sie sich bei den Kuratoren oder bei ihm selbst erkundigen›, kam regelmäßig als Antwort. ‹Wir glauben ihn gut zu kennen, hier in unserer Stadt, und wissen nichts anderes von ihm, als was ihm zur Ehre und zum Vorteil gereicht. Trotzdem kommt er, Jahr um Jahr, zu diesem düsteren Mahl und sitzt wie ein Marmorbild unter den Gästen. Fragen Sie das Gerippe dort – vielleicht vermag es das Rätsel zu lösen!›

Man kam in der Tat aus dem Staunen nicht heraus. Gervayse Hastings' Leben war nicht nur ein erfolgreiches, sondern sogar ein glänzendes. Alles hatte ihm zum Guten ausgeschlagen. Er war reich; seine Mittel überstiegen bei weitem, was er benötigte zur Führung eines gehobenen Lebensstils und zur Befriedigung seines Geschmacks von ausgesuchter Feinheit und Kultur, seiner Vorliebe für weite Reisen, seines wissenschaftlichen Triebs, eine großartige Bibliothek anzulegen, und nicht zuletzt seiner Spendefreudigkeit gegenüber den Armen. Er hatte sich um häusliches Glück bemüht, und nicht vergeblich, falls eine schöne und liebevolle Frau und Kinder, die Gutes erhoffen ließen, ein solches gewährleisten konnten. Er war zudem über die Grenze hinausgelangt, welche die im Dunkel Bleibenden von den im öffentlichen Licht Stehenden scheidet, und hatte sich in Angelegenheiten von größtem öffentlichen Interesse ein makelloses Ansehen erworben. Nicht daß er ein

Volksmann gewesen wäre oder die geheimnisvollen Gaben besessen hätte, die für diese Art von Erfolg wesentlich sind. Für die große Masse war er kalte Abstraktion und ermangelte völlig der reichen persönlichen Farbtöne, der lebensvollen Wärme und der einzigartigen Fähigkeit, den Stempel des eigenen Herzens einer Vielzahl anderer Herzen aufzudrücken, woran das Volk seine Lieblinge erkennt. Und es verhielt sich denn auch wirklich so: wenn die Menschen, die ihm am nächsten standen, ihr möglichstes getan hatten, um ihn gründlich kennenzulernen und von Herzen zu lieben, waren sie betroffen bei der Entdeckung, welch geringe Macht er über ihr Gemüt hatte. Sie lobten, sie bewunderten – aber dennoch, in den Momenten, da sich die Seele am stärksten nach Wirklichkeit sehnt, fühlten sie sich von Gervayse Hastings abgestoßen als einem, der unfähig war, ihnen zu geben, was sie suchten. Es war das Gefühl enttäuschten Bedauerns, mit welchem wir die Hand zurückziehen würden, nachdem wir sie bei trügerischem Zwielicht einer Schattenhand an der Mauer entgegenstreckten.

Sowie die oberflächliche Wärme der Jugend schwand, wurde diese eigentümliche Wirkung von Gervayse Hastings' Wesen deutlich spürbar. Seine Kinder kamen, wenn er die Arme ausstreckte, lustlos zu seinen Knien, kletterten aber nie von selbst daran hoch. Seine Frau weinte insgeheim und hielt sich beinahe für eine Sünderin, weil sie in der Kälte seiner Umarmung erschauerte. Er selbst schien sich zuzeiten der Frostigkeit seiner innerlichen Atmosphäre nicht unbewußt, und gewillt, falls ihm dies vergönnt wäre, sich an einem liebevollen Feuer zu wärmen. Doch das Alter schlich sich an ihn heran und machte ihn immer gefühlsärmer. Als der Reif sich auf ihm abzusetzen begann, sank seine Frau ins Grab und empfand es dort zweifellos wärmer; seine Kinder starben oder gründeten anderswo eigene Familien; und der alte Gervayse Hastings, unberührt von Kummer – allein, doch keines Gefährten bedürftig –, setzte seinen stetigen Lebensgang fort und nahm immer noch an jedem Weihnachtstag an dem trübseligen Festmahl teil. Sein Gastrecht hatte er jetzt endgültig erlangt. Hätte er an der Spitze der Tafel sitzen wollen, so wäre sogar das Gerippe von seinem Sitz vertrieben worden.

Endlich, zur fröhlichen Weihnachtszeit, als er volle achtzig Jahre zählte, trat dieser hochstirnige, marmorblasse alte Mann wiederum in den durch lange Gewohnheit vertrauten Saal, wiederum mit demselben gleichmütigen Ausdruck, der bei seinem ersten Auftreten so viel entrüstete Bemerkungen hervorgerufen hatte. Die Zeit hatte, außer in äußerlichen Dingen, nichts bei ihm bewirkt, weder Gutes noch Schlimmes. Als er sich hinsetzte, sandte er einen ruhigen, forschenden Blick um die Tafel herum, als wolle er feststellen, ob nach so vielen erfolglosen Festmählern ein Gast aufgetaucht sei, der ihm das Geheimnis zu enthüllen vermöchte – das tiefe, warme Geheimnis – das Leben im Leben drin –, das, ob es sich nun in Freude oder Schmerz kundtat, einer Welt von Schatten erst Substanz verleiht.

‹Meine Freunde›, begann Gervayse Hastings,

einen Status beanspruchend, den seine langjährige Vertrautheit mit dem Fest als ganz natürlich erscheinen ließ, ‹seien Sie willkommen. Ich trinke auf das Wohl aller Anwesenden von diesem Urnenwein.›

Die Gäste taten ihm höflich Bescheid, doch immer noch auf eine Art, die bewies, daß sie außerstande waren, den alten Mann in ihrer trübseligen Bruderschaft aufzunehmen. Vielleicht ist es gut, dem Leser eine Vorstellung von den diesmal Versammelten zu geben.

Einer war ein ehemaliger Pfarrer, mit Leib und Seele bei seinem Beruf und augenscheinlich der echten Dynastie der alten puritanischen Geistlichen zugehörend, deren Glaube an ihre Berufung und strenge Auffassung des damit verbundenen Dienstes sie unter die Mächtigen dieser Erde versetzt hatte. Doch einem Hang zum Grübeln, der das heutige Zeitalter kennzeichnet, erliegend, hatte er sich von den sicheren Grundlagen eines ehrwürdigen Glaubens weg verirrt und war in ein Wolkengelände geraten, wo alles neblig und trügerisch war, und das ihn immer wieder mit dem Anschein von Wirklichkeit narrte, doch jedesmal zerrann, wenn er sich, Halt und Ruhe suchend, darauf stürzte. Seine innerste Natur und die Unterweisung seiner Jugendjahre verlangten etwas Sicheres; doch wenn er vorwärts blickte, sah er Wolken über Wolken getürmt, und wenn er hinter sich blickte, einen unüberbrückbaren Abgrund zwischen den Menschen von gestern und von heute: an den Rändern dieses Abgrunds schritt er hin und her, rang zuweilen in Seelenqual die Hände, machte aber auch sein eigenes Leid öfters zum Thema eines abschätzigen Witzes. Dies war sicherlich ein Mann in Not. Als zweiter kam ein Theoretiker – einer aus einem zahlreichen Geschlecht, obschon er sich für das einzige Exemplar seit Erschaffung der Welt betrachtete –, ein Theoretiker, der einen Plan ausgedacht hatte, der alles Elend auf Erden, geistliches wie leibliches, zum Verschwinden bringen und die Glückseligkeit des Tausendjährigen Reiches Christi mit einem Schlag verwirklichen sollte. Doch da der Unglaube der Menschen seinem Tatendrang entgegenstand, war er von solchem Schmerz gepeinigt, als ob sich in seiner eigenen Brust die ganze Masse des Elends dränge, dem abzuhelfen ihm versagt geblieben war. Ein unscheinbarer alter Mann in Schwarz lenkte die Aufmerksamkeit vieler auf sich, hielten sie ihn doch für keinen andern als Pater Miller*, der sich anscheinend wegen des unerträglich langen Ausbleibens des Weltenbrands der Verzweiflung überlassen hatte. Anwesend war ferner ein durch angeborenen Stolz und Starrsinn ausgezeichneter Mann, der noch jüngst ungeheuren Reichtum besessen und einen riesigen Konzern beherrscht hatte mit einer Macht, die er im selben Geist handhabte, wie ein despotischer Monarch die Macht seines Kaiserreichs handhaben würde, wobei er einen schrecklichen Nervenkrieg führte, dessen Getöse und Erschütterung an jedem häuslichen Herd im ganzen Land zu spüren war. Am Ende

* William Miller (1782–1849); gründete die christliche Gemeinschaft der Adventisten (Milleriten) und sagte die Wiederkunft Christi auf 1843/44 voraus.

kam ein zermalmender Sturz – ein völliger Untergang von Vermögen, Macht und Stellung –, dessen Wirkung auf seinen herrscherlichen und, in so mancher Beziehung, edlen und hochgesinnten Charakter ihn zu einem Platz nicht nur bei unserm Festmahl, sondern unter den Rangvordersten des Pandemoniums berechtigt hätte. Auch ein moderner Philanthrop war da, der vom Elend von Tausenden und Millionen seiner Mitmenschen und von der Unbrauchbarkeit allgemeiner Maßnahmen zu dessen Linderung so tief betroffen war, daß ihm kein Mut verblieb, um das ihm unmittelbar mögliche bescheidene Gute zu tun, sich vielmehr damit begnügte, aus Mitgefühl selber zu leiden. Neben ihm saß ein Herr, der sich in einer bisher nie dagewesenen Lage befand, für welche die heutige Zeit allerdings zahlreiche Fälle zu bieten hätte. Vom Moment an, da er fähig war, eine Zeitung zu lesen, hatte dieser Mann sich viel darauf zugute getan, daß er ununterbrochen nur einer politischen Partei angehangen hatte; doch in der Verwirrung der jüngsten Zeit war er richtungslos geworden und wußte nicht, wo seine Partei zu finden war. Dieser quälende Zustand, so verunsichernd und entmutigend für einen Menschen, der stets gewohnt war, sein eigenes Ich mit der Masse einer großen Körperschaft zu verschmelzen, kann nur von jenen nachempfunden werden, die ihn selbst erlebt haben. Sein Nachbar war ein Volksredner, der seine Stimme verloren hatte und, da sie so ungefähr alles war, was er zu verlieren hatte, in einen Zustand hoffnungsloser Schwermut verfallen war. Einigen Glanz erhielt die Tafelrunde durch zwei Personen des zarten Geschlechts – die eine eine halbverhungerte, schwindsüchtige Näherin, die Vertreterin von Tausenden ebenso Unglücklicher; die andere eine Frau mit ungenutztem Tatendrang, die sich in der Welt fand ohne jede Möglichkeit, etwas zu leisten, sich über etwas zu freuen, ja nicht einmal unter etwas zu leiden. Sie hatte sich darum durch düsteres Nachsinnen über das ihrem Geschlecht angetane Unrecht und seinen Ausschluß aus dem Bereich ersprießlicher Tätigkeit an den Rand des Irrsinns getrieben. Da hiermit die Liste der Eingeladenen komplett war, hatte man einen Nebentisch gedeckt für drei bis vier enttäuschte Stellensuchende mit todtraurigen Herzen, welche die Kuratoren teils darum eingeladen hatten, weil ihr Elend sie wirklich zum Eintritt hier berechtigte, teils, weil sie ein gutes Essen besonders nötig hatten. Es war ferner ein herrenloser Hund vorhanden, den Schwanz zwischen die Beine geklemmt, der die Brosamen aufleckte und die Abfälle des Mahls benagte – ein armseliger Bastard, wie man ihn auf der Straße antreffen mag, ohne Herrn, dem ersten Menschen zu folgen bereit, der ihn in Dienst nehmen möchte.

Auf ihre besondere Art war dies eine so unglückliche Menschengruppe, wie nur je eine diesem Festessen beigewohnt hatte. Hier saßen sie denn, das verschleierte Gerippe des Gründers, das den Zypressenkranz hochhielt, am einen Tischende, und am andern, in Pelze gehüllt, die verwelkte Gestalt Gervayse Hastings', würdig, gelassen und kalt, den Geladenen Ehrfurcht einflößend, doch ihr Mitgefühl so wenig ansprechend, daß er sich in Luft hätte auflösen können, ohne daß sie auch nur einmal ausgerufen hätten: ‹Wo ist er denn hingegangen?›

‹Sir›, begann der Philanthrop, sich zu dem alten Mann wendend, ‹Sie nehmen nun schon so lange an diesem alljährlichen Festmahl teil und sind dabei mit so vielen Spielarten menschlichen Leidens in Berührung gekommen, daß Sie, wie man wohl erwarten darf, ein paar wesentliche und wichtige Lehren aus ihnen ableiten konnten. Wie gesegnet wäre Ihr Los, vermöchten Sie ein Geheimnis zu enthüllen, kraft dessen diese ganze Masse von Leid von allen abgewälzt würde!›

‹Mir ist nur ein Unglück bekannt›, erwiderte Gervayse Hastings leise, ‹und das ist mein eigenes.›

‹Ihr eigenes!› wiederholte der Philanthrop. ‹Und wenn Sie auf Ihr ungetrübtes und erfolgreiches Leben zurückblicken, wie können Sie dann behaupten, der einzige Unglückliche unter allen Lebenden zu sein?›

‹Sie werden das nicht verstehen›, antwortete Gervayse Hastings mit matter Stimme und einer sonderbaren Kraftlosigkeit der Aussprache, wobei er zuweilen ein Wort mit einem andern verwechselte. ‹Niemand hat es verstanden – nicht einmal jemand, der schon Ähnliches durchgemacht hat. Es ist eine Erstarrung – ein Mangel an Inbrunst – ein Gefühl, als wäre, was mein Herz sein sollte, ein Dunstgebilde – eine quälende Wahrnehmung von Unwirklichkeit! So habe ich denn – nach außen hin Besitzer alles dessen, was andere Menschen besitzen, alles dessen, wonach die Menschen streben – in Wahrheit nichts besessen, weder Freuden noch

Schmerzen. Alle Dinge, alle Personen – wie es hier am Tische schon vor langer, langer Zeit gesagt wurde – sind wie Schatten gewesen, die über die Wände huschen. So war es auch mit meiner Frau, meinen Kindern – mit jenen, die mir in Freundschaft verbunden schienen: so ist's auch mit Ihnen allen, die ich jetzt vor mir sehe. Und auch ich selbst habe keine wahre Existenz, bin vielmehr ein Schatten wie die andern!›

‹Wie steht es mit Ihrer Ansicht über ein künftiges Leben?› erkundigte sich der grüblerische Pfarrer.

‹Schlimmer als bei Ihnen›, sagte der alte Mann in hohlem und mattem Ton, ‹denn ich kann es mir nicht eindringlich genug vorstellen, um Hoffnung oder Furcht zu empfinden. Mir – mir gehört das Unglück an! Dies kalte Herz – dies unwirkliche Leben! Ach! Es wird immer noch kälter.›

Der Zufall wollte es, daß in eben diesem Moment die morschen Bänder des Gerippes barsten und die ausgetrockneten Knochen zu einem Haufen zusammensanken, was bewirkte, daß der staubige Zypressenkranz auf die Tafel herunterfiel. Da die Aufmerksamkeit der Gäste dadurch während eines einzigen Augenblicks von Gervayse Hastings abgelenkt wurde, merkten sie erst, als sie sich ihm von neuem zuwandten, daß an dem alten Mann eine Verwandlung geschehen war. Sein Schatten huschte nicht mehr über die Wand.»

«Nun, Rosina, was hältst du davon?» fragte Roderick, indem er das Manuskript zusammenrollte.

«Offen gesagt, so ganz gelungen ist's dir eigentlich nicht», erwiderte sie. «Zwar habe ich einen

Begriff von der Persönlichkeit, die du zu schildern versuchst, doch eher vermöge meiner eigenen Einbildungskraft als deiner Beschreibung.»

«Das ist unvermeidlich», bemerkte der Bildhauer, «weil die kennzeichnenden Züge alle negativ sind. Hätte Gervayse Hastings bei dem trübseligen Mahl einen einzigen menschlichen Schmerz in sich aufnehmen können, dann wäre die Aufgabe, ihn zu schildern, unendlich viel leichter gewesen. Bei solchen Personen – und in der Tat begegnen wir diesen seelischen Ungeheuern dann und wann – ist es schwer, sich vorzustellen, wie es zuging, daß sie hienieden existieren, oder was sie in sich haben, das ihnen eine Existenz im Jenseits erlaubt. Sie scheinen außerhalb von allem zu sein; und nichts ist ermüdender für das Gemüt als der Versuch, sich in sie einzufühlen.»

## FELIX TIMMERMANS

# DAS TRIPTYCHON VON DEN HEILIGEN DREI KÖNIGEN

### MITTELSTÜCK

Den Tag vorher, als es Abend wurde, war in dem fallenden Schnee ein knarrendes Kirmeswägelchen, das ein alter Mann und ein Hund zogen, die Straße entlanggefahren, und hinter der Fensterscheibe hatte man das bleiche Gesicht einer schmalen, jungen Frau gewahrt, die schwanger war und große, betrübte Augen hatte.

Sie waren vorbeigezogen, und wer sie gesehen hatte, dachte nicht mehr darüber nach.

Am Tage darauf war Weihnachten, und die Luft stand glasklar gefroren, zartblau über der weiten, in weißen Pelz vermummten Welt.

Und der lahme Hirte Suskewiet, der Aalfischer Pitjevogel mit seinem Kahlkopf und der triefäugige Bettler Schrobberbeeck gingen zu dritt die Höfe ab, als die Heiligen Drei Könige verkleidet.

Sie hatten mit sich einen Pappstern, der sich auf einer hölzernen Stange drehte, einen Strumpf, das gesammelte Geld darein zu bergen, und einen Doppelsack, um die Eßsachen hineinzustecken.

Ihre armseligen Röcke hatten sie umgekehrt; der Hirt hatte einen hohen Hut auf, Schrobberbeeck trug eine Blumenkrone von der Prozession her auf dem Kopfe, und Pitjevogel, der den Stern drehte, hatte sein Gesicht mit Schuhwichse eingeschmiert.

Es war ein gutes Jahr gewesen mit einem fetten Herbst; die Bauern hatten alle ein Schwein ins Pökelfaß gelegt und saßen, ihre Pfeife schmauchend, mit Speckbäuchen vor dem heißen Herd und warteten sorglos auf den Frühling.

Der Hirte Suskewiet kannte so schöne, fromme Lieder aus alten Zeiten, Pitjevogel verstand den Stern so gleichmäßig zu drehen, und der Bettler wußte so echte, traurige Bettleraugen zu ziehen, daß, als der Mond rot heraufkam, der Fuß des Strumpfes voller Geld saß und der Sack sich blähte wie ein Blasebalg. Es steckte Brot darin, Schinkenknochen, Äpfel, Birnen und Wurst.

Sie waren in fröhlichster Laune, stießen sich wechselseitig mit den Ellbogen und genossen bereits das Vergnügen, am Abend einmal ein ordentliches Glas «Vitriol» in der «Wassernixe» zu trinken und sich mit dem guten und leckeren Essen den leeren Bauch so zu runden und zu prallen, daß man einen Floh darauf würde zerquetschen können.

Erst als die Bauern die Lampe ausdrehten und gähnend schlafen gingen, hörten sie mit ihrem Singen auf und begannen, ihr Geld in dem hellen Mondenschein zu zählen.

Jungens, Jungens! Genever für eine volle Woche! Und dann konnten sie sich noch frisches Fleisch dazukaufen und Tabak!

Den Stern auf der Schulter, stapfte der schwarze Pitjevogel flink voraus; die beiden anderen folgten, und das Wasser lief ihnen im Munde zusammen.

Aber ihre rauhen Seelen überfiel nach und nach eine seltsame Bedrücktheit. Sie schwiegen. Kam das von all dem weißen Schnee, auf den der hohe Mond so starr und bleich guckte? Oder von den mächtigen gespenstigen Schatten der Bäume? Oder von ihren eigenen Schatten? Oder von der Stille, dieser Stille von mondbeschienenem Schnee, in der nicht einmal eine Eule sich hören ließ und kein Hund nah oder fern bellte?

Dennoch waren sie, Schwärmer und Schweifer der abgelegenen Straßen, der einsamen Ufer und Felder, so leicht nicht einzuschüchtern. Sie hatten viel Wunderbares in ihrem Leben gesehn: Irrlichter, Spuk und sogar leibhaftige Gespenster. Aber nun war es etwas anderes, etwas wie die würgende Angst vor dem Nahen des großen Glücks.

Es drückte ihnen das Herz zusammen.

Der Bettler sagte mutig: «Ich bin nicht bange!»

«Ich auch nicht», sagten die beiden anderen zu gleicher Zeit mit zitternden Kehlen.

«Es ist Weihnachten heute», tröstete Pitjevogel.

«Und dann wird Gott von neuem geboren», fügte der Hirte kindlichfromm hinzu.

«Ist es wahr, daß die Schafe dann mit dem Kopfe nach Osten stehn?» fragte Schrobberbeeck.

«Ja, und dann singen und fliegen die Bienen.»

«Und dann könnt ihr mitten durchs Wasser sehen», bestätigte Pitjevogel, «aber ich hab' es niemals getan.»

Es war wieder diese Stille, die etwas anderes war

als Stille, wie wenn eine fühlbare Seele im Mondenschein zitterte.

«Glaubt ihr, daß Gott nun wieder auf die Welt kommt?» fragte ängstlich der Bettler und dachte dabei an seine Sünden.

«Ja», sagte der Hirt, «aber wo, das weiß niemand... er kommt nur für *eine* Nacht.»

Ihre harten Schatten liefen nun vor ihnen her, und das vermehrte noch ihre Furcht.

Auf einmal merkten sie, daß sie sich verlaufen hatten. Schuld daran war der unendliche Schnee, der die gefrorenen Bäche, die Wege und das ganze Land überdeckt hatte.

Sie blieben stehn und sahen sich um; überall Schnee und Mondenschein und hier und da Bäume, aber kein Hof, so weit man blickte, und auch die wohlbekannte Mühle war nirgends sichtbar.

Sie hatten sich verirrt, und bei dem Mondenlicht sahen sie einer in des anderen Auge die Angst.

«Laßt uns beten», flehte Suskewiet, der Hirt, «dann kann uns nichts Böses begegnen.» Der Hirt und der Bettler murmelten ein Ave Maria; Pitjevogel brummte nur so etwas vor sich hin, denn seit der ersten Kommunion hatte er das Beten verlernt.

Sie gingen um ein Gebüsch herum, und da war es, daß Pitjevogel in der Ferne friedliches Abendlicht aus einem Fensterlein strahlen sah. Ohne ein Wort zu sagen, nur froh aufatmend, gingen sie darauf zu.

Und da geschah etwas Wunderbares. Sie sahen und hörten es alle drei, aber keiner wagte davon zu sprechen.

Sie hörten Bienen summen, und unter dem Schnee, da, wo die Gräben waren, schimmerte es so hell, als brennten Lampen darunter.

Und an einer Reihe träumender Weiden stand ein lahmer Kirmeswagen, aus dessen Fenster Kerzenlicht kam.

Pitjevogel ging das Trepplein hinauf und klopfte an die Tür.

Ein alter Mann mit einem harten Stoppelbart kam vertrauensvoll herbei und öffnete. Er wunderte sich gar nicht über die tollen Gewänder, den Stern und das schwarze Gesicht.

«Wir kommen, um Euch nach dem Weg zu fragen», stotterte Pitjevogel.

«Der Weg ist hier», sagte der Mann, «kommt nur herein!»

Verwundert über diese Antwort folgten sie gehorsam, und da sahen sie in der Ecke des kalten, leeren Wagens eine sehr junge Frau sitzen, in blauem Kapuzenmantel, die einem ganz kleinen, eben geborenen Kinde ihre fast leere Brust gab. Ein großer gelber Hund lag daneben und hatte seinen treuen Kopf auf ihre mageren Knie gelegt.

Ihre Augen träumten voller Trübsal; aber als sie die Männer sah, kam Freundschaft hinein und Zuneigung. Und siehe, auch das Kindlein, noch mit Flaum auf dem Kopfe und mit Augen wie kleine Spalte, lachte ihnen zu, und besonders hatte das schwarze Gesicht des Pitjevogel es ihm angetan.

Schrobberbeeck sah den Hirten knien und seinen hohen Hut abnehmen; er kniete auch nieder, nahm seine Prozessionskrone vom Kopf und bereute plötzlich tief seine Sünden, deren er viele auf dem Gewissen hatte, und Tränen kamen in seine entzündeten Augen. Dann bog auch Pitjevogel das Knie.

So saßen sie da, und süße Stimmen umklangen ihre Köpfe, und eine wundersame Seligkeit, größer als alle Lust, erfüllte sie. Und keiner wußte, warum.

Unterdessen versuchte der alte Mann in dem eisernen Herdlein ein Feuer anzumachen. Pitjevogel, der sah, daß es nicht ging, fragte dienstfertig: «Darf ich Euch helfen?»

«Es nützt doch nichts, es ist nasses Holz», antwortete der Mann.

«Aber habt ihr denn keine Kohlen?»

«Wir haben kein Geld», sagte der Alte betrübt.

«Aber was eßt ihr denn?» fragte der Hirte.

«Wir haben nichts zu essen.»

Die Könige schauten verwirrt und voller Mitleid auf den alten Mann und die junge Frau, das Kind und den spindeldürren Hund.

Dann sahen sie sich alle drei untereinander an. Ihre Gedanken waren eins, und siehe, der Strumpf mit dem Geld wurde ausgekehrt in den Schoß der Frau, der Sack mit den Eßsachen wurde geleert und alles, was darin war, auf ein wackliges Tischlein gelegt.

Der Alte griff gierig nach dem Brot und gab der jungen Frau einen rosigen Apfel, den sie, bevor sie hineinbiß, vor den lachenden Augen ihres Kindes drehte.

«Wir danken euch», sagte der alte Mann, «Gott wird es euch lohnen!»

Und sie machten sich wieder auf den Weg, den Weg, den sie kannten, wie von selbst in der Richtung auf die «Wassernixe», doch der Strumpf steckte zusammengerollt in Suskewiets Tasche, und der Sack war leer. Sie hatten keinen Pfennig, kein Krümelchen mehr.

«Wißt ihr eigentlich, warum wir alles diesen armen Menschen gegeben haben?» fragte Pitjevogel.

«Nein», sagten die anderen.

«Ich auch nicht», schloß Pitjevogel.

Bald darauf sagte der Hirt: «Ich glaube, daß ich es weiß! Sollte dieses Kind nicht vielleicht Gott gewesen sein?»

«Was du nicht denkst!» lachte der Aalfischer; «Gott hat einen weißen Mantel an, mit goldenen Rändern besetzt, und hat einen Bart und hat eine Krone auf, wie in der Kirche.»

«Er ist früher zur Weihnacht doch in einem Stall geboren», behauptete der Hirt.

«Ja damals!» sagte Pitjevogel, «doch das ist schon hundert Jahre her und noch viel länger.»

«Aber warum haben wir denn alles weggegeben?»

«Ich zerbreche mir auch den Kopf darüber», sagte der Bettler, dem der Magen knurrte.

Und schweigend, mit Gaumen, die nach einem tüchtigen Schluck Genever und dick mit Senf bestrichenem Fleisch lechzten, kamen sie an der «Wassernixe» vorbei, wo Licht brannte und gesungen und Harmonika gespielt wurde.

Pitjevogel gab den Stern dem Hirten wieder, der ihn aufzubewahren pflegte, und ohne noch ein

Wort zu sprechen, aber zufrieden in ihrem Herzen, gingen sie am Kreuzweg auseinander, jeder zu seiner Lagerstätte. Der Hirt zu seinen Schafen, der Bettler unter eine Strohmiete und Pitjevogel in seine Dachkammer, in die der Schnee hineinwehte.

## LINKER FLÜGEL

Heute war wieder Weihnachten, und der Hirte Suskewiet, der jedes Jahr mit Pitjevogel und Schrobberbeeck die Heiligen Drei Könige gespielt hatte, da sie denn zu dritt mit einem Pappstern und schönen alten Liedern auf den Höfen die Runde gemacht hatten, lag nun, lang ausgestreckt, krank zu Bette, und über ihm war der Schatten des Todes. In der Ecke stand, an die Mauer gelehnt, die Stange mit dem bunten Stern, und da hing auch eine Krone aus Blech.

Er lag, wo er immer lag, im Schafstall.

Durch ein kleines Fensterchen neben seinem Bett konnte er weit hinaus ins beschneite Land sehen, über dem der halbe Mond wie eine silberne Spule das schöne Sternenkleid webte.

Es war das erste Mal, daß er zu Weihnachten seine Kameraden nicht begleiten konnte. Die waren nun zu zweit unterwegs und sangen doch immer noch: «Wir sind die drei König' mit ihrem Stern.»

Seit dem Wunder vom letzten Jahr, da sie auf ihrem Zug in ein Kirmeswägelchen geraten waren, dort einen armen Mann und eine junge Frau mit einem neugeborenen Kind gefunden hatten und aus einem unerklärlichen Drange, in nie gekannter Ehrfurcht hingekniet waren und alles, was sie gesammelt, Geld und Eßsachen, dargeboten hatten, seitdem war Suskewiet ein anderer Mensch geworden. Denn deutlich hatte er gefühlt, daß dieses Kindlein Gott gewesen war, der alle Jahre zu Weihnachten für einen Tag neu zur Welt kommt. Ach, er erinnerte sich noch so wohl, wie sie sich verirrt hatten, in der heiligen Stunde, wie sie unter dem Eis Licht, wie Lampen, schimmern sahen und in der Luft Bienen singen hörten; wie sie sich fürchteten, und welch eine himmlische Süße ihn und auch die anderen überkam, als sie dies Kindlein sahen, und wie sie in einer plötzlichen Aufwallung, ohne Verabredung, ihre sauer verdienten Groschen und was sie zum Essen gesammelt hingegeben hatten.

Und hatten sie nicht auch den armen Mann sagen hören, als Pitjevogel nach dem Weg fragte: «Der Weg ist hier.» Gewiß war das die Heilige Familie gewesen. Er hatte es dem Pfarrer erzählt, doch der schwatzte ihn zur Tür hinaus, und der Küster sagte wegwerfend, daß der Hirt ja nur ein Findling und das Gehirn ihm eingefroren wäre.

Wo er es auch erzählen mochte, daß er die Heilige Familie gesehn, da lachte man ihn aus, und seine beiden Kameraden hatten den schönen Eindruck jener Stunde schon bald vergessen. Wenn sie mal daran dachten, so sagten sie wohl: «'s war sonderbar, 's war sonderbar», aber im übrigen kümmerten sie sich nicht mehr darum und sündigten alle Tage mehr, um zu Geld und Genever zu kommen.

Doch Suskewiet hatte sein Leben von Grund aus geändert. Es war wohl immer schon ein glimmendes Scheitchen Frömmigkeit in seinem Herzen gewesen, nun aber war es zu einem weißen Feuer aufgeflammt, das ihn in himmlisches Entzücken versetzte und mit schönen, süßen Gefühlen erfüllte, so daß er kaum noch mit seinem Leibe auf Erden war.

Er vernachlässigte seinen Körper und vergaß, seine Schafe zu versorgen.

Vor den Feldkapellen lag er oft stundenlang auf den Knien, sang fromme Lieder und betete Kindergebete.

Auch tat er Buße, um seine früheren Sünden abzuscheuern, und ließ sich nicht abhalten, wenn es fror, das Eis aufzuhacken und sich mit bloßen Füßen ins grimmig kalte Wasser zu stellen.

Und wenn er nun sein lahmes Bein hinter seiner Herde nachschleppte, dann betete er immer an seinem Rosenkranz, und sprach er mit den Bauern, dann war nicht mehr vom Wetter und von den Kartoffeln die Rede, sondern von der Muttergottes und dem Jesuskindlein und der Finsternis der Sünde.

Die Menschen nannten ihn früher beschränkt, nun aber hielten sie ihn für gänzlich verdreht und gingen ihm aus dem Weg. Was er erzählte, schien ihnen gut für einen Pfarrer, aber nicht für jemand, der in gewöhnlichen Kleidern herumlief wie er.

Mit großer Sehnsucht erwartete der alte Suskewiet das neue Christfest. Er pflegte den Stern zu verwahren und frischte ihn alle Jahre wieder auf. Auch diesmal beklebte er ihn mit buntem Papier und Schokoladesilber und schmückte ihn mit goldenen Röslein, die noch von einer goldenen Hochzeit stammten. Den hohen Hut wollte er nicht mehr aufsetzen, denn er hatte beim Klempner aus einem Stück Blech, das er gefunden, eine Zackenkrone machen lassen. Die würde ihm noch einmal so schön stehen. Er war eben mit diesen Dingen beschäftigt, als die beiden Freunde kamen, um darnach zu sehn, denn sie hatten gehört, daß noch andre drei Könige herumziehen würden, und die hatten einen Stern mit Glöcklein und würden also mehr Groschen verdienen.

Doch Suskewiet betrachtete sie argwöhnisch und sagte: «Ich geh' mit dem Stern nur mit, wenn wir alles Geld und Essen, das wir einsammeln, den Armen geben.»

«Bist du verrückt?» rief Pitjevogel, der Aalfischer.

«Sind wir denn nicht arm genug?» fragte Schrobberbeeck, der Bettler mit den Triefaugen.

«Nein», sagte Suskewiet, «alles, was ihr habt, müßt ihr Gott geben. Und ob ihr es den Armen gebt oder Gott, das ist einerlei.»

«Dann bleiben wir zu Haus», sagte Schrobberbeeck; «oder denkst du, daß ich mir für andere Leute die Seele aus dem Halse singen will? Das macht man einmal und nicht wieder!»

«Ich weiß was Besseres», sagte der schlaue Pitjevogel, «wir machen uns selbst einen Stern; oder glaubst du, daß wir das nicht können? Tag, verrückter Sus!»

«Macht, was ihr wollt», rief der Hirt ihnen nach, «aber mit diesem Stern, mit dem wir Gott gefunden haben, sollt ihr kein Geld zusammenbetteln, um zu sündigen!»

Der Himmel mahlte den ersten Schnee über die Erde, und Suskewiet fühlte sich durchströmt von himmlischer Seligkeit. Er allein wollte nun von Hof zu Hof ziehen, um Geld für die Armen zusammenzubringen.

Aber Suskewiet wurde krank und konnte von seinem Bettsacke nicht mehr aufstehn.

Weihnachten kam heran. Der Hirt empfing die Sterbesakramente. Er hatte den Pfarrer mit seinem goldenen Chorhemd kommen und gehen sehn. Es wurde Abend, und der Mond erschien, um die weiße Welt zu beschauen.

Suskewiet liefen die Tränen über die stoppelhaarigen Backen, weil er nicht zum Besten der Armen Weihnachten feiern konnte.

Vierunddreißig Jahre hatte der Stern ihn seine Lieder singen hören. Nun kam der Tod zu ihm. Sein Herz lebte schon fast nicht mehr, aber sein bißchen Verstand flackerte dann und wann noch hell auf.

Die Menschen vom Hof hatten eine Weile bei ihm gesessen, waren aber, da er ein wenig schlummerte, wieder ins Haus hineingegangen, wo der Weihnachtsklotz brannte und Waffeln gebacken wurden. Er hörte wehmütig ihren fröhlichen Lärm; eine Klarinette wurde gespielt, und Lieder erklangen.

Er hatte keine zwei Stunden mehr zu leben und flehte zum Himmel, doch erst noch die heilige Stunde vorübergehen zu lassen.

Sein mageres, eingefallenes Gesicht lag schräg,

und so konnte er bald den Mond am Himmel sehen und bald den Stern, der in der Ecke glänzte. Seine Hände lagen bloß, groß und abgemagert da; die Finger hatten kein Leben mehr.

Wie er verloren auf die Welt gekommen war, ein Findling, so sollte er nun einsam und verlassen sterben. Nur die guten Schafe blieben bei ihm und hoben von Zeit zu Zeit den Kopf über die Planke.

Der Mond stieg höher und höher, wurde kleiner beim Steigen und immer silberklarer.

Suskewiet bat nur um das eine, um die Gnade, die Weihnachtsstunde noch einmal erleben zu dürfen.

So lag er lange. Endlich sah er hier und dort bei der Mühle Frauen in schweren Kapuzenmänteln mit Laternen in der Hand nach dem Dorfe zu vorbeiziehen. Der Lärm auf dem Hofe verstummte.

Etwas später hörte er Glockengeläut und Orgelklang.

Zuerst konnte er es nicht glauben, denn die Kirche war ja dreiviertel Stunden weit entfernt! Aber es war keine Täuschung: da spielte eine Orgel. Sanfte, getragene, singende Klänge, die langsam und feierlich aufquollen, von Rührung und tiefer Inbrunst immer mehr schwellend. So etwas Schönes hatte er nie im Leben gehört. Ehe er sich noch von seinem Staunen erholt hatte, hörte er plötzlich, wie all die Schafe zu blöken anfingen, und in dem Mondschein sah er, daß sie ihre Köpfe nach Osten kehrten.

«Das ist die heilige Stunde!» murmelte Suskewiet, schaudernd vor Erregung.

«Gott! Gott! Mein Stern!» Er wollte sich aufrichten, um aufzustehn und den Stern zu holen, aber es ging nicht.

«Mein Stern!» Er strengte verzweifelt all seine Kräfte an, drückte die Decke mit seinen Füßen gegen die Bettwand und zog sich dann an dem straffgespannten Laken hoch. Er brach in einen rasselnden Husten aus, und als der vorüber war und der Schweiß von seiner Stirne floß, kam er weiter nach vorn, streckte seine mageren Beine aus dem Bett, hustete wieder, wartete nun aber nicht, bis es vorbei war. Er stand aufrecht, lehnte sich an die Mauer und ging Schritt für Schritt mit eingesunkenen Knien zu dem Stern. Endlich saß er wieder auf dem Bett, die blecherne Krone auf dem Kopf und den Stern im Arm.

Und als er sich ausgeruht hatte, nahm er die Schnur, und in die Mondnacht schauend, sang er matt und abgerissen, begleitet von den zarten Klängen der geheimnisvollen Orgel:

«Wir sind die drei König' mit ihrem Stern,
Wir kommen gezogen aus weiter Fern',
Wir gingen und suchten überall,
Wohl über Berg und über Tal,
Und wo der Stern blieb stille stehn,
Da täten ins Haus wir dreie gehn.»

Die Tränen rannen von seinen Backen. Schauer liefen ihm über den Leib, und in seinen brechenden Augen blitzte dann und wann das Feuer seiner verzückten Seele.

Aber wer oder was war das da hinten in der Ferne?

Ein strahlendes Licht, das über den mondbeschienenen Schnee näher und näher kam, immer geradeaus, ohne auf Weg und Steg zu sehen.

Suskewiet hielt erstaunt seinen Atem an, zog aber immerfort gedankenlos an der Schnur, und der Stern drehte sich knarrend rundum.

Es kam näher und näher. Und zu guter Letzt schien es ein ganz kleines Kindlein zu sein in einem weißen Hemdchen, mit bloßen Füßen; es trug ein Weltkügelchen in seiner Hand, und um sein blauäugig liebliches Gesicht und seine goldenen Locken strahlte ein regenbogenfarbenes Morgenrot.

«Wer ist das?» murmelte Suskewiet; «mich dünkt, ich hab' dies Kindlein schon einmal gesehn!»

Es kam geradewegs auf ihn zu, es verschwand einen Augenblick unter dem Fenster, und dann ging die Türe auf: und da stand vor ihm das Kindlein wie eine Heckenrose, so rein und frisch. Der Stall duftete plötzlich wie ein Garten voller Rosen.

«Guten Tag, Suskewiet!» sagte das Kind lächelnd und zutraulich; «da du nicht mehr zu mir kommen kannst, so komme ich zu dir. Kennst du mich noch?»

Über Suskewiet flog ein Leuchten frohen Staunens, und ein Lächeln ließ seine zwei schwarzen Zahnstümpfe sehen. Er nickte lachend, konnte aber vor Rührung kein Wort sprechen, und derweilen hingen die Tränen an den grauen Stoppelhaaren seiner Backen.

«Ja?» sagte das Kindlein; «dann singe dein Lied nur weiter. Ich höre es ja so gerne.»

Und Suskewiet faßte in heiliger Ehrfurcht die Schnur und sang, während seine Augen voll seligen Feuers in dem rosigen Schein blinkten:

«Maria, die war gar verstört,
Als sie den großen Lärm gehört;
Sie meinte, daß Herodes kam,
Um ihr klein Kindelein zu suchen,
Sie meinte, daß Herodes kam,
Zu greifen ihr allersüßestes Lamm.»

Und siehe, der schwarze Apfelbaum, der da draußen stand, war nicht weiß von Schnee, sondern weiß von zarten Apfelblüten.

Und da standen die Schafe und sahen über die Planken, und die hintersten stützten sich auf die Rücken der vordersten.

«Komm», sagte das Kindlein, «gehst du mit in unser Haus?»

«Ach ja, ach ja!» lachte Suskewiet. Plötzlich fühlte er sich wie genesen. Er wollte seine Hose anziehn, aber es schien ihm doch nicht kalt zu sein, und zudem hatte er es zu eilig.

Er nahm den Stern und folgte dem Kind, dem buntschimmernden Kind. Doch er sah sich noch einmal nach seinen Schafen um, die so traurig blökten.

«Dürfen die nicht mitgehn?» fragte er. «Ich bin Hirte.»

«Je mehr, je lieber!» sagte das Kindlein.

«Dann kommt nur, meine Kerlchen, kommt!»

Suskewiet öffnete das Gatter, und alle folgten, eng aneinandergepreßt. Und da gingen sie in der silbernen, weißen Nacht dahin. Das Kindlein hielt in seiner kleinen, molligen Hand die große Hand des Hirten und führte den alten Mann durch den ungebahnten Schnee. Er trug den Stern, der im Mondschein glänzte, und hinter ihm kamen die Schafe mit ehrfurchtsvoll gesenkten Köpfen.

«Da hinten ist es!» sagte das Kindlein und wies in die Ferne, wo ein goldenes Schloß über einem frühlingsblühenden Garten mit seinen Kuppeln und Türmen in den Himmel ragte.

«Ach wie schön, wie schön!» sagte Suskewiet entzückt, und sich nach seinen Schafen umsehend: «Da hinten wird's wohl noch viel besseres Gras geben, was, meine Kerlchen?»

Und dann gingen sie hinein.

Schrobberbeeck und Pitjevogel kamen von ihrer Zweikönigsfahrt zurück. Sie waren trunken von den vielen Gläsern Genever, die sie unterwegs geleert hatten; ihre Krone saß schief, und der Stern war zerdrückt. Arm in Arm taumelten sie und sangen Gassenhauer. Ihr Weg führte sie an dem Hof vorbei.

«Oh», rief Pitjevogel, «wir wollen ihm mal mit unserem Geld in die Ohren klimpern! Uns den Stern nicht zu geben!»

Doch als sie durchs Fenster guckten, da sahen sie Suskewiet in seinem Hemd tot auf dem Bett sitzen, die Blechkrone auf dem Kopf und darüber den schönen Stern, glänzend und bunt.

Und voller Schreck liefen sie davon.

Auch wenn das Mondlicht noch so klar über das tiefverschneite Land flutet, das aus sich selber Helligkeit verbreitet – der Bettler Schrobberbeeck nimmt doch seine brennende Laterne in die Hand, um zur Mitternachtsmesse zu gehn.

Er tut es aus Angst vor Gott.

Es ist nun nicht so wie in den früheren Jahren, da er an diesem Tag mit seinen Freunden die Heiligen Drei Könige spielte und von Hof zu Hof den Stern drehen ging.

Das war der Tag, an dem er den meisten Spaß hatte und die meisten Groschen einsteckte.

Angst vor Weihnachten ist in ihn gefahren.

Angefangen hatte das schon vor zwei Jahren, als er, mit Pitjevogel dem Fischer und Suskewiet dem Hirten von der Dreikönigsfahrt kommend, die Heilige Familie in einem Kirmeswagen gesehen hatte.

Das Jahr darauf hatte er mit Pitjevogel allein die Sternrunde gemacht; und als sie angetrunken zurückkehrten, den Bauch voll von heißem Genever, da hatten sie Suskewiet, der seit dem Vorfall mit der Heiligen Familie fromm geworden war, tot auf seinem Bette sitzen sehn, einen Stern in seinen Händen und umleuchtet von himmlischem Licht.

Die Christnacht wollte etwas von ihm; er fühlte in ihr Gottes Hände am Werk.

Die Angst umkreiste immerfort sein Herz, und aus Angst ging er nun alle Sonntag zur Messe. Jedesmal fürchtete er, daß ihm etwas Heiliges begegnen würde, und davor hatte er noch mehr

MANESSE BIBLIOTHEK
DER WELTLITERATUR
UND DER
WELTGESCHICHTE

Bitte
ausreichend
frankieren

Manesse Verlag
Badergasse 9
CH-8001 Zürich

Angst als vor dem Teufel, mit dem sich Pitjevogel nun abgab.

Denn man erzählte sich, es sei, als der Fischer im letzten Sommer nackt zum Baden in die Nethe gegangen, plötzlich ein gewaltiges Unwetter ausgebrochen; Pitjevogels Kleider wehten fort, und in furchtbarem Schrecken lief er nackt über die Felder und geriet in ein Haus, worin ein abgesetzter Pfarrer wohnte, der Umgang mit dem Teufel hatte. Der Pfarrer dachte zuerst, der Teufel wäre es, da Pitjevogels Körper ganz mit schwarzen Haaren bedeckt war, und er sprach ihn an: «Sei gegrüßt, Satan!»

«Ich bin nur Pitjevogel», sagte der Aalfischer schüchtern. Der Pfarrer hatte sich nun verraten und lehrte Pitjevogel mit dem Mirakelbuch «Der Höllenzwang» die Schwarze Kunst.

Seit jenem Tage gab der Fischer soviel silberne Taler aus, als man nur denken konnte, mußte aber alle Abend vor Sonnenuntergang zu Hause sein.

Saß Pitjevogel sonst in den schwülen Sommernächten, wenn der Aal gut anbeißt, in seinem Boote beim Angeln, so war nun, wenn die Sterne am Himmel erschienen waren, nichts mehr von ihm zu sehn, und kein Vergnügen war groß genug, um ihn aus seinem Hause herauszulocken, wenn es Abend geworden war.

Und Schrobberbeeck, der früher viel von Pitjevogel gehalten hatte, denn der Kerl konnte einen zum Lachen bringen, daß es sprudelte, ging ihm aus dem Wege.

Er mied ihn, um nicht Gottes Aufmerksamkeit auf sich zu lenken.

Er stahl zwar nicht weniger, denn das saß ihm nun einmal in den Knochen; er brachte es nicht fertig, etwas liegenzulassen, das er mitnehmen konnte. Und er trieb sich wie sonst in der Gegend herum, bettelte auf den Höfen, verzog das Blau seiner entzündeten Augen, so daß nichts mehr zu sehen war als Gelbweiß, und plapperte dann ein leieriges Paternoster herunter.

Er war nun auch zu einer Behausung gekommen, nämlich zu einer Holzhütte, worin der Bauer vom Wasserschanzenhof früher seine Gerätschaften aufbewahrte. Sie wurde nicht mehr benutzt, aber Schrobberbeeck nahm sie in Beschlag, schlief und wohnte dort und hamsterte darin zusammen, was er nur erbetteln und fassen konnte. Er hatte sogar eine Spiegelscherbe, worin er sein graurotes Gesicht mit dem brandroten Stoppelbart sehen konnte. Es regnete durchs Dach der Hütte, die Winde rüttelten und schüttelten sie wie ein Aushängeschild, aber er hatte doch das stolze Gefühl, ein Haus zu besitzen, und legte sogar ringsherum ein Gärtchen an, wie ein Tisch so groß, um Radieschen darin zu ziehen.

Aber auch er kam abends nicht zum Vorschein, aus Furcht vor dem Heiligen, das ihn zu verfolgen schien.

Und wenn er tagsüber das Land durchbettelte, nahm er nun, immer aus demselben Grunde, nämlich sich gut mit Gott zu stellen, vor jedem Muttergottesbilde seinen schmierigen Hut ab. Und es standen viele Mütter Gottes in der Gegend, wohl an die zwanzig. Sie standen da in ihrem steinernen, hölzernen oder gipsenen Gewande; die eine in einem Kästlein, das an einem Baume hing, die andere auf einem Pfahl, wieder andere in steinernen Kapellen. Und indem er diesen Gruß Tag für Tag wiederholte, kannte er sie alle miteinander; er wußte aus dem Kopf, welche Farbe sie hatten, wie groß sie waren, wie sie hießen und wogegen sie halfen.

Er kannte sie alle, von der großen Muttergottes der Sieben Schmerzen aus dem Beginenwäldchen bis zur fingergroßen Muttergottes Zur Ruhe, die in der Vogelhöhle einer vom Blitz gespaltenen Kappweide stand.

Und er kannte auch den ragenden Christus am Kreuz, am Großen Tümpel, aus dem die Kühe zu trinken kamen.

Voller Angst hatte er Weihnachten erwartet, denn er fürchtete, daß ihm etwas Heiliges begegnen würde. Erst hatte er die Absicht, die Nacht im Krug «Zur Wassernixe» zu verbringen. «In eine Wirtschaft, wo geflucht und Genever getrunken wird, kommt Gott nicht», dachte er. Aber dann fürchtete er wieder, wenn er das täte, dann würde die Strafe in einer anderen Nacht nicht ausbleiben.

Ach, wo war seine Bettlerruhe geblieben? Lebte er früher nicht seelenvergnügt von einem Tag zum andern?

Aber Weihnachten rückte näher und näher. Er wagte nicht, mit dem Stern zu gehen, so gern er es auch getan hätte, denn es kam ihm vor, als wäre es nicht gut für ihn, mit einem Stern zu spielen, und so kam ihm der Gedanke, zur Mitternachtsmesse zu gehn. Nicht aus Liebe, Glaube oder Frömmigkeit, sondern um das Geheimnisvolle von sich abzulenken. Und um sich Mut zu machen in der weißen, mondbeschienenen Einsamkeit, zündete er die überflüssige Laterne an und ging zur fernen Kirche.

Er wäre am liebsten mit geschlossenen Augen gelaufen, um nur nichts von dieser seltsamen, feierlichen Schneenacht zu sehen, die ihn anblickte wie ein starres Katzenauge, worin es schwefelt.

Ganz in der Ferne läutete dröhnend die Glocke, und er suchte nach den anderen Menschen, die doch auch zur Messe gehen mußten; aber von ihnen war keine Spur zu sehen. Er war mutterseelenallein auf dem Weg. Sein Herz klopfte, und er fühlte sich kleiner und kleiner werden, als ob er ertränke in der mondhellen, weißen Einsamkeit. Als er an der schwarzen, beschneiten Mühle vorbeigekommen war, schien die Ferne ihm noch einmal so fern, und die Angst preßte ihm wie eine Klammer das Herz.

Er schritt aus, so schnell er konnte, wagte aber nicht zu laufen. Warum wagte er denn nicht zu laufen?

Ach, da kam er an den Baum, wo die Muttergottes Zur Zuflucht hing, ein Porzellanfigürchen mit goldenen Lilien auf dem Kleid. Das gab ihm Vertrauen; er zog seinen Hut und sah flehend hinauf. Aber die Muttergottes war nicht mehr da! Und eben, da er Laternenöl zu holen gegangen war, stand sie doch noch in ihrem Kästchen! «Heruntergefallen», dachte er; aber der Schnee lag glatt und unberührt da, nur bemerkte er, daß just ein Mäuschen über den Schnee gelaufen war, denn man sah Spuren von zierlichen Schritten.

«Es wird gestohlen sein», sagte Schrobberbeeck und ging hastig weiter.

Er überquerte die Landstraße, um schneller zur Kirche zu gelangen. Und er dachte, an der Brücke jenseits des Baches die Muttergottes Zur Anbetung zu grüßen, die auf einem Pfahl stand; aber die war auch nicht da! Er blieb erstaunt stehen, die Glockentöne erstarben, und wieder drückte die Stille auf das Land, die geheimnisvolle Stille. Er leuchtete mit seiner Laterne, und wieder sah er die Spuren von zierlichen Schritten im Schnee.

Die Schweißperlen blinkten ihm auf der Stirn. Aber nun fing er an zu laufen! Oh, nun kam das Wunder, nun wollte es ihn erwürgen! Und in all seiner Angst war er neugierig wie ein Weib, ob wohl das Muttergottesbild Für den guten Tod sich noch in der steinernen Kapelle hinter dem Gitter befände.

Nein, es war auch verschwunden! Der verschnörkelte Sockel aus nachgemachtem Marmor war leer, und zwecklos standen nun die silbernen Blumen unter Glasglocken drum herum, die wächsernen und die blau ausgeschlagenen silbernen Votivgeschenke und die verräucherten Engelköpfe.

Schrobberbeeck war in seinem Leben noch nicht so schnell gelaufen; aber wie schnell er auch lief, er nahm sich doch das Herz, einen Blick auf die Muttergottesbilder, an denen er vorbeikam, zu werfen: sie waren alle verschwunden!

Es war etwas geschehn, ja, es war etwas furchtbar Heiliges geschehen!

Wenn er das Tannenwäldchen da drüben mit seinem Saum von silbernen Birken hinter sich hätte, dann würde er die Kirche erblicken, mit ihren schön und einladend erleuchteten Fenstern.

Jeden Augenblick konnte es nun zwölf Uhr schlagen.

Er lief an den geheimnisvoll schweigenden Tannenbäumen hin. Aufzublicken wagte er nicht. Noch eine halbe Minute, dann kamen die Kirche und die Häuser zum Vorschein, und dann war die Gefahr vorüber.

Aber da hörte er von links her, immer näher, ein Geräusch, und nun kam durch den Schnee keuchend eine kleine Gestalt, einen halben Meter groß, angelaufen. Sie hatte ein rotes Kleid und einen lichtblauen, wehenden Mantel an, und in der keuchenden Brust staken sieben blecherne Schwerter!

«Unsere Liebe Frau aus dem Beginenwäldchen!» stammelte Schrobberbeeck. Und er glaubte vor Schreck tot hinzufallen, als plötzlich diese Gestalt auf ihn zukam und ihm mit ganz alltäglicher, ängstlicher Stimme, die nichts Muttergottesartiges hatte, zurief: «Ach, Herr Schrobberbeeck, liebster Freund, Ihr grüßt mich ja immer, wenn Ihr an mir vorübergeht, helft mir, helft mir! Ich laufe schon eine Stunde lang, meine Füße tun mir so weh, mein Herz bricht, tragt mich doch bitte zu meinem gekreuzigten Sohn am Großen Tümpel! Sonst komme ich zu spät, um sein Weihnachtsfest zu feiern!»

Und sie streckte flehend ihre Arme aus, der Mantel fiel in schönen Falten an ihr herab, und Veilchendüfte umschwebten sie wie Falter.

Schrobberbeeck stand starr vor Schreck, er stammelte, konnte aber kein Wort herausbringen. Das Heilige war wieder da in all seiner Furchtbarkeit! Er sah sie stumm, verstört an, die Haare sträubten sich ihm unter dem Hut, und seine Augen quollen aus den entzündeten Rändern.

Aber Unsere Liebe Frau flehte verzweifelt weiter: «Ach, tragt mich doch, Herr Schrobberbeeck! Ihr könnt fix laufen, ich bin so leicht wie eine Feder. Wenn ich alleine gehen muß, so dauert es noch eine Stunde, und dann ist das Fest vorüber! Oh, helft mir, ich will auch alles für Euch tun! Aber ich konnte nicht weg, seht Ihr, es saß da ein Mann vor mir an meinem Kapellchen, ach Gott, und betete: jemand, der um einiger Taler willen seine Seele dem Teufel verschrieben hat, jemand, der in einem Unwetter zu einem abgefallenen Priester hineingelaufen und da an die Schwarze Kunst geraten ist. Ach, der Mann flehte so in die Tiefe der Nacht hinein um meinen Beistand, daß er vom Teufel erlöst würde, der kerzengerade hinter ihm stand, wie eine Schlange auf der Spitze ihres Schwanzes! Ich mußte ihm doch erst helfen, nicht wahr, Schrobberbeeck? Ach, ich habe fürchterlich mit der Schlange kämpfen müssen, um den Mann zu retten!»

«Ist Pitjevogel denn gerettet?» fragte Schrobberbeeck auf einmal zutraulich.

«Ja», sagte die Muttergottes der Sieben Schmerzen; «aber jetzt tragt mich zu meinem Sohn am Großen Tümpel.»

Nun überfloß ein schönes Licht Schrobberbeecks Seele. «Ach liebste Liebe Frau», klagte er, «ich wage nicht, Euch zu tragen, meine Seele ist so schwarz wie meine Füße!»

«Ich will sie bescheinen, bis sie glänzt! Aber nun tragt mich, nun tragt mich!»

«Wenn es das nur ist!» sagte Schrobberbeeck und nahm die Muttergottes auf, trug sie leicht wie ein Kind auf seinem Arm und rannte, soviel seine langen Beine hergeben wollten, durch den finsteren Tannenwald, über das Feld, auf den Großen Tümpel zu.

Dahinten stand das Kreuz in mildem Licht!

«Nun laßt mich nur – und schönen Dank, Schrobberbeeck!»

Ganz verdutzt setzte er die Muttergottes nieder, die eilig davonlief.

Es war Schrobberbeeck, als wäre er im Himmel gegangen, so süß war es ihm ums Herz gewesen, solange er dies Bild getragen hatte. Gedankenlos lief er weiter, aber was sah er nun! Er kniete in Verzückung nieder.

Das Kreuz stand leuchtend da, der Christus schien ein lebender Leib zu sein, und in einem Halbkreis standen vor dem Kreuz beieinander all Unsere Lieben Frauen der Gegend, jede in ihrer Größe, aber nun in echten, nicht in gemalten, steinernen oder hölzernen Kleidern.

Er kannte sie alle: die porzellanene Zur Zuflucht, die aus Gips Zur Anbetung, die der Fünf Wunden, die Für den guten Tod, die der Roten Rosen, die der Liebenden, die Fürs gute Brot, die Fürs Fegefeuer, die Für den Weizen, Für die Kartoffeln, Für den Regen, ja sogar die fingergroße Zur Ruhe, die ganz vorne stand, weil sie so klein war. Alle standen sie da und warteten. Sie hatten den Kopf dem Tannenwäldchen zugekehrt, doch da sahen sie die Muttergottes der Sieben Schmerzen angelaufen kommen, und plötzlich kam frohe Bewegung in all die fünfundzwanzig lebendigen Standbilder. Und als die Muttergottes der Sieben Schmerzen angelangt war und ihren Platz in der Mitte eingenommen hatte, da knieten sie alle nieder und hoben ihre Hände lobpreisend auf zu ihrer aller Sohne, der seine schönen Augen aufschlug und sie alle freundlich anblickte.

In dem Kranz von Licht sah Schrobberbeeck, wie die Wunde in der Brust des Herrn Jesus wie eine Traube barst und langsam blutete.

Und Schrobberbeeck bat, daß es ewig so bleiben möchte.

Denn das war der Himmel!

Am andern Tag standen all die Lieben Frauen wieder in ihrem steinernen und hölzernen Gewande in ihren Kästen, Bäumen und Kapellen.

Aber vor der Kapelle Unserer Lieben Frau der Sieben Schmerzen, im Beginenwäldchen, fand man Pitjevogel tot auf den Knien liegend; seine Hände hielten noch krampfhaft die eisernen Stäbe des Gitters umklammert.

Eine gelbe Schlange, wie ihrer so viele in dem Beginenwäldchen leben, lag tot neben ihm, mit aufgerissenem Bauch, fürchterlich anzuschauen.

Schrobberbeeck war nun ein ganz anderer Mensch geworden, innen, in seinem Herzen. Er hatte all seine Angst verloren und sehnte sich nach mehr so hohen Augenblicken. Des Nachts saß er sogar und wartete darauf, und auch in der Kirche schaute er danach aus.

Äußerlich aber blieb er derselbe, wohnte in seiner verfallenen Hütte, bettelte, und wenn er etwas mitnehmen konnte, was nicht niet- und nagelfest war, so ließ er es nicht liegen.

Das saß ihm nun einmal in den Knochen, und das brachte auch die stärkste Erschütterung seiner Seele nicht aus ihm heraus.

## CARLO DOSSI

## DAS WEIHNACHTSFEST

*Mailand*

In den Augenblicken vor oder nach dem Schlaf, wenn der Geist dahintreibt und der Körper reglos daliegt, wenn du nicht mehr weißt, wie lang und wie breit du bist, und du im Bewußtsein des Traums träumst, ach! wie wiegen und bewegen sich im Kopf dann die Schatten dessen, was niemals mehr eintreten oder wiederkehren wird! Der Vorabend des Weihnachtstages kommt mir in den Sinn, als die Menschenmenge in den Straßen fast überströmt und den Zweifel vertreibt, der uns am Morgen noch beim Anblick des berühmten Gemüsemarktes – *Heimische Überfülle, von fremden Augen angestaunt** – befallen hatte, ob es nämlich für so viele Sachen überhaupt genügend Mäuler gebe. Der Tag will eben seinen Kreis beschließen. Unsichere Wahl schlug in Tollkühnheit um, Fieber heizt den Einkauf an. Das Geld wiegt anscheinend schwer in den Hosentaschen; keiner fragt mehr nach dem Preis; die Käufer verhandeln untereinander, und die Verkaufsbuden auf Rädern

* Freies Zitat aus der Komödie *Il barone di Birbanza* von C. M. Maggi (1630–1699), 3. Akt, 3. Szene. Wir danken Dante Isella, dem glänzenden Kenner der mailändischen Literatur, für die Identifikation des Zitats. (Anm. der Übers.)

der *Schööhne schöneschöneschööhne* leeren sich zusehends, als würde alles weggeschenkt oder weggestohlen.

Mit meiner überdachten Krippe und den Taschen voller Röstkastanien trippele auch ich eifrig mit dem Dienstmädchen nach Hause, ziehe den Weg in die Länge vor soviel Schaufenstern, die sich Augen und Geldbörsen gegenseitig streitig machen. Überall siegt die einfallsreiche Zunge. Beim Fleischwarenhändler gibt es scheinbar nur Ausgefallenes in Hülle und Fülle. Unter der Pracht eines Baldachins aus Würsten, Schinkenscheiben, wie *päpstliche Zindelseide* hauchdünn, und *Wurststrängen aus Monza,* zwischen würzigen Tränenströmen des Parmesan und kunstvollen Anwandlungen der Butter, zwischen neuen Flaschen in jahrhundertealten Spinnweben und dem Geglitzer von Blechdöschen, hier der ungeheure Kopf eines Negers im Turban, der fürchterlich und verlockend meilenweit nach Mortadella riecht; dort Perlhühner mit kleinen Schürzchen oder weißen Baskenmützen auf der Brust, die von Köchen aus Toastbrot und Trüffeln am Spieß gebraten werden; und hier Truthähne im Paradiesvogelputz und Spanferkel in Mönchsmaskerade und Krebse und Langusten *circuitu curvantes brachia longo** . . . Und der Kolonialwarenhändler? Unterhalb des vorschriftsmäßigen Wechselreigens aus rot umschnürten Zuckerbroten in schmutzigen Himmelsfarben und fünf oder sechs Pfund schmerzschweren Trauerfackeln hat er einen schönen See aus Spiegelglas aufgebaut, mit

* in weitem Bogen die Arme krümmend (Ovid)

kandierten Lastschiffen und Inseln, wo das Obst schon gekocht und eingemacht wächst, und zukkersüße Berge steil in die Höhe streben, auf denen *modo huc, modo illuc**, jenseits von Maß und Verhältnis, märchenhaft riesige Kanarienvögel hüpfen. Im Schaufenster des Kleinhändlers ist ein großes ausgestopftes Lamm ausgestellt, unmäßig wollen, mit seinem rosa Band sanft und blöd fast wie ein wirkliches Lamm. Und unterdessen schwingen sich der Milchhändler zum Fruchteisverkäufer, der Bäcker zum Konditor auf. Der eine dort streckt uns das Sinnbild der Jahreszeit, den honigsüßen Sahnebausch und die trockenen Waffeln, entgegen; der andere hier reicht uns die Heiligen Drei Könige aus dem Morgenland, kochend heiß und knisternd, drei Stück für zwei Centesimi.

Aber der schneeschwere Himmel droht immer schwärzer. Zarte Flöckchen wiegen sich, als zögerten sie herabzufallen, in der Luft und fallen langsam wie an einem Faden hängend herab. Die große Rathausglocke, der unverbesserliche Murrkopf, fängt zu grollen an. Jetzt schlägt die Stunde der Topfgucker, die Stunde der dampfenden Suppe. In der Stadt schwärmen die Laternenanzünder aus; der Kometenstern der Krippenschaubühne wird hell. Du siehst ungewöhnliche Ausbuchtungen an der Kleidung: siehst die vergoldeten oder wachsglänzenden Flaschenkappen hervorlugen. Alle Leute tragen ihr Päckchen, ja häufig mehr als eines, und wenn nicht, so doch ein gewisses zufriedenes und wissendes Lächeln, was dasselbe ist. Laufjun-

* bald hierhin, bald dorthin

gen und Ladenpersonal, Handwagen und Schubkarren mit Bergen von Zeug obenauf geraten sich überall in die Quere. Aber ach! ihr, die ihr euer Päckchen tragt, vergeßt nicht diejenigen, die keines haben können: werft im Vorübergehen nicht nur einen Blick auf die Kinder der Armen, denen aus der Küche der Reichen nur der Rauch zuweht: ach! macht doch, daß sich niemand haßerfüllt an den Tag des Herrn erinnert; macht, daß das Brot des Elends wenigstens heute nicht zu salzig schmeckt!

Doch das Dienstmädchen zerrt mich mit meinem brodelnden Kopf und dem leeren Magen eiligst nach Hause. Ah! wie fröhlich empfängt uns heute der Tisch im Glanz der Lichter, und wie blitzt er vor lauter ungewohntem Tafelsilber; über allem thront der Panettone! Ah! wie eifrig setzen wir uns hin! In Wahrheit ist der Vorabend des Weihnachtstages der geschäftigste, geldbörsenleerendste, ermüdendste Tag des Jahres; auch der geheimnisvollste, setze ich hinzu. Denn an diesem Tag, ich erinnere mich gut, hat es zu außergewöhnlichen Zeiten an der Tür geklingelt; und wer zur Tür lief und öffnete, dem haben Leute in aller Eile Päckchen entgegengestreckt, das Dienstmädchen hat sie hastig angenommen, hastig der Mutter übergeben, die sie dann mit einem Lächeln über meine neugierigen Augen in den Tiefen eines großen, quietschenden Schranks verschloß.

Ach, was konnte es nur sein? Geschenke natürlich. – Und für wen? Für mich natürlich... Und was in ihnen ist?

Aber überschlagen wir doch erst einmal, auf

wieviel und welche Verwandte ich meine Hoffnung noch setzen kann. Es werden, o weh! leider jedes Jahr weniger. Ohne vorher krank zu sein, sterben sie mir dahin, so daß ich gar nicht dazu komme, ihnen Tränen nachzuweinen. Ich sei größer geworden, sagen sie, dabei sind sie es, die kleiner werden. Tatsächlich bin ich aber immerhin noch, neben Papa und der lieben Mama, im Besitz zweier Onkel und einer Tante, alle drei mit dem aufrechtesten Urteilsvermögen, und zweier Großeltern. Ach, ihr lieben Großeltern, die ihr nie aufhört, uns trotz unseres Graubarts immer noch im Laufstall zu sehen! Auf Großmutter Prassede gehe ich nicht weiter ein, wenngleich meine Eltern starrsinnig behaupten, ihr Geschenk (stellen Sie sich vor, jedesmal ein kleiner Anzug, lückenlos von den Schuhen bis hinauf zum Hut) sei das beste: eigentlich ist ihr Geschenk ja auch nicht für mich, sondern für sie... Großvater Bernardo dann, alle wissen es, mit der üblichen großen Schachtel Süßigkeiten, weil man, sagt er, mit Kindern süß umgehen muß. Zuviel des Süßen ist übrigens unverdaulich, und Großvaters Geschenke lösen sich meistens im Magnesium* auf. Und dann drückt mir der Großvater zusammen mit den Naschereien gewöhnlich noch einen *goldenen Marengo* in die Hand. Aber seit sie die kleinen Marengos bemalt haben**, seit sie nicht mehr kreiseln, weiß ich nicht, was ich mit ihnen anstellen soll. Es schert mich daher wenig, wenn meine Eltern sie mir

* Magnesium hat eine abführende Wirkung.
** Dossi spielt hier auf den Übergang von der Münze zum Papiergeld an.

wegnehmen, in eine große Sparbüchse namens *Sparkasse* stecken und sagen: «Später wirst du es gut gebrauchen können.» Weiß der Teufel, was mir der Großvater am Ende damit bezahlen wird!

Und jetzt zu den Onkeln und der Tante. Onkel Rocco, Onkel Antonio und Tante Gigia. Onkel Rocco ist der mit dem Buch. Jedes Jahr verpaßt er mir ein Buch aus dem Ramsch, läßt es aber neu binden für mich... Wenn es diesmal doch wenigstens rot gebunden wäre! Und Onkel Antonio... eine Wucht, dieser Onkel! Zum letzten Weihnachtsfest hat er mir einen Schreinerkasten zum Geschenk gemacht, denn er möchte, daß ich nach der Fröbelschen Methode* beim Spielen lerne. Fragen Sie um Himmels willen nicht, was Mama davon hält!... ihre armen Stuhlbeine!... Aber, «du liebes Christkind, mach, daß mir Onkel Antonio dieses Jahr eine schöne Dampflok mit Mäusebetrieb schenkt**... eine von den Dampfloks, die immer hintereinander herfahren und sich niemals einholen; mit all den tüchtigen Waggons erster, zweiter und dritter Klasse – viele! Und mit den

---

* Friedrich Fröbel (1782–1852), Pädagoge; beeinflußt von Pestalozzi, mit dem er eine Zeitlang zusammenarbeitete, gründete er Kindererziehungsheime und rief eine eigene Kindergartenbewegung ins Leben, in deren Mittelpunkt die kindliche Schöpferkraft stand.

** In großen öffentlichen Gebäuden wurden die Gaslaternen unter der Decke mittels einer von den Gaszufuhr- und Luftabzugsröhrchen entlangfahrenden Anzündelampe, der «Maus», nacheinander angezündet. Das kindliche Vorstellungsvermögen assoziiert diesen Mechanismus hier mit einem fahrenden Zug. Auch diesen Hinweis verdanken wir Dante Isella (Anm. der Übers.)

Güterwaggons – viele! Und mit den Eisenbahnhäuschen – viele! Amen. Nein, halt! Vergiß nicht die Baumwolle für den Rauch, liebes Christkind!»

Meine allergrößte Hoffnung ... was sage ich? ... *Gewißheit* ist aber trotzdem Tante Gigia, die Tante mit den großen Geschenken. Wenn ich an Weihnachten im Hof unten einen Handwagen rattern höre, rufe ich gleich: «Da kommt das Geschenk von der Tante!» – Während die Gaben der anderen kaum mehr als die Dauer eines Augenblicks ausfüllen, halten die ihren solang vor, wie es an ihnen etwas auszupacken gibt. Im letzten Jahr war es zum Beispiel eine Arche Noah, deren Bewohner den ganzen Tisch, die Kredenz und ein paar Stühle in Beschlag nahmen. Ich hätte niemals geglaubt, daß es so viel Tiere gewesen wären! Und dieses Jahr? ... Soll ich mal raten? ... Die heißgeliebte Tante ist nämlich immer schon einen oder zwei Monate vorher darauf bedacht, meine Wünsche aus mir herauszulocken, und außerdem liegen ihr die Geheimnisse immer auf der Zunge. Und ich, also – ich habe es ihr auch schon gesagt – ich wünsche mir einen Marktplatz. – Entschuldigen Sie die Wenigkeit! – sich nur die ganze Welt zu wünschen!

So brenne ich jetzt darauf, mich als Herr – mit hoher und niederer Gerichtsbarkeit – über so viel Land zu sehen. Alles gebärdet sich, als sei sicher, daß heute Weihnachten ist. Aber ja doch. Ich selbst habe ja gestern den Namen meines Herrn Lehrers auf ein Päckchen mit Bonbons und Schokolade geschrieben, was ein süß bestechendes Gegengewicht zu dem Salz ist, das mir seiner Meinung nach fehlt, habe auf Glitzerpapier mit Spitzenverzierung drei kleine Briefe niedergeschrieben, übervoller Herzensempfindungen, wie sie mir vom Herrn Lehrer in den Mund gelegt wurden, und habe halb mitleidig, halb belustigt zugesehen, wie die Köchin den unglücklichen Truthahn, mit dem ich zwei Wochen zuvor Freundschaft geschlossen hatte, in einem Kupfersarg mitten in Öl und Zitrone begrub.

Ja, ja – es ist Weihnachten. Die Ruhelosigkeit des Wünschens und Zweifelns, die Erwartungen wichen friedvollem Müdesein und Behagen. Duft von Lorbeer und Apfelsinen überall. Marias Leiden gingen vorüber, sie vergaß den Schmerz; überglücklich strahlt ihr Antlitz über dem Kindlein, das mit halb offenen, milchfeuchten Lippen, ahnungslos schlafend an ihrer Brust liegt, während die beiden Sinnbilder der Menschenfamilie es blöd betrachten und der Engel der Armen an der Tür Wache hält. Still! weckt es nicht. Feierlich fällt indessen der Schnee, und es scheint, als breite die Vorsehung damit einen stummen Teppich unter unseren ungläubigen Schritten aus. Nichts ist zu hören als das schwache Jammern eines fernen Dudelsacks, nichts als das silberne Klingen des Bächleins aus Talk in der heimischen Krippe.

Noch ganz im Bann der herrlichsten Trugbilder hebe ich meinen Kopf aus den Kissen und sehe mich um. Die Sonne spielt den großen Herrn in meinem Zimmer. Es ist wirklich Weihnachten; meine Erinnerung täuscht mich nicht, doch meine Hand, sie hat an – *einen Bart* gerührt. Abgestanden riecht es in meinem Zimmer, nach Pfeife und

Pistolen, nach den aufgehängten dicken Stiefeln, nach Degen, aber nicht nach Milch, leider! Ach Gott! Wie lang sind sie schon verschwunden, diese liebevollen Gesichter, die an solchen Morgen mit dem offenkundigsten Geheimnis in ihrem Lächeln um mein Bett strahlten, Gesichter, bei denen ich, um sie wiederzusehen, meine Erinnerung an Photographien aufleben lassen muß, die wie Herbstblätter vergilbt sind ... Und gar niemand, der meiner nachsehnte!

## ANTON TSCHECHOW

# WANKA

Der neunjährige Wanka Schukow, der vor drei Monaten zum Schuster Aljachin in die Lehre gegeben worden war, legte sich in der Weihnachtsnacht nicht schlafen. Er wartete, bis die Meistersleute und die Gesellen zur Mitternachtsmesse aufbrachen, dann holte er aus dem Schrank des Meisters ein Tintenfaß und einen Federhalter mit einer verrosteten Feder hervor, breitete ein zerknittertes Blatt Papier vor sich aus und begann zu schreiben. Doch bevor er den ersten Buchstaben hinsetzte, blickte er mehrmals ängstlich zur Tür und zum Fenster, schielte verstohlen zum dunklen Heiligenbild, zu dessen beiden Seiten die Regale mit den Leisten standen, und seufzte. Das Papier lag auf der Bank, er selbst aber kniete davor.

«Liebes Großväterchen Konstantin Makarytsch!» schrieb er. «Ich schreibe Dir einen Brief. Ich beglückwünsche Dich zum Weihnachtsfest und wünsche Dir Gottes Segen. Vater und Mutter hab' ich keine mehr, Du allein nur bist mir geblieben.»

Wanka richtete den Blick auf das dunkle Fenster, in welchem sich der Widerschein seiner Kerze schimmernd spiegelte, und stellte sich lebhaft seinen Großvater Konstantin Makarytsch vor, der als Nachtwächter bei den Herrschaften Schiwarjow in Diensten stand. Dieser war ein kleiner, hagerer, doch ungemein flinker und behender Alter von etwa fünfundsechzig Jahren, mit einem ewig lachenden Gesicht und trunkenen Augen. Tagsüber schlief er in der Gesindeküche oder witzelte mit den Köchinnen, nachts aber schritt er, in einen weiten Pelzmantel gehüllt, um das Gehöft und schlug mit seiner Klapper. Hinter ihm trotteten mit hängendem Kopf die alte Kaschtanka und der Rüde Wjun, so genannt wegen seiner schwarzen Farbe und seinem langen Körper, der an den eines Wiesels gemahnte. Dieser Wjun war ungewöhnlich ehrerbietig und anhänglich, blickte die Seinen und die Fremden gleichermaßen schmeichlerisch an, genoß aber keinen Kredit. Hinter seiner Ehrerbietigkeit und Unterwürfigkeit verbarg sich jesuitische Tücke. Niemand verstand es so gut wie er, sich im richtigen Augenblick heranzuschleichen und einen am Bein zu packen, heimlich in den Eiskeller einzudringen oder dem Bauern ein Hühnchen zu stehlen. Schon mehrmals hatte man ihm die Hinterbeine gebrochen, schon zweimal hatte man ihn gehängt, jede Woche prügelte man ihn fast zu Tode, doch er lebte noch immer.

Jetzt steht der Großvater gewiß am Tor, kneift die Augen zusammen beim Anblick der leuchtendroten Fenster der Dorfkirche, stapft mit seinen Filzstiefeln und bringt das Gesinde zum Lachen. Die Klapper hat er am Gürtel befestigt. Nun klatscht er in die Hände, krümmt sich vor

Kälte und kneift unter greisenhaftem Gekicher bald das Zimmermädchen, bald die Köchin.

«Wie wär's denn mit einer kleinen Prise Tabak?» fragt er die Weiber und streckt ihnen seine Tabaksdose hin.

Die Weiber schnupfen und niesen. Der Großvater gerät darüber in eine unbeschreibliche Begeisterung, lacht schallend und schreit: «Loslassen, es friert an!»

Dann gibt er auch den Hunden zu schnupfen. Kaschtanka niest, verzieht das Schnäuzchen und geht beleidigt beiseite. Wjun aber wedelt vor lauter Ehrerbietigkeit nur mit dem Schwanz. Das Wetter ist prächtig. Die Luft ist still, klar und frisch. Und trotz der nächtlichen Finsternis sieht man das ganze Dorf mit seinen weißen Dächern und Rauchfäden über den Schornsteinen, sieht man die vom Reif versilberten Bäume und Schneewehen. Der Himmel ist mit fröhlich blinkenden Sternen dicht übersät, und die Milchstraße zeichnet sich so deutlich ab, als hätte man sie vor den Festtagen gewaschen und mit Schnee abgerieben...

Wanka seufzte, tauchte die Feder ins Tintenfaß und fuhr fort zu schreiben:

«Gestern gab's Schelte. Der Meister zog mich an den Haaren auf den Hof hinaus und schlug mit dem Knieriemen auf mich ein, weil ich sein Kindchen in der Wiege hätte schaukeln müssen und dabei unversehens eingeschlafen war. Und letzte Woche hatte mir die Frau Meister befohlen, einen Hering zu putzen, und wie ich mit dem Schwanz anfing, nahm sie den Hering und begann mich mit seinem Maul in die Fresse zu hauen. Die Gesellen machen sich über mich lustig, schicken mich um Branntwein in die Kneipe und heißen mich bei den Meistersleuten Gurken stehlen. Der Meister aber schlägt mich dann kurz und klein. Und zu essen gibt's auch nichts. Am Morgen Brot, zu Mittag Grütze und am Abend wieder Brot. Kohlsuppe und Tee, das löffeln die Meistersleute schon selber. Schlafen muß ich im Flur, wenn aber denen ihr Kindchen weint, so schlaf' ich überhaupt nicht, weil ich es wiegen muß. Liebes Großväterchen, tu mir den Gefallen und hol mich von hier heim ins Dorf, ich kann mir selbst nicht helfen ... Ich küsse Dir die Füßchen und werde ewig bei Gott für Dich beten, nur bring mich von hier fort, sonst sterbe ich noch ...»

Wanka verzog den Mund, rieb sich mit seiner schwarzen Faust die Augen und schluchzte.

«Ich werde Dir den Tabak zerkleinern», fuhr er fort, «werde beten für Dich, und sollte etwas vorfallen, so prügle mich wie die Ziege von Sidor. Hast Du aber keine Beschäftigung für mich, so werde ich beim Gutsverwalter um Christi willen bitten, seine Stiefel putzen zu dürfen, oder ich verding' mich statt Fedka als Hirtenjunge. Liebes Großväterchen, es bleibt mir kein Ausweg, nur der Tod allein. Gern wäre ich zu Fuß heimgelaufen, doch hab' ich keine Stiefel und fürchte den Frost. Wenn ich einmal groß bin, werd' ich Dich ernähren und nicht zulassen, daß man Dich beleidigt. Und wenn Du stirbst, werde ich für Dein Seelenheil beten, wie für das von Mütterchen Pelageja.

Moskau ist eine große Stadt. Da gibt es lauter Herrenhäuser und viele Pferde, Schafe aber gibt es keine, und die Hunde sind freundlich. Die Kinder ziehen hier nicht mit dem Weihnachtsstern herum, und im Kirchenchor lassen sie einen nicht singen. Und einmal sah ich in einem Laden im Fenster, da werden Angelhaken gleich mit der Angelschnur feilgeboten, für jeden Fisch und sehr brauchbar. Da war ein Angelhaken, mit dem man einen Wels von einem Pud halten könnte. Und ich sah auch Läden mit allerlei Gewehren, wie sie unser Gutsherr besitzt, ein jedes hundert Rubel wert ... In den Fleischerläden aber gibt es Birkhühner, Haselhühner und Hasen, doch wo sie geschossen werden, das sagt dir kein Verkäufer.

Liebes Großväterchen, wenn bei den Herrschaften der Weihnachtsbaum stehen wird mit dem Naschwerk, so nimm eine goldene Nuß für mich und versteck sie in der grünen kleinen Truhe. Bitte unser Fräulein Olga Ignatjewna darum und sag, es sei für Wanka.»

Ein Schauer überfiel ihn, er seufzte und richtete den Blick erneut aufs Fenster. Er erinnerte sich, wie der Großvater jeweils den Tannenbaum für die Herrschaften im Walde holen gegangen war und den Enkel mitgenommen hatte. Eine fröhliche Zeit war das gewesen! Der Großvater ächzte, der Frost ächzte, und auch Wanka mußte ächzen, wenn er die beiden ansah. Bevor der Großvater die Tanne fällte, rauchte er in aller Ruhe seine Pfeife zu Ende, schnupfte ausgiebig Tabak und machte sich über den kleinen Wanka lustig, der ganz durchfroren war ... Die reifbedeckten jungen Tannen stehen reglos da und warten ab, welche von ihnen an die Reihe kommt. Da taucht, Gott weiß woher, ein Hase auf und flitzt wie ein Pfeil über die Schneewehen... Der Großvater gerät außer sich und ruft: «Halt ihn, halt ihn... so halt ihn doch! Ach, dieser gestutzte Teufel!»

Den gefällten Tannenbaum schleppte der Großvater ins Herrenhaus, und schon machten sich alle daran, ihn zu schmücken... Am eifrigsten bemühte sich Fräulein Olga Ignatjewna, Wankas Liebling. Als Wankas Mutter Pelageja noch am Leben war und als Stubenmädchen bei den Herrschaften diente, pflegte Olga Ignatjewna Wanka mit Bonbons zu füttern. Und da sie sich langweilte, brachte sie ihm das Lesen und Schreiben bei und lehrte ihn bis hundert zählen und sogar Quadrille tanzen. Doch als Pelageja starb, steckte man Wanka zum Großvater in die Gesindeküche, und aus der Küche wurde er nach Moskau zum Schuster Aljachin geschafft...

«Komm mich holen, liebes Großväterchen», fuhr Wanka fort. «Bei Christus unserm Herrn bitt' ich Dich darum, bring mich weg von hier. Hab Erbarmen mit mir armem Waisenkind – sonst wird man mich weiter prügeln, und ich will doch so schrecklich gern essen, und es ist alles so traurig, daß es nicht zu beschreiben ist, ich weine immerfort. Und neulich hat mich der Meister mit dem Schuhleisten so auf den Kopf geschlagen, daß ich hingefallen bin und nur mit Mühe wieder zur Besinnung kam. Mein Leben ist dahin, schlimmer als das eines Hundes... Richte Grüße aus an Aljona, an den einäugigen Jegorka und an den Kutscher, und meine Harmonika – gib sie keinem. Ich verbleibe Dein Enkel Iwan Schukow. Liebes Großväterchen, komm.»

Wanka faltete das vollgeschriebene Blatt viermal und steckte es in einen Briefumschlag, den er am Tag zuvor für eine Kopeke erstanden hatte... Nach kurzem Überlegen tauchte er die Feder ein und schrieb die Adresse: «Ins Dorf zum Großväterchen».

Dann kratzte er sich nachdenklich und fügte hinzu: «Konstantin Makarytsch». Zufrieden, daß man ihn beim Schreiben nicht gestört hatte, stülpte er die Mütze auf und lief, ohne sich das Pelzmäntelchen umzuwerfen, im bloßen Hemd auf die Straße...

Die Verkäufer im Fleischerladen, die er tags zuvor befragt hatte, hatten ihm gesagt, die Briefe würden in Briefkästen eingeworfen und von klingelnden Postpferden und betrunkenen Kutschern über die ganze Erde verteilt. Und so lief Wanka zum erstbesten Briefkasten und ließ den kostbaren Brief in den Spalt gleiten...

Von süßen Hoffnungen gewiegt, lag er eine Stunde später bereits im tiefsten Schlaf... Ihm träumte von einem Ofen. Auf dem Ofen sitzt der Großvater, läßt die nackten Beine baumeln und liest den Köchinnen Wankas Brief vor... Um den Ofen streicht Wjun und wedelt mit dem Schwanz...

## ALAIN

### VIER «PROPOS»

Weihnachten, dieser alte Mythos, sagt uns in Bildern etwas Großes. Öfter als man glaubt, jeden Tag vielleicht, kommt zwischen Ochs und Esel ein Sohn des Heiligen Geistes zur Welt. Seine Mutter, ganz schlicht, und sein Vater, etwas schwerfällig, beten den kleinen König an, den sie gezeugt. Nichts auf Erden ist göttlicher als ein Menschensohn, der in die Zeit kommt, neugeboren, keine Falte auf der Stirn, die Augen ungetrübt. Wächst er zwischen Ochs und Esel auf, ohne sich selbst zu belügen – da habt ihr ihn, den Wirker der Gerechtigkeit. Seht, wie er wandelt auf Erden; in seinen Augen, diesen Spiegeln der Welt, fügen sich die Dinge und die Menschen zur Ordnung nach dem Gesetz ihrer wahren Verhältnisse.

Er ist noch nicht fünfzehn, und schon gibt er den Gelehrten Anlaß, sich zu wundern, und er versetzt sie in Schrecken. Ein Wort von ihm reicht weiter als ihre Bücher, denn er schaut auf die Dinge, während sie nur in Bücher schauen. So schmieden sie auch bereits ein Komplott, um diesen bösen Geist zu vernichten. Doch bis es soweit ist, kommen sie nicht darum herum, vor dieser jugendfrischen Kraft, die denkt, ehe sie spricht, zurückzuweichen; das Volk hört nämlich aufmerksam hin. Das Volk erkennt seinen Sohn und König und bereitet ihm Triumphe. Wie das Licht die Finsternis verdrängt, so setzt sich das Wahre an den Platz des Falschen, kampflos, einzig weil es da ist. Die Fesseln der Ungerechtigkeit lockern sich, denn lediglich ein Taschenspieler-Knoten ist, was die Arbeit der einen mit der Macht der andern verknüpft; es geht nur darum, zu sehen, statt zu fürchten oder zu hoffen. Den Knoten lösen muß man, nicht ihn abschütteln; schon dehnen und strecken die Sklaven auf ihrem armseligen Lager die Glieder; die Blinden sehen, die Tauben hören; gleich wird der Lahme gehen.

An dieser Stelle wird die Geschichte ganz und gar dunkel. Man weiß, daß sich der Lahme nicht erhoben hat – aber warum? Man erzählt, sie hätten den Sohn des Heiligen Geistes gekreuzigt. Nicht doch. Gestern habe ich ihn wiedererkannt: seine Stirn war sorgenvoll, eisig vom Alter die Augen; der Hochmut, die Ehrsucht, der Geiz hatten Furchen der Bitternis um seine Lippen gezogen. Er trug den Königsmantel und die Krone und das Szepter; die armen Leute glaubten noch an ihn; aber er glaubte nicht mehr an sich selbst. Welchem Sophisten war er schließlich in die Falle gegangen; welche verlogene Weisheit war in ihn gedrungen; welcher Buchstabe hatte diesen Geist getötet, welcher Teufel ihn mitgenommen; auf welchen Berg; welche Königreiche hatte er ihm angeboten; welche irdische Liebe hatte diese himmlische Liebe verdorben, welche Schwäche des Herzens diese wache Intelligenz getrübt; welcher Irrtum hatte ihn von

Fehltritt zu Fehltritt geführt, bis er über sich selbst in Verzweiflung geriet und endlich sich selbst vergaß. Das zu wissen ist nicht leicht. Die einfachen Leute suchen nicht so weit; sie sagen, das Gottes-Kind sei im Alter von dreiunddreißig Jahren gestorben.

*26. Dezember 1908*

*

Weihnachten feiert die Hoffnung, und zwar in der längsten Nacht, oder doch beinahe, des Jahres. Ostern ist im Vergleich dazu das Fest der Barbaren. Noch der ungeschliffenste Geist vermag die Zeichen zu deuten, mit denen sich zur Osterzeit der Frühling ankündigt, und man benötigt weder Gnomon noch Mittagslinie, um die Gewißheit zu haben, daß die Sonne dem Sommer wieder entgegensteigt. Aber wer kann am Weihnachtstag wissen, daß der Winter zu Ende ist? Er hat ja kaum begonnen; oft fällt Schnee, und der vereisende Frost hemmt den Lauf der Bäche. Die Erfahrung sagt uns, daß eine Reihe kalter Tage und der scharfe Nord- oder Ostwind bevorstehen. Die junge Hoffnung aber – die Hoffnung Kind, wie Péguy singt – richtet sich ausgerechnet in dieser Leere des Winters wie in einem Nest ein und stimmt seinen Frühlingsgesang genau in der Mitte der jährlich wiederkehrenden Nacht an. Ostern ist das heidnische Fest, die Feier der Sinne. Weihnachten ist das christliche Fest, die Feier des Geistes.

Feier des Kindes. Da ist das treffende Bild Péguys wieder, und es zwingt uns, den Geist und den

Körper Kind als Einheit zu sehen, eine Vorstellung, von der ich bei den Griechen und Römern keine Spur sehe; in ihren Augen nämlich erreicht das Kind erst im Mann seine Vollkommenheit, so wie das Schönste im Jahreslauf der Triumph des Frühlings ist. Wir aber, des immergleichen Caesars – Dünkel, Macht, Reichtum – überdrüssig, wir beten Jesus in seiner Krippe an; und so ist es durchaus richtig, wenn wir alle Kinder kosend Jesus nennen und damit unserer unbezwingbaren Hoffnung Ausdruck geben. Die Mutter, nicht der Vater bestimmt ihr Wesen seit jenem unermeßlich tiefgreifenden Wandel, dessen Wille es war und ist, die Menschheit unter den Vorsitz der Frau zu stellen oder, anders gesagt: die Politik der Moral unterzuordnen. Überlegungen solcher Art sind unserer Zeit angemessen, da offensichtlich das Bild der jungfräulichen Mutter mächtiger ist als unser Denken und natürlicherweise den Mittelpunkt unseres Nachdenkens in politischen Dingen bildet.

So viele Werke stimmen darin überein, daß an dem allumfassenden Bild in unserem Abendland kein Zweifel besteht.

Die Mutter verweist uns auf das Kind zurück und lenkt uns eben dadurch ein wenig vom Mann ab, der sich an seinen Maschinen zu sehr berauscht hat, so daß es manchmal scheint, der Mensch habe keinen ärgeren Feind als den Menschen. Der Gesang des erwachsenen Menschen klingt mit dem Gesang des jungen Menschen nicht zusammen; und doch: dieser Frieden zwischen Jung und Alt, er muß sich verwirklichen. Daß die Alten so viele

DIE WEISEN AUS DEM MORGENLAND
VERLASSEN DIE HEILIGE FAMILIE

(Matthäus 2,12)

Junge ans Kreuz geschlagen haben und ihre Hände in Unschuld waschen, setzt unserer Hoffnung kein Ende, denn die Gattung Mensch wird immer wieder jung und läutert sich; und wenn auch jeder Pontius Pilatus zu seiner Rechtfertigung zwanzig Bände schriebe, er ist doch im Sterben begriffen. Wie jeder Frühling neu ist, so ist jedes Kind neu. Die Götter der Antike waren alt; Amor, das einzige Kind unter den Göttern, war ärger noch: Greis mit Kindergesicht – das Häßlichste in dieser Welt.

Es ist von großer Wichtigkeit – da doch in jeder Religion eine allgemeine Bedeutung liegt –, daß wir eine erneute Kreuzigung dieser jugendlichen Denkkraft nicht zulassen und wir nicht gestatten, daß die Gelehrten sie von neuem verurteilen, sie verachten und verdammen. Jeder nämlich, der dem Alter nicht widersteht, verleugnet sein kindliches Denken mit jedem Jahr mehr; diejenigen aber, welche die traurige Weisheit der Alten von den Ursachen her verstehen, werden dem göttlichen Kind Ehre erweisen und ihm Vertrauen schenken, wie die Drei Könige es taten. Besser noch: Jeder einzelne von ihnen wird seine kindlichen Gedanken und die jugendfrische Hoffnung in sich selbst wiederfinden und seinen Glauben unter Eid erneuern, indem er sein Denken nicht nach dem Schnee und den entlaubten Bäumen richtet, sondern nach dem längsten der mittags geworfenen Schatten, die schon wieder kürzer werden. Daß die Alten also lernen, das Kind und die einfältigen Vorstellungen des Kindes anzubeten, daß ihr Winter weder die junge Hoffnung einfriere noch die Krippe, in welcher das freudeverheißende Vorhaben schlummert. Weihnachten! Weihnachten!

*7. Januar 1922*

*

Weihnachten ist da. Der Winter der Dinge beginnt, der Winter des Herzens aber ist zu Ende. Diese Lichter inmitten der Nacht, dieses Singen der Heiligen Nacht – es ist Zeichen für die erwachende Hoffnung, welche unter allen die schönste ist. Ich zweifle nicht daran, daß die verheißungsvollen Versprechen der kalten, aber klar leuchtenden Wintersonne, welche jetzt mit jedem Tag höher steigt, die Tiere mit Freude erfüllt. Wenn man die Vögel beobachtet – ein heiliges Amt seit Menschengedenken –, wird man alsbald wahrnehmen, daß das Bauen der Nester und die Zeit der Liebe viel eher beginnt, als man glaubt. Es ist keine Kleinigkeit, wenn der kommende Tag stetig besser ist als der Vortag. Da kann ruhig Schnee fallen und das Geräusch der Fuhrwerke am Morgen uns sagen, daß die Erde gefroren ist, nichts ändert sich an der Tatsache, daß die Sonne, Ursprung allen Lebens, Tag für Tag länger über dem Horizont verweilt. Die Tiere denken darüber nicht nach; und ich wäre, gerade weil sie keinen Gedanken daran verschwenden, sogar geneigt anzunehmen, daß sie überhaupt nicht denken; das Denken ist nämlich etwas Ganzes und etwas Großes, oder aber es ist nichts. Wie dem auch sei, die Zeitspanne – und für die Vögel gilt dies in ganz besonderem Maß –, in der sie fliegen und sich ernähren, wird nun mit jedem Tag länger sein; das bedeutet: mehr Leben und mehr

Bewegung. Man beobachte, wie der Fink Haken im Flug schlägt; lebhafter noch wird man ihn nun sehen; dieser lebhaftere Flug ist in Wirklichkeit ein Widerschein der höher stehenden Sonne. Denn was ist ein Fink voller Leben, wenn nicht lebenspendendes Samenkorn; und lebenspendendes Samenkorn ist Sonne. Und das Suchen und das Verfolgen, auch dies: Sonne. Zusammen mit den Tagen wird der Gesang des Finken länger; nur unbehindert freie Kraft ist das Singen, ist wie der Widerhall jener starken Muskeln und jenes mächtigen Atemholens, welche das Fliegen voraussetzt. Fliegen, Singen – Wirkungen der Sonne. Wer das instinktive Handeln bewundert, täte besser daran zu bewundern, wie alles mit allem zusammenhängt.

Auch des Menschen Gesang ist Sonnensohn. Und ohne Zweifel waren die Feste in früheren Zeiten Anwandlungen jubelnder Freude – wie das Tanzen der Mücken im Sonnenlicht –, Folge von Hitze und Nahrung. Die Natur trägt den Geist. An Weihnachten aber, in genauem Sinn dem Fest der Wiedergeburt des Menschen, geht der Geist voraus. *Er* entzündet all diese Sonnen, die Kerzen und Laternen im voraus. Am Weihnachtstag nämlich vermag man den Frühling vorherzusehen, fühlen kann man ihn noch nicht. Man braucht lange Annalen und zusammengetragene Beobachtungen, um zwei oder drei Tage nach der Sonnenwende zu wissen, daß etwas den Jahreslauf, der wie ein Tag ist und wie ein Leben, wieder beginnen läßt. Darum klingt diese Weihnachtspoesie richtiger noch als das Singen des Vogels. Kaum, daß man sagen kann, der Vogelgesang sei ein Zeichen; er ist nur eine Wirkung. Er ist im Einklang mit dem Erwachen aller Dinge, und wenig ist das nicht. Das Weihnachtslied ist schwach und allein inmitten einer Natur, die noch schläft und traurig ist; doch schöpft es seine Kraft ja aus dem erinnernden Andenken, und indem es den Weg von Erinnerung, der Mutter der Musen, weist, wird es zum Bild seiner selbst und wiederholt sich gemäß einer unbeugsamen Regel, die sich im Gesang des Vogels nicht findet. Das Singen des Vogels ist wie das Murmeln der Quellen und wie das Sausen des Windes; es sagt nur, was ist. Das Singen des Menschen bedeutet uns, was war und was sein wird, was wiederbeginnt und was sich selbst ähnlich sein will. In dem Wiederkehren der Strophen zeigt sich Gewahren und – die Wörter sind nämlich verwandt – auch Erwartung. Dieses vollkommene Maß, diese regelrechten Modulationen, dieses präzise Wiederbeginnen – es ist der unerschütterliche Glauben, und es ist die Religion in ihrem Wesen. Nicht etwa die Freude, Tochter des Körpers, sondern die Hoffnung, ganz Tochter des Geistes. Hört hin auf dieses einsame Singen, dem nichts antwortet. Es feiert den Heiligen Geist.

*Dezember 1926*

*

Ich erinnere mich an eine Artilleristen-Weihnacht. Es war die erste Weihnacht im Krieg; noch war von der Orange, der Zigarre oder dem Viertel Wein keine Rede. Immerhin, an Geld mangelte es uns nicht, und wir hatten Verbindung mit dem

Hauptquartier über die Meldereiter, welche ihren Späherdienst bei uns versahen, von wo man einen besonders guten Ausblick auf die Bewegungen des Feindes hatte. So feierten und priesen wir denn fröhlich die schönste Ankündigung, welche die Welt der Menschen je vernommen hat. Gegen Mitternacht mitteleuropäischer Zeit ließ unser Hauptmann – ein Mensch mit Phantasie – hintereinander zwölf Haubitzgranaten über das uneinnehmbare Gelände hinweg auf das nächstliegende Dorf niedergehen. Diese Sprache wurde sehr gut verstanden. Ungefähr eine Stunde später, zur Zeit unserer Mitternacht, kamen zwölf Granaten, die mehr Lärm als Schaden verursachten, zu uns herübergeflogen. Sanft glitt der Mondenschein über die Ruinen. Die Menschen der Antike, sagte ich mir, waren mehr wert als ihre Götter. Sind wir, die wir bessere Götter haben, schlechter als Achill oder Diomedes? Übers Ganze gesehen ist alles wie zuvor; noch immer regnet es Blut.

Daraufhin träumte ich, Weihnachten erscheine mir, alt und weißhaarig, wie sie eben ist nach neunzehnhundert Jahren und so vielem vergeblichen Hoffen. «Daß das Böse vom Himmel auf die Erde hinuntergekommen ist», sagte die Greisin, «ist keine Kleinigkeit. Du gestehst es wenigstens ein; das Böse ist ganz in deiner Nähe; mit der astronomischen Schicksalsmacht, an der du nichts zu verändern vermagst, hat es nichts mehr zu tun. Nicht Jupiter ist es nunmehr, der den Blitz schleudert; du selbst bis es. Doch hüte dich davor, aus dir und deinesgleichen einen anderen Schicksalsstoff zu weben. Du fragst, ob die Menschen böse seien;

das beweist, daß dir noch etwas zu entdecken bleibt: daß nämlich die grausamen Leidenschaften auf Erden wie im Himmel getilgt werden. Getilgt: nicht samt und sonders hinweggewischt, doch sie sind zu selten und zu verstreut, als daß sie das maschinell betriebene Gemetzel in Gang halten könnten. Nimm dich also in acht und hüte dich vor Haß. Auf beiden Seiten des umkämpften Baches gibt es unter tausend nicht einen Bösen. Ich spreche nicht nur von jenen erdverbundenen Männern, die aufs beste gehorchen; jahrhundertelang würden sie in Recht und Frieden leben; die Tugenden, die sie erkennen lassen, beweisen es zur Genüge, und du hast es sehr gut begriffen. Auch die Führer, hüben wie drüben, sind keine Blutsauger. Es sind Männer, die Gesetz und Ordnung vertreten und deren Unglück es ist, eine Macht auszuüben, welche die Kraft des Menschen übersteigt. Du weißt, wie sie sogar in Friedenszeiten die Axt im Auge behalten. Und wie könnte es anders sein, da sie ja entweder diese berauschende Macht lieben oder aber es sich zur Pflicht machen, die Waffe so abzuliefern, wie sie sie erhalten haben: blitzblank und ohne Rost. So verwenden sie, und nicht ohne Beimischung von Tugend, edle Leidenschaften darauf, die Todesmaschinerie gefettet und geschmiert bereitzuhalten. Und wenn dann einer – ein aufgebrachter Mensch bringt ja sein eigenes Unglück wie nichts zur Vollendung – unter seinem Finger den Abzugshahn spürt und sich das Verbrechen auf eine winzige Handbewegung reduziert, dann genügt ein einziger Federstrich auf dem Papier – und alles geht in Flammen auf, alles explodiert, und die Hügel rauchen wie Vulkane. Es gibt keinen Verständigen unter euch, in dessen Händen die große Pistole nicht für jedermann Lebensgefahr bedeutete. Zuviel Macht, mein Freund, zuviel Gehorsam. Gewiß, dieser Soldat mit seinem Brotbeutel, der den Zug zur festgesetzten Zeit besteigt, brächte Achill zum Lachen. Und doch: Was ist der Zorn des Achill neben diesem Gemetzel ohne Zorn! Du preisest Weihnachten in deinem Lied, doch zu leise ist dein Singen meiner Meinung nach. Gerade recht, um ein Kind in den Schlaf zu wiegen. Es ist Zeit, den Menschen aufzuwecken.»

*5. Januar 1929*

## EDZARD SCHAPER

# DAS CHRISTKIND AUS DEN GROSSEN WÄLDERN

Eine Fernpatrouille der dritten finnischen Jägerbrigade unter dem Befehl des Leutnants Heiskanen, die in den Vorweihnachtstagen des Jahres 1941 den Auftrag erhielt, aus den Wäldern um Kuolemaajärvi vorzustoßen und aufzuklären, ob der Feind sich in den gleich Inseln im Wäldermeer Ostkareliens verstreuten Einöddörfern festgesetzt und dort Anstalten zur Verteidigung getroffen habe, hatte auf diesem einsamen Erkundungsgang, bei dem die Teilnehmer durch die dünn besetzte russische Front stießen und mehr als fünf Tage lang ohne jedwede Verbindung mit ihrer Truppe waren, ein Erlebnis, das, als das Fest der Heiligen Drei Könige vorüber und schon ein eiskalter Januar angebrochen war, an diesem Frontabschnitt immer noch von Mann zu Mann besprochen wurde.

Die sieben Teilnehmer an der Patrouille hatten sich am dritten Tage nach dem Aufbruch, auf Schneeschuhen abseits der Straße, auf welcher der Vormarsch gegen Osten bis eben vor sich gegangen war, bis in das tief verschneite Gebiet um die Seenenge von Munasoo vorgearbeitet und hatten bislang keinerlei Anstalten des Feindes zu mehr als nur schwach hinhaltender Verteidigung feststellen können. Die Verwüstungen im Walde durch Baumsperren über der Straße hatte frisch gefallener Neuschnee verhüllt, und die von der Straße in die Gräben hinabgefahrenen, mit verschneitem Reisig getarnten Panzer machten auch bei längerer Beobachtung den Eindruck, sie seien ohne Bemannung und eher bei Mißgeschicken der Rückzugskolonnen im Graben geendet als vorsätzlich zur Deckung des Rückzugs und zur Verteidigung aufgefahren. In keinem der einsamen Gehöfte hatte die Patrouille Menschen feststellen können, allerdings auch nicht gewagt, den Augenschein näher als durchs Fernglas vorzunehmen und sich – trotz tarnendem Schneehemd – von der Flanke her auf weniger als fünf-, sechshundert Meter anzuschleichen. In der ungeheuerlichen Stille, die den fortwährend gespannten Ohren der sieben Männer allmählich zu tönen begann und in der schon das leise Geräusch der Erleichterung, mit dem ein Zweig unter der abgleitenden Schneelast emporschnellte, wie das Getöse einer Lawine anmutete, hatte die Patrouille kurz vor Einbruch der Nacht das erste größere Dorf, Kangasjärvi, erreicht. Auch hier verharrte die Patrouille geraume Zeit im Schutz der Bäume und unterzog die Waldlichtung mit dem darinliegenden Dorf, dessen graue Häuser im eindunkelnden Abend wie eine kleine Herde aussahen, die sich zur Rast niedergelegt hatte, einer argwöhnischen Beobachtung. Doch auch hier verging die Zeit, ohne daß der Argwohn, das Dorf könne oder müsse besetzt sein, auch nur die geringste Nahrung erhalten hätte. Immerhin vertrat Leutnant Heiskanen so lange die Ansicht, hinter dieser völligen Stille und Ausgestorbenheit verberge sich eine Finte des Gegners, die man nur deshalb so schwer durchschauen könne, weil die Russen statt rechtsherum linksherum dächten, daß es schon dichte Dämmerung war, als die Patrouille sich den Häusern mit der Absicht näherte, im Dorfe selbst aufzuklären und womöglich einmal die Nacht nicht unter freiem Himmel zu verbringen.

Weit auseinandergezogen, in äußerst vorsichtigem, zögerndem Anmarsch erreichten die Männer schließlich den Ausgang des Dorfes von hinten her und sammelten sich bei einer Bodenwelle mit einer kleinen Scheune, die vor Einsicht vom Dorfe her geschützt lag. Die Straße, die sie dabei zu überqueren gehabt hatten, war allen sieben das schwerste Stück gewesen, denn zu der Möglichkeit, daß sie vermint sein konnte, war die Gefahr gekommen, hier am ehesten entdeckt zu werden. Indessen gelang der unbemerkte Anmarsch vollkommen, und die sieben fanden sich im Schutze der Scheunenwand unbeschadet zusammen.

Eine lange, zögernde, weiche Winterdämmerung, in der schon ein paar Sterne aufglommen, vereinigte Himmel und Erde für eine Weile, ehe das strenge Dunkel hereinbrach. Die anhaltende Stille aber war, nachdem die Spannung gewichen war, so erregend, da die sieben trotz der Gefahr nicht ohne Befriedigung laute Anzeichen von der Nähe des Feindes hingenommen hätten. Heiskanen schlug vor, die Häuser näher in Augenschein zu nehmen, die Dämmerung begünstige das Anschleichen in lockeren Gruppen von je zweien oder dreien, man müsse sich nur vor Minierungen in der Nähe der Häuser und in den Häusern selbst hüten. Daß ein Dorf in so beträchtlicher Entfernung von der Frontlinie jetzt schon völlig geräumt und statt der Zivilbevölkerung nicht einmal von Truppen belegt war, erschien allen unbegreiflich. Der Gegner mußte erwartet haben, daß der Vormarsch der Jägerbrigaden nicht zum Stillstand kommen würde, und hatte wohl diese Dörfer übereilig geräumt, ohne von den mannigfaltigen Möglichkeiten, sie zur Verteidigung zu benutzen, Gebrauch zu machen. Vielleicht aber verbargen sich auch ganz andere Absichten dahinter, auf die nur sie, die rechtsherum dachten, nicht verfielen. Mißlich genug, war so viel Neuschnee gefallen, daß sie aus Straßenspuren auch nicht im geringsten mutmaßen konnten, wann dieses Dorf geräumt worden war.

Der Abendstern funkelte schon in einem tieferen Blau, als die sieben die Kapuzen fest ums Gesicht schlossen, die Maschinenpistolen vor die Brust schoben und in kleinen Gruppen aufbrachen. Der Korporal Jänttinen machte sich, wie immer, mit seinem Freunde Sanavuori auf, der aus demselben Städtchen wie er in der Landschaft Häme stammte. Nach kurzer Zeit, in der auch nicht das geringste Geräusch die noch Zurückgebliebenen davor gewarnt hatte, den Vorausgegangenen zu folgen, lag der Rastplatz hinter der Scheune leer. Alle sieben waren im Dorf, und der Zufall fügte es gleich zu Anfang so, daß sich der Gruppe Jänttinen und Sanavuori auch der Feldwebel Suukselainen anschloß, der eigentlich zur Gruppe Heiskanen gehörte. Spätestens nach Einbruch völliger Dunkelheit sollte man sich wieder bei der Scheune treffen. Heiskanen wollte nämlich statt eines Hauses im Dorfe die Scheune ein besseres Nachtquartier dünken, denn das Gelände in ihrer Umgebung begünstigte einen Rückzug unter Beschuß, falls man doch mit dem Feinde in Fühlung geraten sollte.

Bei der Erkundung im Dorfe bekamen die einzelnen Gruppen einander bisweilen zu Gesicht, freilich nur schemenhaft und für wenige Augenblicke; doch war das Erstaunen maßlos, als beim Sammeln später Korporal Jänttinen in Gesellschaft von Sanavuori und Suukselainen mit einem unförmigen Bündel erschien, das er um den Hals geknüpft hatte und das – keiner wollte das so recht glauben und meinte, er müsse sich im Nachtdunkel getäuscht haben – ein lebendiges Kind enthielt! Wie, um des Himmels willen, waren Jänttinen, Sanavuori und Suukselainen in diesem auch bei genauem Zusehen völlig ausgestorbenen, allerwege vom Tod der Verminung umlauerten Dorf zu einem Kind, einem lebendigen Kind gekommen? Jänttinen, ein sehr großer, grobknochiger Mann, im Zivilberuf Maschinenschlosser, saß mit dem Bündel auf den Knien und der Maschinenpistole darüber verlegen da und lächelte. Er ließ Sanavuori erzählen, was sich zugetragen hatte. Ohne Sanavuori, meinte er einsilbig, wären sie auch alle drei nicht zurückgekommen. Die Erzählung Sanavuoris nun ließ den andern so heiß werden, daß sie die Kapuzen losknöpften und atemlos lauschten.

Bei der Erkundung in etlichen Häusern am Eingang des Dorfes, zu denen, wie sie bemerkt, keine der andern beiden Gruppen hingegangen sei, hätten sie aus einiger Entfernung etwas gehört, was sie zunächst für das Jammern einer Katze gehalten, dann aber als das Schreien eines Kindes erkannt hätten. Daß sie's überhaupt gehört, hätten sie nur dem eigentümlichen Umstand zu verdanken gehabt, daß die Tür eines Hauses weit offen gestanden hätte, die der Kammern zu beiden Seiten der Vorstube aber geschlossen gewesen wären. Geraume Zeit hätten sie abwartend vor dem Hause verbracht, bis ihnen zur Gewißheit geworden sei, daß tatsächlich in einer der Kammern ein Kind schrie. Und alle Vorsichtsmaßnahmen zu beschreiben, unter denen sie sich schließlich Eintritt in dem Hause verschafft hätten, reiche die Zeit einfach nicht aus. Sanavuori erwähnte nur, daß er auf Suukselainens Rat den Hackklotz, der vor dem Hause gestanden, mit einer Stange tiefer und tiefer in den Hausflur geschoben hätte, um sicherzugehen, daß nicht der Fußboden vermint sei. Bei dem Gerumpel in seiner Nähe aber habe das Kind nur noch lauter zu schreien begonnen. Sie hätten es heiß bekommen in dieser absonderlichen Lage! Als sie zu guter Letzt sich bis ins Haus selber vorgewagt – Suukselainen habe die Wache am Eingang übernommen –, hätten sie dort die ganze Ärmlichkeit in wilder Unordnung, wie nach einem überstürzten Aufbruch der einstigen Bewohner, vorgefunden. Im Lichtkegel der Taschenlampe aber habe sich auch ein kleines Bett gezeigt, in welchem das Kind gelegen und laut geschrien habe. Das Haus sei völlig ausgekühlt gewesen, und nur viele Decken, unter die man den Kleinen gebettet, hätten ihn wohl vor dem Erfrieren bewahrt. Sie hätten diesen einzigen Bewohner des Dorfes zunächst einmal fassungslos angestarrt. Dann habe Jänttinen ihn aufnehmen wollen und in die Decken gegriffen ...

Im selben Augenblick aber – er wisse nicht, wie er das erklären solle –, sei er, Sanavuori, hinzugestürzt und habe Jänttinen daran gehindert. Jänttinen habe nicht begriffen, warum, und ihm wehren wollen. Der Knabe, still geworden, habe ihnen derweil nur zugeschaut, mit weit offenen Augen. Sie hätten die Decken vorsichtig abgehoben. Und da hätten sie bemerkt, daß das Kind in seinem Bett festgebunden war ... «Festgebunden?» wiederholten etliche ungläubig.

... Und Jänttinen habe schon die Stricke lösen wollen, da sei er ihm abermals in den Arm gefallen, und dabei sei ihm die Taschenlampe entglitten, und sie hätten ein paar Augenblicke im Dunkeln dagestanden, und ihm habe das Herz bis in den Hals hinauf geklopft – vor Angst, Jänttinen könne im Dunkeln nach dem Kinde greifen. «Achtung, Mine!» habe er sagen wollen, aber diese beiden Worte einfach nicht herausgebracht und, auf den Knien, mit aller Angst im Leibe nur immer weiter im Dunkeln nach der Laterne getastet, die auf dem Fußboden liegen mußte. Als er sie gefunden habe, sei sie halb unter dem Bett gelegen, neben den Sprengsätzen, die er als etwas Kaltes nur mit den Fingerspitzen berührt habe, unter dem Bett, unter dem Kinde, das also auf Tod und Verderben festgebunden lag und mit jedem, der sich seiner erbarmen wollte, in die Luft fliegen mußte. Die Stricke, mit denen man es gefesselt, standen in Verbindung mit der Zündung. Zog man an ihnen, dann zog man auch die Zündung ab ... Er könne gar nicht sagen, wie ihm in diesem Augenblicke zumute gewesen sei. Als es wieder hell geworden sei, habe er Jänttinen an den Knoten nesteln sehen, das habe er wohl schon im Dunkeln getrieben ...

Jänttinen nickte.

... und habe nur noch stammeln können: «Mine!» Da habe Jänttinen die Knoten in Ruhe gelassen und ihn angestarrt. Er sei so erleichtert gewesen, daß er nichts mehr gesagt und ihn stumm beim Arm genommen habe. Wahrscheinlich habe er weg wollen, weg von dem Kinde, weg aus dem Haus – überhaupt weg von dieser teuflischen Falle. Jänttinen aber habe nicht weg wollen. Da sei er niedergekniet, habe ihm gewinkt, das gleiche zu tun, und habe ihm die Sprengsätze unter dem Bettchen gezeigt. Jänttinen habe nur lächelnd genickt. Als sie aufgestanden seien, habe er einen Augenblick vor dem Bett gestanden. Das Kind, das wohl etwas zu essen erwartet hatte und enttäuscht worden war, habe abermals angefangen zu wimmern. Und dann – das sei alles so schnell gegangen, daß er nicht habe begreifen können –, dann habe er mit einem Mal gesehen, wie Jänttinen seine Laterne vom Riemen genommen, sie angeknipst, die Schlaufe mit den Zähnen gepackt und sein Messer gezogen habe. Er habe nicht gewußt, was er eigentlich vorhabe. Jänttinen habe das Kind betrachtet, als wolle er's schlachten – ja, genauso habe er ausgesehen, so finster und grimmig –, und dann habe er die Stricke vorsichtig durchgeschnitten, in der Rechten das Messer, mit der Linken zwischen das Kind und seine Fesseln greifend, so daß die gespannten Stricke sich nicht plötzlich unter dem Messerschnitt lockerten. Als er das Kind vorsichtig umgekehrt habe, um nachzusehen, ob es auch mit seinen Kleidern irgendwo festgebunden sei, hätten seine Hände gezittert, das habe er, Sanavuori, genau sehen können. Dann aber habe er den Knaben, der ein einziges feuchtes Paket gewesen sei, aus dem Bett gehoben und in die Decken gewickelt, die trocken gewesen seien. Und da seien sie nun, mit einem Kind als Beute...

Die anderen sechs betrachteten Jänttinen, der mit dem Bündel und der Maschinenpistole auf den Knien dasaß und verlegen lächelnd den Blick erwiderte.

«Was soll man machen?» murmelte er und zuckte die Achseln, als könne man eine so unverhoffte Gabe, wie hinderlich sie auch sei, nicht ausschlagen.

Die andern fragten, ob es ein Knabe sei.

Er nickte und sagte gutmütig mißbilligend, der Bursche müsse ein wahrer Brunnen gewesen sein, obschon er doch nichts zu essen und zu trinken bekommen habe.

Immerhin könne er nicht gar zu lange so gelegen haben, sonst wäre er nicht mehr am Leben, wandten etliche ein. Das Dorf sei wohl erst gestern geräumt worden. Noch eine Nacht ohne Nahrung in der Kälte des ungeheizten Hauses hätte das Kind aber schwerlich überstanden. Der Einfall, die rührende Unschuld und Hilflosigkeit eines Kindes zur

Vernichtung eines Gegners zu mißbrauchen, war so ungeheuerlich, daß sie kein Wort darüber sagten. Was aber sollten sie jetzt mit dem Kinde anfangen? Milch hatten sie nicht, überhaupt nichts zu essen außer ihrem Trockenproviant, und mit einem Kinderwagen konnten sie auch nicht auf Patrouille gehen, ganz zu schweigen davon, daß ihre Ausrüstung keine Windeln enthielt und sie bestenfalls ein paar Verbandpäckchen opfern konnten. Heiskanen hatte von hier aus den Rückmarsch antreten wollen, aber er konnte sich nicht vorstellen, daß sie dabei ihrer acht sein sollten. Was wurde aus dem Kind, wenn sie Feuer erhielten und Hals über Kopf zurück mußten!

Der Bedenken dagegen, das Kind mitzunehmen, waren viele, und doch sprach keiner sie aus. Als Jänttinen in das etwas betretene Schweigen der Kameraden hinein ruhig und ohne sonderlichen Nachdruck erklärte: «Ich nehme es halt mit!», wurde kein Widerspruch laut, nicht einmal Bedenken, obschon Heiskanen da gerade einfiel, das Kind könne ja zu allem hinzu auch noch durch Geschrei zur unrechten Zeit eine wahre Hölle heraufbeschwören. Er ließ sich von Sanavuori nur in seine Kartenskizze das Haus einmerken, in dem sie das Kind und die Minen unter seinem Bett gefunden hatten. Dann berichteten die andern von ihren Entdeckungen.

Als sie nach etlichen Vorsichtsmaßnahmen die kleine Scheune bezogen, in der sich noch ein paar Hände voll Heu fanden, die ihnen das Lager weicher machen konnten, übernahm Jänttinen die erste Wache. Die Kameraden, die sofort einschliefen, gewahrten an diesem Abend noch nicht, was ihnen in den folgenden beiden Tagen zum gewohnten Anblick wurde, der für sie allmählich alles Lächerliche verlor: wie der bärtig verwilderte Jänttinen bedächtig ein Stück Trockenbrot aus seiner Tasche holte, es lange kaute und den dunklen, säuerlichen Speisebrei dann, tief über das Kind gebeugt, ihm mit den Fingern in den Mund tat. Er gab, was er hatte, das einzige, womit er das Kind am Leben zu erhalten hoffen konnte, und die absonderliche Form des Vorkauens und des «Kröpfens», wie die Kameraden es später nannten, gab er an den folgenden Tagen nur insoweit auf, wie die andern ihm bedeuteten, er habe ja einen Löffel, mit dem er dem Kind die vorgekaute Nahrung verabreichen könne. An jenem ersten Abend erhielt der Knabe noch eine pelikanische Mahlzeit, die er im Schein der abgeblendeten Taschenlaterne gierig verschlang. Dann weckte Jänttinen den Kameraden, der die folgende Wache übernehmen sollte, und legte sich, Kind und Maschinenpistole an der Brust, zum Schlafen nieder. In der Morgenfrühe, vor dem Aufbruch, wurden seine Kameraden Zeugen der zweiten Mahlzeit; auch wusch er dem Kinde später mit einem Stück Verbandmull das Gesicht. Das alles, sagte er, sei ihm nichts Ungewohntes; er habe daheim selber zwei. Die Kameraden begannen, den Knaben Iwan zu nennen und sich unter diesem Namen nach dem Befinden des Kindes zu erkundigen. Jänttinen streifte dann ein paarmal die Vermummung zurück und ließ sie das Gesicht eines schlafenden Kindes mit dunklem Haar sehen, das wenig mehr als ein Jahr alt sein mochte und dem, nach der Farbe seiner Wangen zu urteilen, nichts zu mangeln schien. Als die Patrouille aufbrach, hing Jänttinen sich das Kind in Decke und Zeltplan dicht vor die Brust, so daß das Bündel nicht gar zu wild schaukelte. Seine Hände hatte er frei. Er lief jetzt nur ein wenig gebeugter unter dem Gewicht der Last, die von den Achseln herab vor seiner Brust hing und noch mit Riemen an seinem Koppel befestigt war. Heiskanen und mancher von den andern betrachteten ihn zweiflerisch. Er wisse nicht, wie das gehen solle, äußerte der Leutnant. Ach, das gehe schon, erwiderte, den Rücken aufrichtend, Jänttinen seelenruhig. Die Last um den Hals aber ließ ihm die Adern auf der Stirn hoch anschwellen.

Sanavuori versprach, mit ihm abzuwechseln. – Hierlassen können habe man ja das Kind doch nicht, das wäre sein gewisser Tod gewesen.

Das wollte der Leutnant nicht bestreiten. Nur, meinte er, könne man keine Rücksicht nehmen. Wenn Jänttinen mit dem Kinde nicht so schnell sein könne wie die andern, wisse er nicht, wie sie sich anders helfen wollten als dadurch, daß sie den Ballast doch über Bord warfen. Er wolle die Patrouille heil zurückbringen und keinen Mann aufs Spiel setzen.

Jänttinen tat so, als höre er das nicht. Als sie den Rückmarsch antraten, war er es, der die Geschwindigkeit steigerte. Wie eine Lokomotive pflügte er sich vorwärts, den Kopf gesenkt, die Schultern mit der Zeit immer tiefer vornübergebeugt, darauf bedacht, das Bündel vor seiner Brust nicht in gar zu heftige Schwingungen geraten zu lassen. Als Sanavuori ihm nach ein paar Stunden anbot, das Kind zu tragen, schüttelte er nur stumm den Kopf, den die verdoppelte Anstrengung des Tragens und des Laufens feuerrot gemacht hatte. Die andern musterten Jänttinen stumm und verstohlen, wenn die Patrouille einmal den weit auseinandergezogenen Gänsemarsch aufgab und sich in einer Gruppe sammelte. Heiskanen verbesserte tagsüber mehrfach die Karten mit der Lage der Hindernisse, die er auf dem Anmarsch gezeichnet hatte. Wäre nicht das vonnöten gewesen, niemand von den sieben hätte glauben können, etwas anderes als einen ungewöhnlich langen Ausflug mitzumachen. Die Stille und das Ausbleiben jeglicher Berührung mit dem Feinde, der diesen Frontabschnitt doch nicht unbemerkt und so gänzlich aufgegeben haben konnte, wie es den Anschein machte, wirkten am Ende unheimlich, und mehr als einmal ging einem der sieben der Gedanke durch den Kopf, sie liefen mit jeder ungestörten Stunde nur immer tiefer – wie Fische in eine Reuse – in eine Falle hinein, aus der es dann kein Entrinnen mehr gebe. Nicht einmal das Kind ließ von sich hören. Heiskanen äußerte einmal die Vermutung, daß Jänttinen sich damit abplage, einen Toten durch die Wälder und die Frontlinien zu tragen; sein Erst- und Eingeborener (er hatte nach dem Winterkrieg geheiratet) hätte sich schon längst gemeldet, aber nachdem dieser Argwohn einmal ausgesprochen worden war und Jänttinen ohne viel Widerrede nur stumm die Decke von dem Gesicht des schlafenden Kindes zurückgeschlagen hatte, um die Ungläubigen mit dem Augenschein zu überzeugen, wurde derlei nie mehr geäußert. Eher neigte man insgeheim der Auffassung zu, Iwan mit seinem krebsroten Gesichtchen müsse krank geworden sein, doch sprachen gegen diese Vermutung der ruhige Atem und die zu Fäustchen geballten Hände neben den Schultern.

Jänttinen selber überzeugte sich, nachdem einmal ein Verdacht ausgesprochen war, von Zeit zu Zeit verstohlen, daß es mit dem Kinde zum Rechten stand. Bei der ersten Mittagsrast überraschte er die Kameraden durch sein Kröpfen und ging am Abend statt der Finger zum Löffel über.

Es konnte nicht ausbleiben, daß sich während der Mahlzeit alle um Jänttinen versammelten und zusahen. Ihm fehlte es dabei nicht an Ratschlägen, wie er dieses und jenes besser oder anders machen könne. Diejenigen unter den sieben, die selber Väter waren, streuten sparsam eigene Erfahrungen aus. Es wurde jedoch von allen als so etwas wie ein stillschweigendes Einverständnis mit der Anwesenheit des Kindes betrachtet, als der Leutnant an Jänttinen ein gut Teil seines Verbandpäckchens und eine Tube Wundsalbe verschenkte und ihm den Vorschlag machte, Iwan in Ermangelung von Wasser mit dieser Salbe zu reinigen. So habe er's seine Frau bei ihrem Sohn machen sehen. Jänttinen nahm die Gabe an, unterließ jedoch die Reinigung, die man, wie er sagte, verschieben müsse, bis man es in der Wärme tun könne. Der Schmutz schade dem Kind bestimmt weniger als Kälte.

In der Nacht, als die Patrouille unter ein paar riesigen Tannen mit tief herabreichendem Geäst ihr Lager aufgeschlagen hatte und alles bis auf die

Wache schlief, begann das Kind, das an Jänttinens Brust lag, mit einem Mal zu wimmern, und Jänttinen erwachte davon... Und da zum ersten Male hörte der wachende Kamerad, wie Jänttinen das weinende Kind in seiner eigenen Sprache zu beschwichtigen versuchte und es dabei bald Juhani und bald in allen möglichen Koseformen dieses Namens Jussi, Juha, Jukka und Jukku nannte. Ob Jänttinen selbst bei diesen Beruhigungsversuchen richtig wach war, wußte die Wache nicht, denn der Pflegevater brauchte seinem Kind nur ein paarmal gut zuzureden, da wurde es still, niemand war von seinem Weinen aufgewacht, und kaum war das Kind eingeschlafen, da lag auch Jänttinen wieder ruhig atmend da und hielt das stille Bündel zwischen seinen Armen.

Als die Patrouille, noch bevor es Tag geworden war, von neuem aufbrach, bot jener, der in der Nacht Zeuge der Beschwichtigung gewesen war, Jänttinen seine Hilfe an, er könne Jussi gut eine Meile tragen (er sagte da schon Jussi, ohne sich dabei etwas zu denken), doch Jänttinen wehrte das freundlich ab. Ihm mache es nichts aus, er habe sich schon daran gewöhnt, und es sei auch besser, daß das Kind bei ihm bleibe, falls sie doch unvermutet in Schwierigkeiten kommen sollten.

Das war eine für Jänttinens sonstige Wortkargheit ungewöhnlich lange Erklärung.

Bei der nächsten Mahlzeit, die man hielt, legte Heiskanen Jänttinen mit einem Mal ein paar Stücke eines hellen, trockenen Gebäcks auf den Mantel und meinte, als Jänttinen verdutzt aufblickte, Weizenbrot werde Iwan besser zuträglich sein als das dunkle, gesäuerte Hartbrot, worauf etliche jedoch bemerkten, Juhani sei bestimmt mit Rindenbrot aufgewachsen, so üppig habe das Dorf, dem Anschein nach, nicht gelebt, und nachdem das Kind – unerklärlich, wie – schon nach einem Tage, da ein finnischer Soldat es durch die ostkarelischen Einödwälder getragen hatte, in die Familie des eigenen Volkes aufgenommen worden war und den finnischen Namen des Täufers und Vorläufers erhalten hatte, sprach auch der Leutnant fortan von Juhani oder Juha, und der Tag ging nicht hin, ohne daß jeder sich einmal erboten hatte, Jänttinen seine Last abzunehmen.

Er schlug die Hilfe jedesmal aus, so als sei ihm unumstößlich gewiß, daß nur er allein das Kind durch die Wälder und die feindlichen Fronten tragen dürfe. Die Vermutungen der Kameraden, Iwan-Juhani brauche keineswegs russischer Herkunft zu sein, die Bevölkerung dieser Gebiete sei ja von finnischem Stamm, soweit nicht für die ausgesiedelten und verschickten Tausende finnischer Herkunft und Sprache eine neue Bevölkerung aus dem Innern Rußlands angesiedelt worden war, hörte er sich mit Gleichmut an. Sein Blick, mit dem er den Kopf des Kindes vor sich betrachtete, hatte nichts Forschendes, welcher Herkunft Juhani wohl sei, und das Kind, das – wenn es seine Augen geöffnet hatte – eigentlich nur Jänttinen betrachtete und keinen der andern, wie denen mit der Zeit auffiel, schien diesen Pflegevater als seinen einzigen und wahren Vater anzunehmen, als habe es vor ihm noch keinen Menschen gesehen. Dagegen schien Jänttinen nicht gern zuzuhören, wenn die andern sich in Mutmaßungen ergingen, was für eine Mutter das gewesen sein müsse, die sich ihr Kind zu einem so ungeheuerlichen Anschlag habe nehmen lassen. Kam die Rede darauf, dann ging er aus der Gruppe davon. Er tat dies, auch wenn nicht darüber gesprochen wurde, um so häufiger, je näher sie den eigenen Linien gelangten, ohne ersichtlichen Grund. Es hatte beinahe den Anschein, als gehe auch ihm allmählich auf, daß es ein großes Wagnis sein werde, mit dieser Bürde eine Strecke zu durchqueren, in der es auf größte Schnelligkeit und Wendigkeit ankam.

Bei ihrer letzten Besprechung, in der Dämmerung des zweiten Rückmarschtages, saß Jänttinen in finsterem Schweigen da und ließ Heiskanen und den anderen fünf die Entscheidung. Heiskanen war der Meinung, allein aus der Tatsache, daß sie Jussi gefunden hätten, gehe hervor, daß der Feind ein schnelles Nachdrängen der finnischen Truppen erwartet habe. Seine Linien könnten also nur sehr locker und dünn mit vereinzelten Widerstandsnestern besetzt sein, ohne eine eigentliche, zusammenhängende Stellung. Überrascht vom Ausbleiben des finnischen Vorstoßes, würden die Russen wohl jetzt erst das Gelände durch Truppen besetzen, die sie aus ihren Auffangstellungen vorschikken könnten. Um dieser Maßnahme zuvorzukommen, sollte ihr Stab baldmöglichst im Besitz ihrer Aufklärungsergebnisse und der Kartenskizzen sein. Er wolle deshalb vorschlagen, daß sie weitermarschierten, dann könnten sie entweder im Schutze der Nacht oder spätestens in der Morgendämmerung nach verabredetem Signal in die eigenen Linien gelangen. Aus einem begreiflichen Heimweh nach den eigenen Quartieren waren alle dafür, den nächtlichen Gewaltmarsch auf sich zu nehmen. Selbst Jänttinen rang sich ein stummes Nicken seines bärtig-verwilderten Kopfes ab. Man aß ausgiebiger als sonst, die Nähe des eigenen Lagers ersparte bedachtsame Schonung der Vorräte, je weniger Gepäck man hatte, um so unbehinderter konnte man ausschreiten, und selbst Jussi erhielt von dem mit der Zeitvergessenheit eines Tieres kauenden Jänttinen eine so reichliche Mahlzeit, wie er sie vordem noch niemals genossen. Ein paar derbe Bemerkungen, Jänttinen als einziger müsse im Gepäck mittragen, was an reichlicher Verpflegung schon genossen worden sei, den Jussi werde man mit der Spitzhacke aus dem Bündel befreien müssen, ließ Jänttinen in seiner Verfinsterung unbeachtet. Er duckte sich, vornübergebeugt, wie ein Stier zum Angriff, als man die Stöcke einstemmte und mit Heiskanen an der Spitze zum letzten Marsch aufbrach.

Um diese Zeit war es bereits dunkel. Jedes laute Wort verbot sich von selbst, und es gab in der völligen Stille, die nur vom Schleifen der sieben Schneeschuhpaare unterbrochen wurde, Augenblicke genug, da jeder der sieben befürchtete, Jussi könne gerade für diese Stunde seine Stimme gespart haben – Augenblicke, da mancher sich fragte, wozu er, wenn das geschehen sollte, dann wohl fähig sein könne. Verfinsterten Sinnes fuhr der so Denkende in die immer tiefere Finsternis hinein.

Heiskanen, an der Spitze, legte häufiger einen kurzen Halt ein und ließ aufschließen, einmal, um den Kompaß zu befragen, ein andermal, um zu lauschen und Verhaltungsmaßnahmen für einen Ernstfall auszugeben, oder auch nur um den heftig arbeitenden Lungen eine Weile Ruhe zu gewähren, bis der Schweiß anfing zu erkalten und ein Schauder über den Rücken zu neuem Aufbruch mahnte. Die Wachsamkeit war nun schon dermaßen gespannt, daß das geringste ungewohnte Geräusch alle sieben in Deckung gehen und die Hände vom Knauf der Stöcke an die Maschinenpistole fliegen ließ. Einmal trat ein unerwarteter Riß in der Kette ein: Jänttinen, in der Mitte, war unvermittelt stehengeblieben und flüsterte heiser in das Bündel hinein. Nur er hatte das ganz leise Wimmern daraus vernommen und war mit stockendem Herzschlag stehengeblieben. Als die Kette sich wieder zusammenfügte, war das Schweigen in beiden Gliedern ein anderes als zuvor. Viele Augen suchten Jänttinens Bürde zu erkennen. Die Ohren unterschieden jetzt schon in der Ferne das Geräusch fahrender Transporte und hin und wieder einen Abschuß. Die Patrouille stieß zögernd vor, Heiskanen vervielfachte die Horchpausen und spähte unablässig ins Gelände, um richtungweisende Merkmale ausmachen zu können. Der Wald aber war so unwegsam und dicht wie an allen vorangegangenen Tagen.

Mitternacht war längst vorüber, als ein Gewehrschuß in der Nähe die sieben aus der Monotonie des schleifenden Anmarsches weckte und hinter die Baumstämme bannte. Keiner von ihnen wußte, ob der Schütze die eigenen Linien hatte alarmieren wollen oder ob sie, ohne es zu wissen, schon so nahe an die Front gekommen waren, daß dieser Schuß zu dem planlosen Störungsfeuer gehörte, mit dem nächtliche Posten sich zuweilen Mut zu machen und den Gegner zu überzeugen versuchen, daß man gegen alle Überraschungen auf der Hut sei. Als nach diesem vereinzelten Schuß lange nichts mehr zu hören war, glaubte mancher schon, der Knall habe von einem Baum hergerührt, den der starke Frost gespalten hatte. Immerhin erlaubte das Beispiel des Leutnants keinem auch nur die geringste Bewegung. Sie kauerten wie aus Erz gegossen hinter den Stämmen und verwuchsen mit jeder Minute mehr mit der Reglosigkeit der froststarren Nacht. Heiskanen jedoch schien ein weiteres Vordringen allzu gewagt. Die Patrouille war wie blind, jeder Schritt wäre nur ein Tasten gewesen, bei dem man unvermutet auf ein feindliches Widerstandsnest stoßen konnte. Keiner hatte, als dieser vereinzelte Schuß abgefeuert worden war, das Mündungsfeuer gesehen und sich danach eine Vorstellung zu bilden vermocht, wo der Schütze lag. Anderseits ließ die völlige Stille hinterher die Vermutung zu, daß man ihr Nahen überhaupt nicht bemerkt hatte. Unter diesen Umständen hielt Heiskanen es für das geratene, die erste Morgendämmerung abzuwarten. Er winkte seine Leute zu sich heran. Geduckt, die Knie in einem beinahe spitzen Winkel vorschiebend, glitten sie zu ihm und sammelten sich um ihn. Er sagte, daß er bis zum Morgen warten wolle. Einen Augenblick herrschte Stille. Dann murmelte Jänttinen keuchend, sie sollten lieber weiter.

Als er das sagte, klang es nicht wie ein Widerspruch, sondern wie ein eigentümlich dringlicher Rat oder Vorschlag. Die sechs waren verblüfft und schwiegen, als mit einem Mal, mitten in dieses Schweigen hinein, Sanavuori ein kaum vernehmliches «Achtung!» zischelte. Irgendwie teilte seine Haltung den andern das Empfinden mit, sie müßten noch regloser werden. Und von irgend etwas, was sie selber nicht sahen und was nur Sanavuori beobachtet hatte, in diese Reglosigkeit gebannt, in der sie nichts als ihr Herz vernehmen konnten, gewahrten sie mit Entsetzen, wie das Bündel vor Jänttinens Brust schaukelte und unter der Decke her ein winziges Keuchen vernehmbar ward, das jeden Augenblick zum Weinen werden konnte. Dann ... sie bewegten wie mit der Geschwindigkeit eines Stundenzeigers den Kopf in die Runde ... dann hörten sie halblaute Stimmen und Prasseln, mit dem firniger Schnee unter Schritten zerbrach.

«Dreißig Meter, grad voraus!» flüsterte Sanavuori.

Alle – oder beinahe alle – hielten in der angegebenen Richtung Ausschau; aller – oder beinahe aller – Hände spannten sich um die Maschinenpistole. Nur einer griff statt zur Waffe zum Bündel, das an seiner Brust hing, und blickte statt nach vorn auf das Kind. In der atemberaubenden Stille begann Jänttinen wie in höchster Not zu flüstern, unsinnige Kosenamen für Juhani, die alle mit der Bitte endeten, still zu sein, ganz still.

Als die dunkle Gruppe, die Sanavuori als erster bemerkt, im Gänsemarsch eine kleine Waldlichtung vor ihnen überquert hatte, aus der Sicht war und die Männer der Patrouille wieder wagten, sich zu rühren, gewahrten sie, wie Jänttinen statt der Maschinenpistole das Kind in seinen Armen hielt und langsam hin und her wiegte. Er flüsterte jetzt nicht mehr. Als er die Blicke der sechs bemerkte, ließ er das Bündel sinken und richtete sich auf. In diesem Verhalten lag etwas so Entschiedenes, zum Aufbruch Mahnendes, daß alle es ihm nachtaten und Heiskanen nicht einmal Einspruch erhob, als Jänttinen, ohne ein Wort zu verlieren, sich zum Anführer der Patrouille machte und, sich links im Schatten zwischen den Bäumen haltend, auf eben jene kleine Lichtung zustrebte, welche die dunkle Gruppe der Feinde soeben überquert hatte. Jänttinen ging tief vornüber geneigt, mit weit ausholenden, rudernden Bewegungen der Arme, jedoch nicht mehr ganz so schnell, und die hinter ihm Folgenden hatten das Gefühl, sie müßten für den Gebeugten Ausschau halten. Als sie in einer Höhe mit der Lichtung waren, blieb Jänttinen stehen. Sie wußten nicht, ob seine Bürde ihn beuge oder ob er die Spuren betrachte, die hier zu erkennen waren. Dann aber schob er seine Skier in der alten Richtung vorwärts, auf ein Gehölz zu, das dunkler als alle andern Dunkelheiten vor ihnen lag. Er trat jedoch nicht in das nur mit Lärm zu betretende Dickicht ein, sondern hielt sich am Rande, wo eine schneisenähnliche Breite hangabwärts führte. In dieser Breite drang er jedoch außerordentlich langsam, beinahe spürend vor und bog, je tiefer sie gelangten, immer weiter nach links ab, bis er mit einem Mal – im selben Augenblick, da eine anfangs nur zu ahnende größere Helligkeit vor ihnen sich als freie Fläche erwies – wie angewurzelt stehenblieb. Und kaum hatte das Schleifen der Schneeschuhe und das Knistern, mit dem die Stöcke in den Schnee eintauchten und sich aus ihm hoben, aufgehört, da vernahmen alle von rechts her, wo das umgangene Dickicht an die offene Gemarkung grenzen mochte, ganz deutlich Stimmen. Sie priesen Jänttinens unerklärlichen Trieb, der sie nach links gedrängt hatte, sonst wären sie in das feindliche Nest hineingelaufen. Wie weit aber reichte das Schußfeld des Maschinengewehrpostens, der sich dort rechter Hand eingegraben hatte? Konnten sie's wagen, ihn zu umgehen und dann über das offene Feld zu schleichen? Oder sollten sie diesen Posten mit ein paar Handgranaten ausräuchern? Daß sie sich unbemerkt anschleichen und die ganze Besatzung gefangennehmen könnten, wollte keiner glauben. Und beim geringsten Mißgeschick würde dann die ganze Nachbarschaft alarmiert.

Nicht Heiskanen war es, der die Entscheidung traf. Abermals nahm Jänttinen sie ihm ab. Ohne ein Wort zu sagen, brach der Korporal auf und strebte durch den Wald von neuem hangaufwärts, dorthin, von wo sie gekommen waren. Bei der Lichtung angelangt, verweilte er ein paar Augenblicke, glitt dann rasch über die Schneisenbreite und umging das Dickicht, eng an dessen Dunkel geschmiegt, ohne zu bedenken, daß gegen seine Finsternis die Schneehemden der Patrouille doppelt abstechen mußten. Als sie in einem lichteren Walde wieder abwärtsglitten, überließ er Heiskanen dadurch die Führung, daß er sich nach einer Horchpause sehr langsam vorwärtsschob. Als sie am

Waldrand vor dem offenen Feld angelangt waren, schloß er als einer der letzten auf. Das Bündel mit dem Kind in den Armen, betrachtete er die Aussicht, die ihm hier günstiger schien als bei der ersten Stelle, denn die Talsenke mit einem schmalen Bach enthielt hier reichlich lockeres Gebüsch, das ihnen bei der Überquerung gute Deckung bieten konnte.

«Die Rakete!» murmelte er, bevor noch einer von den andern ein Wort gesagt hatte.

Heiskanen schwieg. Nach einer Weile sagte er, man könne auf den Morgennebel warten. Bis dahin könne es nicht mehr lange dauern. Jänttinen machte ihm, ohne daß er zu erklären vermocht hätte, wodurch, den Eindruck einer ängstlich um ihr Kind besorgten Mutter. Die Klugheit, die er eben bei der Führung bewiesen, hatte für ihn nichts Soldatisches an sich gehabt.

Die Rakete müsse man jetzt schießen, beharrte Jänttinen, und zwar aus dem Dickicht dort... Der Leutnant schwieg ob dieser Beharrlichkeit, aber da keiner von den andern Jänttinen widersprach, ließ er von seinen Zweifeln ab. Er lud die Signalpistole in ihrem Beisein mit der verabredeten Rakete und entfernte sich. Sie hörten, wie er in das Dickicht eindrang, dann aber mochte er eine Gasse gefunden haben, die ihn völlig lautlos aufnahm, denn sie vernahmen nichts mehr. Alle setzten sich in den Schnee, ein jeder mit einem Stamm neben sich, und als nach einem kaum vernehmbaren Puffen der Stern am grauenden Himmel erschien, betrachteten sie ihn mit geblendeten Augen, so lange waren sie das Dunkel gewohnt, und sahen ihn wie die schönste Hoffnung über der heimatlichen Talseite versprühen. Der letzte Funken aber war noch nicht erloschen, als zu ihrer Linken das Maschinengewehr zu hämmern begann und einen Fächer von Leuchtspurgeschossen über der Talbreite aufschlug. Von der andern Seite blieb das Feuer zu ihrer Erleichterung unbeantwortet.

Bei den ersten Schüssen waren sie aufgestanden, gerade als ob sie Heiskanen, der aus dem Dickicht auf sie zuglitt, stehend hätten erwarten wollen, in Wirklichkeit aber weil sie festzustellen trachteten, wo sich das Maschinengewehrnest zur Linken befand und ob zur Rechten ein zweites, das sie noch nicht bemerkt hatten, einfallen würde. Doch in dem bei der frostklaren Nacht äußerst gellen Knall der Abschüsse erwachte das Kind, und Heiskanen empfing zu seinem Unmut das Wimmern an Jänttinens Brust. Solange die Schießerei währte, mochte Juhani das Weinen noch hingehen; was aber taten sie mit ihm, wenn es wieder still wurde? Diesen Augenblick schien Jänttinen selber zu fürchten, denn er entfernte sich eilig von der Gruppe nach rechts hin, wie um aus der Hörweite der Maschinengewehrbedienung zu kommen. Daß er dabei anderen feindlichen Wachen entgegenging, schien ihm nicht in den Sinn zu kommen. Heiskanen zischte ihm nach, er solle zurückkommen und den Balg zur Ruhe bringen. Jänttinen blieb in der Tat stehen. Es war schon so hell, daß man unterscheiden konnte, wie sein hinabgebeugter Kopf mit dem Bündel an seiner Brust verschmolz. Im selben Augenblick verstummte das Maschinengewehr zu ihrer Linken, der Posten schien das Nutzlose eingesehen zu haben, und da nun wieder völlige Stille eintrat, hörten die sechs noch Jänttinens Gemurmel.

«Der Nebel ist schon da», meinte Heiskanen, den Blick auf die Talsohle geheftet, in der man tatsächlich ein dünnes graues Gespinst zu unterscheiden begann.

Sanavuori schlug vor, das Feld nicht im rechten Winkel, sondern nach zwei-, dreihundert Metern weiter rechts in einem spitzen Winkel zu überqueren. Jänttinen solle der zweite sein, ihm sollten die anderen weit auseinandergezogen folgen. Auf jeden Fall müsse man es sogleich wagen; der dünne Nebel gebe weniger Schutz als die Dunkelheit.

Auf diese Bemerkung schien Jänttinen in seiner Ungeduld gewartet zu haben, denn kaum hatte Sanavuori ausgeredet, da setzte er sich in Marsch. Er schob sich aber so langsam vorwärts, daß Heiskanen und Sanavuori sogleich neben ihm aufschließen konnten und, als die Enge der Zwischenräume zwischen dem Gezweig ein Nebeneinander unmöglich machte, sich an die Spitze setzen. So ging es stumm vorwärts, bis sie etwa dreihundert Meter zurückgelegt hatten, ohne auf Widerstand zu stoßen. Als Heiskanen, der die Spitze hielt, stehenblieb, schob Sanavuori sich an ihm vorbei, überflog ein paar Sekunden lang sichernd die freie Gemarkung und schoß dann, die Stöcke weit vorgesetzt, tief gebeugt in die offene Fläche hinaus, auf der das nächste, tief im Schnee verwehte Gebüsch etwa sechzig Meter entfernt den Lauf des Baches kennzeichnete. Die Zurückgebliebenen sahen, daß er offensichtlich einer Stelle zustrebte, wo das

Buschwerk eine filigrandünne zinngraue Gardine bildete. In seiner Spur folgte einen Augenblick später Jänttinen, und das Keuchen, mit dem er sich abgestoßen hatte, hing noch allen im Ohr, als seine geduckte Gestalt schon in die Talsohle stob.

Im selben Augenblick aber durchzuckte den Leutnant der Gedanke, daß er viel zu unaufmerksam auf Sanavuoris Vorschlag, Jänttinen solle das Feld als zweiter überqueren, eingegangen sei, denn wenn die Maschinengewehrbedienung vielleicht auch Sanavuori zu spät entdeckte, konnte sie Jänttinen um so sicherer unter Feuer nehmen. Außerdem war nach der Rakete und dem Sperrfeuer hinterher vielleicht irgendwo weiter rechts noch ein leichtes Maschinengewehr in Stellung gebracht worden.

Mit hämmerndem Herzschlag blickte er Jänttinens kaum erkennbarer Gestalt nach und bangte um jede ruhige Sekunde. Zugleich kochte in ihm ein Grimm ob Jänttinens aberwitzigem Einfall, dieses Kind mitzunehmen – ein Einfall, der jetzt die Patrouille vielleicht schwere Verluste kosten würde, denn ohne den wimmernden Balg hätten sie den Frontübertritt mit aller Ruhe und Sorgfalt vorbereiten können.

«Ist er durch? Ist er durch?» fragte er – ohne es zu wissen – die letzten vier, die bei ihm standen.

Er hörte nicht, was sie als Antwort flüsterten. «Die nächsten! Los!» kommandierte Heiskanen. «Schnell!»

Er sah nicht einmal, wer es war, der aus der Gruppe vorschnellte und in den Spuren der Vorausgegangenen mit weit ausgreifenden Stöcken davonlief. Im Halbdunkel versuchte er zu erkennen, ob Jänttinen angelangt sei.

«Die scheinen zu schlafen!» flüsterte jemand, «wir können alle miteinander weg.»

«Der nächste!» flüsterte Heiskanen. Er sah nichts mehr. Seine Augen hatten sich an der Dunkelheit und dem bleichen Schneewiderschein blind gestarrt. Ein neuer Mann brach auf, dann noch einer, die Zwischenräume wurden immer geringer. Auf einmal stand er allein da. Es war immer noch still. So still und so kalt, daß er, als jetzt die Spannung überstanden schien, zu frösteln begann. Er blickte sich um. Mit einem Mal schien ihm dieser Ort, an dem sie eben noch zu sieben gestanden hatten, gefährlich zu sein, das freie Feld eine Zuflucht. Er versuchte auszumachen, wo die anderen waren, sah aber nur die mittlerweile tief ausgefahrenen Spuren, die sich in einem Nichts verloren, einem Nichts, das bei den eigenen Linien lag – und mit einem Gefühl unsäglicher Erleichterung glitt er die ersten Meter auf das Feld hinaus. Kaum aber war er da in einer, wie ihm jetzt dünkte, beängstigend großen, nackten Helligkeit angelangt, da schlug ihn der Bann einer seltsamen Verhexung. Er war überzeugt, ebenso schnell wie die Vorausgefahrenen zu laufen, genauso schnell, wie er sonst lief, wenn er alle Kräfte einsetzte, und doch hatte er in einer qualvollen Gespaltenheit das Gefühl, er könne sich selber zusehen, wie er hier gleich einem Schwimmschüler an der Luftangel Arme und Beine bewegte und dennoch keinen Meter vorwärtskam. Keinen Meter, durch irgendeine Zauberei festgebannt, und mit wild rudernden Armen und auf dem Fleck vorwärts und rückwärts schiebenden Schneeschuhen eine Zielscheibe für die, die ja doch einmal aufwachen mußten, wenn nicht bei sechs Malen dann beim siebten Mal. Der kalte Schweiß brach ihm aus. Er sah nichts mehr. Die große Helligkeit hatte ihn geblendet. Und seine uferlose Angst – er war davon überzeugt, bevor die erste Garbe von hinten her durch die Dämmerung fegte –, seine Todesangst machte die andern da hinter ihrem Maschinengewehr lebendig!

Er ließ sich in die Spur fallen, als das Maschinengewehr hinter ihm zu mähen begann, und lag einen Augenblick regungslos – nur mit dem einen Trieb, unbeweglich zu sein. Als irgendwo vor ihm im verschleierten Dunst helle Flämmchen aufsprühten und das Feuer des Maschinengewehrs aus einem halben Dutzend Maschinenpistolen erwidert wurde, begann er weiterzukriechen. Dann hockte er sich hin und stieß sich mit den Stöcken weiter. Er tat das alles, ohne zu denken – nur mit einem Gefühl der Erleichterung, daß die andern für ihn den Bann gelöst und das Feuer von ihm abgelenkt hätten. Daß er jenseits des offenen Feldes war, merkte er erst, als er in ein Gestrüpp hineinglitt. Im nächsten Augenblick – er lag da völlig reglos und versuchte herauszufinden, wo er sei – hörte er in der Nähe ein Kind weinen. Da ergriff ihn von neuem ein seltsames Bangen. Die Einschläge lagen jetzt so viel näher als vorher. Die Maschinengewehrbedienung hatte ihn wohl aus der Sicht verloren und schoß sich jetzt auf dieses Gebüsch ein. «Um Gottes willen!» dachte er, «wenn dem Kind etwas zustieß!»

«Aufhören! Aufhören!» schrie er, so laut er konnte, wenn nur noch der Nachhall einer Geschoßserie ihm in den Ohren schwang. Dann leckte seine Zunge, ohne daß er's wußte, Schnee in die Brandglut, von der er ausgedörrt wurde, um gleich danach wieder das eine flehentliche Wort zu formen: «Aufhören!»

Als das Feuer auf beiden Seiten schwieg, lag er noch eine Weile reglos. Dann preßte er sich durch das lockere Gebüsch weiter. Die Zweige strichen ihm pfeifend um den Kopf. Schwäche überwältigte ihn. Er glaubte einen Augenblick, verwundet zu sein und das nicht anders als in dieser uferlosen Schwäche zu spüren, in einem unbezähmbaren Bedürfnis einzuschlafen, hier, mitten in der Nacht, im Schnee. Daß er zu den sechs Vorangegangenen hinfand, war nicht allein sein Verdienst. Er begegnete etlichen von ihnen, als sie ihn suchten und er sich, tief hingekauert, immer weiter vorwärtsstieß. Aus der Talsohle stemmte er sich in der Schere hangaufwärts.

Sie müßten sich beeilen, war das erste, was er hörte, das Morgengrauen werde sonst zu hell. Heiskanen sah wie ein Erwachender um sich. Er gewahrte Jänttinen, der eine Weile halb aufgerichtet dahockte, etwas kaute und dann den struppigen Kopf tief über das Bündel beugte. Heiskanen fiel auf, daß sein Tarnhemd über dem Rücken klaffte, wie mit einer glühenden Schere geschlitzt und versengt.

Jänttinen habe einen Streifschuß abbekommen, der ihm nur das Tarnhemd geschlitzt habe, erklärten die andern.

In einer lockeren Gruppe hockten sie jetzt zu sieben versammelt. Keiner sagte ein Wort. Als Jänttinen sein Bündel so geordnet hatte, daß kein Spalt mehr klaffte, und die Schlaufe tiefer in den Nacken drückte, richteten die ersten sich auf. Heiskanen hatte sich wieder gefaßt.

Es blieb ruhig. Gegen die Sicht von hinten her durch die Gardine des Buschwerks geschützt, erreichte die Patrouille nach weniger als dreihundert Metern die vorgeschobenen Posten der eigenen Linien und schleuste sich in die finnische Front ein. Und erst bei den scherzhaften Bemerkungen unbekannter Kameraden, sie hätten sich wohl das vertraute heimatliche Weihnachtsstroh und den Festschinken nicht entgehen lassen wollen und deshalb den Übertritt selbst an dieser mißlichen Stelle lieber heute gewagt, als noch einen Tag länger zu warten, kam ihnen wieder die Nähe des hohen Festes zu Bewußtsein, und sie wurden inne, daß Weihnachten war.

Auf diese Bemerkungen indessen gab der Leutnant eine Antwort, die in ihrer kindlichen Einfachheit, und so unerwartet sie kam, lange Zeit unvergessen blieb. Nein, erklärte er in seiner etwas nüchternen, phantasielosen Art, sie seien nicht deshalb gekommen, sondern «wegen dem Kind da», und dabei zeigte er auf den riesigen Korporal.

Ohne daß die sieben untereinander ein Wort darüber gewechselt hätten, ganz wie nach einer heimlichen Übereinkunft, trennten sie sich nicht von dem Kinde. Als sie beim ersten Bataillonsstab ihre Verpflegung empfingen und in einem halbdunkeln

Pappzelt um den dampfenden Kessel saßen, kam es ihnen schon sonderbar vor, daß die Kameraden so viel Aufhebens davon machten, als Jänttinen nach beendeter Mahlzeit das Bündel öffnete und Juhani bedächtig einen Brei aus geweichtem Brot, Milch und Kaffee zum Munde führte – stark gesüßt, wie er selber den Kaffee gern trank. Sie wußten nicht, daß sie auf ihre Gastgeber den Eindruck einer versprengten Familie machten und daß die geheimnisvolle Beziehung, in der jeder von ihnen, tätig bemüht oder auch nur müßig anschauend, zu dem Kinde stand, ihnen allen sieben als etwas Unerklärliches anhing, als ein Hauch des Wunderbaren, des Friedens und der Wehmut. Juhani aber – noch nie in seinem kurzen Leben hatte er so viele Taschenuhren gesehen, von den vor ihm hockenden Soldaten zum Greifen nah schaukelnd vor seinem staunenden Blick bewegt, blitzende, blinkernde oder stählern-stumpfe Uhren, von denen alle seine Anbeter nichts lieber wollten, als daß er nach ihnen greife. Jänttinen saß während dieser Spiele stumm in würdigem Stolz da und stellte ihnen seinen Juhani dar, wie ein leiblicher Vater es nicht inniger vermocht hätte. Auf die Fragen, was sie denn nun mit dem Kinde anfangen, ob sie's gar zum Soldatenbuben erziehen wollten, wie es deren in den Feldzügen Fähnrich Stahls genug gegeben hatte, schwiegen sie oder gaben ausweichende Antworten, sie wüßten's noch nicht. Der Aufenthalt hier war überdies so kurz, daß man keine Zeit fand, die Frage näher zu erörtern oder eine von den Lottas aus den rückwärtigen Stützpunkten zur Pflegemutter für das Kind zu bestellen. Mit einem

Lastwagen, der ins rückwärtige Frontgebiet fahren sollte, hatten die sieben eine Gelegenheit, bis dicht zum Brigadestab ihres eigenen Verbandes und dem Ausgangspunkt ihrer Patrouille zu gelangen. Sie blieben in diesem Abschnitt aber eine sonderbar anheimelnde Erinnerung, die für alle Zeit mit dem Weihnachtstag und seinem wunderbaren Kinde zusammenhing.

Wie die auf sieben vermehrten Heiligen Drei Könige wurden sie dann, als Jänttinen das Kind enthüllt hatte, bei den Ihren empfangen, und obschon sie, die an dieser Patrouille teilgenommen hatten, aus zwei oder drei verschiedenen Kompanien ausgewählt worden waren, verbrachten sie den Rest des Tages und den Heiligen Abend nicht in der alten Gemeinschaft ihrer verschiedenen Kompanien und Züge, sondern in der neuen Gemeinschaft der Patrouille, die – unausgesprochen – die Gemeinschaft um das Kind war. Juhani schlief in einer Plane in einem geheizten Zelt, und Jänttinen, der über seinen Frieden wachte, bevor er selber einschlief, gab dieser frei im Raum schwebenden Wiege von Zeit zu Zeit einen Stoß, der sie ins Schwingen brachte.

Heiskanen war schon längst aus dem Stab zurück, wo er Meldung erstattet hatte; den Teilnehmern an der Patrouille waren zwei Ruhetage zugesprochen worden, sie hatten eine Weile geschlafen, waren in der Badstube gewesen, wo Jänttinen, als sie unter sich waren, auch das Kind der ersten großen Reinigung unterzogen hatte – es dunkelte allmählich in den lautlosen Wäldern, und der Heilige Abend brach an. Jeder der sieben ging zu seiner

DIE DARSTELLUNG JESU IM TEMPEL

(Lukas 2,21–39)

Truppe, empfing dort Post und Essen; alle nahmen, in den drei Kompanien vereint, an dem Appell und dem Feldgottesdienst teil, der um der Kälte willen nur Minuten währte, und alle strebten dann zu dem Zelt zurück, in dem der kleine Juhani allein geblieben war. Die Müdigkeit aus fünf Tagen hing ihnen nach, der Abend machte einen jeden nachdenklicher als sonst, sie lasen ihre Briefe und tauschten ein paar Leckereien, die ihnen die Post vom selber darbenden Zuhaus gebracht hatte: es herrschte eine Stimmung wie bei allen Weihnachten an der Front, doch konnte es wie eine wohltätige Befreiung von den eigenen Gedanken und Kümmernissen scheinen, daß alles, was sie an diesem Abend miteinander sprachen, der Zukunft des Kindes galt. Sie kamen auf den Rat Heiskanens überein, daß man es durch das nächstgelegene Lotta-Kommando oder einen Trupp jener Frauen, welche die Soldatenheime im rückwärtigen Frontgebiet betreuten, in ein Heim für elternlose Kinder oder ein Lager der Zivilbevölkerung, die man in diesen Gebieten noch angetroffen und dann in großen Lagern versammelt hatte, schicken müsse. Jänttinen nahm an den Beratungen, was das beste sei, kaum teil. Doch als man so weit gekommen war, daß man es den Lottas überlassen wollte, das Rechte zu wählen, sie von hier aus könnten das kaum entscheiden, gab er mit der eigensinnigen Beharrlichkeit, die man an ihm kannte, zu erkennen, daß er das Kind keinesfalls einfach ins Ungewisse zu geben gewillt sei, er wolle genauen Bescheid, wie man mit ihm verfahre, wohin es komme und wer für sein Fortkommen sorgen würde.

Daraus entstand bei allen der Plan, so etwas wie eine Patenschaft an Juhani zu übernehmen, ihn wirklich nach Christenbrauch Juhani taufen zu lassen und für seinen Unterhalt etwas auszuwerfen. Damit war auch Jänttinen zufriedengestellt. Sie machten sich, alle sieben, schon am folgenden Tag, der für sie ja ein Urlaubstag war, in die Etappe auf, um Juhani den Lottas zu übergeben. Und waren die Lottas der Feldküche höchlichst überrascht von dem Ansinnen der sieben und verwiesen sie an eine andere Gruppe, die im nahen Stab vornehmlich beim Telephon beschäftigt war, so bedurfte es auch dort noch vieler Gespräche zu noch weiter im Hinterland stationierten Einheiten, Feldlazaretten und Amtsstellen der mit der Fürsorge für die Zivilbevölkerung betrauten Ämter – Gespräche, die an diesem Feiertag nur schwer Teilnehmer fanden –, bis Jänttinen, der schon geschworen hatte, er nehme das Kind einfach wieder mit, soweit zufriedengestellt war von den Auskünften und Versprechungen, daß er das Bündel einer älteren Lotta überließ, die ihm, wie um ihn zu trösten, anvertraute, Juhani sei bei ihr in gewohnten Händen, sie habe selbst drei Kinder geboren und erzogen, soviel wie er verstehe sie auch. Und doch stand Jänttinen in erschütternder Zaghaftigkeit da, als er das Bündel aus seinen Händen ließ. Er ließ die Arme hängen, als seien sie fortan zu nichts mehr nütze, betrachtete schweigend seinen Juhani in den Armen der Fremden, drehte sich dann auf dem Fleck um und ging.

Er wartete draußen vor dem Haus, als die andern nachkamen. Als Heiskanen ihm Namen und

Anschriften von Personen und die Bezeichnung des Heims vorlas, in das Juhani vermutlich gebracht werden würde (er hatte sich alles in sein Taschenbuch geschrieben), sagte er kein Wort. Auf dem ganzen Heimweg trottete er finster schweigend vor ihnen her, und nur einmal, als ein feindlicher Jäger gar zu niedrig über der Straße patrouillierte und sie in Deckung unter den Bäumen gehen mußten, blieb er in ihrer Gesellschaft.

Sie sahen ihm diese störrische Unkameradschaftlichkeit nach, milder gestimmt gegen ihn als alle andern der Leutnant, und nicht nur weil der glückliche Ausgang des Abenteuers mit dem Kinde seine Abneigung gegen diesen, wie er damals gemeint hatte, wahnwitzigen Ballast beschämte, sondern weil er wußte, daß seit den späten Abendstunden des vergangenen Tages im Bataillonsstab ein Telegramm lag, das Jänttinen mit sofortigem Urlaub für zwei Wochen in die Heimat rief. Der Bataillonsadjutant hatte nicht einmal ihm, Heiskanen, sagen wollen, um was es sich bei diesem Abruf handelte. Es müsse sich da, hatte er ausweichend erklärt, wohl um Familienangelegenheiten handeln, die im Zusammenhang mit Luftangriffen gegen Städte und Dörfer in der Heimat ständen. Man dürfe nicht vergessen, daß das Leben nicht nur in der vordersten Linie gefährlich sei. Das Telegramm sei gekommen, während Jänttinen auf Patrouille gewesen war, den Heiligen Abend aber habe man ihm gestern nach der Rückkehr nicht zerstören wollen und deshalb beschlossen, bis heute zu warten. Auch seien, wie ihm, Heiskanen, wohl aufgefallen sei, am Heiligen Abend keine

Zeitungen ausgeteilt worden. Das habe man bis auf morgen verschoben. Die Briefpost sei von älterem Datum als die Zeitungen, die nur ein paar Tage brauchten, um nach vorn zu gelangen. Mit der frischen Erinnerung an dieses Gespräch betrachtete Heiskanen den schweigsamen Jänttinen und schlug immer neue Abstecher von dem Weg ins Frontquartier vor, um den Augenblick, da Jänttinen zum Kompaniestab gerufen wurde, hinauszuschieben. Insgeheim fragte er sich, ob nicht auch schon für ihn solch ein Telegramm angekommen sei, und erst als ihm dieser Gedanke aufgetaucht war und keine Ruhe mehr gab, beharrlich weiterbohrte und ihm einen Schrecken einflößte, so heiß, als habe er das Telegramm schon gelesen – da schlug er ungesäumt den Rückweg ein, immer rascher, je näher sie dem verödeten Zeltquartier kamen. Schon in einiger Entfernung sah er das beschriebene Blatt Papier, das jemand in ihrer Abwesenheit vorsorglich am Eingang angebracht hatte. Er wußte, was darauf stand, und eilte nicht mehr, ließ den andern wie von ungefähr den Vortritt und betrachtete Jänttinens Rücken, als der Riese da vor dem Papier stand und mit lautlos mitsprechenden Lippen las: «Korporal Jänttinen sofort zum Kompaniestab kommen!»

Er ging abseits, wie um auf der anderen Seite des Zeltes etwas nachzusehen, als er gewahrte, wie Jänttinen starr dastand und sich dann zögernd, mit ein paar Schritten, die noch richtungslos waren, anschickte, dem Befehl nachzukommen. Er war im ersten Augenblick entschlossen, wegzugehen und so lange auszubleiben, bis Jänttinen aufgebrochen war. Dann aber schämte er sich, und kaum hatte er bemerkt, wie Jänttinen – nun in schlecht verhehlter Eile – zum Stab ging, da kehrte er ins Zelt zurück. Denen, die drinnen waren – es waren alle fünf –, erzählte er kurz, was er gewußt habe und daß Jänttinen schwerlich aus einem freudigen Anlaß zum Kompaniestab befohlen worden sei und dort Heimaturlaub erhalte. So kam es, daß, als Jänttinens holprige, halb springende Schritte von draußen her vernehmbar wurden, das dämmrige Zelt mit seinen Bewohnern ihn mit betretenem Schweigen empfing.

Jänttinen selber aber schien das nicht einmal zu bemerken. Die Nachricht, die er empfangen, hatte ihn dermaßen verstört gemacht, daß er seiner Umgebung keinerlei Beachtung schenkte. Er sagte in abgerissenen Sätzen, daß er gleich aufbrechen und nach Hause fahren müsse, und schien gar nicht zu vermissen, daß sich bei dieser Nachricht nicht die freudige Aufregung einstellte, die sonst jeden Urlauber umgab und eine Sturzflut von Anliegen an ihn, was alles er mitbesorgen könne, im Gefolge hatte. Er kramte ein paar Sachen zusammen und stürzte mit einem zerstreuten Gruß in sein altes, richtiges Quartier, wo er seine übrigen Habseligkeiten verwahrte. Der Abschied war dermaßen ungewöhnlich, daß sie alle aufstanden, vors Zelt hinausgingen und ihm wortlos nachblickten, aber da war er schon zwischen den Bäumen verschwunden.

Er kehrte auch gar nicht noch einmal in ihr Zelt zurück. Als sie später bei seiner Kompanie nach ihm forschten, hörten sie, daß er Urlaubsschein und Marschbefehl gleich beim Kompaniestab mitbekommen habe, nicht bis zum Abend auf eine Fahrgelegenheit habe warten wollen, sondern ungesäumt aufgebrochen sei. Er habe kaum etwas gesprochen. Mit aufgerissenen Augen, die Stirn von Schweißperlen besät, habe er seinen Rucksack gepackt und sei beinahe grußlos auf Schneeschuhen losgefahren.

Diese Auskünfte verschlugen ihnen das Gespräch. Der ruhige Nachmittag dieses ersten Feiertages kroch in qualvoller Lautlosigkeit dahin. Sie schliefen viel. Am Abend, mit dem Postempfang, kamen zum ersten Mal Zeitungen – Zeitungen, die auch Jänttinen überall, wo er jetzt auch sein mochte, in die Hände geraten konnten und in denen seine ganze Familie in der amtlichen Bekanntgabe über die Opfer unter der Zivilbevölkerung, die ein feindlicher Angriff gegen die kleine Stadt L. gekostet habe, aufgeführt stand. Ein Volltreffer hatte das Vorstadthäuschen zerstört. Alles übrige erfuhren sie erst später.

Sie befanden sich da schon längst nicht mehr in den Stellungen, in denen sie Weihnachten gefeiert hatten, denn noch am St.-Stephans-Tag war der unterbrochene Vormarsch wiederaufgenommen und unter Beachtung der Meldungen, welche die Fernpatrouille heimgebracht, mit flankierender Umgehung der Hindernisse, welche den finnischen Vormarsch auf der Straße zu verzögern beabsichtigten, bis über das Dorf Kangasjärvi hinaus vorgetragen worden. Die wenigen Häuser dieses Dorfes, die stehengeblieben waren und die zu entminen eine Arbeit gekostet hatte, bei der es nicht ohne Opfer abgegangen war, beherbergten jetzt einen Bataillonsstab und ein Feldlazarett. Zu diesen wenigen Häusern gehörte auch das, in dem Jänttinen, Sanavuori und Suukselainen das Kind entdeckt hatten. Von den sieben war gerade Suukselainen dicht hinter Kangasjärvi verwundet worden und hatte als Verwundeter die Bekanntschaft mit dem Hause flüchtig erneuert, bevor er in ein Etappenlazarett verbracht worden war. Doch auch dieses Etappenlazarett lag in einer Gegend, zu der die sieben von früher her eine, wenn auch äußerlich lockere Verbindung unterhielten, denn in seiner Nachbarschaft lag mit einem Lager für die einheimische Bevölkerung, die durch Kriegshandlungen obdachlos geworden war, jenes Heim, in dem man elternlose Kinder jeglichen Alters untergebracht hatte, und in dieses Heim hatte man auch Juhani aus Kangasjärvi gebracht.

In den Tagen seiner Genesung verschaffte Suukselainen sich dort Zutritt und feierte Wiedersehen mit dem Kinde. Er hörte dort aber auch von den Pflegerinnen, daß inzwischen einer seiner Kameraden dagewesen sei, Juhani Kangasjärvi (so wurde das Kind nun in amtlichen Listen geführt) besucht und darauf bestanden habe, ihn an Sohnes Statt anzunehmen, und aus zwei Briefen, die er von den an der Front verbliebenen Kameraden erhielt, und aus den Erzählungen der Pflegerinnen konnte er sich ein Bild machen, was alles sich zugetragen hatte seit jenem von tödlichem Schweigen geschlagenen Tage, an dem ihr Kamerad Jänttinen sie verlassen hatte.

Jänttinen erfuhr von dem Unglück, das sein Haus geschlagen hatte, schon aus den ersten, rasch zerlesenen, fettfleckigen Zeitungen, die ihm während eines Wartehaltes in Frontnähe in einer Soldatenkantine in die Hände gerieten. Er saß zwischen andern an dem mit Lachen von verschüttetem Kaffee befleckten Tisch; Lautsprechermusik und Stimmengewirr hüllten ihn ein. Er hielt lesend den Kopf in beide Hände gestützt und saß auch, nachdem er die Zeitung drei-, viermal nacheinander gelesen hatte, genauso da. Eine kleine Zeit – wie lange, wußte er nicht – stahl sich aus seinem Leben fort: er wußte nicht, wohin. Sie war nicht mehr da, als er gleichsam erwachte, war verronnen, ohne daß er's gewußt oder gemerkt. Der große Barakkenraum brauste wie eine Turbinenhalle in seinen Ohren. Als er aufstand, schwankte er, und etliche von seinen Nachbarn flüsterten schon etwas davon, daß der da die alkoholfreie Frontzone wohl etwas verschmälert habe; doch als sie gewahrten, wie der Schwankende die Zeitung, die er gelesen, mit tränenüberströmtem Gesicht zusammenfaltete und in die Tasche steckte, schwiegen sie still. Der ganze Tisch war vor Entsetzen verstummt, als Jänttinen mit atemberaubender Langsamkeit seine Sachen zusammenpackte und grußlos nach draußen ins Dunkle verschwand.

Er fuhr diese Nacht und den folgenden Tag, erst mit den ins rückwärtige Gebiet fahrenden Transportkolonnen, vom frühen Morgen an mit der Eisenbahn. Er hatte großes Glück, was die Verbindungen betraf, aber kein Glück freute ihn, denn er hatte, abermals und immer wieder die allmählich zerschlissene, in jeder Falte schon leere Zeitung lesend, sich ausgerechnet, daß er für alles zu spät kommen würde.

Was ihm verblieb, als er schließlich spät in der zweiten Nacht das Städtchen L. erreichte, war nicht viel, doch das wenige tat er mit schlaflosen, brennenden Augen gleich. Er stand eine Weile in der verdunkelten Straße vor den Resten seines Hauses und hörte die ewig mißtrauischen, zänkischen Vorstadthunde heulen. Dann legte er sein Gepäck hinter eine Schutthalde, dorthin, wo früher einmal die Treppe in den Keller seines Hauses geführt hatte, und ging zum Friedhof. Es war auch hier in der Heimat viel Schnee gefallen, und die Kälte unter frostklarem Himmel ließ seine Schritte knirschen. Die Verdunkelung aber, so streng sie eingehalten wurde, ersparte ihm jedes Wiedersehen.

Draußen vor der Stadt, auf dem Friedhof, ging er den Weg entlang, den die meisten Schritte ausgetreten hatten und der von der Pforte her noch mit gehacktem Tannenreisig ausgestreut lag, das ihn im Zwielicht zwischen Himmel und Erde wie einen wasserlosen, stummen Bach zwischen die verschneiten Hügel zeichnete. Kein Windhauch war zu spüren, doch als er die lange Reihe der frischen, einheitlich mit kleinen weißen Kreuzen gekennzeichneten Gräber abschritt, in denen die Opfer des Angriffs als ruhmlose Soldaten des größeren Heeres in der Heimat bestattet worden waren, hörte er zwischen seinen Schritten die vom Frost verbrannten Kränze aus einst lebendigen Blumen und das wachsierte Papierwerk der künstlichen Sträuße, von denen selbst jetzt ein matter Widerschein blinkte, spröde knistern, als sprängen da zu dieser finsteren Stunde Kapseln auf, die ihren Samen verstreuen wollten.

Er zündete seine Taschenlampe an, als er's gar nicht mehr zu tun brauchte, schon wußte: hier! … aber bevor er sich in den Schnee niederfallen ließ, so wie er manchen Kameraden an der Front von einem Schuß ins Herz getroffen hatte zusammenbrechen sehen, las er die Namen deutlich im Schein der Lampe und doch wieder so verschwommen, als stünden sie hinter einer unaufhörlich niederströmenden, in der Gleichförmigkeit wie erstarrten Breite fallenden Wassers …

Weniger als drei Tage später war Jänttinen abermals auf dem Weg an die Front. Finster, schweigsam, auf keine Anrede achtend, saß er in einem der schier endlosen, verdunkelten Züge, die allabendlich die Fracht lärmender Soldaten weiter und weiter nach Osten führten. Er sprach mit niemandem, niemand sprach mit ihm, nachdem er jeden Versuch, ihn zum Reden zu bringen, mit Schweigen abgewehrt hatte. Der Militärpolizei, der er auf Verlangen seine Papiere hinstreckte, blickte er so finster ins Gesicht, daß selbst der athletische Hüne, der – die Papiere musternd – vor ihm stand und die dem Urlaubsschein nach eben erst angetretenen zwei Wochen Urlaub in keinen vernünftigen Zusammenhang mit dem Datum dieses Tages zu bringen vermochte, davon abstand, ihn zu fragen, warum er schon unterwegs sei, und ihm den Schein stumm zurückgab.

Als Jänttinen zwei Nächte und einen Tag unterwegs war, kam er in die Gegend, in welcher die Namen ihm jetzt mehr sagten als zuvor, eine Gegend, in der er sich mit einem Mal wie zu Haus fühlte. Bisweilen verschwand hier schon das Kreuz mit den drei Namen, das er sonst überall, wo nur Schnee lag, vor sich sah. Und als er einmal in der Etappe einen Friedhof sah – keinen Soldatenfriedhof, sondern einen für die Menschen, die einmal hier gewohnt hatten –, schloß er sogleich die Augen und war froh, daß das Lastauto, mit dem er unterwegs war, schnell fuhr. Im übrigen aber ließ er sich Zeit, oder die Zeit ließ ihn in Frieden; ihn drängte kein naher Tag, an dem er sich zurückmelden mußte. Schweigsam und allezeit abseits half er die Soldatenheime bevölkern, deren ihn jeden Tag ein anderes aufnahm. Irgendwann einmal sang und schrie man laut und hieß ein neues Jahr willkommen, aber er sang nicht mit. Bisweilen hatte er das Gefühl, er wisse nicht mehr, woher er komme und wohin er solle. Seine Kompanie war ihm wegmarschiert. Er konnte sich nicht vorstellen, wie er sie in den großen Wäldern jemals wiederfinden sollte. Aber ohne daß er es merkte oder besonders viel dazu tat, sog ihn doch jede Stunde, die er marschierend oder unter der Plane eines Lastwagens verbracht, tiefer und tiefer in jene Einöden hinein, in denen die weit vorgeschobene Front jetzt verlief, und immer noch hatte er acht Tage Urlaub.

Als in irgendeiner Kantine unterwegs, in der er sich ein Geschirr voll Erbsensuppe holte, eine ältere Lotta ihn wiedererkennend anblickte und ihn nach seinem Sohn fragte, war es zunächst finsteres

Schweigen, zu dem er seine Zuflucht nahm, wie gegenüber allen Lebendigen, die ihn anredeten. Doch schon der nächsten Frage: Ob er denn nicht jener Korporal sei, der ihr vor kaum zwei Wochen ein Kind übergeben habe, das er auf einer Patrouille irgendwo weit hinter der Front gefunden hatte? wußte er nicht mehr das alte, finstere Schweigen entgegenzusetzen – jene Wand, die er während der vergangenen Tage zwischen sich und der Welt aufgerichtet hatte.

Er guckte sie an und nickte stumm.

Ob er bei dem Kleinen gewesen sei?

Er schüttelte stumm den Kopf und wandte sich schon ab, um zu gehen, als er wieder stehenblieb und beinahe unhörbar zurückfragte, wo das Kind jetzt sei.

Das Kind? Hätten sie es nicht Juhani genannt? – Juhani, der sei jetzt in einem Heim, das nur ein paar Kilometer entfernt von hier liege. Er solle sich nur an die Lagerleitung dort wenden und fragen. Als Juhani sei er hingebracht worden, Juhani und noch etwas, sie erinnere sich nicht mehr, wie es geheißen habe...

«Kangasjärvi!» flocht er ein.

Ja, das könne wohl sein.

Sie nickte ihm zu, nahm das nächste Geschirr, das ihr zugereicht wurde, Jänttinen ging. Zögernd, zwischen jedem Löffel lange in das Geschirr blikkend, als müsse er die Erbsen zählen, aß er. Dann stand er vor der Baracke, blickte ins Dunkel, als wolle er die Wege erkennen, lauschte in das ferne Rollen der Front, an der die Minenwerfer angefangen hatten zu arbeiten, und drängte sich schließlich, als habe er es sich doch anders überlegt, durch die Gruppen, die rauchend im Freien umherstanden und auf irgend etwas warteten, zu den Wagenkolonnen, die nach vorn sollten. Er stieg auf und hockte schweigend auf der Fracht, ob man ihn auch bisweilen ansprach, und merkte erst, daß sie abgefahren waren, als die Abschüsse und Einschläge eines morgendlichen Duells zwischen den beiden Fronten die mechanische Reaktion eines frontgewohnten Soldaten bei ihm auslösten. In seinem eigentümlichen Schweigen war er, ohne es zu wollen oder zu wissen, allen, die mit ihm fuhren, unheimlich geworden. Man war froh, als er absprang, um den Stab zu suchen und seine alte Kompanie zu finden.

Doch als Jänttinen dem Dämmerdunkel unter der Zeltplane entstieg, sich seinen Rucksack und die Schneeschuhe herunterlangte und einen Augenblick wie zwischen Schlaf und Wachen regungslos dastand, bis das schwankende, dunkle Gehäuse des Lastwagens weitergerollt war, strich er sich im nächsten Augenblick übers Gesicht, als müsse er ein Gespinst entfernen. Er blickte sich um. In dem grauenden Morgenlicht, das sich wie ein nüchternes Frösteln zwischen Himmel und Erde stahl, stand er vor dem Haus, in dem sie Juhani gefunden hatten! Erst meinte Jänttinen zu träumen. Er ging die Straße mit ihren zinngrau blinkenden Fahrspuren weiter, kehrte mit einem Mal um und ging zurück, über die Stelle hinaus, bei der er abgestiegen war. Dann betrachtete er das Haus, an dessen kleinem Balkenvorbau ein bleiches Fähnchen mit dem roten Kreuz hing. Und dann setzte er sich auf seinen Rucksack, das Gewehr vor der Brust. Er saß, saß da, nichts weiter. Er atmete tief. Die bei aller Kälte feuchte Luft erfrischte ihn. Mitunter betrachtete er das Haus, ließ den Blick weiterschweifen zum nächsten – viele, merkte er, fehlten. Dann stand er auf und stapfte dem Dorfausgang zu. Erst die Scheune, wenn es sie gab, konnte ihn überzeugen – die Scheune, hinter der sie damals gesessen und in der sie geschlafen hatten. Und die Scheune stand genau dort, wo sie stehen mußte. Überdies hätte es auch dieser Scheune gar nicht bedurft, er hatte ja im Grunde genommen doch schon vorher das Dorf wiedererkannt. Von ferne, auf der Straße stehend, betrachtete er die Scheune. Dann kehrte er um und ging zum Stab.

Gegen Mittag meldete er sich zum allgemeinen Erstaunen bei seiner Kompanie zurück, die – aus der ersten Linie zurückgezogen – in Ruhestellung lag. Er empfing ein paar verlegene Händedrücke und ein scheues Gemurmel des Beileids, das er nicht zu hören schien; dagegen stand er sichtlich verwirrt da bei der Eröffnung, man habe mit seiner vorzeitigen Rückkehr gar nicht gerechnet, und es sei fraglich, ob seines Bleibens bei der Kompanie lange sei, irgendeine Versetzung zu einem Wachkommando weiter hinten sei in der Schwebe, der Bescheid jedoch noch nicht endgültig gekommen, einstweilen könne er natürlich bleiben.

Dieses nun schien ihm, kaum daß er freiwillig vor der Zeit zurückgekommen war, schwerzufallen. Er hockte den Nachmittag über in den verschiedensten Zelten – immer stumm, eine merkwürdig lähmende Stille um sich verbreitend, als sei sein Unglück so groß, daß er unter Menschen keine Heimstatt mehr haben könnte. Niemals fragte er nach alten Kameraden, ob sie noch bei der Truppe seien oder schon tot und verwundet (denn die Kompanie hatte beträchtliche Verluste gehabt) – er schien, obschon zurückgekehrt, nicht richtig anwesend zu sein und dämpfte mit irgend etwas, was stumm in ihm vorging, auch die Gesprächigkeit der andern. So nahm es niemand wunder, daß er am Abend nicht mehr da war. Ja, im Grunde genommen war man froh, daß sein finsteres Gesicht mit den tief eingesunkenen, schlaflosen Augen nicht mehr als Schreckgespenst künftigen Unheils in die flüchtige Sorglosigkeit dieser Ruhetage starrte. Es hieß von Mann zu Mann, beiläufig erwähnt und schnell abgetan, Jänttinen habe sich um die Zeit, da mit einbrechender Nacht die Transporte der Verwundeten und der «stillen Jungen» in die Etappe abgingen, unvermutet beim Kompaniefähnrich gemeldet und gefragt, ob er noch einmal nach hinten dürfe, er habe da etwas vergessen, und natürlich sei ihm das, da er ja noch sieben Tage Urlaub zugute hatte, bewilligt worden. Nur sei ihm aufgetragen worden, sich vor der Rückkehr zur Kompanie zu erkundigen, ob er nicht inzwischen zu einer andern Einheit kommandiert worden sei.

Mit den Verwundeten und den «stillen Jungen», den Toten, fuhr Jänttinen also am gleichen Tage zurück. Die «stillen Jungen» enthoben ihn der Mühe, reden zu müssen. Er sprach erst wieder, als er am Vormittag des folgenden Tages bei dem

Heim für elternlose Kinder Einlaß begehrte. In voller Feldausrüstung stand er eine Weile vor der Tür und unterhielt sich mit den Frauen auf der Schwelle, ob er hier am rechten Ort sei. Er wolle Juhani aus Kangasjärvi sehen. Vielleicht heiße das Kind – es sei ungefähr anderthalb Jahre alt oder so – auch schon in den Papieren so. Das sei sein Kind, sein Sohn …

Er mußte von den Schneeschuhen steigen, denn man bat ihn herein. Wortkarg antwortete er dort auf viele Fragen. Irgendwie aber schien man von allem zu wissen und verglich, was er zur Rechtfertigung seines Ansinnens anführte, mit allem dem, was in einem Buch vermerkt stand. Und mit einem Mal – er hatte das noch gar nicht erwartet, er war noch völlig unvorbereitet –, mit einem Mal machte die Frauensperson, mit der er geredet hatte, eine Bewegung … Bitte, er solle mit ihr kommen! Jänttinen starrte sie fassungslos an. Dann stolperte er ihr mit tauben Füßen nach. Sie führte ihn durch den Gang in ein sehr geräumiges, beinahe saalartiges Zimmer, in dem in der einen Ecke Kinderbetten so eng nebeneinandergerückt standen, daß kaum noch Platz zwischen ihnen blieb, während in dem freien Raum beim Fenster kleine Kinder umherschwankten und spielten. Alle hatten Kittel von der gleichen Farbe, sie sahen wie kleine Uniformierte aus.

Neben der Tür blieb die Frau mit ihm stehen. Jänttinen blickte wie gebannt zu den Betten hinüber.

Nun, ob er ihn wiedererkenne, wurde er gefragt.

Jänttinen wandte sich ihr widerwillig zu. Er könne von hier aus nicht in die Betten hineinsehen, sagte er.

Aber da sei doch der Juhani gar nicht! Ein Bürschchen von anderthalb Jahren liege nicht mehr im Bett. Da sehe man, daß er selbst keine Kinder habe.

Jänttinen antwortete nicht. Er ging weiter ins Zimmer hinein, auf die spielenden Kinder zu, die bei seinem Nahen innehielten und aufblickten.

Die Pflegerin sah, wie er mit schlaff herabhängenden Armen auf die Schar zuging, stehenblieb und irgend etwas sagte, was sie nicht verstand. Dann aber gewahrte sie, wie Juhani, der kleine Findling aus Kangasjärvi, mit einem Mal zu dem fremden Soldaten aufblickte und wie ein kaum merklicher Widerschein des Erkennens über das kleine Gesicht ging. Im selben Augenblick hockte der Soldat nieder und blieb auf den Knien. Er streckte die Hände nach dem Kinde aus, das langsam auf ihn zukam und sich von ihm in die Arme schließen ließ. Jänttinens Hände legten sich um den mageren Rücken und streichelten ihn. «Juhani, Jussi!» murmelte er, und das Kind plapperte ihm etwas ins Ohr, was wohl nur er zu deuten verstand – vielleicht über das Begreifen hinaus das wehmütige und zugleich freudige Wissen, daß seit der einen Heiligen Nacht der Geburt keiner von uns Menschen mehr nur für sich leben kann, aber daß wir auch alle nicht mehr für uns allein sterben können; daß wir füreinander verloren werden und füreinander gefunden, bis wir vereinigt werden in der Einen Hand.

## MARY ELEANOR WILKINS FREEMAN

# WEIHNACHTS-JENNY

Tags zuvor war es regnerisch gewesen und taute, dann, in der Nacht, hatte der Wind plötzlich auf Norden gedreht, und die Temperatur war gefallen. Der Morgen zeigte sich strahlend und kalt, und ein harter Glitzer lag auf allem. Eine hauchdünne Eisschicht überzog die Schneedecke, und die offenen Felder gleißten und funkelten. Die Baumäste und Stämme und jeder kleine Zweig waren glasiert. Die Straßen waren spiegelglatt und glitschig, und um die Vorgärten war es nicht besser bestellt. Im Garten des alten Jonas Carey glich der Weg, der vom Haus zur Quelle hinunterführte, einem zugefrorenen Bächlein.

Es war noch recht früh am Morgen, da trat der alte Jonas Carey mit einem Wassereimer aus dem Haus und wollte den Weg hinunter zur Wasserpumpe. Er ging langsam und vorsichtig, schob abwechslungsweise einen Fuß vor, um nicht zu stürzen. Er war groß und hager, und die eine Körperhälfte schien zur andern hinüberzulehnen, so ungleich stützte er beim Gehen sein Gewicht auf das eine Bein ab, weil der Rheumatismus seine Glieder etwas versteift hatte und er hinkte.

Er war heil beim Brunnen angekommen, hängte

den Eimer an den Hahn und begann zu pumpen. Er pumpte unglaublich langsam und regelmäßig, und ein gewisser stumpf-ernster Ausdruck seines Gesichts veränderte sich dabei kein einziges Mal.

Als er seinen Eimer gefüllt hatte, nahm er ihn sorgsam vom Hahn und wandte sich dem Haus zu, wiederum den einen Fuß zaghaft vor den andern schiebend wie zuvor. Zwei Drittel hatte er bereits hinter sich, als er zu einer ganz besonders rutschigen Stelle kam, denn just hier überquerten Wurzeln eines Kirschbäumchens den Weg, und das Eis hatte gefährliche kleine Höcker darüber geformt.

Der alte Jonas verlor das Gleichgewicht und saß, ehe er sich's versah, auf dem Hintern und hatte das ganze Wasser verschüttet. Die Haustür flog auf, und eine alte Frau erschien.

«Oh, Jonas, hast du dir weh getan?» rief sie und blinzelte nervös und besorgt in das helle Sonnenlicht.

Der alte Mann sagte kein Wort. Er rührte sich nicht und starrte vor sich hin.

«Jonas, du hast dir doch nicht etwa einen Knochen gebrochen?» Die alte Frau raffte ihre Röcke und wagte sich auf zittrigen Beinen einige Schritte von den Stufen vor der Haustüre herunter.

Da erhob der Mann seine Stimme: «Bleib, wo du bist!» befahl er. «Geh ins Haus!»

Er machte Anstalten, sich nach und nach aufzurichten, und die alte Frau verschwand im Haus und beobachtete ihn vom Fenster aus.

Als der alte Jonas endlich wieder auf den Beinen stand, war es, als hätte er sich Stück für Stück aus

Einzelteilen zusammensetzen müssen, so langsam war dieses Aufstehen vor sich gegangen. Er kehrte zur Pumpe zurück, hängte den Eimer an den Hahn und füllte ihn. Dann machte er sich wieder auf den Weg, diesmal noch vorsichtiger. Aber bei der tükkischen Stelle verlor er von neuem den Boden unter den Füßen, saß wiederum da, und das Wasser war verschüttet.

Die alte Frau erschien unter der Tür; ihre matten blauen Augen waren jetzt weit aufgesperrt, und die magere Kinnlade war ihr vor Schreck heruntergefallen. «Ach, Jonas!»

«Geh hinein!» schrie der alte Mann, machte eine energische Kopfbewegung zu ihr hin, und sie verzog sich. Diesmal stand er schneller auf und steuerte mit beinah beschwingten Schritten auf die Pumpe zu.

Als sein Wassereimer gefüllt war, ließ er auf dem Rückweg doppelte Vorsicht walten. Er kam fast nicht vom Fleck, und wie bei einer Schnecke sah man mit bloßem Auge kaum, daß er sich vorwärts bewegte. Der Stillstand überdeckte das Schleichen beinahe völlig. Am Fenster schaute die alte Frau zu und hielt den Atem an.

Der rutschige Abschnitt war beinah überwunden, das eine Bein glitt eine Spur schneller nach vorn – und schon saß er da, und der Blecheimer schlug scheppernd auf dem Eis auf.

Die Alte erschien. «Ach, Jonas!»

Jonas würdigte sie keines Blickes; er saß bocksteif auf dem Boden.

«Jonas, hast du dir weh getan? Um Himmels willen, sag doch etwas!»

Jonas rührte sich nicht.

Jetzt wagte sich die alte Frau über die Schwelle aufs Glatteis. Breitbeinig, beinah auf allen vieren kam sie auf dem vereisten Weg auf Jonas zu. Endlich konnte sie sich an seinen Arm klammern... «Jonas, du glaubst doch nicht etwa, daß du dir einen Knochen gebrochen hast?» Sie war dem Weinen nahe und zitterte am ganzen Körper.

«Geh fort!» sagte Jonas. Mehr war aus ihm nicht herauszukriegen, und ihr herzergreifendes Flehen beeindruckte ihn nicht im geringsten. So schlitterte sie wohl oder übel zum Haus zurück und setzte sich ans Fenster. Einige Male klopfte sie an die Fensterscheibe und winkte ihm verzweifelt zu.

Aber der alte Jonas rührte sich nicht. Er verzog keine Miene. Über ihm hingen die vereisten Äste des Kirschbäumchens, die wie Diamanten gleißten und funkelten. Ein Specht flog in den Baum und hackte gegen den Stamm, jedoch war die Eisschicht zu hart, als daß er Nahrung hätte finden können; Jonas verhielt sich so ruhig, daß der Vogel ihn nicht beachtete. Nur wenige Fuß weit weg ließ sich ein Eichelhäher auf dem Zaun nieder; ein Sperling pickte an Grashalmen, die nahe der Haustür mit den Spitzen aus der Schneedecke hervorguckten. Im Osten erhob sich der Hügel, in dessen bereiften Laubwäldern es in der Sonne allenthalben silbrig und bläulich und diamanten blitzte. Es herrschte eine schneidende Kälte, aber dem alten Jonas war das alles gleichgültig. Er blieb sitzen.

Die alte Frau rannte zur Tür. «Jonas, du wirst

erfrieren!» jammerte sie. «Kannst du nicht aufstehen? Deine Knochen sind doch nicht etwa gebrochen?» Jonas hüllte sich in Schweigen.

«Jonas, dort kommt Weihnachts-Jenny den Weg herauf... was wird sie sich nur denken!»

Den alten Jonas Carey scherte es nicht, aber seine Frau verfolgte gespannt die Person, welche sich näherte. Sie sah von weitem merkwürdig aus: wie ein umfangreicher Busch auf Beinen, der zudem etwas Grünes hinter sich her schleifte. Beim Herannahen zeigte sich, daß sie rundum mit Immergrünem behangen war: Reisigkränze bedeckten die Arme, Bärlapp wand sich um ihre Schultern, Bärlapp quoll aus einem Korb, überdies hielt sie in den Händen etliche Gebinde aus bunten Strohblumen, und sie zog einen Schlitten, auf dem eine kleine Hemlocktanne festgebunden war. Mit schweren Tritten kam sie auf dem vereisten Pfad daher. Beim Gartentor der Careys hielt sie inne und schaute zu Jonas hinüber. «Ist er verletzt?» erkundigte sie sich bei der Alten.

«Ich weiß nicht; er ist dreimal hingefallen.»

Jenny ließ den Schlitten beim Eingang stehen, kam in den Garten und ging auf Jonas zu. Sie beugte sich über ihn, hob den Korb auf Jonas' Kopfhöhe und schubste ihn leicht damit. «Was ist mit Euch?» Jonas reagierte nicht. «Eure Knochen sind noch ganz, nehm' ich an?»

Jenny schaute ihn eine Weile an. Sie trug eine schwarze Haube, ihr breites Gesicht war gegerbt und gerötet, und mit ihren charaktervollen, wenn auch etwas groben Zügen gemahnte sie an jene Gesichter aus Rinde und Astlöchern in den Wäldern, die uns aus Baumstämmen entgegenblicken. Sie war noch nicht alt, doch ihr Haar war eisengrau und fein gekräuselt wie Moos.

Schließlich wandte sie sich dem Haus zu. «Ich komm' auf eine Minute hinein», sagte sie zu Jonas' Frau und stieg gemächlich die wenigen Stufen hinauf.

«Sei vorsichtig, daß du nicht ausrutschst», sagte die Alte.

«Ich rutsche nicht aus.» Als sie drinnen waren, sagte sie zu Mrs. Carey: «Mach dir nichts draus, er ist nicht verletzt.»

«Wohl nicht. Ihn hat nur wieder einmal der Koller gepackt. Aber ich weiß nicht, was ich mit ihm tun soll. Ach, manchmal weiß ich nicht, was ich mit ihm tun soll.»

«Laß ihn; laß ihn dort sitzen.»

«Er hat das ganze Wasser verschüttet, und ich hab' Angst, daß er... erfrieren wird. Ach Gott, was soll ich nur tun!»

«Laß ihn erfrieren. Mach dir nichts draus, Betsey.»

«Ich richtete eben das Frühstück. Miss Gill hat uns zwei Fleischfrikadellen schicken lassen. Ich wollte sie braten und bat ihn, einen Eimer voll Wasser zu pumpen, für den Teekessel. Ach, mein Gott!»

Jenny setzte ihren Korb auf einem Stuhl ab, schritt energisch aus dem Haus, hob den Eimer, der neben Jonas lag, auf, füllte ihn an der Quelle und kehrte zurück. Den alten Mann ignorierte sie völlig. Als sie an ihm vorbei ins Haus ging, belebten sich seine zuvor ausdruckslosen Augen plötzlich, und er sandte ihr einen flüchtig-argwöhnischen Blick nach.

«Da, setz den Teekessel auf und brate die Frikadellen», sagte sie zu Mrs. Carey.

«Ich fürchte, er steht nicht auf, und sie werden kalt. Manchmal hält sein Koller unglaublich lange an. Weißt du, er ist dreimal hingefallen und fuchsteufelswild geworden.»

«Ich sehe nicht, mit wem er denn eigentlich hadert.»

«Ich weiß nicht ... außer mit der Vorsehung.»

«Der Vorsehung, meine ich, dürfte es ziemlich gleichgültig sein, wo er sitzt.»

«Ach, Jenny, ich hab' schrecklich Angst, daß er erfriert.»

«Er erfriert nicht. Leg die Frikadellen in die Pfanne.»

Jonas' Frau holte die Bratpfanne herunter und hörte nicht auf zu jammern. «Er mag Frikadellen fürchterlich gern», bemerkte sie, als der Duft der brutzelnden Fleischküchlein allmählich die Küche erfüllte.

«Er wird sie riechen und hereinkommen», sagte Jenny trocken. «Er weiß, daß du nur zwei Frikadellen hast, und er wird denken, du könntest mir eine davon geben.»

Recht hatte sie. Es dauerte nicht lange, da sahen die beiden Frauen, die verstohlen durchs Fenster guckten, den alten Jonas sich schwerfällig aufrappeln.

«Tu nicht dergleichen, wenn er hereinkommt», flüsterte Jenny.

Als der alte Mann in die Küche humpelte, nahm

weder die eine noch die andere Notiz von ihm. Seine Frau kehrte die Frikadellen in der Pfanne, und Jenny hob ihre Kränze auf. Jonas setzte sich hin und beobachtete beide mit Unbehagen. Da legte Jenny ihre Kränze wieder ab. «Bleibt Ihr zum Frühstück?» fragte der Alte.

«Nun, ich weiß nicht recht», antwortete Jenny, «die Frikadellen riechen verlockend.»

Jetzt war es um Jonas' Ruhe geschehen – er schaute verdattert und verzweifelt drein.

«Jenny, leg bitte deine Haube ab», forderte Betsey sie auf. «Ich mach' mir nicht viel aus Frikadellen, du kannst gern meine haben.»

Jenny lachte herzlich und nahm ihre Kränze wieder auf. «Behüt mich Gott, ich will deine Frikadelle nicht», sagte sie. «Ich habe gefrühstückt. Ich geh' jetzt ins Dorf und verkaufe meine Kränze.»

Da leuchteten Jonas' Augen auf. «Ein schöner Tag heute, nicht wahr?» meinte er verbindlich.

Jenny wurde ernst. «Ich finde nicht, daß es ein sehr schöner Tag ist; wärt Ihr ein Specht oder ein Eichelhäher, wärt Ihr wohl anderer Ansicht.»

Jonas verstand nicht recht und sah sie groß an.

«Die bekommen kein Frühstück», sagte Jenny. «Sie können das Eis an den Bäumen nicht durchbrechen. Sie gehen zugrunde, wenn es nicht bald taut. Ich muß beim Krämer unten etwas für sie kaufen und werde dann einige von ihnen füttern. Wenn irgend möglich, lass' ich sie nicht in meinem eigenen Garten verenden. Heute morgen habe ich ihnen alles gegeben, was ich von meinem Vogelfutter erübrigen konnte.»

«Das ist eine traurige Geschichte.»

«Ja, tatsächlich. Wäre diese Kälte nicht hereingebrochen, hätte ich mir ein neues Kleid aus Kaliko erstanden, aber das kann ich mir jetzt nicht leisten. Für das Geld kann ich etliche Leben retten. Nun muß ich mich aber beeilen, wenn ich noch heute nach Hause kommen will.»

Jenny, die von jeder Menge Grün umhängt war, hatte sich vorsichtig durch die enge Tür zu zwängen. Sie ging unverzüglich ins Dorf hausieren. Sie hatte ihre Stammkunden, denn sie kam jedes Jahr in der Woche vor Weihnachten mit Tannenreisig und Strohblumen vom Berg herunter. Man nahm an, daß sie sich auf diese Weise ein schönes Sümmchen verdiente. Im Sommer verkaufte sie Gemüse, aber der Handel mit immergrünem Weihnachtsschmuck wurde als ihr rechtmäßiges Geschäft betrachtet und hatte ihr bei den Dorfbewohnern den Übernamen eingetragen. Vielleicht gründete der seltsame Name auch auf dem Bild, das sich die Leute allgemein von Jennys Charakter machten. Man hielt sie für eine etwas sonderliche Person, obzwar niemand bezweifelte, daß sie ihre fünf Sinne beisammen hatte. In jungen Jahren hatte sie eine unglückliche Liebschaft gehabt, die, wie man sagte, ihrem ganzen späteren Leben einen Anhauch des Suspekten gab. Die Liebe habe sie verdreht, meinten die Leute. «Weihnachts-Jenny ist irgendwie verdreht», sagten sie. Auch mitten im Sommer nannte man sie Weihnachts-Jenny, wenn sie schwer beladen mit frischen Erbsen und Gartenbohnen und Speisekürbis vom Berg herunterkam.

Sie besaß ein Häuschen und einige Morgen gerodetes Land auf der Anhöhe und erwirtschaftete sich damit schlecht und recht den Lebensunterhalt.

Es war Mittag, ehe sie all ihr Tannenreisig verkauft hatte und den Heimweg antrat. Sie hatte einen bescheidenen Vorrat an Vogelfutter im Korb verstaut, in welchem sie zuvor die Gebinde aus Strohblumen und getrocknetem Bärlapp feilgeboten hatte.

Die Landstraße lief am Fuß des Hügels entlang. Eine Meile mußte sie ihr folgen, dann bog sie in einen Karrenweg ein, der zur Lichtung hinaufführte, auf der ihre Hütte stand. Nach den Careys gab es weder weitere Häuser noch Menschen, und doch begegnete sie manch einem Bekannten: Jenny Wrayne sah entzückt einer niedlichen Feldmaus zu, welche aus Angst, vom Feind entdeckt zu werden, wachsam von Deckung zu Deckung huschte; sie wandte den Kopf, als ein Eichelhäher krächzte, und sah es im vom Rauhreif weißen Geäst blau aufblitzen. Wohlwollend beobachtete sie einen Specht, der am vereisten Baumstamm trommelte. Dann und wann streute sie sparsam einige Körner und Krumen, die sie aus der Tüte klaubte.

Wo sie die Straße verließ und in den Karrenweg einschwenkte, gab eine Schneise den Blick auf das Dorf frei. Sie hielt an und schaute zurück. Es war eine recht große Ortschaft; darüber hing ein sprühendes Geflecht aus ganz mit Rauhreif beschlagenen Ästen; der Rauch stieg bolzengerade aus den Schornsteinen. Dort unten im Dorf spazierten auf der Hauptstraße ein Jüngling und ein Mädchen und unterhielten sich über sie, doch konnte sie das nicht wissen.

Das Mädchen war die Pfarrerstochter. Sie hatte sich vor kurzem mit dem Jüngling verlobt und ging nun am hellichten Tag mit einer Art verschämten Stolzes an seiner Seite. Begegneten sie jemandem, errötete sie, hielt aber doch stolz den Kopf hoch und schwenkte affektiert den Arm und schwatzte laut daher, um ihre Verlegenheit zu überspielen.

«Ja», sagte sie mit ihrer wohlklingenden munteren Stimme, «Weihnachts-Jenny hat bei uns angeklopft, und wir haben ihr Kränze abgekauft, die wir in die Fenster gegen die Straße hängen werden. Mutter hegte Bedenken, ob wir ihr etwas abnehmen sollten, es wird so viel geredet, doch was mich anbelangt, ich glaube kein einziges Wort.»

«Was erzählt man sich denn?» fragte der junge Mann. Er hielt sich sehr steif und vollkommen aufrecht und wandte den Kopf nicht, wenn er dem Mädchen zulächelte.

«Du weißt es nicht? Es ist doch in aller Munde. Es heißt, sie habe eine Menge Vögel und Kaninchen und anderes mehr in Käfigen und lasse sie halb verhungern; und dann dieser kleine taubstumme Knabe... man sagt, es sei schlimm, wie sie ihn behandelt. Sie wollen sich der Angelegenheit annehmen. Vater und Vikar Little werden ihr noch diese Woche dort oben einen Besuch abstatten.»

«Wirklich?» sagte der junge Mann. Er lauschte entzückt den Worten des Mädchens und wußte doch kaum, wovon sie sprach. Auf ihrem Spaziergang hatten sie stets den Berg vor sich.

Der Pfarrer und der Vikar gingen bereits am

nächsten Tag hin. Sie scheuchten einen Schwarm Sperlinge auf, die vor Jennys Haustüre Futter pickten; aber die Vögel flogen nicht sehr weit, sondern setzten sich in den nächsten Baum und beobachteten. Jennys Haus war kaum mehr als eine verwitterte Hütte, aber an der einen Hauswand hatte man einen Weinstock gezogen, und das Vorgärtchen war in tadelloser Ordnung. Beim Eingang stand eine Kiefer; hinter dem Haus und zur Rechten lag Jennys Gemüsegarten, reihten sich Pflugfurche an Pflugfurche und glitzernde Maisstoppeln, welche vom vergangenen Sommer übriggeblieben waren.

Jenny war nicht zu Hause. Der Pfarrer klopfte, aber niemand öffnete; so schob er den Riegel zurück, und die beiden Männer traten ein. Nach dem grellen Licht draußen kam ihnen der Raum düster vor; sie konnten kaum einen Gegenstand deutlich erkennen, lediglich lautes, aufgeregtes Piepsen, Schilpen und Zwitschern hören, zu dem ihr Eintreten Anlaß zu geben schien.

Schließlich hob sich von der dunklen Kaminecke ein kleines rosiges Gesicht ab. Es betrachtete die Besucher weder angsterfüllt noch überrascht, sondern eher mit unschuldiger Freundlichkeit.

«Das ist der kleine taubstumme Bub», sagte der Pfarrer leise. Der Geistliche war alt, hatte schmale Schultern und trug einen langen, zerknitterten schwarzen Rock. Vikar Little richtete sich in seiner ganzen sehnigen Magerkeit gebieterisch neben ihm auf, bis sein Kopf beinah an der niedrigen Decke anstieß. Er war trotz seines fahlen, furchigen Gesichts ein gutaussehender Mann.

Beide musterten mit unbarmherzigen Mienen

den kleinen taubstummen Knaben, der halb gespannt, halb belustigt zu ihnen aufschaute. Der Knabe war wie ein Mädchen mit einer langen gestreiften Baumwollschürze bekleidet. Er saß mitten in einem Haufen Tannenzweige, die er zu Kränzen band; sein schönes, weiches, helles Haar war angefeuchtet und glatt wie eine Muschelschale säuberlich über die breite weiße Stirn gekämmt.

«Es sieht aus, als werde gut für ihn gesorgt», sagte Vikar Little. Beide Männer dämpften beim Sprechen die Stimme – daß der Knabe nicht hören konnte, war für sie unvorstellbar, zumal er jedesmal lächelte, wenn sich ihre Lippen bewegten, und überhaupt nicht verschüchtert wirkte.

Halb verlegen gingen sie im Zimmer umher und besahen sich alles. Hier herrschte eine ganz andere Stimmung als in jedem andern Haus, zu dem sie je Zutritt gehabt hatten. Es roch merkwürdig nach Wald; überall türmten sich Reisighaufen, und in der einen Ecke lehnten Tannenbäumchen. Wo man hinsah – an den Wänden aufgehängt, auf Borden aus rohen Brettern –, gab es einfach gezimmerte Vogelgitter und Käfige, in denen es zwitscherte und piepste. Darin saßen hilflose kleine Vögel und Hasen und Feldmäuse. Das Gefieder der Vögel wirkte matt und die Köpfchen winzig und erbarmungswürdig. Ein Hase hatte eine Verletzung am Bein, eine Maus schien mehr tot als lebendig.

Die Männer begutachteten sie mit gestrengem Blick. Der Pfarrer tat einen tiefen Atemzug, das Gesicht des Vikars verdüsterte sich, doch äußerten sie ihre Gedanken aus Rücksicht auf den kleinen taubstummen Knaben nicht, der sie mit seinen blauen Augen unverwandt anschaute. Als sie den Rundgang im Zimmer beendet hatten und wieder beim Kamin standen, schrie der Knabe plötzlich auf. Es war ein wilder, unartikulierter, wenn auch kein mißklingender Laut, der etwas ganz Bestimmtes zu bedeuten schien und in den vielfältigen Lauten der eingesperrten Tierchen aufging; es war ein sanfter beredter Vorwurf an die beiden Besucher, den diese nicht verstehen konnten.

Sie standen ehrwürdig und doch befangen vor dem Kamin. «Sollen wir warten, bis sie zurückkehrt?» fragte der Pfarrer.

«Ich weiß nicht recht», antwortete Vikar Little.

In ihrem Rücken befand sich der breite Kaminsims, auf dem eine Uhr und ein Kerzenstock standen, daneben aufgereiht wunderschöne Sträuße aus Strohblumen, alle bereit, von Jenny in ihrem Korb feilgeboten zu werden.

Da war unverhofft ein Scharren auf der gefrorenen Schneedecke zu vernehmen, die Tür ging auf, und die Frau von Jonas Carey trat ein. Sie hatte sich ihr großes Kopftuch um den Kopf geschlagen und war außer Atem.

Sie stand vor den beiden Männern – da schien sich plötzlich eine feine Schicht von Befangenheit auf ihr Benehmen zu legen. «Einen schönen Nachmittag», erwiderte sie den Gruß der Männer.

Sie fixierte die beiden einen Augenblick lang, steckte die Nadel am Kopftuch unter dem Kinn fester – und ihre anfänglichen Hemmungen waren gewichen. «Ich wußte, daß Sie da sind», sagte sie leise, aber leidenschaftlich, «ich wußte es. Ich habe gehört, daß geredet wurde, und gedacht, jemand würde hier heraufkommen und sie ausspionieren. Neulich war ich bei Mrs. Gregg; da kam ihr Mann nach Hause, und der hat erzählt, es werde über Jenny geredet und gesagt, sie kümmere sich nicht genügend um Willy und die Vögel, und das Dorf wolle etwas unternehmen. Ich wußte Bescheid, als ich Sie an unserm Haus vorbeigehen sah, und hab's dem Jonas gesagt. Ich wußte auch, daß niemand da sein würde, der reden kann, und so sagte ich Jonas, ich würde zum Rechten schauen. Ich hielt es nicht mehr aus. Fürchterlich glitschig ist's; manchmal mußte ich auf allen vieren gehen und bin doch zweimal hingefallen, aber das ist unwichtig. Ich lass' es nicht zu, daß Sie beide da oben bei Jenny spionieren und niemand hier ist, der für sie einstehen kann.»

Mrs. Carey postierte sich vor den beiden wie ein aufgebrachter Vogel in Kampfstellung, der in seiner Verwegenheit sich selbst und den andern Angst einflößt. Sie bebte vor Wut, und ihre trüben blauen Augen schossen Blitze.

Der Pfarrer begann eine Entschuldigung zu stammeln. Der Vikar kam ihm alsbald zu Hilfe: «Sie dürfen Sämtliches vorbringen, was Sie zu Jennys Gunsten zu berichten haben, Mrs. Carey. Wir werden uns gerne alles anhören. Wir... wir glaubten Jenny zu Hause. Wissen Sie, was sie mit den Vögeln und diesen Dingern vorhat?»

«Was sie damit vorhat? Ah! Ich will Ihnen erzählen, was sie mit ihnen vorhat! Auflesen tut sie sie, im Wald, wenn sie am Verhungern und Erfrieren und halb tot sind; dann bringt sie sie hierher, versorgt sie und päppelt sie auf, bis sie munter und gesund sind, und läßt sie dann wieder frei. Das hat sie mit ihnen vor! Sehen Sie den Hasen dort? Nun, der war in eine Falle geraten. Irgendwer wollte das arme Tierchen töten. Und das Rotkehlchen? Jemand hat mit einer Schrotflinte gezielt und ihm einen Flügel angeschossen. Ja, das ist es, was sie tut. In meinen Augen ist das ebenso barmherzig, wie wenn man sein Geld der Missionsgesellschaft schickt. Will meinen, daß man als Missionarin für die Rotkehlchen und hungernden Piepser und kleinen taubstummen Kinder keinen Deut schlechter ist als irgendeine andere Art Missionar. Ich nehm' kein Blatt vor den Mund, alles sollen Sie erfahren. Ich weiß nicht, was den Leuten eigentlich einfällt, so über Jenny zu reden. Den kleinen Taubstummen da hat sie aus dem Armenhaus herausgeholt. Niemand anders hat ihn gewollt. Wenn Sie mich fragen, sieht er nicht eben so aus, als werde er ausgenützt. Sie kleidet ihn so hübsch und sauber wie irgend möglich; und er und die Vögel kriegen genug zu essen, wenn sie sich selber auch manches vom Mund abspart. Ich weiß, wovon ich rede. Sie verzichtet auf ein neues Kalikokleid, damit sie Futter für die Vögel kaufen kann, die nicht an die Baumrinde herankommen, weil so viel Eis dran ist. Und wenn Jonas den Koller hat, dann kann sie ihn nach kürzerer Zeit beschwichtigen als irgendwer. Weder verleumdet noch ausspioniert soll sie werden, solange ich's verhindern kann. Man sagt, sie sei verdreht. Hm, ich versteh' nicht, was die Leute ‹verdreht› nennen. Ich weiß nur, daß jener Anderson fortlief und ein anderes Mädchen heiratete, als Jenny todsicher war, daß sie ihn haben würde. Aufhängen hätte man ihn sollen! Eines aber kann ich Ihnen sagen: wenn sie auch leicht vom üblichen Weg der Liebe abgekommen ist, geht sie auf einem andern, voller kleiner Taubstummer und halbverhungerten Piepsern und kranken Hasen, und sie ist nicht verdrehter als andere Leute.»

Mrs. Carey, die sich von Sympathie und Entrüstung hatte hinreißen lassen, wurde beinahe poetisch. Ihr feines Gesicht glühte, ihre blauen Augen blitzten, sie gestikulierte heftig mit den Armen unter ihrem Schal – die sanftmütige alte Frau war außer sich geraten.

Die beiden Männer sahen sich an. Die Miene des Vikars war unverändert würdevoll und ernst. Er überließ es dem Pfarrer, als erster das Wort zu ergreifen – und es waren Worte des Bedauerns, die er sprach. Er war ein freundlicher alter Herr, und der Vikar stieß in Angelegenheiten, welche die Disziplin im Kirchspiel betrafen, ins gleiche Horn wie der Pfarrer. Unterblieb diese Unterstützung aber, wurde offenkundig, wie dünn und mild seine eigene Stimme war. Er gestand Mrs. Carey, er bezweifle nicht, daß alles mit rechten Dingen zugehe; er bat für seine und des Vikars Anwesenheit um Nachsicht und äußerte sich über Weihnachts-Jenny lobend.

Dann brachen sie auf, und sie waren erleichtert, als sie sich von dieser schmächtigen, keifenden Frau verabschieden konnten, die sich an ihrem leidenschaftlichen Ausbruch hochzuziehen schien, bis sie über ihren Köpfen thronte und derart übermächtig wurde, daß es unheimlich war. In der Tat, vor allem und jedem abseits der breiten gewohnten

Bahnen hatten diese Männer und viele der hier Ansässigen einen Horror. Merkwürdige, ihrer Ansicht nach undurchdringliche Schatten lagen darauf, und die waren verdächtig. Die allgemeine Stimmung gegen Jenny Wrayne war das Ergebnis dieser argwöhnischen Haltung und ein Überbleibsel des alten Hexenaberglaubens in Neuengland. Mehr als irgend etwas hatten der Eigenwille, das vielleicht mutwillige Abweichen von den immer schon dagewesenen Gepflogenheiten Jenny diese Nachforschungen eingetragen, und im Grunde handelte es sich, ohne daß man sich dies eingestanden hätte, bei dem Gang der Pfarrherren auf den Berg an jenem Dezembernachmittag um eine Hexenjagd.

Auf dem Heimweg wechselten die beiden Geistlichen kaum ein Wort miteinander. Einmal meinte der Pfarrer zum Vikar zögernd: «Ich bin geneigt zu glauben, daß man nicht einzuschreiten braucht.»

«Es besteht wohl kein Grund dazu», antwortete der Vikar, und als sie beinahe bei seinem Haus angelangt waren, fügte er noch hinzu: «Vielleicht schicke ich ihr eine Kleinigkeit zu Weihnachten.»

«Das wäre unter Umständen eine gute Idee», sagte der Pfarrer, «ich werde sehen, was ich meinerseits tun kann.»

Es war eine Woche vor Weihnachten.

Am Weihnachtsmorgen machten sich Jonas Carey und seine Frau, beide im Sonntagsstaat, auf den Weg den Berg hinauf zu Jenny Wrayne. Jonas trug seinen Winterüberzieher und hatte sich einen Wollschal seiner Frau doppelt um den Kopf gebunden. Mrs. Carey trug einen langen Schal und ihre beste

Haube. Die beiden kamen gut voran. Das Eis war geschmolzen; am Vortag war leichter Schnee gefallen, der jedoch kaum bis an die Knöchel reichte. Die Schneedecke war voller kleiner Zickzackspuren von Jennys kleinen Freunden.

Jonas Carey und seine Frau gingen einträchtig nebeneinander her, bis zur Abzweigung des Karrenweges. Da löste sich bei Jonas der Schnürsenkel, und er stolperte. Er bückte sich und band den Schuh umständlich; dann ging er weiter. Kurz darauf blieb er wieder stehen.

Seine Frau schaute zurück: «Was ist?»

«Der Schnürsenkel hat sich gelöst», brummte er.

«Soll ich dir helfen, Jonas?»

Jonas gab keinen Ton mehr von sich, er band konzentriert den Schuh.

Jennys Haus war bereits in Sicht, als er zum dritten Mal anhielt und sich auf ein Mäuerchen am Wegrand setzte.

«Ach, Jonas, was ist?»

Jonas gab keine Antwort. Sie ging zu ihm hin und sah, daß sich der Schnürsenkel von neuem gelockert hatte. «Oh, Jonas, lass' mich ihn binden, bitte, lass' mich. Soll ich, Jonas?»

Jonas saß auf dem Mäuerchen, umgeben von frisch verschneiten Brombeerstauden, und starrte eisern vor sich hin.

Seine Frau begann zu wimmern. «Ach, Jonas, bitte, keinen Koller am heutigen Tag. Darf ich dir den Schuh nicht binden? Ich werd' einen festen Knoten machen. Ach, Jonas!»

Die alte Frau flatterte um den alten Mann im

Winterüberzieher auf dem Mäuerchen wie ein unglückliches Vogelmännchen um sein Weibchen. Jenny Wrayne öffnete die Haustür und schaute heraus, dann kam sie den Weg herunter. «Was ist denn?» fragte sie.

«Ach, Jenny, ich weiß mir nicht zu helfen. Er hat wieder den Koller.»

«Ist er umgefallen?»

«Nein, das nicht. Der Schnürsenkel hat sich dreimal gelockert. Das hat er gar nicht gern gehabt, und er hat sich aufs Mäuerchen gesetzt. Er wird den ganzen Tag da sitzen bleiben. Ach Gott, dabei waren wir schon fast bei dir, und ich hatte mich eben noch gefreut, wie flott wir vorankamen. Ich wollte ihm den Schuh binden, aber er läßt mich nicht; und ich getrau' mich gar nicht recht, wenn er so dasitzt. Jonas, lass' mich ihn doch binden, bitte! Ich werd' ihn ganz fest binden, daß er sich nicht wieder lösen kann.»

Jenny nahm sie beim Arm. «Komm mit mir ins Haus», sagte sie zuversichtlich und wandte der Person auf dem Mäuerchen kurzerhand den Rükken zu.

«Jenny, ich kann ihn nicht verlassen. Ich würd' mich nicht wundern, wenn er den ganzen Tag da sitzen bleibt. Du verstehst das nicht. Manchmal muß ich ihm stundenlang gut zureden, bevor er sich rührt.»

«Komm mit mir. Der Truthahn ist beinah fertiggebraten, und sobald er gar ist, setzen wir uns zu Tisch. Ja, es ist der fetteste Truthahn, den ich je gesehen habe. Ich frag' mich, wo Vikar Little den nur her hat. Der Plumpudding steht bereit, und das

Gemüse kann auch schon bald vom Feuer genommen werden. Komm mit mir, in einer knappen halben Stunde wird gegessen.»

Nachdem die zwei Frauen verschwunden waren, schielte der Mensch auf der Mauer, als sei ihm nicht mehr ganz wohl in seiner Haut, nach dem Haus, allerdings ohne den Kopf zu drehen. Er schnupperte einige Male.

Tatsächlich stieg ihm hier draußen der Duft des Truthahns und der weißen Kohlrüben und Zwiebeln in die Nase.

Im Haus nahm Mrs. Carey Haube und Schal ab und legte sie in Jennys Schlafzimmer aufs Bett. Ein Weihnachtsgeschenk, ein neues Kleid aus Kaliko, das Jenny am Vorabend erhalten hatte, lag ebenfalls auf dem Bett. Jenny führte es stolz vor. «Es ist schokoladebraun, wie ich's mir immer gewünscht habe», sagte sie. «Ich versteh' nicht, was in die gefahren ist.»

«Es ist wunderhübsch», kommentierte Mrs. Carey. Sie hatte Jenny nichts von dem Besuch der beiden Herren verraten und war nicht gewohnt, Geheimnisse zu wahren, und als Geheimnisträgerin machte sie ein merkwürdiges Gesicht – doch Jenny fiel nichts auf. Sie hatte alle Hände voll zu tun. Auf dem Herd standen dampfende Kochtöpfe, im Ofen hörte man den Truthahn schmoren. Der kleine taubstumme Knabe saß in seiner Ecke beim Kamin und zog den Atem tief ein. Er sah Jenny zu und beobachtete bald aufmerksam und freudig, was sich im Ofen tat, bald beschäftigte er sich mit einem seiner Schätze, die er im Schoß hütete. Es waren Bilderbücher und Karten und Schachteln voll Zuckerwerk und Orangen. Die kleinen eingesperrten Tiere piepsten leise und pickten ihre Körner. Jenny verwendete das schönste Tischtuch und das geblümte Geschirr ihrer Mutter selig. Auch die Bauern vom Bergland, von denen Jenny abstammte, legten Wert auf gewisse Formen und Annehmlichkeiten, und feines Geschirr und ein leinenes Tischtuch beim Weihnachtsmahl gehörten dazu, so ärmlich der Haushalt auch sein mochte.

Mrs. Carey spähte unentwegt verlegen aus dem Fenster nach ihrem Mann.

«Wenn du willst, daß er hereinkommt, gehst du gescheiter vom Fenster weg», sagte Jenny, und die alte Frau ließ sich auf einen Stuhl beim Ofen nieder.

Es dauerte nicht lange, da öffnete sich die Tür, und Jonas trat ein. Jenny stand über eine Kartoffelpfanne gebeugt und drehte sich nicht nach ihm um. «Ihr könnt den Mantel aufs Bett legen», sagte sie beiläufig.

Jonas zog den Überzieher aus und setzte sich gemessen hin. Der Schnürsenkel war sehr sorgfältig und fest geknotet. Nach einer Weile blickte er zum kleinen taubstummen Knaben hinüber, der ihn anlächelte, und er lächelte zurück.

Die Careys blieben bis zum Abend. Dann stellte Jenny eine Kerze ins Fenster, um ihnen auf dem Heimweg zu leuchten.

Im Dorf unten waren die Pfarrerstochter und ihr Verlobter unterwegs zur Kirche, wo sie sich den Christbaum ansehen wollten. Es war bereits dunkel. Sie hielt sich eng an ihn, und dann und wann streifte ihre rosig angehauchte Wange seinen Ärmel. Der Himmel stand voller Sterne, und weitere glommen auf. Da war es, als leuchte plötzlich einer auf der Schattenseite des Berges.

«Schau, dort oben, das ist die Kerze von Weihnachts-Jenny», sagte das Mädchen.

Und es war die Kerze von Weihnachts-Jenny, und war zugleich mehr. Wie alle alltäglichen Dinge hatte es eine besondere Bewandtnis damit, sie war ein Gedicht ihrer selbst, wies über sich hinaus – ein Weihnachtsstern.

## ALPHONSE DAUDET

## DIE DREI STILLEN MESSEN

*Eine Weihnachtsgeschichte*

### I

«Zwei getrüffelte Truthennen, Garrigou?»

«Ja, Ehrwürden, zwei Truthennen, aufs beste mit Trüffeln gefüllt. Ich kann es Euch versichern, denn ich war dabei, als man sie füllte. So straff gespannt war ihre Haut, daß man glauben konnte, sie würde beim Braten platzen.»

«Trüffeln sind mein Leibgericht... Gib mir nur schnell mein Chorhemd, Garrigou... Und was hast du sonst noch in der Küche gesehen?»

«Viele herrliche Dinge... Seit Mittag haben wir Fasanen zurechtgemacht, Wiedehopfe, Haselhühner und Auerhähne... dann brachte man Aale, fette Karpfen, Forellen...»

«Wie groß, die Forellen, Garrigou?»

«So groß, Ehrwürden... ungewöhnlich groß.»

«Mir ist, als sähe ich sie vor mir... Hast du die Kannen mit Wein gefüllt?»

«Ja, aber er ist nicht so fein wie der, den Ihr nach der Mitternachtsmesse zu trinken bekommt... Wenn Ihr den Speisesaal im Schloß seht, gehen Euch die Augen über... Da funkelt Wein in allen Farben, die Teller sind aus Silber, die Aufsätze sind ziseliert, und eine Blumenpracht, und ein Lichterglanz!... Ein richtiges Weihnachtsmahl!... Der

Herr Marquis hat alle Adelsherren der Nachbarschaft eingeladen, wenigstens vierzig, den Amtmann und den Notar... Ihr könnt Euch freuen, Ehrwürden... allein der Trüffeln wegen... oh, wie sie dufteten!»

«Beherrsche dich, mein Kind! Leckerhaftigkeit ist eine Sünde, zumal in der Heiligen Nacht... Zünde die Kerzen an, läute die Messe ein, Mitternacht ist nahe, wir dürfen uns nicht verspäten.»

Diese Unterhaltung zwischen Ehrwürden Dom Balaguère, ehemaligem Prior der Barnabiter, jetzt besoldetem Kaplan der Edlen von Trinquelage, und seinem kleinen Diener Garrigou oder dem, den er dafür hielt – denn ihr müßt wissen, daß an jenem Abend der Teufel die harmlosen Züge Garrigous angenommen hatte, um Ehrwürden zu versuchen und ihn die furchtbare Sünde der Leckerhaftigkeit begehen zu lassen –, die Unterhaltung also fand statt in der Weihnacht des Jahres der Gnade sechzehnhundert soundsoviel. Und während der vermeintliche Garrigou die Glocken der Schloßkapelle in Schwingungen versetzte, legte Ehrwürden in der Sakristei sein Meßgewand an und dachte, sündigen Geistes, an nichts anderes als an getrüffelte Truthennen, an Karpfen und Forellen von beträchtlicher Größe.

Der Nachtwind trug das Lied der Glocken weiter; an den Hängen des Mont Ventoux, von dessen Gipfel die alten Türme von Trinquelage aufragten, flammten Lichter auf. Die Familien der Gutsarbeiter kletterten singend die Hänge hinauf. Sie gingen gruppenweise. Der Vater, die Laterne in der Hand, voran, die Frauen in ihren weiten Mänteln, in denen die Kinder sich versteckten, folgten nach, alle angelockt von der Hoffnung, daß auch ihnen, wie jedes Jahr, der Tisch gedeckt sein würde. In den Küchenräumen natürlich. Von Zeit zu Zeit sahen sie die Spiegelscheiben einer Herrschaftskarosse, begleitet von Fackelträgern, funkeln, oder sie hörten die Glöckchen eines Maultiers, auf dem sie ihren Amtmann erkannten, dem sie einen Gruß zuriefen.

«Guten Abend, Kinder», lautete die Antwort.

Es war eine sternklare, kalte Nacht mit beißendem Nordost und feinem Schnee, der sich auf die Kleider legte, ohne sie zu nässen, und der die Tradition der weißen Weihnacht bewahrte. Das Schloß auf der Höhe mit seinen Giebeln, seinen mächtigen Türmen, dem zum Himmel ragenden Glockenturm seiner Kapelle, der Fülle der Lichter, die aus allen Fenstern schimmerten und den Ankömmlingen ein freundliches Willkommen entgegenstrahlten, war das Ziel, dem die Wanderer zustrebten. Nachdem sie Zugbrücke und Ausfalltor passiert hatten, mußten sie, um zur Kapelle zu gelangen, den ersten Hof überqueren. Dort drängten sich Wagen und wappengeschmückte Sänften, Diener und Kutscher liefen durcheinander, von Fackeln und vom Herdfeuer der Küchen beleuchtet. Man hörte das Anschlagen der Bratspieße, das Klappern der Töpfe, das Klirren der Gläser und silbernen Gefäße, und man roch den verlockenden Duft der Braten und der mit starken Kräutern gewürzten Saucen, der alle, hoch und niedrig, mit freudiger Erwartung des herrlichen Weihnachtsschmauses nach der Messe erfüllte.

II

«Dingelingeling ... Dingelingeling ...»

Die Mitternachtsmesse nimmt ihren Anfang. In der Schloßkapelle, die mit ihren Kreuzbogen, ihrer eichenen, hoch hinauf strebenden Täfelung, ihrem reichen Teppichschmuck, der Fülle ihres Lichterglanzes einer Miniaturkathedrale gleicht, sind viele Menschen versammelt, und eine seltene Kleiderpracht ist zur Schau gestellt. Auf den geschnitzten Stühlen, die den Chor umgeben, sitzt der Schloßherr in lachsfarbenem Taftgewand und um ihn der Kreis der adligen Gäste. Gegenüber, auf den samtbezogenen Betstühlen, sitzen die alte Marquise in feuerrotem Brokat und ihre Schwiegertochter mit hoher, in Falten gelegter Spitzenhaube im Stil der letzten Hofmode. Mehr im Hintergrund haben der Amtmann Thomas Arnoton und der Notar Ambroy ihre Plätze. Beide sind glattrasiert und in schwarzer Kleidung, die den Ernst ihrer Stellung andeutet. Hinter ihnen die wohlbeleibten Haushofmeister, die Pagen, Vorreiter, Bratenspicker, Verwalter und die Dame Barbara mit den ihrer Obhut anvertrauten Schlüsseln am silbernen Ring. Auf den Bankreihen die niedere Dienerschaft, die Zofen und Gutsarbeiter mit ihren Familien, und neben der Pforte, die sie leise öffnen und schließen, die Herren Küchenjungen, die sich hie und da von ihrem Herd wegstehlen, um etwas weihnachtliche Kirchenluft zu atmen und sich mit einem Hauch erlesener Bratendüfte an heiliger Stelle zu revanchieren.

Ist es der Anblick der weißen Mützen, der den

Offizianten so verwirrt? Oder ist es das Glöckchen, das am Fuße des Altars von Garrigou in einer höchst unchristlichen Weise zu einem geradezu rasenden Tempo angetrieben wird, als wollte es mahnend verkünden: «Schneller, schneller! ... Eile tut not ... Je eher wir fertig werden, desto früher kommen wir an die Festtafel!»

Tatsache ist, daß der würdige Geistliche jedesmal, wenn das teuflische Glöckchen klimpert, seine Messe vergißt und nur noch an das Festmahl denkt. Er sieht die Köche um die Herdfeuer hantieren und riecht den Duft, der aus Töpfen und Pfannen steigt und der sich in seiner aufgestachelten Phantasie in zwei feiste, mit Trüffeln gefüllte Truthennen verwandelt. Dann wieder sieht er die Reihen der aufwartenden Pagen, denen er in den Speisesaal folgt, wo die Tafel aufs prächtigste geschmückt ist mit Pfauen im Federkleid, mit Fruchtpyramiden, mit rubinfarbenen Karaffen, mit Fischen, von denen Garrigou wahre Wunder zu berichten wußte. Er sieht sie, diese Fische, mit einem Strauß edler Kräuter im Maul, er sieht sie in all ihrer perlmutternen Pracht und Verlockung, und so lebhaft sind die Visionen, die der Böse dem guten Abbé Balaguère aufzwingt, daß der fromme Gottesmann diese höchst irdischen Dinge auf dem Altar aufgereiht zu sehen glaubt und daß er sich dabei ertappt, statt des *Dominus vobiscum* das *Benedicite* zu sagen. Aber von diesen leichten Entgleisungen abgesehen, versieht er sein heiliges Amt gewissenhaft, ohne eine Zeile zu überspringen oder eine Kniebeugung auszulassen. So verläuft alles ganz gut bis zum Schluß der ersten Messe. Es ist euch wohl bekannt, daß in der Weihnacht der Offiziant drei einander folgende Messen zelebrieren muß?

«Das wäre die erste», sagte er sich, erleichtert aufatmend. Dann gibt er, ohne eine Minute zu verlieren, seinem Sakristan oder dem, den er dafür hält, ein Zeichen, und «Dingelingeling... Dingelingeling...» beeilt sich das Glöckchen zu rufen.

Die zweite Messe beginnt, mit ihr beginnt auch der Sündenfall Balaguères.

«Schnell, schnell!» schreit ihm Garrigous Glöckchen mit seiner hellen Stimme zu, und diesmal stürzt sich der Unglückliche, von den Dämonen der Gefräßigkeit besessen, auf das *Missale* und haspelt die Seiten herunter, um nur möglichst schnell fertig zu werden. In rasendem Tempo neigt er sich nieder, richtet sich auf, deutet das Zeichen des Kreuzes an, beugt kaum das Knie, kürzt alle diese heiligen Gesten in unerlaubter, ja geradezu frivoler Weise ab. Kaum, daß er die Arme ausbreitet, sich beim *Confiteor* auf die Brust schlägt. Zwischen ihm und seinem Sakristan entspinnt sich ein wahres Wettrennen von Vers- und Antwortgesang. Halbe Worte, hervorgestoßen aus kaum geöffnetem Mund, werden zu einem unverständlichen Gestammel lateinischer Brocken, die wie Spritzer durch den Raum fliegen.

Nicht ein Wort ist richtig zu verstehen, die beiden Zwiesänger überbieten einander in ihrem zur Sinnlosigkeit werdenden Gelall, und das verdammte Glöckchen klingt ihnen wie Peitschenhiebe in den Ohren und treibt sie vorwärts wie die Schellen die Postpferde. Kein Wunder, daß eine stille Messe in diesem Tempo bald absolviert ist.

«Nummer zwei», sagt sich der erschöpfte Priester, stolpert, außer Atem und roten Kopfes, die Altarstufen hinunter, und «Dingelingeling... Dingelingeling...» beginnt das Spiel von neuem. Die dritte Messe! Der Speisesaal rückt immer näher, aber je näher er rückt, desto fester hält der Dämon der Freßgier den unglücklichen Balaguère in seinen Klauen. Die Vision wird immer deutlicher, immer lockender, die getrüffelten Truthennen sind zum Greifen nahe. Er kann sie berühren, der Duft des Weins steigt ihm in die Nase... das Glöckchen treibt zu immer größerer Schnelligkeit.

Aber wie soll er sich noch mehr beeilen? Seine Lippen bewegen sich in so fliegender Hast, daß sie sowieso schon kein Wort mehr bilden können... Er müßte den lieben Gott geradezu betrügen, ihm die ganze Messe unterschlagen... und das tut der arme Sünder!

Er überspringt erst einen Vers, dann zwei, und da die Epistel zu lang ist, beendet er sie nicht, berührt kaum das Evangelium, geht am *Credo* vorüber, läßt das Vaterunser aus und jagt so, Hals über Kopf, in die ewige Verdammnis hinein, begleitet von dem infamen Garrigou – weiche von mir, Satanas! –, der ihn mit erstaunlicher Anpassung unterstützt, beim Umblättern immer zwei Seiten auf einmal nimmt, das Pult umwirft, die Meßkännchen ausschüttet und dabei wie ein Wahnsinniger das Glöckchen in Bewegung setzt.

Die Gläubigen machen entsetzte Gesichter. Gezwungen, der Messe am Mienenspiel des Pfarrers zu folgen, da sie nicht ein einziges Wort verstehen, erheben sich die einen von den Plätzen, während die anderen niederknien, oder sie setzen sich, während die anderen stehen. In allen Phasen dieser eigenartigen Messe herrscht die heilloseste Verwirrung. Der Nordstern auf seiner Himmelsbahn, die über dem kleinen Stall endet, erbleicht vor Entsetzen, da er ihr Zeuge wird.

«Der Abbé läuft uns davon, es ist unmöglich, ihm zu folgen», flüstert die alte Marquise, ihre Haube schüttelnd.

Und Meister Arnoton sucht, die große Stahlbrille auf der Nase, in seinem Gebetbuch die Stelle, die jetzt an der Reihe ist. Aber er kann sie nicht finden. Um der Wahrheit die Ehre zu geben, ist zu bemerken, daß all die guten Leute, die mit ihren Gedanken schon längst beim Weihnachtsmahle sind, das Tempo begrüßen. Und als Dom Balaguère der Gemeinde mit strahlendem Gesicht und aus allen Kräften sein *Ite, missa est* zuruft, antwortet sie ihm einstimmig ihr *Deo gratias* in so fröhlichem Ton, als säße sie schon an der Tafel und jubelte dem ersten Trinkspruch zu.

III

Kaum fünf Minuten waren vergangen, da saß die Schar der adligen Gäste bereits im Speisesaal, in ihrer Mitte der Schloßkaplan. Das im Lichterglanz strahlende Schloß hallte wider von Gesang, Lachen und lauten Tischgesprächen, und der ehrwürdige

Priester spießte ein halbes Haselhuhn auf seine Gabel und spülte die Gewissensbisse über die begangene Sünde mit großen Mengen Weins edler Marken hinunter. Ja, es muß leider gesagt werden, daß der heilige Mann Speise und Trank so unermüdlich und so unersättlich zusprach, daß er des Nachts eines zwar plötzlichen, aber doch qualvollen Todes starb, ohne die Zeit zur Reue zu finden. Als er des Morgens gen Himmel schwebte, war der Nebel des nächtigen Treibens noch nicht von ihm gewichen. Man kann sich vorstellen, wie er empfangen wurde.

«Aus meinen Augen, schlechter Christ», sagte der Oberste Richter, unser aller Herr. «Die Schuld, die du begangen, ist so schwer, daß sie ein tugendhaft verbrachtes Leben aufwiegt... Du hast mir eine nächtliche Messe gestohlen, dafür wirst du mich mit dreihundert Messen entschädigen, und der Zugang zum Paradies wird dir erst gewährt werden, wenn du im Beisein aller, die mitgesündigt haben, diese dreihundert Weihnachtsmessen in deiner Kapelle zelebriert haben wirst.»

*

So lautet die wahrhafte Legende um Dom Balaguère, wie sie im Lande der Oliven von Mund zu Mund geht. Heute gibt es das Schloß derer von Trinquelage nicht mehr, aber die Kapelle steht noch immer, inmitten von Eichbäumen, oben auf dem Mont Ventoux. Der Wind rüttelt an ihrer lose hängenden Tür, und Unkraut überwuchert ihre Schwelle. Vögel nisten um den Altar und unter den Gesimsen der hohen Fenster, deren Glasmalereien längst verschwunden sind. Aber es heißt, daß alljährlich in der Weihnacht ein unirdisches Licht durch die Ruine irrt und daß die zur Mitternachtsmesse pilgernden Landleute die gespenstige Kapelle von unwirklichen Kerzen erleuchtet sehen, denen Schnee und Wind nichts anhaben können ... Man mag darüber lachen, wenn man will, aber ein Weinbauer namens Garrigue, ohne Zweifel ein Nachkomme Garrigous, hat mir folgendes Erlebnis berichtet und versichert, daß es sich in Wahrheit zugetragen hat.

An einem Weihnachtsabend hatte er sich, etwas umnebelt, in der Nähe von Trinquelage verirrt. Bis elf Uhr geschah nichts. Alles war still, leblos, wie ausgelöscht. Plötzlich aber, gegen Mitternacht, klang Geläut vom Glockenturm, es klang, als käme es aus zehn Meilen Entfernung und als wären die Glocken uralt und gesprungen. Dann sah Garrigue auf dem Wege, der nach oben führt, zitternden Lichtschein um körperlose Schatten. Gespenstige Wesen gingen auf die Kapelle zu, traten in den Vorraum und flüsterten: «Guten Abend, Meister Arnoton.»

«Guten Abend, Kinder», flüsterte es zurück.

Als der Schattenzug in der Kapelle verschwunden war, trat der Weinbauer, der ein beherzter Mann war, näher und erblickte, als er hineinsah, ein seltsames Schauspiel. Die Körperlosen saßen in den Trümmern des Kirchenschiffs um den Chor herum, obwohl doch Bänke und Stühle gar nicht mehr vorhanden waren. In Brokat gekleidete Damen mit Spitzenhauben, Herren in erlesener Festtracht, Bauern in Kleidern, wie sie unsere Vorväter trugen, saßen da, und alle wirkten alt, verwelkt, erschöpft und wie mit Staub bedeckt. Von Zeit zu Zeit flogen Nachtvögel, die in der Ruine nisteten, vom Lichtschein erweckt, auf und flatterten um die Kerzen, die brannten, als stünden sie hinter Gazeschleiern. Besonderes Interesse nahm Garrigue an einer bestimmten Persönlichkeit mit großer Stahlbrille, die unablässig den mit einer Perücke bedeckten Kopf schüttelte. Der Grund war, daß sich einer der Vögel im Haar verfangen hatte und sich flügelschlagend zu befreien suchte.

Vor dem Chor kniete ein Greis von kindlicher Gestalt und schwang verzweifelt eine Glocke, die nicht tönte, während ein Priester am Altar wortlose Gebete sprach. Ohne Zweifel war es Dom Balaguère, der, seine Strafe abbüßend, die Weihnachtsmesse zelebrierte.

KATE CHOPIN

## MADAME MARTELS WEIHNACHTSABEND

Madame Martel war allein im Haus. Selbst die Bedienten hatten sie unter dem einen oder andern Vorwand verlassen. Es war einerlei, alles egal.

Sie war eine grazile, blonde Frau und ganz in Trauer gekleidet. Als sie so dasaß, ins Kaminfeuer schaute, in der Hand einen alten Brief hielt, den sie wiedergelesen hatte, wurde ihr ohnehin schwermütiger Gesichtsausdruck durch unmittelbare, lebhafte Erinnerungsbilder noch zerquälter. Tränen stiegen ihr unaufhörlich in die Augen, und sie tupfte sie ohne Unterlaß mit einem schwarz eingefaßten batistenen Taschentuch ab. Von Zeit zu Zeit wandte sie sich dem Tisch neben ihr zu, zog unter einem Stapel Briefe eine alte Photographie hervor, betrachtete selbstvergessen mit verweinten Augen das Bild und drückte die Schluchzer hinunter, die sie mit dem auf den Mund gepreßten, schwarz umrandeten Taschentuch zurückzuhalten suchte.

Der Raum, in dem sie sich aufhielt, wirkte mit dem offenen Kamin und der eleganten traditionellen Möblierung, die von Geschmack wie von Wohlbehagen und Wohlstand zeugte, freundlich. Über dem Kamin hing das Portrait eines sympathischen, gutaussehenden Mannes in der Blüte seiner Jahre.

Aber Madame Martel war allein. Nicht nur die Dienstboten, auch ihre Kinder waren fort. Anstatt die Festtage zu Hause zu verbringen, hatte Gustave die Einladung eines College-Freundes angenommen, über die Weihnachtstage nach Assumption zu fahren, denn er wußte, daß es seine Mutter zu dieser Zeit vorzog, allein zu bleiben, und respektierte diesen Wunsch.

Adélaïde, seine ältere Schwester, war wie üblich drüben an der Iberville Street, um mit der Familie von Onkel Achille zu feiern, bei der es jahraus, jahrein ausgelassen zuging. Und sogar die kleine Lulu war glücklich, einige Tage der beklemmenden Atmosphäre zu entrinnen, die mit jedem Advent bei ihnen zu Hause einkehrte.

Madame Martel gehörte zu jenen Frauen – keine Seltenheit unter den Kreolinnen –, die in ihrem Schmerz völlig aufgingen. Die meisten Leute fanden es seltsam ergreifend, daß sie seit dem Tod ihres Gatten vor sechs Jahren Trauer trug und bisher nicht die Absicht gehabt hatte, sie abzulegen.

Mehr als eine Frau hatte denn auch heimlich beschlossen, im Falle eines vergleichbar schmerzlichen Verlustes ihr eigenes Witwendasein ganz nach diesem Muster zu modeln. Und manch ein Mann war der Ansicht, dem Tod wäre halb der Stachel genommen, wenn er die Gewißheit in den Tod mitnehmen könnte, so getreulich, so unerschütterlich betrauert zu werden, wie Madame Martel ihren verstorbenen Gatten betrauerte.

Vor allem zur Weihnachtszeit überließ sie sich rückhaltlos ihren peinigenden Erinnerungen und gab sich einem geradezu trunkenen Schmerz hin. Denn ihr Gatte war von fröhlicher Wesensart gewesen – die Kinder schlugen ihm nach –, und oft hatte sie den Eindruck gehabt, ihm sei Weihnachten vor allem als Vorwand willkommen, um seinem eigenen jungenhaften Übermut freien Lauf zu lassen. Tausend Bilder auferstanden vor ihrem geistigen Auge. Sie konnte wieder sein strahlendes Gesicht sehen, sein schallendes Lachen hören, wenn er sich in die Glückseligkeit der Kinder teilte am Weihnachtstag, der nach und nach seine Freuden offenbarte.

Im Zimmer war es jetzt schwül geworden, denn draußen war es keineswegs kalt – kaum kalt genug für das Feuer, das im Kamin prasselte. Madame Martel stand auf und schenkte sich ein Glas Wasser ein. Sie hatte einen ausgetrockneten Mund, und der Kopf begann zu schmerzen. Der Krug war schwer, und beim Eingießen zitterte ihre schmale Hand ein wenig. Sie ging im Schlafzimmer ein sauberes trockenes Taschentuch holen und erfrischte sich das erhitzte, gerötete Gesicht, indem sie es leicht mit *poudre de riz* betupfte.

Sie war tiefbewegt und benommen. Sie hatte in Gedanken so beharrlich bei ihrem Gatten verweilt, daß es ihr war, er müsse bei ihr im Haus sein. Es war ihr, als habe sich das Rad der Zeit rückwärts gedreht und ihr wiedergegeben, was ihr Rechtens zustand. Ginge sie jetzt ins Spielzimmer hinüber, sie würde den in Kerzenglanz erstrahlten Christbaum vorfinden, gerade wie an jener letzten Weihnacht, da er noch unter ihnen weilte. Ja, er würde dort sein und die kleine Lulu in den Armen halten. Sie konnte beinah ihre Stimmen und das Trippeln der Füßchen hören.

Nun schlug sich Madame Martel, auf der die Erinnerungen zum Ersticken schwer lasteten, einen leichten Schal um die Schultern und trat auf die Galerie hinaus, wobei sie die Balkontür halb offen ließ. Fahles Mondlicht, das eher einem geheimnisvollen Schleier glich, hüllte die Landschaft ein. Durch den wildwuchernden üppigen Garten hindurch konnte sie die Lichter der nahen Stadt sehen. Von irgendwo her erreichten sie Fetzen von Musik, gelegentlich ein freudiges Jauchzen, Lachsalven; jemand blies unweit hingegeben auf einem Horn.

Langsam und mit gleichförmigen Schritten ging sie auf und ab. Am Ende der Galerie, gegen Süden hin, wo an überhängenden Ranken Rosen blühten, die der Frost bis anhin verschont hatte, hielt sie inne, blieb stehen und schaute in die dunklen Tiefen der Nacht, die ihr als ein Abbild ihres eigenen Daseins vorkam. Ihr tiefer Gram von ehedem war gewichen, aber ein Gefühl unendlicher Einsamkeit hatte sich auf ihre Seele herabgesenkt.

Ihr Gatte war für immer von ihr gegangen, und jetzt schienen gar die Kinder wegen mangelnder Zuwendung ihr allmählich zu entgleiten. Vielleicht lag das in der Natur der Dinge; sie vermochte es nicht zu sagen; es war kaum zu ertragen, und plötzlich begann ihr Herz wild zu schlagen und nach der Gesellschaft eines Menschen zu dürsten – danach zu verlangen, Liebe zu schenken.

Lulu war nicht weit, am andern Ende der Stadt,

etwa eine Meile entfernt. Sie war bei alten Freunden ihrer Mutter in einem großen gastlichen Haus voller Kinder und voller Überraschungen für die Festtage.

Als sie sich vergegenwärtigte, wie leicht erreichbar Lulu war, überkam Madame Martel der Wunsch, ihre Tochter zu sehen, die Jüngste wieder bei sich zu haben. Sie wollte sich selber unverzüglich auf den Weg machen und Lulu zurückholen und fragte sich, wie in aller Welt sie es dem Kind hatte erlauben können, sie zu verlassen.

Diesem innern Antrieb augenblicklich folgend, stürzte Madame Martel die Treppe hinunter und durch die von großen Magnolien gesäumte Gartenallee hinaus auf die Straße. Sie hatte eine gute Strecke auf einem verlassenen Weg zurückzulegen, doch ängstigte sie sich nicht; meilenweit im Umkreis kannte sie jede Seele und fürchtete nicht, belästigt zu werden.

Der Mond schien jetzt heller. Der leichte Nebel hatte sich verzogen, und sie konnte alles rundum klar erkennen: dort, wenige Meter weiter vorn, der mit Brettern belegte Weg; hier das keilförmige Baumwollfeld, an dem sie vorbei mußte und auf dem noch die mageren, dürren Stauden mit vereinzelten zerrupften Baumwollbauschen standen; dahinter, eine Meile entfernt, fuhr ein Zug den Waldrand entlang. Sie konnte ihn nicht hören, wohl aber die schnell vorübergleitende Linie von Lichtern vor dem Hintergrund des dunklen Waldes sehen.

Madame Martel hatte sich jetzt den schwarzen Schal über den Kopf gezogen und glich einer zierlichen Nonne, die in der mondhellen Nacht daherschritt. Einige verspätete Reisende unterwegs zum Bahnhof traten zur Seite, und das Witzeln und Lachen verstummte, als sie an ihnen vorüberging. Man respektierte sie als eine Art geheimnisvolles Wesen; als etwas Unerklärliches, das sehr ernst zu nehmen war.

Der alte Wisdom machte einen tiefen Bückling, als er von den Planken einen Schritt hinunter trat, um ihr den Vortritt zu gewähren. Er hatte seine Frau bei sich und zog sein Großkind Tildy hinter sich her, das willig Hand in Hand mit ihm ging. Sie waren auf dem Weg zum Bahnhof, um Tildys Mama abzuholen, die heraufgekommen war, um mit ihnen in der Hütte drüben am Rande des Bayou Weihnachten zu feiern.

Durch die offene Haustür eines ärmlichen Hauses hörte sie jemand auf der Geige kratzen und Leute tanzen. Die Musik verletzte ihr feines, musikalisches Ohr, und sie beschleunigte ihren Schritt. Ein Gefährt mit einer ganzen Gesellschaft bog zu einer Mondscheinfahrt in die Landstraße ein. In der Stadt selbst herrschte noch recht viel Betrieb: man begrüßte und verabschiedete sich unter Türen, auf Treppen und Balkonen. Die Luft schien von freudiger Aufregung erfüllt.

Als Madame Martel das große Haus am andern Ende der Stadt erreichte, ging sie geradewegs auf die Tür zu und trat nach einem sachten Anklopfen, das beim lebhaften Stimmengewirr im Innern unmöglich vernommen werden konnte, ein.

Da stand sie nun auf der Schwelle zur geräumigen Eingangshalle, die zum Bersten voll war. Laternen hingen von den mächtigen Deckenbalken herab, die getünchten Wände waren mit Zedernzweigen und Misteln geschmückt. Jemand spielte auf dem Klavier eine beschwingte Melodie, der niemand weiter Beachtung schenkte außer zwei Klosterschülerinnen, die in einer Ecke zusammen Walzer tanzten und damit ihre liebe Mühe hatten. Ältere Damen und Herren schienen alle gleichzeitig zu reden. Eine junge Mutter, die sich das Fest nicht entgehen lassen wollte, versuchte bei dem Lärm vergeblich, ihren Säugling in den Schlaf zu wiegen. Einige Negerjungen lehnten gegen die Wand; ein jeder hielt fest eine Orange in der Hand, die ihm geschenkt worden war. Am deutlichsten aber konnte man die schwatzenden und lachenden Kinder heraushören, und als Madame Martel unter der Tür aufgetaucht war, ließ Lulu mit glühenden Wangen und glänzenden Augen in der Mitte des Raumes eben einen Teller zwirbeln.

«*Tiens!* Madame Martel!»

Mit dem Ausruf: «*Tiens! Un revenant* – ein Geist aus dem Jenseits!» wäre bei den Gästen keine augenblicklich ernüchterndere Wirkung zu erzielen gewesen. Das Klavierspiel erstarb; die Klosterschülerinnen hörten zu tanzen auf, die Erwachsenen verstummten, und den jungen Leuten verging das Lachen; nur den Teller mitten auf dem Fußboden schien es nicht zu berühren, und er fuhr fort zu kreiseln.

Doch die Verblüffung, der Schreck war nur von kurzer Dauer. Schon überfiel man Madame Martel überschwenglich mit Willkommensgrüßen, und ein jeder bestürmte sie: sie solle den Schal ablegen, solle sich setzen und den Säugling angucken, eine kleine Erfrischung zu sich nehmen.

«Nein, nein», sagte sie in einem leicht mißbilligenden Ton. Sie bitte um Verzeihung ... sie sei nur gekommen, um ... wegen Lulu. Das Kind habe am Morgen vor der Abreise etwas gekränkelt. Sie habe gedacht, es wäre vernünftiger, Lulu zurückzuholen, und hoffe, sie werde sich nicht sträuben.

Ein wahrer Proteststurm brach los! Und Lulu: ein Bild der Verzweiflung. Das Kind war zu seiner Mutter gelaufen und hatte sich bettelnd an sie gehängt, als gelte es, das Leben zu erflehen.

«Natürlich erlaubt dir deine Mama zu bleiben, jetzt, da sie mit eigenen Augen sehen kann, daß du wohlauf bist und dich amüsierst», versicherte ihr eine vertrauenerweckende korpulente alte Dame mit einem Talent, brenzlige Situationen zu retten. «Deine Mama kann unmöglich so egoistisch sein.»

«Egoistisch!» Daran hatte sie nun wirklich nicht gedacht: lieber wollte sie auch unermeßliches Leid ertragen als auf Kosten anderer ihre selbstsüchtigen Wünsche durchsetzen.

Sicher, Lulu dürfe bleiben, wenn sie wolle; und sie drückte ihr Kind zum Abschied innig an sich. Aber sie selber ließ sich keine Minute länger aufhalten und lehnte es ab, nach Hause begleitet zu werden. Sie ging, wie sie gekommen war – allein. Kaum hatte Madame Martel der Gesellschaft den Rücken gekehrt, hörte sie, daß die Stimmung wieder aufkam. Das Klavier begann alsbald zu klimpern, und der Lärm erhob sich von neuem.

Der einfache und an sich natürliche Entscheid des Kindes, bei seinen Spielgefährten bleiben zu wollen, gewann auf dem Heimweg in Madame Martels Augen irgendwie einen tragischen Aspekt. Es war nicht so sehr die Tatsache an sich, als die Bedeutung, welche dieser Tatsache zukam. Sie glaubte, die Liebe aus ihrem Leben verbannt zu haben, und wiederholte unaufhörlich vor sich hin: «Ich habe die Liebe verbannt, ich habe sie verbannt.» Und zugleich wähnte sie sich von ihrem geliebten toten Gatten dafür gerügt, daß sie nicht ausschließlich im liebevollen Andenken an ihn Trost suchte und Erleichterung erhoffte.

Es drängte sie jetzt heim zu ihren zerlesenen Briefen, zu ihren Gedanken und Tränen. Wie er, und nur er, sie in ihrem Wesen ganz verstanden hatte; es war ihr, als verstehe er sie in diesem Augenblick, als sei er hier und jetzt bei ihr, da sie durch die Nacht lief, zurück in ihr verlassenes Haus.

Madame Martel hatte, bevor sie ausging, im Salon, wo sie sinnend über ihren alten Briefen gesessen hatte, die Flamme der Tischlampe heruntergeschraubt. Jetzt, da sie die Stufen zum Haus hochstieg, schien ihr der Raum heller als nur von der sterbenden Glut im Kamin beleuchtet zu sein, und sie warf beim Fenster, das auf die Galerie ging, einen Blick hinein.

Sie stieß keinen Schrei aus bei dem, was sie sah. Ein Schreck durchfuhr sie; ihr ganzer Körper verkrampfte sich, und sie tastete blindlings beim Fensterpfosten nach einem Halt. Sie sah, daß die Flamme unter dem Lampenschirm höher gestellt und die Glut zwischen den Feuerböcken zu einem schwach glimmenden Haufen zusammengesun-

DIE FLUCHT NACH ÄGYPTEN

(Matthäus 2,13–15)

ken war. Und dort, vor dem Kamin, in ihrem eigenen Fauteuil saß ihr Gatte. Wie sie ihn wiedererkannte!

Sein Gesicht konnte sie nicht sehen, aber das eine Bein streckte er zum Feuer hin, den Kopf hielt er leicht geneigt und betrachtete reglos irgendeinen Gegenstand in seiner Hand.

Sie schloß die Augen; sie wußte, wenn sie sie wieder öffnete, würde das Traumbild verschwunden sein. Jede Geschichte, die sie je über optische Täuschung gehört hatte, schoß ihr durch den Kopf; alle Tricks, mit denen ein überreiztes Hirn den Menschen zu narren geneigt ist.

Sie wußte, daß sie mit den Nerven am Ende, aus dem Gleichgewicht gewesen und dies nun die Rache ihrer Sinne war: *sie* brachten ihr diese Vision ihres Gatten. Wie vertraut war ihr seine Kopfhaltung, die Stellung des Armes, die Schulter. Und wenn sie die Augen öffnete, würde er nicht mehr da sein, der Sessel würde wieder leer dastehen. Sie drückte die Hände fest auf die Augen – und sah wieder hin.

Der Sessel war nicht leer! Er saß noch dort, hatte das Gesicht nun ganz von ihr abgewendet und auf den Tisch gerichtet, und eine Hand ruhte auf dem Bündel Briefe. Welch vielsagende Geste!

Madame Martel sammelte sich, riß sich zusammen: «Ich werde verrückt», stammelte sie heiser, «ich sehe Geister.»

Es fiel ihr nicht ein, um Hilfe zu schreien. Hilfe? Wozu? Sie wußte, daß die Hausangestellten ausgegangen waren, und selbst wenn sie dagewesen wären, hätte sie es nicht gewagt, sich in ihrer, wie sie glaubte, krankhaften Gemütsverfassung einem Unwissenden, Uneinfühlsamen anzuvertrauen.

«Ich gehe jetzt hinein», beschloß sie, «lege meine Hand auf... die Schulter; und es wird vorübergehen, der Wahn wird vorbei sein.»

In ihrer Phantasie durchlebte sie im voraus mit jeder Faser, wie sie ihre Hand auf ein sichtbares, unkörperliches Etwas legte, das dahinschmelzen, sich wie Rauch vor ihren Augen verflüchtigen würde. Ein Schauder durchrieselte sie von Kopf bis Fuß.

Als sie lautlos als dunkle Gestalt in das Zimmer glitt, glich Madame Martel mit ihrem luftigen, feinen Haar, ihren weit aufgerissenen, angsterfüllten blauen Augen weit mehr einem Spuk als die lebensvolle Person in ihrem Fauteuil vor dem Kamin.

Sie kam nicht dazu, ihre Hand auf die Schulter des gespenstischen Besuchers zu legen. Bevor sie beim Sessel angelangt war, hatte er sich umgedreht. Sie taumelte; er sprang auf und schloß sie in die Arme.

«Mutter, Mutter! Was ist? Wird dir übel?» Er küßte sie aufs Haar, auf die Stirn und schloß die Augen.

«Warte, Gustave, gleich wird mir wieder besser.» Sie war totenbleich vor Schreck. Er führte sie zur Liege, holte ein Glas Wasser und setzte sich zu ihr.

«Ich Idiot!» rief er. «Ich wollte dich überraschen und hätte dich damit beinah in eine Ohnmacht gestürzt.» Sie sah ihn voller Zärtlichkeit an, aber aus irgendeinem Gefühl heraus erzählte sie ihm den wahren Grund ihrer Benommenheit nicht.

Wie freute sie sich, ihn zu sehen – ihren großen Sohn von neunzehn Jahren. Wie sehr er seinem Vater in diesem Alter glich! Zu der Zeit, als die Photographie von ihm gemacht wurde; jenes Bild, über dem sie geweint hatte und das Gustave anschaute, als sie ihn im Salon sitzen sah.

«Bist du mit dem Abendzug gekommen, Gustave?» fragte sie ihn gelassen.

«Ja, erst vor kurzem. Ich fand – ach, ich hatte genug von Assumption – noch vom letzten Jahr her. Und es gibt im Grunde nichts Schöneres, als Weihnachten zu Hause zu verbringen.»

«Du hast gefühlt, daß ich dich herbeisehnte, Gustave. Gestehe es, du hast es gefühlt.» Madame Martel hätte gern etwas Telepathie, Übersinnliches – kurz, Okkultistisches daran entdeckt.

«Nein. Es war reiner Egoismus, Mutter. Ich weiß, daß du diese Tage lieber allein verbringst», sagte er in jenem Ton verhaltenen Respekts, den alle annahmen, wenn von Madame Martels Trauer die Rede war. «Ich bin gekommen, weil ich nicht anders konnte, weil ich es nicht aushielt, fort zu sein. Ich wollte dich sehen, bei dir sein, Mutter.»

«Gustave, du weißt, es wird hier zu Hause nicht lustig zugehen», sagte sie und rückte näher zu ihm hin.

«Nun, wenn wir nicht lustig sein können, kann uns nichts daran hindern, froh zu sein, Mama.»

Und sie war sehr, sehr froh, als sie ihre Wange an seinen rauhen Jackenärmel schmiegte und seinen herzlichen festen Händedruck spürte.

## JULES SUPERVIELLE

### DER OCHS UND DER ESEL IM STALL ZU BETHLEHEM

Auf der Straße nach Bethlehem trug der von Joseph geführte Esel die Jungfrau Maria: sie war keine schwere Last, so ausschließlich war sie mit der Zukunft in ihrem Schoße beschäftigt.

Der Ochse kam hinterdrein, ganz für sich alleine.

Als sie die Stadt erreicht hatten, begaben die Reisenden sich in einen verlassenen Stall, und Joseph machte sich sogleich an die Arbeit.

«Wie erstaunlich sind doch diese Menschen», dachte der Ochse bei sich. «Sieh mal einer an, was die mit ihren Händen und Armen alles zuwege bringen. Das ist wahrhaftig mehr wert als unsere Hufe und unsere Fesseln. Und unser Herr ist einfach unübertrefflich, wenn es sich darum handelt, zu basteln und Sachen herzurichten, das Krumme geradezubiegen und das Gerade zu krümmen, ohne Bedauern noch Schwermut alles Erforderliche zu tun.»

Joseph geht hinaus, kommt jedoch schon gleich wieder und trägt auf seinem Rücken Stroh herbei, aber was für ein Stroh, so kräftig und durchsonnt, daß es schon der Ansatz zu einem Wunder ist.

«Was wird denn da vorbereitet?» fragt sich der

Esel. «Es sieht so aus, als machten sie ein kleines Kinderbett.»

«Heute nacht werden wir euch vielleicht nötig haben», sagt die Jungfrau zum Ochsen und zum Esel.

Die Tiere schauen sich lange an und bemühen sich, zu verstehen, dann legen sie sich nieder.

Eine schwerelose Stimme, die jedoch eben den Himmel durchquert hat, weckt sie bald auf.

Der Ochs erhebt sich, stellt fest, daß in der Krippe ein nacktes Kind liegt, das schläft, und beginnt es genau und methodisch mit seinem Atem zu wärmen, ohne irgend etwas zu vergessen.

Die Jungfrau dankt ihm mit einem lächelnden Blick.

Beschwingte Wesen kommen und gehen und geben vor, die Wände gar nicht zu bemerken, die sie mit solcher Leichtigkeit durchqueren.

Joseph kehrt mit Windeln zurück, die eine Nachbarin geliehen hat.

«Es ist wunderbar», sagt er mit seiner Zimmermannstimme, die in Anbetracht der Umstände ein wenig zu laut dröhnt. «Es ist Mitternacht, und doch ist es taghell. Und es hat drei Sonnen statt einer. Aber sie suchen zusammenzukommen.»

Im Morgengrauen erhebt sich der Ochse; er setzt seine Hufe behutsam auf, weil er fürchtet, das Kind zu wecken, eine himmlische Blüte zu zertreten oder einem Engel weh zu tun. Wie wunderbar schwierig doch alles geworden ist!

Nachbarn kommen, um Jesus und die Jungfrau zu besuchen. Es sind arme Leute, die nichts zu schenken haben außer ihrem strahlenden Gesicht.

Dann kommen andere, die Nüsse bringen, eine kleine Flöte.

Der Ochs und der Esel drücken sich ein wenig auf die Seite, um den Durchgang freizugeben, und fragen sich, welchen Eindruck sie selber wohl auf das Kind machen werden, das sie noch nicht erblickt hat. Es ist eben aufgewacht.

«Wir sind keine Ungeheuer», sagt der Esel.

«Aber verstehst du, mit unserer Gestalt, die so gar nicht wie seine ist oder wie die seiner Eltern, könnten wir es erschrecken.»

«Die Krippe, der Stall und sein Dach mit den Balken haben auch nicht seine Gestalt, und doch haben sie es nicht erschreckt.»

Aber der Ochse war nicht überzeugt. Er dachte an seine Hörner und sagte sich sinnend: «Es ist wirklich sehr hart, daß man sich denen, die man am meisten liebt, nicht nähern kann, ohne bedrohlich zu wirken. Ich muß immer auf der Hut sein, um niemanden zu verletzen; dabei liegt es mir von Natur aus fern, Menschen oder Dingen gegenüber ohne schwerwiegenden Grund ausfällig zu werden. Ich bin kein Schädling und kein giftiges Wesen. Aber wo immer ich hingehe, sind meine Hörner sogleich ebenfalls zur Stelle, und ich wache mit ihnen auf, und sogar wenn ich vor Schlaf umfalle und mich in Dunst auflöse, sind die beiden Spitzigen da, die beiden Harten, und lassen mich nicht in Ruhe.»

Der Ochse wurde von großem Schrecken gepackt, als er daran dachte, wie sehr er sich dem Kind genähert hatte, um es zu wärmen. Und wenn er es aus Versehen mit einem Horn gestoßen hätte!

«Du darfst dich dem Kind nicht zu sehr nähern», sagte der Esel, der die Gedanken seines Gefährten erraten hatte. «Laß es dir nicht im Traum einfallen, denn du könntest es verletzen. Außerdem könntest du ein wenig von deinem Geifer, den du nie recht zurückhältst, auf das Kind tropfen lassen, und das wäre unappetitlich. Überhaupt, warum sabberst du eigentlich so, wenn du glücklich bist? Behalte das doch für dich. Du brauchst es nicht aller Welt zu zeigen.»

(Schweigen des Ochsen.)

«Ich hingegen will ihm meine beiden Ohren darbringen. Die bewegen sich, verstehst du, die wackeln in allen Richtungen, die haben keine Knochen und fühlen sich weich an. Sie flößen Furcht ein und beruhigen gleichzeitig. Genau was es braucht, um ein Kind zu belustigen, und zudem lehrreich für sein Alter.»

«Ja, ich verstehe, ich habe nie das Gegenteil behauptet. Ich bin schließlich kein Idiot.»

Aber da der Esel wirklich allzu befriedigt dreinschaute, fügte der Ochse hinzu: «Aber laß es dir nicht einfallen, ihm ins Gesicht zu iahen. Du würdest es umbringen.»

«Einfaltspinsel!» sagte der Esel.

Der Esel steht zur Linken der Krippe und der Ochse zur Rechten, an dem Platz, den sie im Augenblick der Geburt Jesu einnahmen und den der Ochse, der auf eine gewisse Förmlichkeit hält, besonders bevorzugt. Unbeweglich und ehrfürchtig verharren sie stundenlang so, als stünden sie irgendeinem unsichtbaren Maler Modell.

Das Kind schließt die Augenlider. Es möchte schnell wieder einschlafen. Ein leuchtender Engel erwartet es ein paar Schritte hinter dem Schlaf, um etwas mitzuteilen oder vielleicht auch etwas zu fragen.

Der Engel tritt ganz leibhaftig aus Jesu Traum und erscheint im Stall. Nachdem er sich vor dem eben Geborenen verneigt hat, malt er einen sehr reinen Nimbus um seinen Kopf. Und dann einen für die Jungfrau und einen dritten für Joseph. Dann entfernt er sich im blendenden Glanz von Flügeln und Federn, deren sich unablässig erneuerndes und rauschendes Weiß an das der Gezeiten erinnert.

«Für uns gibt es keinen Nimbus», stellt der Ochse fest. «Sicher hat der Engel seine Gründe. Wir sind zu gering, der Esel und ich. Und zudem, was haben wir schon getan, um diesen Heiligenschein zu verdienen?»

«Du hast einmal sicher nichts getan, aber du vergißt, daß ich die Jungfrau getragen habe.»

Der Ochse denkt bei sich: «Wie ist es nur möglich, daß die so liebliche und so leichte Jungfrau dieses schöne Kindlein in sich barg?»

Aber vielleicht hat er laut gedacht. Denn der Esel antwortete ihm: «Es gibt eben Dinge, die du nicht verstehen kannst.»

«Warum sagst du immer, daß ich nichts verstehe? Ich habe länger gelebt als du. Ich habe in den Bergen gearbeitet, in den Ebenen und nahe am Meer.»

«Darum geht es nicht», versetzt der Esel.

Und dann: «Es ist nicht nur der Nimbus. Ich bin sicher, Ochse, daß du gar nicht bemerkt hast, in was für einer Art wunderbarem Staub das Kind badet, oder eigentlich ist es etwas Besseres als Staub.»

«Es ist viel zarter», sagt der Ochse. «Es ist wie ein Licht, ein goldener Dunst, der von dem kleinen Körper ausgeht.»

«Gewiß, aber das sagst du jetzt, um den Anschein zu erwecken, du hättest ihn gesehen.»

«Hatte ich ihn etwa nicht gesehen?»

Der Ochse zieht den Esel in eine Ecke des Stalls, wo der Wiederkäuer zum Zeichen der Anbetung ein Zweiglein ausgelegt und sinnreich mit Strohhalmen umrahmt hat, die trefflich die Ausstrahlung des göttlichen Fleisches darstellen. Es ist die erste Kapelle. Dieses Stroh hatte der Ochse von draußen hereingebracht. Das aus der Krippe getraute er sich nicht anzurühren: da es lecker war, hatte er eine abergläubische Furcht davor.

Der Ochs und der Esel sind hinausgegangen, um bis zum Einbruch der Nacht zu weiden. Obwohl die Steine im allgemeinen sehr lange brauchen, um zu begreifen, gab es auf den Feldern schon viele, die Bescheid wußten. Sie begegneten sogar einem Kiesel, der sie durch eine kleine Veränderung der Farbe und der Form benachrichtigte, daß er auf dem laufenden war.

Es gab auch wissende Wiesenblumen, die verschönt werden mußten. Es war ein mühseliges Unterfangen, auf dem Land zu weiden, ohne einen Frevel zu begehen. Und das Essen kam dem Ochsen immer überflüssiger vor. Das Glück sättigte ihn.

Aber bevor er trank, fragte er sich: «Ob dieses Wasser weiß?»

Im Zweifel zog er es vor, nicht davon zu trinken, sondern ging etwas weiter weg zu einem schlammigen Wasser, welches offenkundig noch keine Ahnung hatte.

Und zuweilen wurde er durch nichts anderes aufgeklärt als eine unendliche Süße in seiner Kehle, wenn er das Wasser hinunterschluckte.

«Zu spät», dachte der Ochse, «ich hätte nicht davon trinken sollen.»

Er wagte kaum zu atmen, die Luft schien ihm etwas Geheiligtes zu sein, das ganz genau auf dem laufenden war. Er fürchtete, einen Engel einzuatmen.

Der Ochse schämte sich, weil er sich nicht immer so sauber fühlte, wie er gewünscht hätte.

«Nun gut, ich muß eben sauberer sein als früher. Ganz einfach. Ich muß nur aufpassen. Schauen, wo ich meine Füße hinsetze.»

Der Esel fühlte sich wohl.

Die Sonne fiel in den Stall, und die beiden Tiere stritten sich um die Ehre, dem Kind Schatten zu spenden.

«Ein bißchen Sonne würde ihm vielleicht auch nicht schaden», dachte der Ochse, «aber der Esel wird wieder behaupten, ich verstünde nichts davon.»

Das Kind schlief weiter, und zuweilen dachte es in seinem Schlafe nach und runzelte die Brauen.

Eines Tages drehte der Esel den Kleinen mit der Schnauze sachte zu sich herum, während die Jungfrau unter der Tür die tausend von zukünftigen Christen gestellten Fragen beantwortete.

Aber als Maria zu ihrem Sohn zurückkehrte, packte sie ein großer Schrecken: sie suchte beharrlich das Gesicht des Kindes dort, wo sie es zuletzt gesehen hatte.

Als sie merkte, was vorgefallen war, gab sie dem Esel zu verstehen, daß es sich gehörte, das Kind nicht anzurühren. Der Ochse pflichtete mit einem Schweigen von außerordentlicher Güte bei. Er verstand es, seinem Stummbleiben einen Rhythmus aufzuprägen – Schattierungen, eine Interpunktion. An kalten Tagen konnte man seine Gedankengänge unschwer an der Länge der Dampfsäule verfolgen, die aus seinen Nüstern aufstieg. Und gar manches daraus herauslesen.

Der Ochse hielt sich nur für befugt, dem Kind mittelbare Dienste zu erweisen, indem er etwa die Fliegen im Stall anlockte (jeden Morgen rieb er sich an einem wilden Bienenstock) oder Insekten an der Wand zerdrückte.

Der Esel lauerte auf die Geräusche von draußen, und wenn ihm etwas verdächtig vorkam, versperrte er den Eingang. Sogleich stellte der Ochse sich als Verstärkung hinter ihn. Sie machten sich beide möglichst schwer: solange die Gefahr dauerte, füllten ihr Kopf und ihr Leib sich mit Blei und Granit. Aber ihre Augen leuchteten wachsamer denn je.

Der Ochse stellte verblüfft fest, daß die Jungfrau die Gabe besaß, das Kind zum Lächeln zu bringen, sooft sie an die Krippe trat. Joseph gelang dies trotz seinem Bart ohne Mühe, sei es durch seine bloße Gegenwart oder indem er etwas auf der Flöte spielte. Der Ochse hätte auch etwas spielen mögen. Im Grunde genügte es ja, zu blasen.

«Ich will dem Alten nichts Böses nachreden, aber ich meine, daß er mit seinem Atem das Jesuskind nicht zu erwärmen vermocht hätte. Und was die Flöte angeht, so müßte ich nur einmal mit dem Kleinen alleine sein: dann schüchtert er mich nämlich nicht mehr ein. Er wird wieder zu einem schutzbedürftigen Wesen. Und ein Ochse ist sich schließlich seiner Stärke bewußt.»

Wenn sie gemeinsam auf den Feldern weideten, kam es häufig vor, daß der Ochse den Esel verließ.

«Wo gehst du denn hin?»

«Ich komme gleich wieder.»

«Aber wo gehst du denn hin?» beharrte der Esel.

«Ich will nur schnell schauen, ob ihm nichts fehlt. Man kann nie wissen.»

«Aber so laß ihn doch in Ruhe!»

Der Ochse ging. Es gab im Stall eine Art Guckloch – was aus eben diesem Grunde später ein Bullauge genannt werden sollte –, das dem Tier von außen hereinzuschauen erlaubte.

Eines Tages stellte der Ochse fest, daß Maria und Joseph abwesend waren. Er sah die Flöte auf einer Bank, in Reichweite seines Mauls und zudem nicht zu weit vom Kind entfernt und auch nicht zu nahe bei ihm.

«Was könnte ich ihm wohl vorspielen?» fragte sich der Ochse, der sich Jesu Ohr nur dank diesem musikalischen Vermittler zu nähern wagte. «Das Lied des Landmanns? Das Kriegslied des tapferen kleinen Stiers oder die verzauberte Färse?»

Oft tun die Ochsen dergleichen, als seien sie mit

Wiederkäuen beschäftigt, während sie im Grunde ihres Gemüts singen.

Der Ochse blies sachte in die Flöte, und es ist durchaus nicht erwiesen, daß ein Engel ihm geholfen hat, so reine Töne hervorzubringen. Das Kind richtete Kopf und Schultern ein wenig aus seinem Lager auf, um ihn zu sehen. Indessen war der Flötenspieler mit dem Ergebnis unzufrieden. Aber er war fest überzeugt, daß ihn wenigstens niemand draußen gehört hatte. Doch er täuschte sich.

Er entwich schnell, aus Furcht, irgend jemand und vor allem der Esel könnte hereinkommen und ihn allzu nahe bei der kleinen Flöte ertappen.

«Komm und schau es dir an», sagte die Jungfrau eines Tages zum Ochsen. «Warum näherst du dich meinem Kind jetzt nie mehr, nachdem du es doch so schön gewärmt hast, als es noch ganz nackt war?»

Ermutigt trat der Ochse ganz nahe an Jesus heran, der sein Maul mit beiden Händen faßte, um ihm alle Befangenheit zu nehmen. Der Ochse hielt seinen nunmehr unnötigen Atem zurück. Jesus lächelte. Die Freude des Ochsen war stumm. Sie hatte ganz und gar die Gestalt seines Körpers angenommen und erfüllte ihn bis in die Spitzen seiner Hörner.

Das Kind schaute abwechselnd den Esel und den Ochsen an, den ein wenig zu selbstbewußten Esel und den Ochsen, der sich unbeschreiblich dicht und undurchlässig fühlte neben diesem Gesicht, das sachte von innen erleuchtet wurde, als sähe man hinter leichten Vorhängen eine Lampe in einer sehr kleinen und fernen Wohnstatt von einer Stube in eine andere gleiten.

Als das Kind den düsteren Ausdruck des Ochsen gewahrte, mußte es schallend lachen.

Das Tier konnte sich dieses Lachen nicht recht deuten und fragte sich, ob der Kleine sich nicht etwa lustig machte. Sollte er inskünftig mehr Zurückhaltung an den Tag legen? Oder sogar fortgehen?

Da lachte der Kleine von neuem, und zwar mit einem so strahlenden und, wie ihm vorkam, so söhnlichen Lachen, daß der Ochse einsah, daß er recht gehabt hatte, zu bleiben.

Die Jungfrau und ihr Sohn schauten sich häufig aus nächster Nähe an. Und sie wetteiferten darin, aufeinander stolz zu sein.

«Mir scheint, daß alles eitel Freude sein sollte», dachte der Ochse; «nie gab es eine reinere Mutter oder ein schöneres Kind. Aber zuweilen machen sie alle beide ein so ernstes Gesicht!»

Der Ochs und der Esel schickten sich eben an, in den Stall zurückzukehren. Nachdem der Ochse noch einmal genau hingeschaut hatte, um sicher zu sein, daß er sich nicht täuschte, sagte er: «Sieh doch den Stern, der über den Himmel herankommt, er ist ausnehmend schön und erwärmt mir das Herz.»

«Laß doch dein Herz aus dem Spiel, es hat nichts mit den großen Ereignissen zu schaffen, denen wir in letzter Zeit beiwohnen.»

«Du kannst sagen, was du willst, meiner Ansicht nach bewegt der Stern sich auf uns zu. Schau nur, wie niedrig er am Himmel steht. Man möchte meinen, daß er geradenwegs zu unserem Stall kommt. Und darunter befinden sich drei Personen, die über und über mit Edelsteinen geschmückt sind.»

Die Tiere gelangten auf die Schwelle des Stalles.

«Und was meinst du, Ochs, was jetzt geschehen wird?»

«Da bin ich überfragt, Esel. Ich begnüge mich damit, zu sehen, was ist. Das ist schon viel.»

«Ich habe eine Idee.»

«Nun kommt schon», sagte Joseph und öffnete die Tür. «Seht ihr denn nicht, daß ihr den Eingang versperrt und diese Herren am Eintreten hindert?»

Die Tiere rückten beiseite, um die Weisen aus dem Morgenland durchzulassen. Es waren ihrer drei, und einer, der völlig schwarz war, vertrat Afrika. Anfänglich behielt der Ochse ihn unauffällig im Auge. Er wollte sehen, ob der Neger dem Neugeborenen gegenüber wirklich nur gute Absichten hegte.

Als das Gesicht des Schwarzen, der wohl ein bißchen kurzsichtig war, sich vorneigte, um Jesus ganz aus der Nähe zu sehen, warf es wie ein glatter und glänzender Spiegel das Bild des Kindes zurück, und zwar mit einer solchen Ehrerbietung und einer so großen Selbstvergessenheit, daß das Herz des Ochsen von sanftem Wohlbehagen erfüllt wurde.

«Das ist ein ganz edler Mann», dachte er. «Keiner der beiden andern hätte das je fertiggebracht.»

Und nach ein paar Augenblicken dachte er auch noch: «Er ist sogar der Beste von den dreien.»

Der Ochse hatte die weißen Könige eben dabei

ertappt, wie sie mit größter Sorgfalt in ihrem Gepäck ein Hälmchen Stroh verschwinden ließen, das sie gerade aus der Krippe entwendet hatten. Der schwarze Weise hatte nichts nehmen wollen.

Auf einem notdürftigen, von Nachbarn geliehenen Lager schliefen die Drei Könige ein.

«Wie sonderbar», dachte der Ochse, «seine Krone zum Schlafen aufzubehalten. Dieses harte Ding muß noch viel unbequemer sein als Hörner. Und mit all diesen schimmernden Edelsteinen auf dem Kopf muß es schwierig sein, den Schlaf zu finden.»

Sie schliefen fromm wie auf Grabmälern ruhende Statuen. Und ihr Stern leuchtete über der Krippe.

Kurz vor Morgengrauen erhoben alle drei sich gleichzeitig und mit den genau gleichen Bewegungen. Sie hatten im Traum eben denselben Engel gesehen, der ihnen empfohlen hatte, unverzüglich aufzubrechen und nicht zu Herodes zurückzukehren, dem Mißgünstigen, um ihm zu sagen, daß sie das Jesuskind gesehen hatten.

Sie gingen fort und ließen den Stern weiter über der Krippe leuchten, auf daß jedermann wisse, daß es dort war.

### GEBET DES OCHSEN

«Du darfst mich nicht nach meiner verdutzten und begriffsstutzigen Miene beurteilen, Himmlisches Kind. Könnte ich nicht eines Tages aufhören, einem kleinen, sich fortbewegenden Felsblock zu gleichen?

Diese Hörner, das mußt du auch noch wissen, nicht wahr, sind eher ein Zierat als sonst etwas, und ich will dir sogar gestehen, daß ich mich ihrer noch nie bedient habe.

Jesus, erhelle ein wenig mit deinem Licht alle die Armseligkeiten und Verwirrungen, die in mir herrschen. Lehre mich ein wenig von deiner Zartheit, du, dessen Füßchen und Händchen so zierlich an deinem Körper befestigt sind. Sagst du mir vielleicht, mein kleiner Herr, warum es mir eines Tages genügt hat, den Kopf umzuwenden, um dich ganz zu erkennen? Wie danke ich dir dafür, daß ich vor dir knien und so im vertrauten Umgang mit den Engeln und den Sternen leben darf, du wunderbares Kind! Manchmal frage ich mich, ob du nicht etwa falsch unterrichtet worden bist, ob wirklich *ich* hier sein sollte; es ist dir vielleicht nicht aufgefallen, daß ich eine große Narbe auf dem Rücken trage und daß mir auf der Seite Haar fehlt, was ziemlich häßlich wirkt. Schon in meiner eigenen Familie hätte man ohne weiteres meinen Bruder bestimmen können, um meinen Platz einzunehmen, oder einen meiner Vettern, die viel stattlicher aussehen als ich. Wäre nicht der Löwe angezeigter gewesen oder der Adler?»

«Schweig», sagte der Esel, «was hast du bloß derart zu seufzen; siehst du denn nicht, daß du ihn mit all deinem Sinnieren am Schlafen hinderst?»

«Er hat recht», sagte sich der Ochse, «man muß es verstehen, zur gegebenen Zeit zu schweigen, auch wenn man ein so großes Glück verspürt, daß man nicht weiß, wohin damit.»

Aber auch der Esel betete:

«Ihr Zugesel und Packesel, nun wird ein schönes Leben sich unter unseren Hufen ausbreiten, und die kleinen Eselein werden auf fröhlichen Weiden die Ereignisse abwarten. Dank dir, du kleiner junger Mann, werden die Steine am Wegrand bleiben, dort, wo sie hingehören, und es wird nicht mehr vorkommen, daß wir sie abkriegen. Noch etwas. Warum sollte es denn auf unserem Wege immer noch Hügel und sogar Berge geben? Wäre überall Ebene nicht für alle die beste Lösung? Und warum trägt der Ochse, der stärker ist als ich, nie jemanden auf dem Rücken? Und warum sind meine Ohren so lang und habe ich kein Haar auf meinem Schwanz und sind meine Hufe so klein und ist meine Brust so schmal und hat meine Stimme die Farbe des Unwetters? Aber vielleicht ist das alles gar nicht unabänderlich?»

Während der nachfolgenden Nächte war es bald an diesem, bald an jenem Stern, Wache zu halten. Und zuweilen an ganzen Sternbildern. Um das Geheimnis des Himmels zu wahren, befand sich immer eine Wolke an der Stelle, wo die abwesenden Sterne sich aufhalten sollten. Und es war wunderbar, zu sehen, wie die Unendlich Fernen sich ganz klein machten, um über der Krippe ihren Platz zu beziehen, und wie sie ihr Übermaß an Wärme ganz für sich behielten und nur soviel abgaben, wie nötig war, um den Stall zu erwärmen und zu erleuchten und einem Kind keine Angst zu bereiten. Erste Nächte der Christenheit... Die Jungfrau, Joseph, das Kind, der Ochs und der Esel waren damals auf ganz außerordentliche Weise sie selber. Ihre Selbstentsprechung, die sich tagsüber ein wenig zerstreute und unter den Besuchern verzettelte, gewann nach Sonnenuntergang eine wunderbare Geballtheit und Sicherheit.

Durch die Vermittlung des Ochsen und des Esels baten mehrere Tiere darum, das Jesuskind kennenzulernen. Und eines schönen Tages beauftragte der Ochse mit Josephs Einverständnis ein für seine Geselligkeit und Schnelligkeit bekanntes Pferd, gleich am folgenden Tage alle diejenigen einzuladen, die kommen wollten.

Der Esel und der Ochs fragten sich, ob man die reißenden Tiere würde eintreten lassen, und auch die Dromedare, Kamele, Elefanten, lauter Tiere, die ihrer Buckel, Rüssel und allgemeinen Überfülle an Knochen und Fleisch wegen ein bißchen verdächtig waren.

Die Frage stellte sich auch für die abscheulichen Insekten wie die Skorpione, die Taranteln, die großen Vogelspinnen, die Vipern, für all die männlichen und weiblichen Wesen, die in ihren Drüsen am Tag so gut wie in der Nacht Gift erzeugten, ja sogar im Morgengrauen, wenn alles rein ist.

Die Jungfrau zögerte nicht.

«Ihr könnt sie alle hereinlassen, mein Kind ist in seiner Krippe ebenso sicher geborgen wie am höchsten Punkt des Himmels.»

«Und eines nach dem andern!» fügte Joseph in beinahe militärischem Ton hinzu. «Ich will nicht, daß zwei Tiere aufs Mal zur Tür hereinkommen, sonst gibt es ein Durcheinander.»

Man begann mit den giftigen Tieren, weil jedermann das Gefühl hatte, man sei ihnen diese Genugtuung eigentlich schuldig. Was besonders auffiel, war das taktvolle Benehmen der Schlangen, die es vermieden, die Jungfrau anzublicken, und so weit wie möglich von ihr entfernt vorbeizogen. Und sie gingen mit ebensoviel Ruhe und Würde wieder hinaus, als wären sie Tauben oder Wachhunde.

Es gab auch so winzige Tierchen, daß sich nur schwer feststellen ließ, ob sie schon drinnen waren oder noch draußen verharrten. Eine ganze Stunde wurde den Atomen gewährt, um ihre Aufwartung zu machen und die Krippe zu umkreisen. Nach Ablauf der Frist hieß Joseph die nächsten Tiere sich vorstellen, obschon er am leichten Prickeln der Haut merkte, daß noch nicht alle andern den Raum verlassen hatten.

Die Hunde konnten nicht umhin, ihrem Erstaunen Ausdruck zu geben: es war ihnen nicht gestattet worden, wie der Ochs und der Esel im Stall Wohnung zu nehmen. Zum Trost wurden sie von allen gestreichelt. Da zogen sie sich, von sichtbarer Dankbarkeit erfüllt, zurück.

Als nun aber am Geruch merkbar wurde, daß der Löwe sich näherte, war es dem Ochsen und dem Esel doch nicht recht wohl. Und zwar um so weniger, als dieser Geruch ohne die geringste Rücksicht den Duft von Weihrauch und Myrrhen durchdrang, und alle anderen Wohlgerüche, die von den drei Weisen so reichlich verbreitet worden waren.

Der Ochse wußte die großzügigen Überlegungen zu würdigen, auf die Joseph und die Jungfrau ihr Vertrauen gründeten. Aber ein Kind, dieses zarte Licht, einem Tier aussetzen, dessen Atem es auf einen Schlag ausblasen konnte...

Die Besorgnis des Ochsen und des Esels wurde nun noch dadurch verstärkt, daß es sich geziemte, wie sie wohl einsahen, in Gegenwart des Löwen völlig gelähmt dazustehen. Sie konnten es sich ebensowenig einfallen lassen, ihn anzugreifen, wie etwa den Donner oder den Blitz. Und der vom Fasten geschwächte Ochse fühlte sich überdies eher ätherisch als streitlustig.

Der Löwe kam herein mit seiner Mähne, die nichts anderes je gekämmt hatte als der Wüstenwind, und schwermütigen Augen, die besagten: «Ich bin der Löwe, ich kann nichts dafür, ich bin nur der König der Tiere.»

Man merkte, daß sein Hauptanliegen darin bestand, im Stall möglichst wenig Platz einzunehmen, was gar nicht einfach war, zu atmen, ohne ringsum etwas umzupusten, und seine einziehbaren Krallen und seine von überaus mächtigen Muskeln betätigten Kiefer zu vergessen. Er kam mit gesenkten Lidern heran, verbarg seine prächtigen Zähne wie eine schändliche Krankheit und bewies mit seiner großen Bescheidenheit, daß er offenkundig zu jenem Löwengeschlecht gehörte, das sich später einmal weigern sollte, die heilige Blandine zu verzehren. Die Jungfrau hatte Mitleid und wollte ihn mit einem jener Lächeln trösten, die sie ihrem Kind vorzubehalten pflegte. Der Löwe schaute unverwandt geradeaus und schien mit einem noch verzweifelteren Ton als vorher zu sagen: «Was habe ich denn getan, um so groß zu sein und so stark? Ihr wißt genau, daß ich stets nur vom Hunger und der frischen Luft getrieben gegessen habe. Und ihr versteht gewiß auch, daß ich für die jungen Löwen sorgen mußte. Wir haben alle mehr oder weniger versucht, Pflanzenfresser zu sein. Aber das Gras ist nicht für uns gewachsen. Es rutscht nicht hinunter.»

Und nun neigte sich sein großer Kopf wie eine Explosion von Haar und Mähne und legte sich traurig auf den harten Boden, und der Pinsel an der Schwanzspitze schien ebenso niedergeschlagen wie sein Kopf, während ein tiefes Schweigen herrschte, das allen weh tat.

Als der Tiger an der Reihe war, preßte er sich platt auf den Boden, bis er vor lauter Kasteiungen und Sittenstrenge zu Füßen der Krippe ein richtiger Bettvorleger wurde. Dann nahm er in Sekundenschnelle und mit unglaublicher Genauigkeit und Geschmeidigkeit wieder seine vollständige Gestalt an und ging hinaus, ohne noch etwas hinzuzufügen.

Die Giraffe zeigte eine gute Weile ihre Füße unter der Tür, und alle waren sich darin einig, daß «das galt», als hätte sie der Krippe ihren Besuch abgestattet.

So ging es auch mit dem Elefanten: er begnügte sich damit, vor der Schwelle niederzuknien und mit seinem Rüssel gewissermaßen ein Weihrauchfaß zu schwingen, was von allen hoch geschätzt wurde.

Ein Schaf mit gewaltig dicker Wolle begehrte auf der Stelle geschoren zu werden: man ließ ihm jedoch sein Fell und dankte ihm für die gute Absicht.

Die Känguruhmutter wollte Jesus unbedingt eines ihrer Jungen schenken und versicherte, sie mache dieses Geschenk von Herzen gern, es sei gar kein Opfer für sie, denn daheim habe sie noch mehr kleine Känguruhs. Aber Joseph ließ nicht mit sich reden, und sie mußte ihr Kleines wieder mitnehmen.

Der Strauß aber hatte mehr Glück: er nutzte einen Augenblick der Unaufmerksamkeit, um in einem Winkel sein Ei zu legen und sich dann unauffällig zurückzuziehen. Das Andenken wurde am nächsten Morgen gefunden. Der Esel entdeckte es. Er hatte noch nie ein so großes und so hartes Ei gesehen und glaubte an ein Wunder. Joseph suchte ihm das so gut wie möglich auszureden: er machte ein Omelett daraus.

Die Fische, die nicht persönlich erscheinen konnten, weil ihre Atmung außerhalb des Wassers so kläglich versagt, hatten eine Möwe abgesandt, um sie zu vertreten.

Die Vögel gingen fort und ließen ihre Lieder zurück, die Tauben ihr Lieben, die Affen ihre Schalkhaftigkeit, die Katzen ihren Blick, die Turteltauben ihr sanftes Gurren.

Und auch alle anderen Tiere hätten gerne kommen mögen, die noch nicht entdeckt sind und im Schoße der Erde oder des Meeres darauf warten, benannt zu werden, in so abgründigen Tiefen, daß sie von immerwährender Nacht umgeben sind, ohne Sterne noch Mond, noch Jahreszeiten.

Man spürte in der Luft den Flügelschlag all derer, die nicht hatten kommen können oder sich verspätet hatten, und anderer, die am Ende der

Welt wohnten und sich dennoch auf den Weg gemacht hatten, auf ihren so winzigen Insektenfüßchen, daß sie höchstens einen Meter in einer Stunde hätten zurücklegen können, und deren Leben so kurz war, daß sie nicht hoffen konnten, mehr als fünfzig Zentimeter hinter sich zu bringen – und auch das nur mit sehr viel Glück.

Es gab auch Wunder: die Schildkröte beeilte sich, der Leguan mäßigte seinen Gang, das Rhinozeros machte anmutige Kniebeugen, die Papageien schwiegen.

Kurz vor Sonnenuntergang kam es zu einem Zwischenfall, der alle bekümmerte. Joseph, der den ganzen Tag über die Parade der Tiere geleitet hatte, ohne die geringste Nahrung zu sich zu nehmen, war jetzt müde und zerdrückte in einem Augenblick der Zerstreutheit eine Giftspinne mit dem Fuß, weil er vergaß, daß sie gekommen war, um dem Kind zu huldigen. Und das fassungslose Gesicht des Heiligen versetzte alle eine ganze Weile in Bestürzung.

Gewisse Tiere, von denen man größere Bescheidenheit erwartet hätte, säumten lange im Stall: der Ochse mußte den Marder, das Eichhörnchen und den Dachs hinausbefördern, weil sie nicht freiwillig gehen wollten.

Ein paar Nachtfalter nutzten die Ähnlichkeit ihrer Farbe mit jener der Dachbalken, um die ganze Nacht oberhalb der Krippe zu verbringen. Aber der erste Sonnenstrahl verriet sie am nächsten Morgen, und da Joseph niemanden bevorzugen wollte, vertrieb er sie ungesäumt.

Die Fliegen, die ebenfalls gebeten wurden zu

verschwinden, leisteten der Aufforderung nur widerstrebend Folge, um dadurch klarzumachen, daß sie schon immer dagewesen waren, und Joseph wußte nicht, was er ihnen entgegnen sollte.

Die übernatürlichen Erscheinungen, in deren Gesellschaft der Ochse jetzt lebte, raubten ihm häufig den Atem. Da er sich angewöhnt hatte, seinen Atem anzuhalten wie die asiatischen Asketen, begann er, Gesichte zu haben, und obzwar er sich in der Erhabenheit weniger zu Hause fühlte als in der Demut, erlebte er Zustände echter Verzückung. Indessen blieb ihm stets ein Bedenken und hinderte ihn daran, sich Engel oder Heilige einzubilden. Er sah sie nur, wenn sie sich wirklich in der Nähe befanden.

«Ich armer Tropf», dachte er, von den ihm verdächtig vorkommenden Erscheinungen erschreckt, «ich armer Tropf, ich bin ja nur ein Lasttier oder vielleicht sogar der Leibhaftige. Warum habe ich Hörner wie er, obwohl ich nie etwas Böses getan habe? Und wenn ich nur ein Zauberer wäre?»

Joseph entgingen die Sorgen des Ochsen nicht, der zusehends abmagerte.

«Geh doch hinaus und friß!» rief er. «Du bist uns hier den ganzen Tag im Weg und bestehst bald nur noch aus Haut und Knochen.»

Der Esel und der Ochs gingen hinaus.

«Du bist wirklich mager», sagte der Esel. «Deine Knochen sind so spitz geworden, daß dein ganzer Körper bald von Hörnern bedeckt sein wird.»

«Red mir nicht von Hörnern!»

Und der Ochse sagte zu sich selbst: «Er hat recht, gewiß, man muß leben. Schau, nimm doch dieses schöne Büschel Grün. Und das dort? Bildest du dir etwa ein, es sei giftig? Nein, ich bin nicht hungrig. Wie schön dieses Kind doch ist! Und die erhabenen Gestalten, die ein und aus gehen und mit ihren unablässig schlagenden Flügeln atmen. All diese vornehmen Himmelsbewohner, die in unseren bescheidenen Stall eintreten, ohne sich zu beschmutzen. Los, so friß doch, du Ochse, was schert dich das alles. Übrigens darfst du dich auch nicht von dem Glück aufwecken lassen, das dich mitten in der Nacht an den Ohren zupft. Und auch nicht neben der Krippe so lange auf einem Knie bleiben, bis es dir weh tut. Dein Ochsenleder ist an den Knochengelenken schon ganz abgeschabt; es geht nicht mehr lang, und die Fliegen werden sich dort niederlassen.»

Eines Nachts war das Sternbild des Stieres an der Reihe, in einem Feld schwarzen Himmels über der Krippe Wache zu halten. Das rote Auge Aldebarans leuchtete ganz nahe, großartig und flammend. Und die Hörner und Flanken des Stieres schmückten sich mit riesigen Edelsteinen. Der Ochse war stolz, das Kind so gut bewacht zu sehen. Alle schliefen friedlich, der Esel mit gesenkten und vertrauensseligen Ohren. Der Ochse aber fühlte in sich eine unendliche Schwäche, obschon ihn die übernatürliche Gegenwart dieses verwandten und befreundeten Sternbildes stärkte. Er dachte an seine dem Kind dargebrachten Opfer, sein nutzloses Wachen, seinen lachhaften Schutz.

«Ob das Sternbild des Stieres mich gesehen hat?» fragte er sich. «Weiß dieses große, rote, gestirnte Auge, das so furchterregend schimmert, daß ich da bin? Diese Sterne, sie sind so hoch, sie sind so weit weg, daß man gar nicht weiß, wohin sie blicken.»

Joseph, der sich schon ein Weilchen unruhig auf seinem Lager wälzte, erhebt sich plötzlich mit zum Himmel gereckten Armen. Er, der in seinen Gebärden und Worten gewöhnlich so maßvoll ist, weckt jetzt wahrhaftig alle auf, sogar das Kind.

«Der Herr ist mir im Traum erschienen. Wir müssen sofort ausziehen. Herodes, ja, seinetwegen, er hat es auf Jesus abgesehen.»

Die Jungfrau nimmt ihren Sohn in die Arme, als stünde der König der Juden bereits da unter der offenen Tür, mit einem riesigen Fleischermesser in der Hand.

Der Esel steht auf.

«Und der da?» sagt Joseph zur Jungfrau und zeigt auf den Ochsen.

«Mir scheint, er ist recht schwach, um uns zu begleiten.»

Der Ochse jedoch will beweisen, daß das nicht stimmt. Er unternimmt eine gewaltige Anstrengung, um sich zu erheben, aber er hatte noch nie dermaßen das Gefühl, an den Boden gefesselt zu sein. Nun blickt er hilfeflehend zum Sternbild des Stieres empor. Er hofft nur noch darauf, um die Kraft zum Aufbruch zu finden. Der himmlische Stier rührt sich nicht, sein Auge ist unverändert gleich rot und flammend, und er zeigt sich dem Ochsen unverändert im Profil.

«Er hat seit mehreren Tagen nicht gefressen», sagt die Jungfrau zu Joseph.

«Ach! Ich sehe wohl, daß sie mich hier zurücklassen werden», denkt der Ochse. «Es war zu schön, es konnte nicht von Dauer sein. Überdies wäre ich auf den Landstraßen nur ein hemmendes Knochengespenst gewesen. Alle meine Rippen sind meiner Haut überdrüssig und verlangen nur noch danach, es sich unter dem Himmel bequem zu machen.»

Der Esel tritt zum Ochsen und reibt sein Maul an dem des Wiederkäuers, um ihn wissen zu lassen, daß die Jungfrau ihn eben einer Nachbarin anempfohlen hat und daß es ihm nach ihrem Wegzug an nichts mangeln wird. Aber der Ochse, der seine Lider halb geschlossen hat, scheint vollkommen niedergeschmettert.

Die Jungfrau streichelt ihn und ruft: «Aber nein, natürlich gehen wir nicht auf die Reise! Wir wollten dir bloß Angst machen!»

«Ganz klar, wir kommen gleich wieder», fügt Joseph hinzu. «Man zieht doch nicht mitten in der Nacht einfach so ins Weite!»

«Es ist eine so schöne Nacht», fährt die Jungfrau fort, «und wir nutzen sie, um den Kleinen ein wenig an die Luft zu bringen, er ist in den letzten Tagen ein bißchen blaß.»

«Das ist die pure Wahrheit», sagt der heilige Mann.

Dies ist die fromme Lüge. Der Ochse sieht das ein; um die Aufbrechenden nicht in ihren Vorbereitungen zu stören, gibt er vor, in einen tiefen Schlaf zu sinken. Dies ist seine Art zu lügen.

«Er ist eingeschlafen», sagt die Jungfrau; «wir wollen das Stroh aus der Krippe ganz nahe neben ihn legen, damit ihm nichts fehlt, wenn er aufwacht. Wir wollen ihm auch die Flöte in Reichweite seines Atems lassen», fährt sie leise fort, «er spielt gern, wenn er allein ist.»

Sie schicken sich an, wegzugehen. Die Stalltür kreischt.

«Ich hätte sie ölen sollen», denkt Joseph, der den Ochsen zu wecken befürchtet; aber dieser gibt immer noch vor, zu schlafen.

Die Türe wird behutsam geschlossen.

Während der Esel des Stalls zu Bethlehem nach und nach zum Esel der Flucht nach Ägypten wird, verharrt der Ochse, mit dem Blick auf dieses Stroh geheftet, auf dem vorhin noch das Jesuskind lag.

Er weiß genau, daß er es niemals anrühren wird, sowenig wie die Flöte.

Das Sternbild des Stieres kehrt mit einem Satz an den Scheitel des Himmels zurück und verankert sich mit einem einzigen Hornstoß an dem Platz, den es nie wieder verlassen sollte.

Als die Nachbarin kurz nach Tagesanbruch eintrat, hatte der Ochse aufgehört zu sinnieren.

## JULES SUPERVIELLE

## DIE FLUCHT NACH ÄGYPTEN

Das Kind war in dem Augenblick erwacht, als sie aufbrechen wollten und die Jungfrau, die auf dem Esel saß, es aus den Armen Josephs nahm.

«Schläft es?» fragte kurz darauf der Zimmermann.

«Oh! Ja.»

«Armes Kind. Es war das Beste, was wir tun konnten.»

So gingen sie nun dahin, und der Neumond, der im ersten Viertel stand, leuchtete ihnen, weder zu hell noch zu schwach, mit seinem Licht. Ein paar Sterne schauten ihnen ruhig zu, wie sie vorüberzogen, und ein Himmelskundiger hätte mit seinen Fernrohren am ganzen Firmament nichts Außergewöhnliches wahrnehmen können.

Joseph war sehr besorgt gewesen, das Haupt des Kindes möchte vielleicht, wie in der Krippe, auch unterwegs von einem Heiligenschein umstrahlt sein. Zum Glück aber schimmerte nun nichts dergleichen. Gott hieß das Dunkel um die Reise gut. Die Engel zeigten sich ungemein zurückhaltend. Es war von einem Geleite ihrerseits nicht die Rede, und wenn man da und dort Wolken in Engelsgestalt erblickte, so war das mit so viel behutsamer

Umsicht gemacht, daß man deswegen vernünftigerweise den Himmel nicht beschuldigen konnte.

Die Morgendämmerung streift leicht den Himmelsrand. Kein Mensch unterwegs. Nichts als ein armer ausgedörrter Palmbaum.

«Um so besser», sagt Joseph, «ich traue den Schwätzern nicht, und wenn sie es noch so gut meinen.»

Nun sie am Baum vorbeikommen, beugt dieser sein einziges Knie und wirft sich tief in den Staub nieder.

Das Kind, das der erste Morgenstrahl eben weckte, lacht freudig ob dieser Gebärde; und die Jungfrau dünkt die Begebenheit allerliebst.

«Aber das ist doch das Gefährlichste, was es überhaupt nur gibt!» entfährt es Joseph mit einer Stimme, die er vergeblich zu unterdrücken sucht. «Wenn die Bäume anfangen, uns so zu begrüßen, gebe ich Herodes keine zwei Stunden, bis er uns ausfindig macht.»

«Gott hat uns in seiner Hut», sagt die Jungfrau. «Der fehlende Heiligenschein beweist es.»

«Ja, einverstanden, in seiner Hut. Und doch müssen da solche unbesonnenen Bäume die allgemeine Aufmerksamkeit auf uns lenken.»

Und am Horizont stand in der Nähe eines Marktfleckens ein ganzer kleiner Wald, der das Oberhaupt der Familie mit größter Besorgnis erfüllte. Würden diese Bäume ihren Platz zu wahren wissen oder ihn unvermittelt verlassen, um dem Kind eine Bewunderung zu bezeigen, die tödlich wirken mochte?

Am Rand des Wäldchens angelangt, begann das

Kind die Palmbäume ein wenig schelmisch zu betrachten, als hätte es sie auffordern wollen, ihren frommen Mitbruder nachzuahmen.

«Versteck es in deinem Mantel», brummte Joseph.

Maria kehrte sich nicht daran, sie hatte Vertrauen. Kein Baum bewegte sich. Nur drei Tauben, die durch ihr übermäßig reines Weiß verdächtig erschienen, gaben der Heiligen Familie ein Stück weit das Geleit.

«Nie hat man seine Ruhe», dachte Joseph. «Hätte sich in der Nähe eine böse Zunge gefunden, so wäre es um das Kind geschehen.»

Unterdessen aber mordete man die Kinder zu Bethlehem wahllos zuhauf dahin, in der Hoffnung, darunter wäre auch Jesus.

Zu zweit und zu dritt drangen die Sendlinge des Herodes in die Häuser ein. Sie ließen sich dabei von Kindern begleiten, die äußerst grausamen Wesens waren und denen die Aufgabe zufiel, ihre Altersgenossen aufzustöbern. Nach einem solchen scheinbar harmlosen Besuch wurde einem das eigene Kind an Ort und Stelle getötet, wie wenn es sich um eine Viper gehandelt hätte. Und hernach zogen sie weiter und schienen mit ihren Blicken noch irgendeinen gräßlichen Dank zu heischen. Ein Sohn des Herodes, der sich in Bethlehem bei einer Amme befand, wurde ebenso getötet, um den Befehlen seines Vaters Ehre zu erweisen.

Als die Mordbuben einmal erkannt waren, sah man sie bald in der Verkleidung von Bettlern und Hirten, von Händlern und mildtätigen frommen Frauenzimmern daherkommen.

Sorgfältig wurde alles in die Häuser eingeschlossen, was die Anwesenheit von Kindern hätte verraten können – Spielzeug, Kleidchen und Schühlein. Das winzigste Stück dieser Art herumliegen lassen, hieß soviel wie die Häscher auffordern: «Tötet mir auf der Stelle mein Kind, ich bitt' euch drum.» Und die Nachbarn hatten so unrecht nicht, wenn sie den Eltern, die vor ihrer Haustür ein Holzpferd vergessen hatten, oder ein kleines Trompetchen, zuriefen: «Schämt ihr euch nicht, ihr Mörder?» Um die Obrigkeit hinters Licht zu führen, steckten die Mütter ihre Kinder oft in die Kleider von Erwachsenen. Man sah sogar sechzehnjährige Bengel sich falsche Bärte umhängen und junge Mädchen, deren Brust sich schon deutlich rundete, ein übriges künstlich hinzuzutun, obwohl es doch keinem vernünftigen Menschen eingefallen wäre, sie als Kinder zu betrachten.

Tag und Nacht dauerte das Morden an. Und es war ein Jammer, mit anzusehen, wie mit unerhörter Gewalt all das zarte Menschenblut vergossen wurde, das die kleinen Leiber plötzlich ohne Zukunftsgedanken und ohne Erinnerungen zurückließ mit furchtbaren Verwundungen, die zehnfach zu groß waren für ein Kind.

Das alles wußten Maria und Joseph: man redete von nichts anderem auf den Straßen des Landes Judäa, wo jedes junge Menschenwesen Aufsehen erregte wie ein Wegelagerer.

Und Joseph hatte Eile, das Ägyptenland auf entlegenen Pfaden zu erreichen.

Mittlerweile aber machte sich die Seele des Ochsen an der Heiligen Krippe, fast sogleich nach dem

Auszug des Kindes, durch die Dachluke des Stalls davon; sie vermied es, durch das Tor zu gehen, durch das die Familie sich hatte wegbegeben können.

Einmal ins Freie gelangt, sprach sie zu sich selbst: «Nun habe ich keinen Kopf mehr und keine Klauen; ich bin jetzt die Seele des Ochsen, der ich bis dahin war.» Und eine Weile darauf: «Ich bin nun wie ein leichter Wind am Himmel, brauche kein Gras mehr und keinen Schlaf.» Um bei der Wahrheit zu bleiben: sie wußte einstweilen nicht, was anfangen mit soviel schwebender Leichtigkeit.

Die Seelen stoßen auf keinen Widerstand in der Luft und vermögen sich daher viel rascher fortzubewegen als die Körper. So mußte die Seele des Ochsen nicht lange suchen, bis sie unterwegs die Jungfrau, Joseph, das Kind und den Esel entdeckte, die noch alle bekümmert in Gedanken dem Befinden des Genossen nachhingen, den sie im Stall hatten zurücklassen müssen.

«Da wären sie ja», sagte sich fröhlich der Ochse. «Sie sind es wirklich, mit ihren gewohnten Gliedern, und jedes an seinem richtigen Ort. Oh, wie hübsch und freundlich sie so auf der Landstraße aussehen, wie sie sich selber gleichen, ohne daß auch nur das Geringste an ihnen zu wenig oder übertrieben wäre. Das noch erlebt zu haben! Ich bin für all meine Mühsal entschädigt.»

Und er ging in der Runde von einem zum andern, zählte sie und sprach sie an auf seine überaus stille Art. Allein, man mag noch so sehr darauf Bedacht haben, sich ja nicht vorzudrängen, es kommt eben trotzdem ein Augenblick, da man den

Wunsch empfindet, die andern möchten es auch erfahren, daß es einen gibt und daß man selber sieht und hört.

Um den Esel schwebend, dachte er: «Wir beide kennen uns gegenseitig so gut, daß es ganz unmöglich ist, daß er mich nicht wiedererkennt.» Aber dem Esel fällt nichts Ochsenartiges auf. So setzt sich der Ochse, wie der leichteste Vogel, auf die Schulter des Kindes. Er ist nur noch lauter Luft und sieht sich nun auch des schwächsten Beweises beraubt.

«Ach», sagte die Jungfrau zu Joseph, «ich kann mich einfach nicht darüber hinwegtrösten, daß wir das abgezehrte Tier im Stall zurückgelassen haben.» Das wäre vielleicht, denkt sich der Ochse, der Anfang eines Gesprächs, bei dem man ihn am Ende entdecken könnte. Doch fährt die Jungfrau fort: «Um diese Zeit ist der arme Tropf gewiß schon gestorben und für immer tot. Es sei denn, dieses herzensgute Tier hätte auch eine Seele.»

«Sag doch keine Dummheiten, du armes Weib.»

Und Joseph fügte gleich hinzu, so rasch stellt sich nämlich bei den Heiligen die Reue ein: «Und verzeih mir bitte das mit den Dummheiten.»

«Und ebenso das mit dem ‹armen› Weib», versetzte die Jungfrau.

Das Jesuskind wandte sich zuweilen zurück, als ob es den Ochsen auf der Straße suchte; indessen befand sich ja, was von ihm übrigblieb, ganz in der Nähe. Und der Ochse sagte sich: «Wird es mir denn nie gelingen, ihnen klarzumachen, daß ich doch da bin? Ach, vielleicht ist es besser so. Die Toten und die Lebenden, das ist zweierlei. Ein

Toter soll seinen Platz würdig zu wahren wissen und nicht versuchen, ihn ständig wieder zu verlassen. Ich will ihnen helfen, daß sie mich leichter vergessen. Sich still verhalten und sich verleugnen, ist oft das beste Zeichen von vornehmem Wesen und wahrer Nächstenliebe. Aber wie wenig sicher ist man doch, am selben Ort bleiben zu können, wenn man nur noch eine Seele ist! Immer so preisgegeben jedem Windstoß und jedem Donnerschlag, in einem solchen Land, wo die Gewitter so häufig sind. Wohl bin ich jetzt unvergänglich, aber ich bin so leicht, daß der leiseste Hauch aus dem Mund der Wanderer mich aufs Geratewohl hin und her weht und der Esel vorhin mich fast in sich hineinsog bei seinem Schnüffeln.» Wie hätte denn auch der Ochse, der sich stets als Freund des Gleichgewichts und – wie alle Wesen von seiner Art – sogar einer gewissen Gewichtigkeit erwiesen hatte, wie hätte er über dieses verwirrende Hin und Her nicht tief betrübt sein sollen?

Indessen vermochte jedoch die Jungfrau, die der plötzliche Aufbruch aus Bethlehem außer Fassung gebracht hatte, nicht mehr das Kind zu nähren, wie sie gewünscht hätte. Jesus weinte zwar nicht, das versteht sich, aber er lutschte, wie man sehr wohl bemerken konnte, im verstohlenen an seinem Daumen. Und auf einem Bauernhof um Milch zu bitten, hätte die größte Gefahr mit sich gebracht: die Leute wären sogleich versucht gewesen, im ganzen Gepäck nach dem Kind zu stöbern.

Der Ochse schwirrte in seinem Übereifer aufgeregt von einem Wandrer zum andern. Er hatte zu seinen Lebzeiten so schwer darunter gelitten, daß er dem Kleinen nichts zuliebe tun konnte, was sich wirklich hätte sehen lassen, und nun sollte nach dem Tode dasselbe wieder von vorne anfangen.

Als er so auf offenem Felde umherstreifte, ohne dabei die Reisenden aus den Augen zu verlieren, erblickte er eine kleine Kuh, die von fern seine Aufmerksamkeit durch seltsame Sprünge auf sich zog. Er näherte sich ihr, erwägend, daß ein Wesen von seiner eigenen Art ihn vielleicht besser begreifen mochte, und ertappte sich sogleich dabei, wie er der Unbekannten ins Ohr flüsterte: «Liebe kleine Kuh, könntet Ihr mir nicht zu einer sicheren Unterkunft verhelfen? Macht mir doch ein wenig Platz unter Eurer Haut. Ich werde Euch gewiß nichts zuleide tun.» Und er war baß verwundert, darauf die Frage der Kuh zu vernehmen: «Aber wer seid Ihr denn?»

«Ich bin die ruhelose Seele eines Ochsen.»

«Und warum meint Ihr, ausgerechnet ich müsse Euch unter meiner Haut Unterkunft gewähren? Wißt nur, Ochs, daß ich selber den ganzen Platz vollständig ausfülle. Meine Haut ist eine durchaus persönliche Hülle, die ich nicht einmal meinem besten Freund leihen würde.»

«Aber Ihr werdet meine Anwesenheit überhaupt nicht bemerken! Und im übrigen könntet Ihr ja vielleicht jemand nötig haben. Oft ist man doch recht einsam in seiner Haut.»

«Ach was, das sind alles Ammenmärchen, die ruhelose Seelen so erzählen. Nein, Ochs, geht Ihr nur Euren eigenen Weg. Auch kenne ich Euch gar nicht.»

Die Kuh begann nachzugeben. Der Ochse sagte

sich, daß von den Nüstern her ein Versuch sich wagen ließe. Er machte sich den Augenblick zunutze, da sie Luft einsog, und drang ohne weitere Umstände in den Kopf der Kuh.

«Oh, ich weiß recht wohl», sagte die Kuh, «daß du jetzt in mir drin bist. Aber ich warne dich: wenn du mich auch nur im geringsten belästigst, jage ich dich unverzüglich hinaus.»

«Das dürfte nicht so einfach sein», dachte die Ochsenseele still beiseite. (War aber nunmehr ein stilles Beiseitestehn überhaupt noch möglich?) «Ich bin ja nur ein Geist in einem Körper, der nicht mir gehört. Nun, wir werden es bald erfahren.»

Der Ochse rüstete sich sogleich, auf diesen Leib einer leidlich verbrauchten und etwas närrischen Kuh seinen Einfluß auszuüben, erzieherisch auf sie einzuwirken und sie zum größten Wohle aller ins Gebet zu nehmen. Da er seiner Wirtin nicht mehr aus dem Kopf und aus dem Herzen rückte, hatte er sie bald überzeugt, daß es nun in vollem Trab über Land zu rennen galt, um die einstigen Herren des Ochsen einzuholen.

«Wende dich nicht zurück», sagt Joseph zur Jungfrau. «Jemand ist uns auf der Spur.»

Er aber, seiner Pflicht bewußt, dreht sich selber um. Und sofort bleibt die Kuh vor dem Kind stehen und deutet mit ihren Hörnern auf ihre milchgeschwollenen Euter.

«Du kannst diese brave kleine Kuh melken», sagt die Jungfrau.

«Sie verrät uns aber durch die ungewöhnliche Aufmerksamkeit, die sie uns erweist.»

«Da, nimm diese Schale, mein Kind hat Hunger», entgegnet darauf nur die Jungfrau.

Joseph, der sich immer noch voller Mißtrauen hinter einem Mantel verborgen hat, will nicht mehr aufhören, die Kuh zu melken und die Milch zu kosten, als ob es sich um eine sonderbare Arznei handle. Da nimmt ihm die Jungfrau die Schale aus den Händen, schluckt einen Mundvoll oder zwei hinunter und erklärt, daß die Flüssigkeit gar nichts Teuflisches an sich habe; darauf läßt sie das Kind trinken, das ruhig beiseite blickt, um ihnen dadurch zu zeigen, daß es keine Eile hat.

Joseph indessen sinnt, sichtlich besorgt und in Ängsten, über den Weg, den die verdächtige Milch durch den Mund und den kleinen Leib des Kindes nimmt.

«Alles dünkt dich selbstverständlich», sagt er ein wenig mißmutig zu der Jungfrau. «Hundert Kühe könnten uns ihre Milch anbieten, und du fändest auch das ganz in Ordnung.»

«Es sind nicht ihrer hundert; nur eine einzige.»

«Freilich, Maria, zählen kann ich. Aber ich frage mich, ob es richtig ist, daß wir die Dienste dieser Kuh annehmen, selbst wenn es erwiesen wäre, daß sie es ehrlich mit uns meint. Denk doch an all die Geschöpfe, die dem Kind nach seiner Geburt ihre Huldigungen darbringen kamen. Und wenn nun der Vogel Strauß und die Giraffe und der Löwe und alle übrigen anfingen, uns auf der Straße hintennach zu folgen? Was wäre das für ein Wink für die Polizei des Herodes!»

Das Kind betrachtete jetzt die Kuh mit sonderbarem Wohlgefallen.

«Blick nicht so hin», sagte Joseph, als wäre vor ihnen der Leibhaftige selbst gestanden, in der Gestalt eines Vierbeiners und mit dem Kopf einer Kuh.

«Das arme unschuldige Kind, warum soll es sie denn nicht anblicken?»

Und Jesus fing glücklich zu lachen an, als er die Kuh noch etwas näher kommen sah und ihren Kopf berühren konnte, wie er es in der Krippe beim Ochsen getan hatte. Für ihn waren nun der Ochs und die Kuh ein und dasselbe Tier. Wunderselige Gnade des Kindes, die Dinge so zu verwechseln und so zusammenzuschauen; sie erlaubte ihm, so klar und scharf zu sehen.

«Später», sagte Joseph, nun endlich beruhigt, «werden wir ihm einst den ganzen Unterschied erklären, der einen echten Märtyrer, wie unsern Ochsen, von einem Tier trennt, das es vielleicht ganz gut meint, aber doch keine wahre Größe besitzt.»

Und unterdessen hatte auch die Jungfrau angefangen, die gute kleine Milchspenderin zu streicheln. Die Kuh gehörte künftig zu ihnen. Trotz aller Ermahnungen von seiten des Ochsengeistes widerfuhr es ihr ab und zu, daß sie beim Melken unruhig wurde. Joseph, den diese Ungeduld eines Tages aufbrachte, verbarg sich vor den Blicken aller, um ja kein schlechtes Beispiel zu geben, und schlug heftig mit dem Fuß in die Luft aus, wie es die Heiligen tun, wenn sie unzufrieden sind (und doch keine Sünde begehen möchten).

Da dachte die Seele des Ochsen: «Trefflicher

Joseph, wie unangenehm wäre es Euch gewesen, wenn Ihr wüßtet, daß ich Euch diesen Fußtritt geben sah.»

Der Esel, der die Kühe nie besonders gemocht hatte – er fand sie unruhig, händelsüchtig und auch gar zu selbstzufrieden mit ihren Eutern –, entdeckte nun, daß er eigentlich ganz gern in Gesellschaft dieser Kuh lebte. Es war weniger eine Freundschaft als die freudige Bejahung eines aufgezwungenen nachbarlichen Zusammenseins. Nachdem er vom Ochsen getrennt worden war, empfand er kein Bedürfnis mehr, sich den anderen Tieren mitzuteilen. Er war wie ein Mann, der für den Rest seiner Tage beschlossen hatte, still vor sich hin seine Pfeife zu rauchen, aus der er kleine und so unauffällige Wölkchen zieht, daß sie eher aus seiner Seele als aus seinem Leibe aufzusteigen scheinen.

Die Reise setzte sich ohne Mißgeschick für das Kind fort. Joseph hatte schließlich die Anwesenheit dieser anhänglichen Kuh als ein gutes und gültiges Wunder gedeutet und sogar anerkannt, daß sie ihnen allen weit größere Dienste erwies als der Ochse, ohne daß dies in seinen Augen, wohlverstanden, auch nur im geringsten den seltenen Wert jenes andern herabsetzte, den sie im Stall zurückgelassen hatten.

Nie war dem Ochsen in seiner eigenen Haut so wohl gewesen wie jetzt in der Haut der Kuh: die Gewißheit, sich nun so nützlich erweisen zu können, hatte ihn von seiner geradezu krankhaften Bescheidenheit geheilt. Sowenig er auch die Opfer bereute, die er einst gebracht hatte, so glaubte er nun doch, daß sie wirksamer hätten sein können. Er verstieg sich sogar zu dem Gedanken, daß er klüger gehandelt hätte, wenn er, anstatt sich vor Herzeleid dem Tode hinzugeben, damals, als er noch bei Kräften war, sich heimlich nach Jerusalem auf den Weg gemacht und den Herodes bei seinem Morgenspaziergang auf die Hörner genommen hätte. Doch wieweit war das noch der Gedanke eines alleinstehenden selbständigen Ochsen? War er ihm nicht etwa eingegeben worden von seiner Gefährtin unter der Haut?

Währenddessen trieben die Römer alles Vieh auf den Straßen ein, und Joseph wurde darüber ausgefragt, woher er die Kuh habe. Da er nicht lügen wollte, sagte er errötend: «Sie ist uns von sich aus nachgelaufen und hat uns ihre Milch angeboten.» Man drohte ihnen allen mit dem Gefängnis, wenn er keine bessere Antwort zu geben wisse. Zum Glück ließen die von reinster Unschuld erfüllten Blicke der Jungfrau die Söldner, die sie im Kreis umstellt hatten, ihre Waffen senken.

«Es sind einfältige Leute», sagte schließlich der römische Offizier. «Nehmen wir ihnen jedenfalls die Kuh und lassen sie ihres Weges ziehen.»

Sie schlugen auf das Tier ein und zwangen es durch ein Seil, das man ihm um den Hals legte, und durch Fußtritte von allen Seiten, nach dem Norden mitzukommen. Vergeblich suchte die Seele des Ochsen aus dem befreundeten Leib zu fliehen, um bei dem Kind zu bleiben. Er war nun wirklich eins geworden mit der Kuh und fühlte sich in ihrem Fleisch verhaftet wie eine Fliege im Leim. Es gelang ihm nur, sie dazu zu bewegen, daß sie mehrmals den Kopf zum Kind zurückwandte, während er sich selber alle Mühe gab, die Qualen des geschundenen Tieres zu teilen.

Joseph und die Jungfrau wanderten noch einen Tag oder zwei ins Ungewisse dahin, dann stellte sich wieder der Heiligenschein auf das natürlichste ein und krönte ihre Häupter und das Haupt des Kindes, um ihnen so zu bedeuten, daß sie nun nichts mehr zu fürchten hätten. Im übrigen redete man auf der Landstraße nicht mehr vom Kindermord zu Bethlehem, und an den Reisenden, denen man unterwegs begegnete, zeigten sich immer deutlicher ägyptische Züge.

## QUELLENNACHWEIS

Alain (Emile Auguste Chartier) (1868–1951):
*Vier «Propos»*. Aus: Alain, «Propos», Band 1 u. 2. © Gallimard, Paris 1956 u. 1970.

Andersen, Hans Christian (1805–1875):
*Der Tannenbaum*. Aus: Andersen, «Gesammelte Märchen», Band 1, Manesse Verlag, Zürich 1949.

Bécquer, Gustavo Adolfo (1836–1870):
*Meister Pérez, der Organist*. Aus: «Spanische Erzähler vom 14. bis 20. Jahrhundert», Manesse Verlag, Zürich 1979.

Böll, Heinrich (1917–1985):
*Krippenfeier*. Aus: Böll, «Gesammelte Erzählungen», Band 1, Kiepenheuer und Witsch, Köln 1981.

Borchert, Wolfgang (1921–1947):
*Die drei dunklen Könige*. Aus: Borchert, «Das Gesamtwerk». © Rowohlt Verlag, Hamburg 1949.

Chopin, Kate (1851–1904):
*Madame Martels Weihnachtsabend*. Aus: Chopin, «The Complete Works of Kate Chopin», Band 1, Baton Rouge 1969.

Daudet, Alphonse (1840–1897):
*Die drei stillen Messen*. Aus: Daudet, «Meistererzählungen», Manesse Verlag, Zürich 1959.

Dossi, Carlo (1849–1910):
*Das Weihnachtsfest.* Aus: Dossi, «Le più belle pagine», Mailand 1940.
Dostojewski, Fjodor M. (1821–1881):
*Der Knabe am Weihnachtsabend beim Herrn Jesu.* Aus: «Kinder in der Weltliteratur», Manesse Verlag, Zürich 1981.
Freeman, Mary Eleanor Wilkins (1852–1930):
*Weihnachts-Jenny.* Aus: Freeman, «A New England Nun and other Stories», Ridgewood 1967.
Gorki, Maxim (1868–1936):
*Heiligabend.* Aus: Gorki, «Meisternovellen», Manesse Verlag, Zürich 1959.
Gotthelf, Jeremias (Albert Bitzius) (1797–1854):
*Merkwürdige Reden, gehört zu Krebsligen zwischen zwölf und ein Uhr in der Heiligen Nacht.* Aus: Gotthelf, «Sämtliche Werke», Band 18, Erlenbach–Zürich 1947.
Gozzano, Guido (1883–1916):
*Eine Weihnacht auf Ceylon.* Aus: Gozzano, «Un Natale a Ceylon e altri racconti indiani», Mailand 1984.
Hawthorne, Nathaniel (1804–1864):
*Das Weihnachtsmahl.* Aus: Hawthorne, «The Centenary Edition of the Works of Nathaniel Hawthorne», Band 10, Columbus 1974.
Heilige Schrift, Die Heilige Schrift des Alten und des Neuen Testaments (Zürcher Bibel), Zürich 1955.
Korolenko, Wladimir (1853–1921):
*Der Traum Makars.* Aus: Korolenko, «Der Wald rauscht u. andere Erzählungen», Manesse Verlag, Zürich 1954.
Lagerlöf, Selma (1858–1940):
*Die Heilige Nacht.* Aus: Lagerlöf, «Gesammelte Werke», Band 2. © Nymphenburger Verlagshandlung, München 1980.

Maupassant, Guy de (1850–1893):
*Heilige Nacht*. Aus: Maupassant, «Contes et nouvelles», Paris 1974.

Pérez Galdós, Benito (1843–1920):
*Der Ochse und der Esel*. Aus: «Spanische Erzähler vom 14. bis 20. Jahrhundert», Manesse Verlag, Zürich 1979.

Schaper, Edzard (1908–1984):
*Das Christkind aus den großen Wäldern*. Aus: Schaper, «Das Christkind aus den großen Wäldern». © Artemis Verlag, Zürich und München 1976.

Stifter, Adalbert (1805–1868):
*Weihnacht*. Aus: Stifter, «Gesammelte Werke», Band 14, Basel–Stuttgart 1972.

Storm, Theodor (1817–1888):
*Unter dem Tannenbaum*. Aus: Storm, «Storms Werke», Band 2, Leipzig 1936.

Supervielle, Jules (1884–1960):
*Der Ochs und der Esel im Stall zu Bethlehem; Die Flucht nach Ägypten*. Aus: Supervielle, «Das Kind vom hohen Meer und andere Erzählungen», Manesse Verlag, Zürich 1980. © Gallimard, Paris 1931 u. 1938.

Timmermans, Felix (1886–1947):
*Das Triptychon von den Heiligen Drei Königen*. Aus: Timmermans, «Der Heilige der kleinen Dinge und andere Erzählungen». © Insel Verlag, Frankfurt am Main 1974.

Tschechow, Anton (1860–1904):
*Wanka*. Aus: «Kinder in der Weltliteratur», Manesse Verlag, Zürich 1981.

Walpole, Hugh (1884–1941):
*Der Zauberkünstler*. Aus: Walpole, «Head in Green Bronze and other Stories», London 1938. © Erben-

gemeinschaft Hugh Walpole und Macnaughton Lowe Representation Ltd., London, als ihr Vertreter.

Walser, Robert (1878–1956):

*Eine Weihnachtsgeschichte; Weihnachtsgeschichte; Zwei Weihnachtsaufsätzchen.* Aus: Walser, «Das Gesamtwerk», Band 9 u. 11. © Suhrkamp Verlag, Zürich und Frankfurt am Main 1978, mit der Genehmigung der Inhaberin der Rechte, der Carl-Seelig-Stiftung, Zürich.

## INHALT